U0508051

有爱的青春陪伴者

燃落春夜

谜鹭森林 著

贵州出版集团
贵州人民出版社

图书在版编目（ＣＩＰ）数据

燃落春夜 / 谜鹭森林著. — 贵阳：贵州人民出版社，2023.9
ISBN 978-7-221-17847-3

Ⅰ. ①燃… Ⅱ. ①谜… Ⅲ. ①长篇小说-中国-当代 Ⅳ. ①I247.5

中国国家版本馆CIP数据核字(2023)第160738号

燃落春夜
RANLUO CHUNYE

谜鹭森林/ 著

出 版 人：朱文迅
责任编辑：严　娇
特约编辑：姜　姜
装帧设计：颜小曼　姜　苗
封面绘制：兔子与夏Y

出版发行：贵州出版集团　贵州人民出版社
地　　址：贵州市观山湖区会展东路SOHO办公区A座
印　　刷：长沙鸿发印务实业有限公司
版　　次：2023年9月第1版
印　　次：2023年9月第1次印刷
开　　本：880毫米×1230毫米　　1/32
印　　张：10
字　　数：357千字
书　　号：ISBN 978-7-221-17847-3
定　　价：39.80元

贵州人民出版社微信

目 录

Spring Night

目录

楔子

雁瑜市的雨连下了三天，把整座城市彻底洗刷一遍，温度也跟着骤降。

毗邻大学门口最热闹的一条街没了往日的生机。

江秀薇披了件外套，走到文具店门口，探出头望了望。天色暗沉摇摇欲坠，雨水浇湿柏油路，汇聚成一条河流涌向低洼处。路上行人撑着伞，步履匆匆。

"这鬼天气，连个进店的客人都没有。"

江秀薇抱怨着刚想转身，视线落到远处撑着透明伞的女孩身上。女孩扎着丸子头，小小的脑袋缩进白色高领毛衣里，乖得像一只小白兔。

女孩似是感应到，抬起视线，温软一笑："姑妈。"

"欸，"女人应了声，"捂得这么严实，差点没认出你。"

江潋收起伞进门，风铃被一阵风带起来，碰撞出"叮叮当当"的声响。

这家"江河文具"是江潋姑妈江秀薇开的，江潋闲时会过来帮忙。在亲戚长辈眼里，江潋从小到大都是个不用大人操心的乖孩子。

江秀薇絮絮叨叨地抱怨着雨天生意下滑，进店率太低，营业额还不够交房租。

"……还有这些小食品，是有保质期的呀。"江秀薇抱怨的声音忽然停了下来，看着江潋，"对了小水，你们年轻人点子多，你说怎么清清库存？"

小水，是江潋的小名。

江溦思考须臾："旁边就是雁大……要不就凭学生证买一送一？"

"行。"江秀薇爽快答应，"交给你，你拿小黑板写上放在门口，你写字好看。"

"好。"江溦应声，绕到仓库。

因为使用率很低，小黑板被塞到了角落，与杂物堆在了一起。

江溦吃力地将小黑板从一堆杂物中抽离出来，灰尘纷纷扬扬，她捂 ww 起鼻子打了个喷嚏。紧接着，一张宣传页顺着灰尘徐徐飘落到了地上。宣传页被揉得皱巴巴的，她瞥见一角，就注意到那行汪洋肆意的毛公体。

——雁瑜大学。

江溦睫毛微颤——是他所在的大学。

她边想着，边把纸张展开，男生的照片赫然展示在新生代表最显眼的位置。

江溦屏住呼吸，凝神望着照片，她清澈的瞳仁渐被晦涩的情绪冲散。是他，雁镇新高的优等生。是天之骄子，也是叱咤风云的存在。

江溦与他，只是比陌生人多了一层校友关系。

即便是再普通不过的一寸证件照，也能深刻显露出男生棱角分明的俊朗轮廓。一张干净阳光的面容之上，掺杂着一丝颓痞忧郁，矛盾又和谐。好看的内双之下，掩藏着黝黑的瞳仁，光泽夺目，却透着凛冽与不羁。

他变了。

那场突如其来的变故之后，江溦就失去了他的消息。没有联系方式，只能通过微博偷偷关注着对方的动态。

三个月前，他许久没更新的微博终于更新了一条动态。

——来自雁大的录取通知书。

他以文科状元的成绩考上了雁大。

时间过得很快，这一别已经半年多之久，甚至更久——如果她考不上雁大的话。

"这孩子……"

江溦看得太专注了，姑妈的声音吓得她后背一颤，局促地收起宣传页。

江秀薇觉得眼熟，从江溦手中拿过单页，端详着照片。

"我见过……"她忖度片刻，不确定道，"有点像别墅区那家的孩子。"

"是他。"江溦轻轻应声。

"那孩子礼貌又懂事，特招人喜欢。你没转学前你们好像还是一个高中吧？叫什么名字来着……"

"陆燃。"江潋温声，眉眼中平添了几分晦涩。

这个名字在江潋心尖盘旋了无数次，像一颗久久未能落地的尘埃。他样貌出众，"双商"高，本就很优秀的人，再加上显赫的家室……

她与他云泥之别，她又何尝不知。

"唉，风水轮流转啊……"江秀薇幽幽地叹气，打断了江潋的思绪，"你们搬家到市里没多久，那家好像就卖掉了别墅，也不知道出了什么意外。"

江潋惊愕抬眸，正想询问点什么，江秀薇把那张皱巴巴的宣传页扔到垃圾桶，话锋一转："小水，你一定要好好学习，你爸爸妈妈不容易，知识改变命运，知道吗？"

江秀薇话锋转得太快，江潋想再问些陆燃的事情又觉得突兀，便作罢。

"我知道的，姑妈。"江潋温声应道。

父亲目前残疾在床，家里的重担交给了母亲，母亲为了挣钱四处奔波，只为供她上学和给父亲看病。

姑妈帮过她家很多忙，镇上东头的高档学区房是姑妈的，姑妈家从镇上搬到市区后，那房子就留给她家暂住。只不过江潋一家也并没在镇上住多久，父亲发生意外后他们就举家搬到了市区。

江秀薇看了眼时间，慌忙拎上挎包："不早了，我该走了，去给你妹妹开家长会。店里你先看着。"

"好。"

江秀薇走后，江潋拿起粉笔在小黑板上工工整整地写了几个大字，搬到门外。

今日活动：凭学生证到店，所有食品买一送一。

雨停了。

江潋站在门外，伸了个懒腰，望着天空，云层之中半透出一抹光。

她微微眯了眯眼，太阳出来了，放晴了。

嗯，生活也会慢慢变好的。明年她也一定会考上雁大的。

一定的。

回到店内，江潋把宣传页从垃圾桶里捡出来，小心翼翼地铺在桌子上，一个角一个角地展平。她凝视了一会儿，决定把陆燃的照片剪下来放在手机壳里，便又去抽屉里翻箱倒柜地找剪刀。

文具店门口的风铃"叮叮当当"响了起来。

门被人从外面推开，进来了几个男生。

嬉笑声打破了店内的安静，方才还冷清的店内，霎时被男大学生蓬勃的朝气填满。

　　"老板，凭学生证买一送一……吗？"其中一位男生寻觅了一圈，最终把视线落在了低头找东西的女孩身上，他的声音停顿了下，面露疑惑，"换老板了？怎么是个小妹妹？"

　　江漱的声音小小的："我……我来帮我姑妈看店。"

　　男生轻"哦"了声："就我一个带了行吗？他们是我同学，我证明。"他边说，边把学生证递过去。

　　江漱抬眼，迅速扫视——是雁大的学生，叫肖宇。

　　江漱偏头，目光移向肖宇身后的三个男生。

　　一个微胖，个子不高，打扮就像学生。

　　见江漱的目光看过来，微胖男生回应道："是的，我们都是一个寝室的。"

　　另一个男生笑呵呵地打量着江漱。她小小而瘦弱的骨架容易让男生心生一种保护欲，再加上她本就娇小，又把自己藏在宽大的毛衣里，像一只胆小的小白兔。高领毛衣遮住了她的半张脸，一双眸子如泉水般清澈。

　　男生的话多了起来："不骗你，我叫郭宸，不信可以去我们学校打听打听，我啊……"

　　江漱点了点头，把目光移向最后一个男生，那个男生低着头没说话，从进门起就一直看手机，好像对折扣没什么兴趣。

　　他身穿黑色卫衣，卫衣帽子压在黑色棒球帽上，戴着黑色的口罩。全身上下纯黑色，包裹得很严实，但有种魔力，让人想窥清他口罩之下的神秘。

　　他不发一语，但气场中自带让异性挪不开眼的特质。一种刻意收敛却又强大的气场。

　　江漱挪回视线："可以。"

　　肖宇和郭宸挑得很快，没一会儿就捧着饼干类的速食来结账。

　　"你要不要啊？不要我们结账了。"肖宇问一直看手机的男生。

　　男生这才放下手机，漫不经心地扫视了一遍货架。

　　半响，他终于开口："没什么可要的。"

　　低沉又缱绻，带着一种魅惑般的磁性。

　　这个声音……

　　江漱睫毛微微一颤。

与此同时——

"看这！咱们学校的简章啊？"郭宸拿起收银台上江潋没来得及收起来的单页，照片映入眼帘，"欸？这上面有你啊，陆燃！"

江潋的心跳忽然乱了节拍，在她抬起头的一瞬，发现那一身黑的男生也正朝这边看过来。

"可以啊燃兄，什么时候背着我们去拍的……"

光影流转间，四目相对。

肖宇的声音在陆燃脑海里像无声的默片一样自动消音。

陆燃看着江潋，须臾寂静。

视线里，女孩身后的背影无声地模糊虚化起来，转瞬变成记忆里高中绿荫校园，坐在草坪上笑靥如花的少女。

陆燃眼瞳漆黑，无声地与她对视。

"买不买啊，不买走了。"

郭宸的声音打断他的思绪，他没移开视线，望着江潋身后的那摞学习资料，眼尾轻曳起，恢复了漫不经心的语调。

"拿两套卷子做吧。"

江潋垂下眼，陆燃……不是在看她？

怕他认出，又怕他认不出，这种矛盾的心理，在他真的没认出来她之后，反而更沮丧了。

"你有病吧？"

"你也太装了吧哥们。"

肖宇和郭宸骂骂咧咧的声音把江潋的思绪拉回来。

江潋转身去找："卷子？英语四级吗？"

陆燃装模作样地点点头："嗯。"

"但是……"江潋弱弱地提示道，"这个不在买一送一的范围。"

"拿吧。"

"呃……"江潋找了一圈，越发窘迫，"四级没有了，只有高考'五三模拟'。"

沉默须臾，陆燃点头："行，拿了我回去复习一下吧。"

"？？？"肖宇和郭宸齐刷刷投来了怪异的目光。

"陆燃，你今天喝了几斤白的？"

"滚。"陆燃嗓音带笑，目光仍停留在女孩身上，"我好学生啊。"

天空放晴，一条街又恢复了生机。

三人出了店门，并肩走在街上，时不时有女生偷偷把目光往这边瞄。

肖宇打趣道："燃兄，你知道我为什么喜欢和你一起出门吗？"

陆燃："？"

"因为每次和你走在一起都有一种我是大明星的感觉。"

郭宸笑骂道："自恋狂，都是看陆燃的，有你什么事儿。"

陆燃眯着眼，也不在意，无视女生的目光。他还在想刚刚的事，想到了什么，转头问肖宇："欸，肖宇，我记得你是不是有个妹妹？"

"没错啊，怎么了？"

陆燃甩手把那两沓"五三模拟"试卷揣给肖宇，语调高傲且随意："帅哥哥给他的，让她不用谢。"

"？"

第一章

悄悄来临的甜梦

八月末，雁大新生入学。

阳光从树荫的空隙洒下，满地碎银。郁郁葱葱的树荫遮挡住青年男女憧憬的脸庞。这是最好的十九岁。

来往的新生里，江潋那一抹微风撩动的白裙最是耀眼。她驻足在校园的街道上，仰头闭眼闻着风中的桂花香。

她，如愿考上了雁大。

耳边刚凝了片刻安静，忽然涌上一群学长，声音争先恐后：

"学妹……"

"寝室在哪儿？"

"我送你过去。"

…………

每届新生入学都是最热闹的时候。一群伺机而动的学长，等待着送学妹到寝室，帮学妹搬行李。特别是大一没能"脱单"的学长，看着学校刚注入的"新鲜血液"，赶紧趁着机会套套近乎，顺利的话还能发展一下感情。

小姑娘被学长们的热情吓到了，声音细细软软："E区602。"

E区是学校最远的女寝楼，六楼是女寝的最顶层，话音刚落就散了两位学长。剩下三位学长，一个没抢到行李，空着手想要跟着学妹，被另外两位拿着行李的男生赶走了。最后两个学长，一人提着行李箱，一人提着背包。

一路上，两位学长各种唠家常，从出生年月星座八卦到家里几口人都聊得门儿清，最后正题终于落到了她有没有男朋友这件事上。

江潋乖乖地如实回答了每个问题。

"是单身。"她又补充道，"大学也没有一定要谈恋爱的打算。"

两位学长会心一笑，顺理成章地加了好友。

江潋推开寝室门，瓷砖折射出一种恍然的明亮，短暂失明。须臾后，视线了然清晰，光线顺着窗沿洒在床铺桌椅上，留下阳光温暖的味道。

她是第一个到的，选了一个靠里的位置，把行李放下后，手机响了。

刚才戴金丝框眼镜的学长发来消息：备注一下，21软件3班赵凯博。

下一秒，她就被拉进了"2022雁大交友群"。

江潋眉头微蹙，这个群不用被添加者点同意就能自动进群。她性子喜静，不喜欢这类交友，甚至有些反感。还没等她点退出，群里弹出了一条@（编辑注：意为提醒、通知）全体成员的消息：今天中午12点，第三食堂交友聚餐，费用AA（编辑注：指各人平均分担所需费用），餐后统一转给我，统计人数，参加的扣"1"。

紧接着，下面立马跟了一列"1"。

毕竟是学长，刚进群就退出是不是太不给面子了？

她迟疑片刻作罢，退出界面，顺势看了眼时间，离十二点没剩几分钟了，肚子恰到时机给出了抗议声。

江潋按照来时的记忆走到了距离较近的食堂，浓郁的饭香扑鼻而来。她前脚迈进食堂大门，后脚停歇在门槛外，要迈不迈地顿住。

迎面视线进入一大桌人，几张桌子被拼到一起。男男女女，相谈甚欢。

她忽然想起了什么，一脸错愕地仰头去看食堂的门牌。

——第三食堂。

聚餐人之中，赵凯博的位置最为显眼，左右被女生夹击，一副混迹各大交友局的"玩咖"模样。

江潋低头回避，意欲绕开那桌。

赵凯博的位置正对门口，他的目光刚好转了过来。

江潋侧眸，两束目光遥遥相撞。

赵凯博语调愉悦，隔着几米淡薄空气喊江潋："小江学妹，你也是来聚餐的吧，快过来！"

"……我？"

一桌人的目光齐刷刷朝向江潋。

几名学长视线在她身上一睃过后，眸子一亮，相当热情："这届学妹气质真好，快过来坐。"

"菜还没动，一起吃。"

盛情相邀之下，江潋搬了张凳子无奈加入，坐到了赵凯博对面的女生旁边。

她拘谨地坐着，打量着饭局的人，六个女生四个男生。细看对面还留了张凳子，好似等待着谁的到来。她猜测未到的那个人应该也是男生，以此达到男女均衡的交友目的。目的性太强了，想到这儿，她兴致顿减。

江潋在新生中相貌身材出众，话题几番迂回，最终还是落在了她这儿。

不知哪位学长问了句："像小江学妹的这类乖乖女，是不是一门心思都是学习，有过喜欢的人吗？"

话音刚落，一桌人安静了下来，屏息等待着她的回答。

江潋脸色微红，笑容含羞，微微点头。

每每想到"喜欢"这类代名词，紧跟着的回忆都是阳光洒落在高中校园的主席台上，那个穿着没有一丝褶皱的衬衫、白到发光的男孩，在台上不急不慢地讲着话，字句清晰。

高中生陆燃，是学校楷模，"双商"高，样貌佳，成绩优。他时常作为优秀学生代表站在主席台上发言讲话，或是在升旗仪式上作为护旗手。

他是主席台上熠熠生辉的学生代表，而她却是学生队列里再平凡不过的一员。

但不可否认，那是江潋心动的开始。

忽然有一天，她无意间发现陆燃与她同在一个小区。一墙之隔下，是两个截然不同的家庭。陆燃家是价值百万的别墅区，而她家是靠姑妈供给来的高层住宅。

从普通住宅区去往学校的路上，会必经别墅区。从此以后，她便习惯同他的上学时间一起出门。

她就远远地、静静地跟着他，也不上前搭话，隔着十几米距离，就好似一同上学般。仅是这种巧合，就让她很满足了。

这种状态持续了一年零五个月。江潋一直以为，这是属于她一个人的秘密。

直到那天，日出很早。太阳洒下的光晕罩在少年头顶的发丝上，圣洁光亮。

在一个巷子转角，陆燃加快脚步，江潋被甩在后面。最先传出的是他的声音，他的声音很淡，没有一点情绪。

"别跟了，我今天不去学校。"

江潋张了张口，想说什么，却没发出声音。她从墙壁后露出脑袋偷偷观望他。

他伫立在夏天闷热的风中，头上有细密的汗珠，日光直射下，他的脸藏匿在光中，看不清表情。

与此同时，他也望了过来。江潋赶紧收回了头，噤声藏在墙后。

她不知道陆燃是什么时候发现的，是才发现，还是早就发现了？那他又是怎么想她的行为呢？她暗藏的小心思被拆穿了吗？

江潋很笨地说了一声"对不起"，红着脸掉头绕路跑走了。

可这是他们的告别，因为江潋是去办退学手续的。

家庭发生变故，母亲为了去市区赚更多的钱，也为了让父亲在大医院接受更好的治疗，举家从镇上搬到了市区，她也被迫转了学。

从此，她失去了陆燃的消息。

就在她以为再也见不到陆燃的时候，去年在便利店偶遇，以为要忘记的人，在那一刻忽然翻涌上心头。

虽然她只看到陆燃的一双眼睛，但这样已经很知足了。

虽然陆燃在大学依旧很受女生欢迎，虽然他可能有换不完的女友，但那又怎样，她从不敢奢望他有一秒属于过自己。

江潋吸了吸发酸的鼻子："当然有了。"

是暗恋，也是初恋。她的声音低哑，苦涩万般，话题没再继续。

倏忽，坐在她对面的群主突然站起来，对着她后方走来的男生打招呼。

"阿燃，这里！"

"久等。"

男生的声音掠过江潋的头顶，声音很淡。

这一瞬，江潋心头一紧——两个声音重合了！

记忆里的声音和此刻实打实出现的声音相吻合成为一人，清晰地出现了。她回眸，顺着声音去寻——

陆燃从光亮中缓缓走来，五官越发清晰明朗。他去掉了口罩和帽子的遮掩，眉骨上显露出一道细小的疤痕，颜色很淡，是经久未愈的旧伤。疤痕之下尽显颓痞不羁的帅气，更透着一股不易靠近的张狂野性。

他五官虽没变，但整张脸给人的感觉截然不同，与从前儒雅内敛的乖暖男判若两人。

陆燃无意回眼，与那抹清澈目光相对上，神色一顿，心头迟缓地浮起一丝躁乱。

——她怎么会在这儿？

——还有自己，这副玩世不恭的模样堂而皇之出现在交友局上，怎么看都和高中的好学生不挨边儿。

旁人察觉陆燃神色，问他："认识？"

陆燃收回目光，侥幸揣测女孩没认出他，更没把现在的他和高中的他对上号。

他嗓音微哑回应道："不认识。"便阔步朝江潋对面的空位走去。

在座的女生们纷纷眼睛一亮，在他加入后热闹更甚。

江潋眼底泛起红。明明是一样的五官，却给人截然不同的感觉，那是一种翻天覆地的变化。如同把昔日的旧灵魂打碎，在躯壳里面注入了一个全新的灵魂。

她不知道陆燃在这一年半里经历了什么，但一定是不好的经历。

紧接着，她的心又往下一沉。如果说在便利店陆燃没认出她，她可以侥幸认为是因为那天高领毛衣遮住了半张脸。但在刚才，四目相对，毫无遮挡，她不能骗自己。

陆燃不记得她了。也对，像他那样耀眼的人，只有同样发光的人才值得他的驻足。

江潋看着对面的陆燃神色奕奕，她却插不进去嘴，只想赶快结束这场饭局。

她端起一杯水，往嘴里狂灌了几口，掩饰着尴尬，却没想到一口气喝得太猛了，呛着了。她不想被他看见，但是脸憋红了，还是连连咳嗽。

目光之余，对面骨节分明的手端起茶壶，将她杯中的水添满。

水声萦绕，热气升腾。

江潋微微一怔，抬起头。

陆燃正和旁边的人聊天，目光丝毫没分过来，手上的动作更像是不经意的顺势而为。把她杯中的水添满后，他又把自己的杯子添满。

江潋紧绷的一颗心悄然落下，端起杯子一口气喝到底，终于不咳了。

食堂正值饭点，学生很多，周遭嘈杂。

江潋低声道了句"谢谢"，并没打算让陆燃听见。

不知为何，她余光瞥到陆燃嘴角向上扬起了一个不易被察觉的弧度，嘴巴很小幅度地张合了一下。

口型好像在说——不用谢？

聚餐结束，江潋拒绝了赵凯博要送她的好意，迅速离开"事故现场"。

烈日正浓，陆燃眯眼看着前面的那个女生，她的背挺得直直的，步子又小又快，走路时马尾辫左右地来回甩着。

他没忍住，叫了声："同学。"

江潋闻声一愣，回头，瞳孔亮了片刻。陆燃是不是……记得自己？心中微小的惊喜，就像藏在汽水瓶里的小泡泡，一个接一个"咕噜咕噜"地冒出来。

陆燃抿了抿唇，过了会儿，才开口："你的鞋带开了。"

"……"

江潋心底漫过一丝自嘲，窘迫地蹲下来系鞋带。他怎么会记得她呢？站在光里的少年怎么会窥见阴暗的角落。

陆燃垂眼瞧她系鞋带的方式，头一次见有人这么系鞋带，像一只悲愁的水獭。他不经意间勾起唇角。

江潋被他盯得不自在，呆呆地摸了摸头顶："怎么了，我头上有东西吗？"

四下寂静，尘埃飞扬。

陆燃笑意回拢，没说话。

又过了一阵儿，他问："你有没有觉得有'亿'点点熟悉？"

他在试探她。

江潋茫然："？"

算了，陆燃无声叹息，话到嘴边拐了个弯儿："动物世界的感觉，你被那群学长当成……"

"猎物。"

最后两个字，他说得轻描淡写，但让江潋头皮发麻。该怎么解释？她不是有意参加交友局的。可是陆燃，为什么要参加呢？

"才刚开学就这么着急找对象？"

江潋一惊，而后泄气地垂下头，心想：完了，彻底被误会了……

陆燃也察觉这话不妥，重新措辞补充道："我的意思是，别在垃圾堆里找对象，群里的学长'渣'得很，钓长线广撒网，看哪个上钩。"

江潋沉默了一阵，眸子忽然变得很亮，迫切地想要寻个答案。

"那你呢？"她仰起头，问他，"陆燃学长。"

那你呢？也是带着目的性来聚餐？也是为了寻找"猎物"？

陆燃学长？听到江潋的这个称谓，陆燃低头剥口香糖纸的动作顿了一下。少顷，他玩味地勾唇笑了笑，口香糖放入口中，咀嚼了两下，立刻变成了一个泡泡，越吹越大。

"啪"的一声，泡泡爆了。他俯身看着她，声音里压着笑意："怎么，对我感兴趣？"

"没，没有，我只是……"江潋此刻变成了个小结巴，最后连话都说不出来了，只觉得一颗心提到了嗓子眼，连呼吸都变得小心翼翼。

"没有？他们都叫我'阿燃'。"陆燃眼尾挑着笑，"我还没自我介绍呢，你怎么知道我姓陆？"

军训结束后，大学生活逐渐步入正轨，社团和学生会的活动多了起来。

江潋不喜欢热闹，在寝室和父母打电话报了平安，告诉他们大学生活一切适应，最后还让他们别担心，钱够花。

挂了电话，她查询了下银行卡余额，稍微松了口气，还够花到月底。没等她把手机放下，屏幕又亮了。

交友群消息@全体成员：今天中午12点，第三食堂交友聚餐，费用AA，餐后统一转给我，统计人数，参加的扣"1"（只限没参加过的）。

几乎每隔三天就收到一条聚餐消息，一样的内容复制粘贴，只是多了括号里面的内容。如果不是因为陆燃也在群里，江潋早就退群了。这个群，是她与陆燃唯一有瓜葛的社交媒介了。

回想起那天陆燃问她是怎么知道他姓陆的，江潋含糊其词地应了句：因为看了雁大论坛置顶的帖子，知道他是名声远扬的校草（编辑注：类似校花的说法，指本校公认的最帅气的男学生）陆燃。说完便溜之大吉。也确实，陆燃的名字本就不是什么秘密。

尽管这事已经过去一星期有余，但至今想起仍觉得脸颊发烫。她双手轻拍脸颊让自己保持清醒，随后退出页面。

列表前列被入学以来加的各种群占据，她看了眼没什么有用的群消息，正准备关掉页面，班级群又发来了一条消息。

文艺委员：同学们，今天下午没有课，校园里面会有各大社团报名点以及学生会部门报名处，欢迎大家踊跃报名。

消息一出，寝室里的交际花坐不住了。

刘雅芝从床上弹起来尖叫："姐妹们，我下午要化一个美美的妆！有没有一起的？"

话音落下，没人回应。

耿雨戴着耳机打游戏，时不时飘出两句狠话。聂婉目不转睛地刷着韩剧，看到"高能"情节时发出了一阵尖叫。

一个是沉迷虚拟世界不问外界的假小子，一个是沉迷韩剧喜欢幻想的小女生。

江潋不爱热闹，没兴趣参加社团，更不喜欢管人，对学生会也没意向。但她又怕刘雅芝尴尬，便笑着婉拒："要不你再问问隔壁寝室的人？"

好在性格大大咧咧的刘雅芝并不觉得尴尬，她兴致不减，搬着凳子往江潋跟前移了移，朝江潋挤眉弄眼，一副煞有介事的样子。

"小道消息，社联主席是个超级无敌大帅哥，说不定下午就能见到他哦！就算不参加，见见帅哥也能养养眼嘛！"

江潋顿了一下，超级无敌大帅哥？

一提到帅哥，江潋第一反应就是陆燃，有比陆燃还帅的帅哥吗？

江潋有些动摇，刘雅芝继续展开说服："你真的没有兴趣吗？确定不去？不后悔哦。"

江潋眉眼一弯，无奈地笑："好了，我去。"

活动场面空前盛大，新生寝室楼两旁摆满了各社团和学生会纳新的桌子。

刘雅芝报了好多社团，江潋一个也不感兴趣。但刘雅芝报社团并非是看兴趣，而是看脸。

她一连填了五六份表，刚对江潋摆手说不报了，目光一转看到吉他社社长清秀俊逸，又凑过去要了份表，边填边借机和他套近乎。

目测又得聊十分钟以上，江潋百无聊赖地踮起脚，在熙熙攘攘的人海里搜寻着陆燃的身影。

没有，都不是。她有些小失望。

眼下，刘雅芝和吉他社社长聊得热火朝天，好像全然忘了江潋在等她。不过，江潋倒也不急，她还在期盼着陆燃出现。有些人虽得不到，但能经常见到也满足了。

倘若刘雅芝口中"超级无敌大帅哥"的社联主席真是陆燃，那这么热闹的日子他不会不出现吧。

又等了一会儿，到了下午五点钟。学校广播发出"刺啦"一道噪声，随后传出一道女声，语气不怎么亲和："各社团以及学生会，请于五点三十之前把新生的报名表交到 C 栋 103 室。"

要结束了，陆燃应该不会出现了吧。江潋心里空落落的。

吉他社社长听到广播后，也开始整理报名表。

刘雅芝拉丝儿的眼神望着她十分钟的"恋人"，仿佛已经递过了海誓山盟，即将经历生离死别。

江潋抿了抿唇，走过去："学长，我帮你送着。你们先聊着。"

社长周禹铭抬眸，女孩那张人畜无害的脸浮在眼前，没拒绝："那谢谢你了，学妹。"

刘雅芝满脸感激，眨巴着眼睛给了她一个飞吻。

江潋缓缓一笑，接过厚厚的一沓。

雁瑜大学校园很大，走到 C 栋至少十分钟的路程。不上课时 C 栋整栋都空着，用来留给学生组织活动。大学不像高中，课程没那么紧了，课外活动占据了生活的一部分。

江潋是来送报名表最早的。楼里还没人，她左右看了看门牌。

指示牌提示 103 室在最南边。

江潋朝深处走，隐约听到男女对话的声音，随着她越走越深，声音逐渐明朗，女生的语调渐高："你为什么不和我谈恋爱，我哪点差了？"

江潋屏神细辨，这声音与广播中那抹不怎么亲和的女声一致。她又往前走了几步，声音是从 103 室传出来的。她侧头，女生的背影进入视线。

女生个子高挑，头发高高扎起，干练又精神，像个女强人，她目不转睛地看着前面的男生，高傲中又带着点祈求。

江潋站的这个位置，刚好看不到男生。男生的半个身子都被女生的背影遮挡住了。

江潋迟疑着在门口尴尬地站了一会儿，准备原路折回。

"你说话啊！"

男生没反应，女生伸手去拉他，身体微微向旁错开，男生露出一截衣角，立刻被江潋的视线捕捉到。

那件衣服？

她眼皮微微一跳，万般熟悉的回忆闪现。

又是那抹低沉漫不经心又富有磁性的男低音。

陆燃的声音冷冷的："你不用怀疑自己，你往我身上找原因就对了，你就当我有病。"

他目光没看她，向别处睨。

陆燃这漫不经心的一睨，正巧看到门口那抹被风带着飘起的白色裙摆。

他蓦地一怔，眉头一蹙："交表吗？"

"……"

蓦然寂静。

"呃……是。"江漵被迫收回脚，走到门口，迟疑地点点头。最后点头的那一下，头直接顺势低下，仿佛犯了个偷听墙角的大错。

"你是学生会还是社团？"女生眼尾一挑，因被人偷听到明显不悦，"我怎么没见过你？是新生？"

"对……我是来替社团……"

"——找你的，陆燃，"话没说完，就被打断，女生瞥了眼江漵，"话都说不囫囵。"

女生五官精致，妆容明艳又干净，气势上还压了江漵一头。

江漵没辩驳，甚至从心底生出一种自卑。她朝陆燃走去，每一步都挪动得很艰难，很想当场钻进地缝。

陆燃接过，翻动着那摞厚厚的报名表。

"吉他社？"

"我是来替吉他社社长交表的。"

"哦？"陆燃眉间一挑，"你和他挺熟？"

"不是。"

"你报了吗？"

"没有。"

"什么社团都没报？"

"嗯。"

"嗯？"陆燃把那摞报名表放在身后的桌子上，声音稍滞两秒，"现在报。"

"？"

陆燃看着江漱，嘴角含着些不明的笑意，递给她一张空白表："有问题吗？"

江漱看着陆燃的眼睛，似乎没有开玩笑，便默默接过那张表。

走廊上传来声响，陆陆续续进来了交表的社长和会长。刚才的女生没了祈求的姿态，摇身一变又成了趾高气扬的学生会主席。她心情不怎么好，对其他部门会长说话时掺着明显的挑衅和咄咄逼人的意味。

进来的人多了，周遭声音变得聒噪。

江漱手中的表还是空白的，一个字都没有动，她不知道要填什么社团，纠结了好一阵都没下笔。

"报个社团有那么难吗？"

陆燃的声音在她耳畔响起，恍神间，那页空白表已经被他抢走了。

"陆学长，交表。"外面的人鱼贯而入排队找陆燃。

陆燃没抬眼，随手一指："放那儿吧。"目光仍落在那张空白表上。

他拔开笔盖，夹着笔杆转了两圈，若有所思。

"我帮你填。"陆燃低着眼，修长的指节攥着笔，"名字？"

猝不及防，这是他第一次问她的名字，即便高中时有很多次擦肩而过，他也从未驻足留意过她的存在。

"江……江漱。"小姑娘欢喜地眨眨眼，乖乖回应，"'水光潋滟晴方好'的'潋'。"

陆燃三两笔连成两个漂亮的汉字，一撇一捺，力透纸背。

小姑娘怎么这么单纯，问什么就答什么。他嗓子里憋着笑，一本正经的样子装得比谁都像。

"手机号？"

"手机号是 139……"

陆燃满意地写下一串阿拉伯数字，同时镌刻在脑海。

一番"盘问"过后，江漱回答完毕。陆燃随意填了个棋牌社。

大学的社团五花八门，桌游都能自成一社。而棋牌社，是陆燃下意识第一个想到的社团，因为他经常光顾。

"可是……我不会打牌，也不会下棋。"江漱声音小小的。

陆燃转头看她，女孩表情认真又可爱，单纯得让人心尖儿痒痒。

他忽然想笑，低着微颤的睫毛轻声道："教你啊。"

教？谁教？你教吗？

江潋想问，咽了咽嗓子，没问出口。

学生会主席收完表，转头看见陆燃那么高冷的人竟然在帮小姑娘填表？！

她轻嗤了一声，阴阳怪气道："哟，没手啊，还需要陆燃帮你填？"

陆燃闻声，笔尖一滞，嘴角的笑意散了去，音调降了三分："卢思悦，别太得寸进尺了，你今天能坐到学生会主席的位置是我给周毅提的。"

"那是你补偿我的！"卢思悦在对上陆燃燃烧的眸子时，缴械投降，"算了。"她没继续顶撞陆燃，悻悻地抱着一摞表离开，转身时故意撞了一下江潋的肩。

卢思悦不觉得江潋对她是一种威胁。因为人人都知道陆燃不谈恋爱，就算谈恋爱也永远不会碰这种类型。

"卢思悦。"陆燃的声音在她快要走出门口的时候传来，低沉又冰冷。

那一刻，卢思悦知道陆燃是真的生气了。

"说话利索是你的优势，但嘲讽人这一点，我只觉得是刻薄。"

江潋从 C 栋出来的时候，脸像个红苹果一样。虽然陆燃有意帮她说话，但江潋明白，那是他骨子里的教养。

陆燃在高中时就给人一种如沐春风的温暖，他好像总是同龄人要更成熟更稳重一些，永远是一副翩翩君子的模样。

雁镇新高开展过一场以"大学等我"为主题的誓师大会，目标群体为高三年级。江潋所在的高二年级要为学长学姐们送上祝福，因此也参与了进来。

会议厅里，人头攒动。

陆燃作为优秀学生代表站在台上激昂演讲。全场灯光熄灭，仅有一束追光落在他身上。

台上的少年耀眼如常，声音温润，谈吐清晰。他说话的时候，唇角弯弯，带着笑意。他有一对酒窝，笑起来的时候很明朗，就像沐浴在春日的阳光之下，连同乌云也全部散去。

"我生来就是高山而非溪流，我欲于群峰之巅俯视平庸的沟壑。我生来就是人杰而非草芥，我站在伟人之肩貌视卑微的懦夫……"

演讲最后，他引用了一段华坪高中的校训。字节铿锵有力，眼神坚定放光。

话毕，少年行了一个标准的九十度礼。

台下掌声雷鸣。

陆燃永远是光芒的、耀眼的、被人围绕的，就连下台后，贺卡和鲜花也是排成队伍送给他的。

江潋也为他准备了贺卡，只不过为了不表现得那么明显，她给其他班级骨干学长也送了贺卡。

不同的是，陆燃的那份贺卡里夹着一枚Q版卡通刺绣头像，是江潋亲手绣的。

这枚小小的头像，是她连续一个月利用关上卧室门迅速做完作业的空余时间，一针一线挑灯夜缝的成果。

但对江潋来说，送出礼物也需要极大的勇气。

陆燃一路收着大家送来的祝福，此外不乏一些人送来精致又昂贵的礼物，但他都拒绝了，只收了鲜花和贺卡，每收下一份都不落下一个谢谢。

江潋被挤在最外围，她把手中的那份贺卡紧紧地攥在身后，犹豫了很久都没有上前。

眼看着陆燃的身影即将错过，江潋慢慢垂下了头。

"稍等一下。"人群中男生的声音清朗有磁性。

陆燃走远了几步后忽然折回来，眉眼带笑望着江潋："学妹？呃……应该是学妹吧，你手里的贺卡是送给我的吗？或者你有什么不方便，需要我转交给哪个学长吗？"

"给……"江潋声音小小的，脸色微红，"你的。"

陆燃笑了，很快，他双手接过贺卡。

"谢谢，我现在可以打开吗？"

江潋微微点头，陆燃小心翼翼地展开。

贺卡内侧夹着一枚精致的刺绣头像——是他自己，看起来花了很多心思。

陆燃把贺卡合上，眉眼的笑意更浓了。

"我很喜欢。"

陆燃的接受向来坦荡又大方，他珍视每一份欣赏与爱慕，就算拒绝也给人舒服不尴尬的感觉。

那一刻，江潋觉得她这一个月的一针一线都值了，因为陆燃值得她如此。

她觉得陆燃这一生都应该有人热烈地爱着他，即便那个人不是她。

时间拉回到现在。

陆燃变了个性格，时痞时傲、时冷时热，总是一副玩世不恭的姿态，做什么都漫不经心。但他的秉性似乎没变，依然用那玩世不恭的躯壳，藏掖着一颗温暖的心。

江潋推开寝室门，刘雅芝正端坐在位置上卸妆。一见她回来，刘雅芝立马停下手下的动作，热情地送上一个大大的拥抱。

"爱死你了小江江！说吧，明天想吃什么？姐请客！"

江潋不习惯与人亲密地接触，整个人一僵，尴尬地笑笑："不用了，这没什么大不了的。"

刘雅芝没察觉，甚至还在她脸颊上落下了一个感激的吻。刘雅芝八卦心不减："见到社联主席没？你走之后，我见好多女社长都花痴着脸从C栋出来了。怎么样，帅不帅？"

"是帅的。"江潋老实回答道，话锋一转，"你和吉他社社长聊得怎么样？"

刘雅芝一脸"傲娇"："快拿下了。"

江潋笑："那你还这么关心社联主席帅不帅？"

"这就是你不懂了吧，爱美之心……"话没说完，刘雅芝手机响了，在看到名字后，她冲江潋神秘一笑，"等会儿。"

刘雅芝人缘好，平日在寝室有煲不完的电话粥，这才刚开学就已经结交了好几个校内的姐妹。

江潋回到自己的位置上，打算和姑妈开个视频。还没等她点开视频通话，又听到了那个熟悉的名字：陆燃。

刘雅芝习惯点扬声器外放，对方的声音清晰传来：

"你不是一直念叨着让我给你打听那个叫陆燃的校草的联系方式吗？下午去交表的时候我看到他了，他好像还是社联主席来着。人太高傲……"

后面的话刘雅芝都听不进去了，她假意哭腔："呜呜呜，我之前没把他俩想到一块儿去。结果就这么错过了！早知道下午我就抢过吉他社社长的表去找陆燃学长了……不说了，挂了，我去伤心会儿。"

电话那头还没说完，刘雅芝就点了挂断。她低头痛思了一会儿，猛然抬头看向江潋："江潋，你不知道社联主席是校草吗？"

江潋茫然两秒后，退出了微信聊天界面。

刘雅芝这话不太友善，言外之意是，江潋交表的行为别有目的，而不是在帮她。

江潋无奈却又诚实地解释道："我知道校草是陆燃，也想过你口中社联主席无敌大帅哥也可能是陆燃，因为陆燃的确很帅，但我不能确定。"顿了顿，"去交表不是别有私心，广播里声音是个女生的，我没往陆燃方面想。"

江漱解释得诚恳，刘雅芝带着些许愧疚道："对不起小江江，我错怪你了。"

江漱无奈弯唇："没关系。"

安静须臾，刘雅芝的声音又响起："所以，你下午是因为想见陆燃才跟我去报社团的？"

"……"

"像你这种好学生也对陆燃感兴趣吗？"

连着两问猝不及防地炮轰，江漱毫无征兆地脸颊发烫起来。她思忖几秒，找到了个合理的理由。

"论坛置顶的那条帖子一直放着陆燃的照片，我想看看他本人与照片差得大不大。"

刘雅芝相信了，转身继续卸妆。

江漱幽幽地松了口气。她觉得如果告诉了刘雅芝她高中就认识陆燃，刘雅芝势必会喋喋不休追问个没完。但她只想独自守着那份心意。

刘雅芝边卸妆边说："没兴趣就好。你可别被陆燃不谈恋爱的单身人设迷惑了，他虽然不谈恋爱，但也不是省油的灯，经常混迹于各大娱乐场所，是尽人皆知的'玩咖'！还经常夜不归……"

这些都是小道消息，没有依据，她点到为止："我看你单纯才说这些的，你别看他身边异性缠身，但没人是他第一任正牌女友。"

江漱垂眼，陆燃……真的变成这样了吗？

下一秒，刘雅芝伏在江漱的耳边。她身上散发着浓重的香水味，朱唇微启："但我，撞定他这堵'南墙'了。"

…………

正如刘雅芝所说，那仅是她追陆燃的开始。开学半月以来，没人知道她在偷偷谋划着什么。

江漱和刘雅芝算不上熟，还没好到过问私事的程度，她很快就把这件事暂且搁置到了脑后。

像往常一样，江漱一下课便钻进寝室做作业。她遇到一个拗口的生僻词，口中反复咀嚼着其中的词义，只听门外一声闷响，寝室门被人从外面猛地推了一把，撞在墙壁上弹了几个来回。

江漱的思路瞬间被打断得无影无踪，她转头，穿着露脐装和小短裙的刘雅芝站在门外，吸睛养眼。

刘雅芝身材一绝，且毫不遮掩，那是一种明艳张扬的美，就像绽放在盛夏的扶桑花，烈日之下她更妖艳，仅是一眼便叫人挪不开眼。

江漵呆滞许久，眸光变暗。虽然她不想认输，但不得不承认刘雅芝追帅哥是有资本的。

刘雅芝把寝室门关上，兴奋无比："姐妹们！搞定了！"

她的动静实在太大了，一向不参与群聊的聂婉和耿雨也纷纷看过来。

刘雅芝坐下，对着镜子进行全方位补妆："我好姐妹果儿，她新谈的对象和陆燃一个寝室，今晚他们寝室有聚餐，果儿也跟着去，然后她就叫上我了。"

江漵："你这周就是在忙这个吗？"

"没错，她答应我以后从她对象那得到的关于陆燃的情报都转达给我。"

耿雨："恋爱脑。"

"……"

"大学不谈恋爱岂不是很枯燥。"刘雅芝一边补妆，一边说着，"我费了老大劲儿打听陆燃，知道了他室友，顺着他室友找到了果儿，为了请那个果儿吃饭，提前预支了我一星期的饭钱呢，呜呜呜……"

"雅芝，我赞成你这句话，我想在大学谈恋爱。"说起恋爱这个话题，沉迷韩剧的聂婉瞬间来了兴趣。

"我更关心有没有一起打游戏的队友，我那队友太菜了，能不能来点给力的。"在上铺躺着的耿雨拉开帘子，露出一个脑袋，加入群聊。

"你俩，少沉浸在虚拟世界，多出去走走什么都有了。寝室都不出，等着国家分配男友吗？还是等着天上掉下个好队友？"

刘雅芝对着镜子补完了一个番茄色的口红，"吧嗒"了一下嘴："要不你们跟我一起去参加晚上的聚餐吧，反正吃饭也是 AA，正好带你们这些'万年寡王'认识点人。"

耿雨立刻从床上弹起来："遵命，我现在就找一身衣服！"

聂婉把手里的韩剧关掉："我也去。"

刘雅芝转头问江漵："你呢？"

没等江漵回答，耿雨先插嘴道："江漵是个学霸，人家一心想要学习，前几天不是还有个学长追她嘛，你见她给反应了吗。"

聂婉："对啊江漵，你外形条件不错，一开学就有人追，但从没看见你对谁

022

上过心，你喜欢什么样的啊？"

江潋沉思了片刻，除了那人好像没有在意过别人。

喜欢的类型，究竟是那个儒雅内敛、温润如玉的谦谦公子？还是现在这个痞帅不羁，又傲又酷的雅痞公子？

喜欢，究竟是喜欢某些特质？还是爱屋及乌地喜欢某个人身上的所有？

她不知道，她想找到答案。

寝室里短暂地安静了片刻，随后传来了江潋的声音。

"我也去。"

下午的最后一节课结束，刘雅芝带着寝室三人，先去和她姐妹果儿会合，果儿带着她们再和她男朋友肖宇以及男友的其他三个室友碰面。

姐妹小聚的这短短的一路，话题中心一直在陆燃身上。

果儿将肖宇讲述的陆燃传达给刘雅芝——

喝酒、泡吧，陆燃沾了很多坏学生的标配，从前好学生的影子消失无踪。

如今的他奇怪又矛盾。爱玩爱聚，却从不谈恋爱。爱喝酒，却唯独不去夜市上喝。跟女孩没有距离感，却是雷打不动的万年单身人设。

他依然成绩很好，比赛奖项拿到手软。好像做什么都不费力，却又做得很好。

好像很自由，又好像很压抑？而且肖宇说他一直在服用某种药物……

果儿话到一半，戛然而止。她对着前面的一行人喊他男友的名字。肖宇回头，紧跟着那拨人也回头朝这边看过来。

陆燃转过头的那一刻，江潋恰巧抬起头，两个人的视线撞在了一起。

小半月没见，陆燃的头发又长了一些，已经能遮住一点点眼睛。他双手侧插着裤袋，姿态散漫又随意。然而他的眼神并没有停留在江潋身上，一触即离。

看到这么多人，陆燃微哑的语气里带着些躁意："肖宇，不是只有你对象吗，怎么这么多人？"

肖宇一笑，揽过陆燃的肩："你这个学长魅力大，那群新生都想要见见你。"

陆燃没再说话，就这么在前面走着。他这次病发作刚刚稳定，整个人看起来没什么精神。

肖宇放缓脚步，转身问女生们："咱们吃什么啊？"

刘雅芝的目光投向前面的露天夜市："咱们去撸串吧，配上啤酒！"

其余人刚想答"好"，陆燃回过头，声音淡淡的、冷冷的——

"不去夜市，店里吃。"

如果不是一年多前在夜市上发生的意外，他可能也不会……

陆燃的另一个室友郭宸接道："对，大学一年了只要是去吃夜市，你们的陆师兄都不会去。"

郭宸转头的时候，看到江潋的那双眼睛，总觉得有些熟悉，但又想不起来在哪儿见过。

"学妹，我们是不是在哪儿见过？"

江潋抬眸，有些惊讶。没想到一年前的便利店一瞥，郭宸竟然还记得。估计只有他记得，陆燃和肖宇早就忘了吧。特别是陆燃，高中无数次擦肩而过都不记得她，那一面又怎会记得。

没等江潋回答，一直没说话的另一个室友冷声道："郭宸，这套把戏过时了，我猜你是不是只要见了美女就觉得眼熟。"

话音落下，几个人轻声笑着。

郭宸给那人使眼色："周毅，学妹在呢，给点面子。"

周毅？江潋发觉这名字耳熟，细细想来，好像听陆燃说过卢思悦的学生会主席职位是他给周毅提的。周毅是陆燃的室友。

可是陆燃为什么要帮卢思悦坐上学生会主席的位置呢？卢思悦说那是陆燃补偿她的？若卢思悦单方面追求，陆燃又谈何补偿？

江潋不解，默默地咽下疑问，听他们探讨着晚上吃什么。

"烤鱼呢？"肖宇看向最近的一家烤鱼店，问陆燃。

陆燃点头，眉眼很淡："只要不是夜市，都行。"

江潋抿唇，难道那件事还留在陆燃心底吗？

高中的时候，陆燃是夜市上的常客。几乎每周五放学，江潋都能在露天小摊位遇到他。

他朋友多，人缘好，交友更是广泛。无论是好学生还是坏学生，无论是男生还是女生，无论哪里有局都会有人叫上他。

存在感很强的他，走到哪都被目光环绕。在江潋的记忆中，陆燃一直是众星捧月般的存在，极少落单。

——那一天，是第一次。

深秋过后，天色暗得很快，道路两旁昏黄的街灯亮了一路。街灯尽头，少年独自斜倚在路灯下，他褪去了阳光"三好生"的外衣，心事比夜色还浓。

江潋坐在夜市的一盏灯下吃炒米粉，须臾，她身后的空桌落座了一群高三年级的学长学姐，他们嬉闹声很大，为庆祝即将毕业而频频举杯。

其中一位女生转头看到了倚在灯下的陆燃："欸，那不是咱们学校的名人吗？赫赫有名的'三好生'啊！"

又一眼镜男搭腔道："我认识，叫他一块来玩。"说罢，他对陆燃招手，"陆燃，过来坐。"

陆燃抬眼，迈腿停在了江潋身后的那张桌子前，正准备加入其中时，"咣当"一声，是玻璃杯被人用力砸在地上的声音。

他问眼镜男："为什么叫他来？"

话音一落，桌上寂然，眼镜男吓得声颤："肆哥……我想着在座的各位几乎都认识陆燃，就，就……"

被叫肆哥的男生全名叫冯昱肆，是雁镇新高的老大，也是不折不扣的混混。在雁镇新高没人敢顶撞他，并且整个学校，他是唯一一个与陆燃树敌的人。

冯昱肆嚣张跋扈，丝毫不退让："叫他滚。"

"……"

"我就看不惯他装好学生！"

"……"

"怎么不接着装了？好学生这个点应该在家乖乖地写作业！"

"……"

冯昱肆向来我行我素，从不因为对方多么厉害就放在眼里。但他又很仗义，校内任谁被欺负了都会出头，因此大家心甘情愿认他做老大。

第一次吃了闭门羹，陆燃没生气，只是声音低了几个度："行，这里不欢迎我，那我走就是了。"

陆燃抬脚，修长的腿并作很大的步子。

冯昱肆的声音很大："老子最讨厌的就是伪善的人！"

闻言，陆燃脚下一滞，神色变暗，淹没在了没灯的阴影处。好学生的标签从来都是别人给他贴的，好学生不能叛逆，好学生只能站在阳光下。天黑了就要回家，天亮了就要披着阳光成为榜样。

世人用上帝视角框架出好学生的道德戒律，然后快乐地做不被约束的自己。他们做不了玫瑰，却还偏偏要求玫瑰不能腐烂。

虽然江漱在夜市上见过陆燃很多次，但那是她第一次看到陆燃消沉。

他站在昏黄摇曳的路灯下，萎靡不振。他脱掉了传统意义上好学生的外衣，时而发光夺目，时而晦暗不明。

回忆似梦一般。

曾经她不敢上前跟他说一句话的男孩，而今就坐在她对面，漫不经心地挑着鱼刺。

江漱想得出神，对着陆燃碗里的鱼发呆，究竟哪一面才是真正的陆燃呢？

对面好似感受到了这道炽热的目光。陆燃掀起眼皮，微微疑惑地抬眼——干吗盯着我的鱼？

两人这目光交错，被肖宇逮了个正着。他开玩笑道："这菜才刚开始吃，这俩就已经暗送秋波了。"

众人闻言，目光齐刷刷地投向江漱和陆燃。

江漱回过神，紧张地低着头，生怕自己的小心思公之于众。

陷入尴尬之时，郭宸接着肖宇的话茬跟着起哄。

"哟，陆师兄这是物色到了新目标？不过，这小江学妹的确是清纯类的绝色。全校皆知，哪个妹子被陆燃看了超过三秒以上，第二天两人准一起上——课。"郭宸把"上"字说得很重，别有用意地断句，任人都能听出来。

肖宇跟着郭宸一阵哄笑。陆燃忽然变了脸色，硬生生把他们的笑逼了回去。

"你是傻子吧，"他语气很不好，"新生在，别开黄腔。"

气氛一时间跌入冰点，一桌人没人敢再接话。

刘雅芝看看陆燃，又看看江漱。她的爱向来明艳又张扬，和江漱不一样。

她凑近江漱耳边，语气带着骄傲和大胆："我打算追陆燃。"

江漱愕然："可是……陆燃不谈恋爱。"

刘雅芝："试试，又不损失什么。"

"吉他社社长呢？"

"比起陆燃的帅，周禹铭的帅根本不值一提。"

江漱没再说话，只是眉眼多了几分晦涩。

高中时期的陆燃是乖美男类型，现在的陆燃是痞帅类型的，这种帅带着不可控的乖戾，更加勾人魂儿。

像刘雅芝那类明艳类型的美女，也偏爱这种类型的帅哥。

肖宇以为两个女生吓到窃窃私语，忙不迭解围道："我说燃兄，你把人家小学妹吓得都开始说悄悄话了。"

他又看了眼陆燃降到冰点的脸色，缓解着："陆燃认识的都是明艳类的美女，从来没有见他和小江学妹这类清纯美女打过交道。我就是开个玩笑，郭宸接梗有些过火，大家别介意。"

说完这句话，他又想到果儿和自己提过她姐妹好像对陆燃很感兴趣，便给刘雅芝递了个"梯子"。

"我见到好几个在男寝楼下等陆燃的，都是小刘学妹这种类型的。我猜你们的陆师兄就吃这一套。"

肖宇这个和事佬为一桌人操碎了心，话题成功转移。

一桌人的目光齐刷刷移向刘雅芝。

她打扮得明艳又娇媚，金黄色的大波浪，配上短款露脐装，衣服将她前凸后翘的身形和小蛮腰展现得淋漓尽致。

听到肖宇的话，刘雅芝笑得更灿烂。在众人的目光之下，她端了端坐姿，一副势在必得的姿态。

根本不用刘雅芝宣示主权，江潋就不战自败。从高中到现在，她一次也没赢过。

她垂着眼，反复地夹盘里的一根土豆丝，怎么也夹不起来。看起来毫不在意，其实心脏早已灌满苦涩。

陆燃把半杯啤酒一饮而尽，烦躁的情绪又涌了上来。

从高中到现在，他都不知该如何靠近那潭清水。

他喉结滚动了两下，苦涩入喉。

"你挺了解我？"陆燃的声音带着啤酒入喉的清冽和低哑，又恢复了漫不经心的模样，"你怎么不直接说——"

他嘴唇微抬，补充道："我喜欢胸大屁股翘的。"

江潋的一颗心彻彻底底地跌到地面，失落的情绪像潮水一般，覆盖上来将人淹没。

完了——陆燃喜欢明艳的。

刘雅芝回到寝室建了个群，一共九个人，两个寝室的人加上果儿。

待陆燃进群后，她改了个很浮夸的名字：保护校草行动。

陆燃也回到了寝室，听到室友三人不约而同地盯着手机发出一阵怪笑，他莫名其妙地拿起手机，缓缓蹙起眉头，发送了一个问号。

刘雅芝很快回复：陆燃学长，你总共付了多少钱呀，发出来 AA 一下嘛。

陆燃：530.80 元

群里又恢复了安静。

江潋板正地坐在凳子上，盯着群聊中陆燃的头像，点开又退出，反复了多次，踌躇着是否要趁这次转账机会直接添加陆燃的微信好友。

她经这几次和陆燃的接触，发觉还是会被陆燃的一举一动牵动心弦。也许爱一个人是爱他的灵魂。

她不信陆燃真如传闻那般不好。

趁其他人还没有在群聊里发起转账，她指尖轻颤着对准那行"添加到通讯录"，一闭眼点击发送。

等待的时间无比煎熬，江潋的一颗心提到了嗓子眼。

不一会儿，手机振动了两下，微信收到提示：我通过了你的朋友验证请求，现在我们可以开始聊天了。

江潋紧绷的神经刚放下两秒，看到那空白的对话框后，心跳又变快了。她迅速地用手机计算出九个人的平均值：58.97 元。

犹豫须臾，她直接发出了一个 60 元的转账。

对方很快便接收了。

对话框顶端，陆燃的名字变成了"正在输入中"。

两秒过后，他发来：大气。

江潋听见自己轰然的心跳声。太不真实了，似梦一场。顺理成章地加上了他的微信，并且对方还主动回了她一条消息！

她心脏突突地往外跳，指尖也跟着发抖。不知道回什么，想以表情包终结话题，谁知在她翻着收藏的表情包时，一不小心点了屏幕。

下一秒，一个亲亲表情包发送成功！

江潋脸色迅速升温成一个红苹果，她懊恼着从刘雅芝那存来的这个表情包，不仅一次没用上反而还引来了"祸端"。

另一边，江潋发来亲亲表情包时，陆燃没关对话框，表情包恰巧迎入视线，间歇片刻，一个问号甩了过去。

回复完，陆燃走到阳台上，开了瓶气泡水，灌了几大口，神色很重地凝视着远方。

远方的夜茫茫一片，楼栋光亮如星辰一般点缀着夜色。

记忆里，高中时有个女生，纯净得没有一点杂质。她当年不辞而别，没留消息，只留下只言片语说想考雁大。他就先进了雁大等她，一年后，竟真的等到了。

气泡顺着瓶壁咕噜地往上蹿，一个个小泡泡绽开又破灭。

这一次，他本可以轻而易举地奔赴向她，却因为突如其来的变故打乱了原有的计划，往后，不知该如何是好。

等他再看手机时，江潋已经撤回了表情包。

他忽然萌生出了逗她的想法，便又回了条消息：不是没兴趣吗？怎么还这么主动？

几年间的时间变作回忆不过一瞬，就像人生在岁月的长河里也不过沧海一粟。

手机倏忽一振，将陆燃的思绪打断。

微信弹出一条消息，他以为是江潋，先看了文字：哥哥，今晚有约吗？

是刘雅芝，陆燃退出对话框回到列表，数条未读消息，一列红点清一色是女生的头像。他微信好友上百人，一半以上都是女生。有的是酒吧加的，有的是学校校友。校友更多，因为他社联主席职务在身，需要一些必要的社交。

陆燃的微信不难加，只要有人发来验证他都会通过。这些人的微信，他甚至不能一一和脸对上号。

他从列表里挑出一条有用的消息，是李医生发来的，问他什么时候来复查。

他近期病情反复还要归咎于他高中的记忆又被唤醒了。痛苦记忆被唤醒，就会无来由地烦躁。

陆燃思考了一会儿，随手回了个"下周"，然后百无聊赖地将未读消息一一点开，再退出。点完一遍后，还是没收到江潋的回复。

胆子这么小？

陆燃挠了挠后脑勺，担心吓跑小姑娘，便又回：多给我转的下次请你吃烤肠。你放心，我不喜欢占你这小姑娘的便宜。

发完，他后知后觉：自己什么时候给女生发消息这么主动了？

他熄灭屏幕，无奈轻笑一声。

江潋从回到寝室就没从那张凳子上挪开过。

她一直端坐在座位上，盯着陆燃的对话框，从始至终没关掉，却也没回复。看着陆燃新发来的微信消息，她又陷入了漫长的精神内耗。

陆燃指的"占便宜"究竟是哪种"便宜"？是男女关系的便宜还是物质上面的便宜？又或者是一语双关？

她的心情像在做阅读理解时一样复杂。

好一阵，江潋打下一个字：好。

对方没再回复，江潋安静了下来，开始研究陆燃的微信。

陆燃的微信名是一个简单的"L"，这和她不谋而合。

江潋的微信名也是"L"，她喜欢用"L"代替自己的"潋"，而陆燃是用"L"代替自己的"陆"。

她心脏乱了一拍，继续往下看——陆燃的头像乍一看是全黑的，点开之后，会发现是夜幕，夜幕上还缀着一颗小月牙状的月亮。像是他自己随手拍的。

陆燃的朋友圈背景是黑色系的风景网络图片，应该是喜欢简约和冷淡风；个性签名是空的，一个字也没有，透出隐隐的高冷疏离感；微信号是他第二个字的叠字拼音加生日数字，由此可见，他应该是水瓶座；朋友圈全部是英文歌曲分享，没有一张照片，应该是不喜欢分享日常。

于是，她把陆燃分享的每一首歌都依次点开，加入收藏，并创建了一个新的收藏歌单，命名为"L"。

江潋和陆燃的姓名拼音缩写都有 L，就算被人看到也不会引起怀疑。

江潋戴着耳机，听着陆燃喜欢的英文歌。

刘雅芝的声音很大，隔着耳机还是传到了江潋的耳朵里。

"同志们，今天晚上如果有查寝帮我罩一下，今晚我就不回来了。"

江潋下意识看了看时间，已经晚上十一点钟了。

刘雅芝出门的时候，穿了条短裙，又化了个大浓妆。

女生的心思都很细，刘雅芝前脚刚一出门，后脚寝室里便展开了关于她的讨论。

耿雨敷着面膜，口齿不清地声动嘴不动地说："她这是又一春来了。"

"春宵一刻值千金啊。"聂婉看着韩剧也不忘插一嘴。

刘雅芝经常大晚上出门不回寝，一来二去，整个寝室的人都习惯了。耿雨和聂婉你一言我一语，开始八卦着。

江潋对这个话题不感兴趣，便继续听着陆燃的专属歌单。

第二章

不想说的秘密

翌日，一早上都是政治课。

江澈起了个大早，室友还在酣睡，刘雅芝还没回来。

她出门晨跑了两圈，独自吃了个早餐，看着时间差不多到点了，边往教室赶边看有没有漏掉的消息。

刘雅芝没发来消息，应该不会有危险吧？

政治课是"高老头"亲自带的，他是学校退休返聘的一位老教师，也被誉为"雁大最刁钻老师"。但凡是他的课，几乎没人敢旷。

雁大流传着这样一句话：谁的课都能旷，就是不能旷"高老头"的课。

刘雅芝就算再不爱学习，也不至于撞枪口吧。

思及此，江澈从列表里找到刘雅芝，点开语音通话。

没一秒，刘雅芝就把电话挂了，江澈恰好走到教室门口，听到了刘雅芝叫她。

江澈抬眼望去，刘雅芝坐在靠墙的角落，侧头趴在桌子上，满脸疲惫。厚厚的大浓妆仍遮不住她的黑眼圈。

江澈坐过去："昨晚没睡好？"

刘雅芝含糊地"嗯"了一声，扶额："太能折腾了。"说完后，她脸上浮现出了不可多得的娇羞。

江澈笑笑，没多问，把课本端放在桌子上。

离上课还有五分钟，学生陆陆续续进入教室。公共课堂的人越来越多，声音也越来越嘈杂。

江漱喜静，侧头找耳机时，余光无意瞥见一抹颀长身影。即便是窥见一角，也不难察觉男生气质里的卓乎不群。

江漱转头，与陆燃的目光遥遥交汇。

两秒后，陆燃漫不经心地收回目光，唇角微微扯了扯弧度，丝毫不露惊喜之色，拿着课本懒懒地迈进教室。

刘雅芝兴奋难抑，没想到能和陆燃上同一堂课。她激动地大喊陆燃的名字，指了指前排空位。

陆燃的目光越过刘雅芝，瞟了眼她旁侧的江漱，正在踌躇之时，跟在陆燃身后的郭宸拨开他，快走几步坐到了刘雅芝前排。

陆燃跟着郭宸坐到江漱的前面。

刘雅芝按捺不住激动："陆燃，你重修了？这一学期都跟着我们上课？"

陆燃始终没作回应，江漱望着他。那是她最熟悉的后背，他的肩部肌肉紧实，脖颈的线条修长又挺拔。

终于不用隔着街凝望了，心上人就在眼前。江漱不自觉地把手往前排凳子移了移，感受着近在咫尺的陆燃。好像，能感受到空气中传递来的一点温热。

旁边，刘雅芝拿着一支笔戳了戳陆燃结实的后背。江漱还没来得及收回手，陆燃就已经转头看着她了。

江漱无处安放的手，收回觉得刻意，不收又觉得诡异，脸倏地就被灼得滚烫。

"你怎么会重修？"刘雅芝问。

好在陆燃的视线被拉到刘雅芝那里，他淡声回应："很稀奇吗？"

江漱："稀奇。"

蓦地，江漱后知后觉才发现那是自己的声音，脸上的红晕还没消下又涨起。

陆燃回看江漱一眼，江漱连忙低下头躲闪他的目光。

的确很稀奇，即便陆燃已不再是高中的"三好"乖学生了，但也不至于成绩差到补考没过，还接着重修吧。况且，江漱上次分明听果儿提起过陆燃成绩很好。

郭宸一脸感动地补充道："阿燃没有挂科，他说今天没课，来陪我上课。说是上学期上课的时候请假了一周，这次顺便听一听。"

"原来如此。"刘雅芝又问，"为啥请假一周啊？"

陆燃："生病了而已"

刘雅芝："什么病啊？"

陆燃没有回她，打了个哈欠，整个人软绵绵的，似没精神。

"燃兄，昨晚去哪儿了又没回寝室？做什么剧烈运动了，整个人虚成这样？"郭宸靠在陆燃耳边，不怀好意地笑。

"这么明显吗？"陆燃自顾自嘀咕了句，"也没很剧烈。"只不过腿快跑废了而已。

郭宸的声音不大，江潋坐在他们后面刚好能听到。她眨了眨眼，心中有种无力的失落。

——又？陆燃经常夜不归宿？

先前刘雅芝的话没有事实依据可以不信，那陆燃室友亲口说出的话又该怎么解释？陆燃真的变了吗？

倏忽，江潋不由自主地打了个冷战，她想到了一件事——陆燃和刘雅芝都是一夜未归！

是巧合吗？

她看了一眼刘雅芝，刘雅芝的表情有些古怪，具体又说不上来怪在哪里。

上课铃声响了，"高老头"站在讲台上点名，点到陆燃的时候，四周投来了几束女生的目光，伴随着小声的议论：

"听说他就是雁大的校草，真的好帅啊！"

"你就死了这份心吧，追他的人多了去了，人家压根不谈恋爱。"

"可我听说他的绯闻女友不少。"

"但人家校草从来没承认过……"

说话的女生坐在江潋后排，江潋刚好能听到她们的议论。

关于陆燃的传言几乎都偏向同一个不好的方向，现在的他始终与高中的好学生背道而驰，这让江潋感到无力又迷茫。

可作为当事人的陆燃，从没为传言辩驳过一句。没人知道，他在隐藏一个在他看来更为重要的秘密。

一上午都是政治课。

大课间，江潋低头闷声补着黑板上的笔记。

上课的时候，江潋整个心思都飞到了陆燃身上，看似一直盯着前方，实则注意力没一会儿就从黑板转到了陆燃身上，笔记也没完全跟上。

她低着头奋笔疾书，倏忽，一本《思想道德修养与法律基础》甩到了她的桌上。封面上陆燃的名字写得潦草飞舞，却有种草书的美感。

江潋抬头，正对上陆燃漆黑的眸子。她脸色微红，道了句谢，翻到对应的页数。陆燃的名字虽写得潦草，笔记却工工整整、一目了然，字体有种洒脱又帅气的奔放之美。

还没等她抬笔，陆燃一只手掌压在桌面，挡住笔记。

"等会儿再抄，"他起身，打了个响指，"跟我来。"

江潋在后面乖乖跟着陆燃。她和他刻意拉开了点距离，避免有人议论。毕竟陆燃那张祸害众生的脸，谁离他近了都遭议论。

跟着一路，到了楼下小卖部。

陆燃："老板，要两根烤肠。"

"好嘞。"

等待老板把烤肠串上竹签的工夫，陆燃发现小姑娘被旁边的棉花糖吸引住了，眼神就像个三岁小孩一样，澄澈又充满喜悦。

他抬眼扫过去——棉花糖分别用粉色、蓝色和黄色做了三瓣花瓣，包裹缠绕在一起，围成了一朵三色花的形状。确实还挺好看。

"喜欢？"陆燃问。

江潋轻轻"嗯"了一声。

陆燃道："老板，再加一个棉花糖，一共多少钱？"

江潋忽然反应过来："棉花糖就不用了吧。"说着赶紧掏出手机，解释是自己喜欢，不是要他付钱的意思。

陆燃一把就挡住小姑娘的动作："我来。"

江潋莫名觉得陆燃这句"我来"很温柔，用的是气音。她不知不觉红了脸，收回了手。

"七块钱。"老板笑了笑，把棉花糖递给江潋，"你男朋友真宠你。"

此话一出，江潋的脸更红了，她又嫩又红的脸蛋像颗能掐出水的圣女果。

"不是的……"她声音跟蚊子似的，不敢抬头看陆燃。但那家伙并没在意，他给人的感觉向来漫不经心。

接过老板递来的烤肠，陆燃轻声道了谢。分成两份，一份递给江潋。

江潋的脸红扑扑的，又害羞了。她害羞起来很可爱，就像一只胆子特小的毛

034

茸小兔子，给人一种说不上来的保护欲。

陆燃察觉到，不受控制地笑了起来。他故意逗她："不好意思，学长又占你便宜了，被人说你是我女朋友。"

江潋越害羞，陆燃说得就越起劲："怎么办，我不喜欢占便宜，特别是你这种女生的便宜。"

陆燃高江潋好多，他弯着腰，弓着身子，去瞧她红扑扑的脸："棉花糖不吃啊？"

一直没反应避他不语的江潋，直到听到这句话才有反应。她红着脸低头咬了一口棉花糖，糖遇热气融化，粘到了脸上。

陆燃递过去了一张纸："甜吗？"

江潋点点头。

棉花糖永远还是小时候的味道，一点没变。

一上午的政治课结束就到了中午饭点。

刘雅芝提议一起吃午饭，眼看郭宸欣然答应，陆燃便也没拒绝，路上还叫了肖宇一起。

陆燃刚往嘴巴里扒拉了两口米饭，不知从哪儿冒出来一位女生，直直地杵在他旁边，盯着他吃饭。

陆燃疑惑："？"

女生羞涩道："帅哥，能加个好友吗？"

还以为是什么事呢，陆燃又恢复了那张漫不经心的脸。他用筷子挑着餐盘里的菜，把青菜配着的仅有的肥肉全部挑出来，扔在桌子上。

"不好意思啊，你不是我的菜。"

那女生还想再说什么的时候，刘雅芝没好气地插了一句："别白费力气了，他不喜欢你这种的。"

女生白了一眼刘雅芝，不忿地走了。

江潋默不作声地低头吃着饭，实际上一门心思关注着陆燃的举动。

陆燃不喜欢吃猪肉，特别是肥肉。饭很清淡，不喜欢吃辣，三个菜都是素菜，配点大米饭。

女生走远后，肖宇对着陆燃做了一个抱拳的动作："燃兄这是改邪归正了？从前不是来者不拒吗？"

郭宸不以为然："有没有一种可能，好友到达上限了。"

"……"

陆燃刚想摆出一副高姿态，就被室友联合拆穿，一口饭差点喷出来。

他用桌子底下的腿狠踢了一下两人，恶声道："吃饭都堵不住你们的嘴。"

"来者不拒？"刘雅芝睁着那双卡姿兰大眼睛，眨着长长的睫毛，往陆燃那边扭了扭，故意道，"既然来者不拒，为什么不发展一下？"

陆燃问："发展什么？"

刘雅芝弯起两个大拇指，指尖贴合，简洁形象地比画了一个手势："恋爱啊！"

眼看话题不受控制，陆燃把最后一口饭扒进嘴里，起身端起餐盘："我去买包口香糖，门口等你，肖宇。"

肖宇："好嘞。"

陆燃走远后，肖宇道："你们不知道吗，陆燃虽然和女生玩得好，绯闻女友也多，但他没谈过恋爱。追他的女生可多了，那个学生会主席，叫什么来着……卢思悦，追了他好久。"

提起卢思悦的名字，江潋眼皮一跳。即便是绯闻女友，她也总觉得两人的关系不太一般。

刘雅芝沉思："那陆燃为什么不谈恋爱呢？"

肖宇凑近女生们，笑眯眯地问："好奇吗？"

四个人齐刷刷地点头，就连一直没加入他们谈话的耿雨和聂婉也投来了八卦的目光。

肖宇左右环顾一圈，又往前凑了凑，悄声说："谣传，他被白月光伤害过。"

"白月光？"聂婉也来了兴致，"大一吗？"

肖宇摇头："再猜。"

"高中吧。"刘雅芝很是淡然，"他长那么帅，我没打娘胎里就和他定好娃娃亲真是遗憾。"

江潋按着时间线思索着，陆燃的变化难道是从他高三那年开始的？那年她搬家了，关于陆燃的情况一无所知。

肖宇继续故作神秘道："你们看到他眉骨的那道疤痕了吗？"

四个女生连连点头，聚精会神地等待着他的后文。

"与白月光有关。"

肖宇神秘兮兮地端起餐盘，故意吊四个女生的胃口："这是我偶遇陆燃高中同学听说的，我也只知道这么多。燃兄在等我。下次见。"

陆燃的白月光……

江潋告别了室友，一路思索着：陆燃的白月光得是仙女般的存在吧，如果能见一眼就好了。

她边思索着，边走到了江河文具店门口。

江秀薇一见江潋，就拉着她喋喋不休地抱怨生意不好做。话题转了一圈，她最后开始关心江潋的情感问题："小水，在学校有没有男生追你啊？"

江潋拿了点东西，手上动作一滞，干笑道："没有，姑妈。我心里只有学习，还没想过谈恋爱。"

江潋长着一张乖乖女脸，说什么长辈都信。

江秀薇听得很开心，又惯常地唠叨着她父母的不易，告诫她要好好上大学，暂时还不是谈情说爱的时候。

长辈们总是这么奇怪，上学的时候不让谈恋爱，毕业后又迅速安排相亲。江潋没反驳，只是耐心听着，微笑点头。

选完后，她给姑妈扫了个一百元，刚出店门口就被姑妈叫住。

姑妈颤颤巍巍地往她手中塞了几张红色人民币："小水，零花钱。"

"姑妈，不用了。"江潋想挣开，江秀薇力很大，把她的手牢牢钳住。

"听话小水，我知道你们家困难，你爸爸的腿……一直不能下地走路，住院也是需要大笔开销的。"

江潋咬着唇点点头，张了张口，声音被风吞没。她把钱紧紧攥在手中，几张人民币被赋予了沉甸甸的爱意。

姑妈拍了拍她的肩膀进店。

江潋再也控制不住，鼻子发酸起来，每当感受到爱意时，她就会热泪盈眶。她揉了揉发涩的眼睛，走到文具店的盲区，拨通电话。

电话那头女人的声音透着疲惫："小水啊。"

"妈妈，你辛苦了。"江潋极力地压抑着哭腔，挤出一个有些难看的笑容。

"怎么了，"电话那头女人的声音高了一些，"学校过得不好吗？"

"挺好的。"江潋咽了下唾液，把负面的情绪关掉，"刚才姑妈又给我钱了，我就是打电话给你说一声。"

女人松了一口气："好，没事就好。以后你有本事了，要好好报答姑妈，听到了吗？"

"嗯。"江潋重重点头。

挂了电话之后，她深吸一口气整理情绪。刚抬起眸，不远处斜靠在零食店门口的陆燃闯进视线。

对方漆黑的眸子藏着不明的情绪望着她。

江潋避过头，让风吹进眼睛，刮散眼角发热的红意。她没打算打招呼，谁知陆燃竟径直朝她走来。

"江潋。"传来他带着烟嗓般的低哑声音。

江潋似乎第一次听到陆燃叫她的名字，她顿住身。

他定在她面前，好像想说什么，又好像不知道要说什么。

"嗯……"陆燃神色游离，踌躇着，又把话咽了回去。

他眼睛扫到了江潋的书包，想起了什么似的，把自己那本政治课本递给她："拿去抄。"

江潋觉得他有些别扭，好像有话没说似的："就这事吗？"

"下次上课带给我，"陆燃把目光错开，又恢复了那副漫不经心的模样，"不想拿了。沉。"

"……"

江潋应声接过，觉得陆燃有些反常，但她没多问，乖乖地抱着书走远。

待江潋走远，陆燃的手机响了。刚一接通，就听见肖宇近乎咆哮的声音：

"我说陆燃，你买个口香糖还非要跑到学校大门口买？跑到大门口买也就罢了！我结账的工夫你人怎么就没影儿了？给你发消息也不回……"

陆燃蹙眉，把手机听筒远离耳朵几寸，等他说完才淡声应道："在你对面。"

肖宇掐断电话，与陆燃会合后，迈步朝校园里走。

陆燃问："你去哪儿？"

肖宇："什么去哪儿？回寝室午休！"

"不困。"陆燃声音懒懒的，撩起眼皮朝马路对面江河文具看去，"陪我买点儿文具。"

肖宇疑惑："陆燃，你这货今天是不是又背着我喝酒了，我发现你最近……"

陆燃迈着那双大长腿，自顾自地朝马路对面走去。肖宇在后面迈着小碎步子跟着陆燃，开启了碎嘴模式。

文具店门口的风铃"叮叮当当"地响起一串清脆的声响。

陆燃双手插着兜，抬起眼皮随意地扫了一圈货架——没什么可买的，那就随便买点吧。

他从货架头走到尾，漫不经心地隔三两步就侧手拿点儿，甚至没有细看拿的是什么就抱了一堆结账。

"阿姨，算下钱。"陆燃有礼貌地说道。

江秀薇一看到是陆燃，倍感亲切。长辈们都喜欢像陆燃这种家教好又懂事的好学生。

"小同学，你又来了啊，大学作业很多吗？怎么隔三岔五就买这么多文具呀。"

陆燃好学生般地对着江秀薇乖巧一笑，声音澄澈："是啊，阿姨。"

在后面的肖宇没忍住，"扑哧"一笑，心想陆燃装得挺像。

"你不买？"陆燃闻声回头看肖宇，眼神里带着点锋芒，和刚刚的好学生判若两人。

肖宇若无其事地摇头，陆燃捏着嗓子，语气不善地"威胁"肖宇："你文具够用吗？大学作业这么多呢。"

肖宇无语凝噎，举手投降："成，我买。"

"一共一百零五块。"江秀薇笑着看着两个可爱的小同学。

这么便宜？陆燃眉头一挑，拿出手机扫码。

陆燃上前，江秀薇目光一错，这才看清陆燃穿的破洞牛仔裤，忽然想起两年前陆家败落卖掉别墅，内心唏嘘道：这孩子受委屈了，如今竟沦落到穿乞丐裤的地步。

江秀薇笑着，又不好意思明摆着说，便道："燃燃，你都来了这么多次了，阿姨给你们打六折吧。"

一听这话，肖宇从货架上多拿了两个本子，兴高采烈地转头看江秀薇："这么好啊阿——"

话音未止，他目光扫视到陆燃，在陆燃厉色眼神中止住了嘴。

陆燃收回眼神，语气轻狂中透着阔气："不用阿姨，我们钱多。"

肖宇："……"

陆燃提着一大兜文具，出门的时候还乖巧地说了句"谢谢阿姨"。

江秀薇对陆燃印象极好，陆燃临走时还对他说下次把乞丐裤拿来给她补。肖宇笑得差点岔气，直拍大腿。

出了文具店，一阵风中吹过，裹挟着桂花的香味。天空澄澈得不像话，大片大片的白云飘浮在头顶。

陆燃心中不由自主地想起江漱和她姑妈的对话。他并非有意偷听，只是恰巧在旁边的零食店门口。他的位置被树木挡着，隔着一段距离，没人在意。

小水……他在心里默默念了一遍，又看了眼手中的一大袋文具，眉眼间多了些释然。他想和江漱说有什么需要帮忙的尽管和他开口，斟酌再三，又觉得两人没那么熟，贸然唐突，反倒再伤人家姑娘自尊。

肖宇道："陆大少爷，我发现你是不是钱多得没地儿花，你能不能可怜可怜……"

"肖宇。"陆燃想起什么，打断他的话，"你妹妹几号生日？"

"国庆节，今年刚过完。怎么了？"

陆燃"哦"了一声，抬手把那一大兜文具拎到肖宇面前，语调漫不经心又透着点"傲娇"："帅哥哥送她明年的生日礼物。"

"？"肖宇呆愣两秒，一拍脑袋，恍然大悟！

"陆燃，你不会看上我妹了吧！我说你怎么好心总送我妹东西啊？不会是上次她来找我被你惦记上了吧！我可告诉你啊，她还小！"

陆燃快走几步，和肖宇拉开距离，远离他的碎碎念。

他唇角勾起笑意，江漱——小水。

这小名有点意思。

周五下午上完两节课就解放了，耿雨和聂婉去市区的商场逛街了，刘雅芝又去找她的好闺蜜果儿了。

江漱独自一人回到寝室，从书包里掏出两本《思想道德修养与法律基础》。

一本是自己的，一本是陆燃的。

她把陆燃的课本从头到尾仔细翻看了一遍，甚至还凑到鼻子上闻了闻书主人留下的味道。

——淡淡的薄荷味和雪松香。

江漱感慨，不愧是高中的那个大学霸，他的笔记从第一页到最后一页都极致详尽，再加上是重修的缘故，每页都用了两个颜色进行批注，一目了然。

誊抄完笔记，刚过三点，江漱正思索着下午的安排，手机亮屏，是赵凯博的微信消息：出来玩吗？学校猫咖。

几秒钟后，又补充了一条：这次不是学妹和学长的局，基本上都是女生，纯粹玩桌游。

桌游？

江潋忽然想起她在陆燃的"威逼利诱"下报了个棋牌社，社团活动还没正式开始，她之前从未接触过这类游戏。就当提前练习一下好了，不然和那个耀眼的男生比她什么都不行。

思及此，江潋回了个"好"字，简单地收拾后便下了楼。

十月份，秋风微凉，天气晴好。

猫咖门口有棵古老的银杏树，在秋天里叶子泛了黄，风一吹，流淌过一片金色的海洋。

树下有几个穿着光鲜拍照打卡的女生。

雁大是知名度较高的学府，校园大而美，这棵银杏树也成了个小有名气的网红打卡点了，在周末时常有外来人员慕名而来拍照打卡。

江潋推开猫咖玻璃门，店内客人稀少。她环顾了一圈，并没有看到有玩桌游的组队。

她低头准备给赵凯博发消息，余光瞥到最角落靠窗的位置，男生的衣服有些熟悉，她定睛去寻，赵凯博独自坐在那里。

桌子上两杯咖啡，另一杯是满的，好像是专门为等她到来准备的。

江潋意识到被骗了，转身就要走。

"小江学妹！"赵凯博迅速起身，一个箭步拉住她。

江潋不喜肢体接触，眉眼瞬间冷下："有话你说，还请放开我。"

"对不起。"意识到江潋不高兴了，赵凯博瞬间收手。

江潋直言问："你骗我？"

赵凯博推了推镜框，有些难为情，却还是如实道："是。我……喜欢你。"

江潋愣怔了一下，被他这突如其来的告白打得措手不及，却还是尽量保持着礼貌。

"赵学长，首先谢谢你的欣赏，但是咱们并没有过多的接触，我想你可能并不了解我。其次，我希望你不要在我身上白费力气了，我不喜欢你这个类型，抱歉。"

江潋对刚认识就表白的男生很反感，比起自己长达四年的在意，这种几天的喜欢算什么？想要广撒网看哪个鱼上钩？还真是钓错人了。

她很少发脾气，但她无比讨厌被人戏弄。

说完，她转身就走。

赵凯博见她走，追到门外不依不饶地边解释边拦。

"小江学妹，这段时间给你发消息都没回我，是不是对我有什么误会，那个群我也是早你一天进去的，我也不知道……"

赵凯博的声音不小，扮演着一副受害者的角色，引得在门口银杏树下拍照打卡的几个女生频频回头。

江潋不想把事情闹大，冷颜道："那个群我会退出的，请你不要再来找我了。"

"小江学妹，你就不能给我个机会吗？"说着，赵凯博又去拉江潋的胳膊。

"我们不合适。"江潋拒绝得干脆又坦荡。

见她连番拒绝，继续发展的可能性不大了，赵凯博忽然松开手，冷笑了声。他扶了扶镜框，垂下脸，态度翻转了一百八十度。

"装什么清高啊，给你脸了是不是？"

他声音加重，就连旁边的吃瓜群众都愣怔了下。

江潋也愣了，仅一秒，泪就涨到了眼底，还没等眼泪流出来，她胳膊就被人往后扯了一把。

随之一声闷响，赵凯博重重地屁股着地。

陆燃不知道从哪儿蹿出，对着赵凯博飞来一脚，赵凯博整个人重心不稳地重跌在地。

旁边三两个女生哄笑叫好的声音传入耳中，陆燃一时间占据上风。

赵凯博颜面扫地，破口大骂。

"道歉。"陆燃抓住赵凯博的衣领，把他从地上拎起来，冷声重复，"给她道歉。"

"陆燃！你也不是什么好人，装什么英雄救美！"

赵凯博扬起手臂就要抢陆燃的头，陆燃一躲，顺势给了他一拳。

谁知这一拳不偏不倚落在了赵凯博的鼻子上，陆燃下手力度又没忍住，赵凯博的眼镜框都被他打歪砸在了地上，鲜血也在顷刻间顺着鼻孔流了出来。

见事态逐渐严重化，江潋慌了，想要去拉陆燃。

这时才发现陆燃忽然间变了脸色，整个脸红了一个度，头上冒着细密的汗珠。

"陆燃，你怎么了？你晕血吗？"

赵凯博也没见过这个样子的陆燃，怕他又有什么隐疾复发，本就是自己理亏，再把事情闹大了被学校处分反而得不偿失，赶紧捡起眼镜捂着鼻子狼狈而逃。

与陆燃同行的那个男生，本想去拦赵凯博，在听到江潋的声音后，视线立马移向陆燃的脸。

陆燃病发了！那男生大步镇定上前。

"药在哪儿？"男生的声音利落干脆，像是知道陆燃病情的人。

陆燃顾不上回答，他浑身上下小幅高频地颤抖着，抖动得越来越厉害，整个人都有些站不稳了。

男生上下寻找着陆燃的口袋，很快便找到了一罐药。他倒出一粒，迅速地塞进陆燃嘴里。

整个过程流畅又熟练。

江潋立刻去猫咖要了一杯水。

陆燃咽下药，脸色逐渐恢复，但情绪还是有点不振。

旁边围观的女生散了，重新投入到拍照打卡中。

男生扛着陆燃进了猫咖。

陆燃喝完药不能喝咖啡，他把陆燃杯中的水添满，另外点了两杯咖啡。

江潋也没走，两人安静地等陆燃恢复状态。

男生把其中一杯咖啡推给江潋。

"谢谢。"

江潋十指交叉环握住杯子，温热隔着杯壁瞬间蔓延开来。方才她被吓得双手打战透着冰凉。

男生这才回眸看江潋，应声："没事吧？"

江潋恬静乖巧地点了点头："我没事，刚才多亏你们了。"

男生点点头，垂眸抿了口咖啡。

江潋这才注意眼前这个男生——利落的板寸，肤色偏黑，却是很健康的颜色。五官立体而深邃，鼻梁与眉骨的骨感硬挺，眼神透着一股不问世事的厌世感。搭配起来的长相，给人一种反骨天成的野性和不羁。

怎么……有点眼熟？

她思忖片刻，没从脑海里翻出和那张脸对上号的人。

"你……"江潋犹豫着，"不是雁大学生？"

男生闻声抬眸看江潋。

他眉眼桀骜恣肆，唇角很轻地一勾，带着些许自嘲："对，社会人士，不是你们这种高才生。你叫什么名字？"

男生的气势太强了，对上他的目光后，江潋磕巴了一下。

"江，江潋。"

男生刚想点一支烟，后知后觉地想起这儿不能抽烟。听到江潋的名字后，他手上的动作明显顿了一下。

猜得果然没错。本以为只是长得像。他来回撩动着银质打火机盖帽，漫不经心道："我知道你，雁镇新高的吧，咱们是校友。"

江潋微微愣怔，经过他的提醒，脑中霎时间闪过一个高中男生的身影，逐渐和正对面的男生相吻合。

江潋不确定道："冯……昱肆？"

少顷，冯昱肆应声，似笑非笑："没想到我这老大没白当啊，毕业了还有人记得。"

他的脸有一种刀削斧凿般的锐利，更透着一种侵略性的狠劲儿，单看长相并不难记，只是江潋无论如何也没想到这两个人会做好朋友。

"哦……"江潋回应，"我高二就转走了，我也没想到还会有人记得我名字。"

冯昱肆漫不经心地睨了她一眼，继续拨弄着手里的打火机，语气里带着一种反讽："我对好学生都印象深刻，就跟我对陆燃印象深刻一样。"

高中时，混混冯昱肆和好学生陆燃，一直是方枘圆凿、水火不容的状态。在夜市上他厉声赶走陆燃那件事传遍了学校，他讨厌陆燃之心全校皆知。

可是如今两人为何好到这般地步了？

"啊……"冯昱肆好像看出了她的疑惑，"你转走了，所以不知道后面发生的那件轰动全校的事。那件事后，我们关系就变好了。"

"什么事？"江潋眨了眨眼睛，铆足了精神。

冯昱肆若有所思，欲言又止。他看了眼陆燃，陆燃闭着眼，好像睡着了。那药有镇定情绪的作用，所以吃了会助眠。

冯昱肆把手中的打火机开开合合撩拨了好几下，才放定在桌子上。他换了个轻松的姿势，双臂搭在座椅上，二郎腿一跷，一副吊儿郎当的样子，好像对往事并不想提及。

"那件事还挺不好的，陆燃不希望有太多人知道，也不希望有人知道他自那之后就得了病。"

江潋有些失落，但还是点点头。话想说的时候自然会说出来，不想说的时候问也问不出来。

那瓶药虽然已经被收了起来，但是江潋清晰地记得药瓶上的名字被用便利贴挡了起来，又在上面用手写了"维生素片"四个字。

但陆燃那么严重的病，怎么可能单单凭维生素就能立马见效？掩人耳目罢了。

"是情绪稳定剂，"冯昱肆像江潋肚里的蛔虫一样，他缓慢地开口，"PTSD，创伤后应激障碍……"

当冯昱肆还想再说什么的时候，桌子下陆燃的脚踢了一下他的腿。他侧头，陆燃依旧闭着眼，像一副睡着的样子。

冯昱肆没继续说下去，话要开口时转了个弯儿："为了控制病情，他小心翼翼地生活，不让任何事触动他的情绪，却没想到……"

"对不起。"

"你道什么歉？该道歉的是赵凯博。"陆燃忽然抬头，冷冰冰的声音携起一丝不爽。

江潋噤声，看向陆燃，他的脸色已经恢复了正常。

他刚恢复就要起身催冯昱肆走。

冯昱肆伸手拦陆燃："你别起来了，我自己去校门口坐车就行了。"

陆燃："少废话。"

"……"

陆燃长腿刚迈出两步，想起了什么又折回一步，转头看江潋："你在这儿乖乖等我，不许走，我送阿肆到车上就回来。"

江潋乖乖点头，耳根不知不觉泛了红。这语气……怎么这么像男朋友对女朋友呢？她甩了甩脑袋，很快就打消了这个念头，迟疑地望着两个男生远去的背影。

陆燃真的没事了吗……她在心里捏了一把汗，紧接着便看到陆燃三两步一蹦，步子似乎比平常还轻快伶俐。

错觉吗？她揉了揉眼睛，又看到陆燃连蹦带跳地跨过一个井盖。

"……"江潋微微松了口气。

冯昱肆看着旁边的陆燃像只猴儿一样蹦跳过一个井盖，嫌弃道："你满血复活后怎么跟个傻子似的？"

陆燃白了眼冯昱肆，懒懒解释："那姑娘没见过我发病，我怕她以为我得了什么不治之症命不久矣，展示一下我还麻利着呢。"

"……"神经。

冯昱肆默声回头，那姑娘果然还在后面看着他们。看到他回头，她立马局促地背过身去。

冯昱肆收回视线，心中隐隐觉得女孩似乎挺在意陆燃的，他正想说什么，听到陆燃问："我醒之前你俩都聊什么了？不会全抖出来了吧？我还没睁眼就听到你 PTSD 都整出来了。"

冯昱肆闷声一笑："那姑娘好奇，我就说了个 PTSD，这又没什么，你主病又不是 PTSD。"

"哦？"陆燃眉间一挑，神色多了些淡然。

他又说："我好像还隐约听到你俩高中认识？"

"认识我不是很正常嘛，高中谁不知道我老大啊，"冯昱肆口中带着点不可一世的轻狂，继续回忆道，"至于她呀，低一届的小学妹，年级第一，你不知道吗？"

"那她高中的时候……"陆燃喉结轻滚，哑声道，"认识我吗？"

冯昱肆脚下一顿，看着陆燃，声音微滞："看上了？"

陆燃漫不经心地佯装往别处一睐，含混不清地应声："没啊，我高中不是也挺有名的嘛，就是问问。我觉得我知名度应该超过你了吧？"

"……幼稚。"冯昱肆轻骂，"校长就差把你的照片挂在大门口辟邪了，哪个眼瞎耳聋的人会不认识你这个雁镇新高的大学霸？"

"滚。"陆燃嗓音里压着笑。

所以江潋早就认出他了？

可为什么——那天他问江潋怎么知道他姓陆，江潋宁愿说是看了置顶的帖子知道他是校草陆燃，也不愿意说他们是高中同学。

那姑娘，不愿意跟他有瓜葛？

他垂眸，不知为何要笑。那笑里藏着玻璃碴子，裹挟着酸涩和苦楚。

"看上又有什么用，"他声音里带着点烟嗓的干哑，"医生都说了，双相情感障碍患者，不适合谈恋爱。"

江潋在银杏树下踱着步子等陆燃，心里嘀咕着陆燃怎么去了那么久，不知道要等到什么时候。

又想到了什么，她拿出手机百度：创伤后应激障碍日常注意事项。

答：饮食方面，忌烟酒……

上次吃烤鱼的时候，陆燃分明没忌酒。江潋泛起一丝担忧，思绪反复徘徊在陆燃的病上。

"学妹？"男生的语气带着点迟疑地叫她。

江漵回过神，看清男生的长相后，回忆了两秒——吉他社社长周禹铭。

"学长，有什么事吗？"

"啊……"周禹铭略带羞涩，挠了挠头，似乎难以启齿。

"就是雅芝……有天她大晚上找我，想让我陪着她。我还以为我们的关系默认了，但是她……不知怎么回事，突然就不搭理我了。"

"你是说周二那天晚上吗？"江漵回忆起刘雅芝一宿没回来的那晚，直至第二天政治课才见到她。

周禹铭迅速回忆了一下："对。我是想说，我一直带在身上的一支口红，想着什么时候遇见她就送给她，谁知先遇见你了。你能不能帮忙转交给她，顺便再帮我说说好话？"

"行。"江漵很快答应着接过那支口红。一个很有名的牌子，对于学生党来说不算便宜。

"那咱们加个微信吧？你给她之后和我说一声。欸，对了……我们的这件事，还请你保密。她是女孩子，传出去影响不好。"

江漵理解地点头道："好。"

陆燃送完冯昱肆，在校门口辗转数家店终于买来他想要的东西。

他一手攥着"宝贝"，一手拿出手机，正要给江漵发消息，一抬眼，迎面进入一对男女——江漵接过周禹铭的礼物，周禹铭拿出手机让她扫码。

陆燃嗤笑一声，眸色慢慢深晦。这姑娘一会儿没见，就收了礼物加了好友，魅力那么大？

周禹铭走后，陆燃望着江漵的侧脸戏谑道："你还挺急找对象，刚送走赵凯博又来了个周禹铭。"

"！"江漵眼皮一跳，转头看到了陆燃。

她垂下眼，咬着唇底细细的肉，一边接受着每次必然被陆燃撞见的事实，一边无力地解释道："不是的，周禹铭是送给刘雅芝的。"

"他怎么不亲自送？"陆燃显然不信，"然后你俩还加了微信。"

再说就说多了，出卖朋友的事江漵不会做，她只能极为委屈地说道："赵凯博的事我是被他骗了，他说玩桌游，基本都是女生，谁知道……"

陆燃见状，也没继续这个话题。

"好了。"他语气里带着一丝哄，朝她怀里扔了个"宝贝"。

"这是什么？"

陆燃的那句"防狼神器"还没出口，就听见刺耳的"嘀鸣"报警声传出。

"……"

江漱看这玩意儿像灯一样，没什么危害性，不明所以地按了一下开关。小小的一个东西，立马发出了100分贝刺耳的报警声。

这一声响引来了不少人频频回头。

江漱吓得一激灵，拿着那烫手山芋，胡乱按了一通，声音才算停止。她紧紧攥着防狼手电筒，手心冒了汗。

"谢谢。"

陆燃让她等着他，就是专门为了送她这个吗？

她心头迟缓地洋溢起一丝惊喜。

但这东西应该不便宜吧？

她犹豫了一下："多少钱，我转给你。"

陆燃唇角一勾，刚想说"送你了"，忽然又想逗逗她。

他睨了眼防狼神器，装出一副傲慢神情："看着几百的随便转吧。"

"！"

中间商赚差价？陆燃回来就是为了卖东西赚钱的？

他如今竟落魄到如此地步？

陆燃看江漱呆愣在原地蠢萌的表情，止不住地乐："逗你呢。"

江漱这才算松了口气。

"哦，"陆燃忽然想到了什么，"你刚刚说你是来玩桌游的？你不是不会吗？"

江漱点点头，声音很轻："想学。"

他会的，她都想学。

"成，"陆燃应声，"我下周就让各个社团把活动组织起来，记得来。"

江漱眉眼弯弯，声音温软："好。"

"走吧，送你回寝室。"

两个人并肩走在校园里面，一阵秋风扫过，有银杏叶子翩翩飞舞，像蹁跹在两人之间的蝴蝶。

江漱忽然觉得这一刻很美好，再也不是只能仰望他的背影了。就算什么话都不说，站在同一块土地，吹着同样的暖风，也很美好。

路过的女生，时不时会有人把目光瞄向陆燃，顺势再瞄一眼他旁边的女生。

江潋能感觉到那些目光里带着的欣喜，和当年的她一样。

陆燃身边随时不缺跟着的女生，对于她的存在旁人也不会感到惊讶。只是那些顺带扫向她的目光，让她很不自在，她不喜欢被人关注。

江潋低头，尽量避开那些视线。

右胳膊忽然被人一扯，把她拉到了里侧的位置。

陆燃挡在她外侧，游走在树荫与阳光的交界处，忽明忽暗。

她从来没想过，有这么一天她也会站到他身边这个位置："冯昱肆来雁大找你玩吗？"

"他有病？来大学玩。"陆燃双手插兜，姿态肆意，冷笑一声，"那小子最讨厌学习。"

陆燃从周二开始回忆起。

那天晚上，他忽然接到冯昱肆打来的电话。冯昱肆姥姥病重，冯昱肆想把姥姥从镇上的医院转到市区。市中心最大的医院，住院部每天人满为患，冯昱肆本来已经托人帮忙了，给过钱后，下了高铁竟联系不上人了，才得知被骗。

陆燃家之前有矿，人脉广，冯昱肆想问问他有没有什么办法。

陆燃一听，立刻就动用了之前公子哥的关系。为这事，他跑了一晚上，又把冯昱肆和他姥姥接到医院才走。忙完已经到早上了，导致第二天上课昏昏欲睡。

冯昱肆为了陪他姥姥，也跟着来了市区，又准备在市区做点生意，最近看上了校园周边，才来找陆燃考察看雁大有没有合适的选址。

江潋微微惊诧："他高中毕业就没上学了吗？"

"对。"

"那你……"江潋微微张口，不知道说这话合不合适，"你从高中到大学的转变是受到了冯昱肆的影响吗？"

陆燃一怔，内心微微窃喜，江潋的这句话证明了她从高中就认识他了，居然还想骗他说是因为看了置顶的帖子。

然而江潋自己都没有反应过来她已经说漏嘴了，不过陆燃也并没有拆穿他。

喜怒不形于色，他清了清嗓子，答得坦荡："是一部分原因。"

江潋暗自腹诽：近朱者赤，近墨者黑。

陆燃没把冯昱肆这么玩世不恭的一人往正道上带，反而让他自己那么阳光的人也多少沾了点痞。

察觉江潋的脸色有了微妙变化，陆燃继续说："冯昱肆他看着坏，其实人很好，不然我不会跟他扯上关系。而且，他身世很可怜，他姥姥是他在这世上唯一的至亲牵绊。"

冯昱肆是孤儿？这让江潋感到意外，他在学校时刻为别人撑腰，身后竟无人为他撑腰。

陆燃看着远方，平静道来：

"冯昱肆小学的时候，他妈妈跟着别的男人跑了，甚至他姥爷离世的时候她都没回来。后来他爸爸又和别人组成了新的家庭，也不要他了。唯一愿意养他的就是他姥姥，靠着微薄的养老金把他抚养到高中毕业。

"高中毕业后，冯昱肆去法院打了官司，法院判决他父亲给了他一笔抚养费。拿了这笔抚养费，他没有继续上大学，而是一边照顾姥姥，一边出来创业，靠自己生活。"

江潋回吸一口气，心里不由得泛起一阵酸涩："对不起，是我考虑得肤浅了。"

陆燃目光平静地看着远方。

他还记得，冯昱肆说自己从小到大没有一刻感受过家庭的温暖，甚至还因为没有父母撑腰，而受到衣食无忧的公子哥们的歧视和霸凌。所以他讨厌那些仗着自己有钱、读过几年书就目中无人的公子哥。

陆燃目光一转，发现走到了通往女寝的分岔路。和这姑娘在一起的时候，时间怎么过得这么快呢？

接着他长腿一转，刚要左拐进女寝楼下，见身后那姑娘停在那儿了。

"不走？"他回眸。

江潋睫毛轻颤了两下，抬起："男寝直走，女寝到了，我自己上去就行。"

蓦地一寂。

陆燃半迈出的腿有些不知所措。

过了会儿，他轻嗤一声，收回腿，舌尖抵着左腮，哑声道："怕人看见？你就这么想跟我保持距离吗？你加别人微信时也没看到你避讳啊。"

"不是这样的。"不是要保持距离，江潋在心底轻声说。

只是太喜欢了，怕把持不住，怕空欢喜。怕它溢满，又怕它落空。

"算了。"陆燃盯她两秒，声音像渐黑的夜色一样清寒，"我走了。"

陆燃转身，很快就消失在她视线里。

江潋睫毛一抖，站在原地，发了很久的呆。

她是惹他不爽了吗？

陆燃黑着脸回到寝室，手上的动静很大。

肖宇见他就跟吃了个闷地雷一样，想劝他的话几番欲言又止。

陆燃的脾气算不上差，平常和他开玩笑也不会生气，但若他脾气不好的时候，没人敢招惹他。

让肖宇唯一觉得古怪的是，陆燃每天都在服用药物，且药罐的名称被用标签遮挡住了。有一次他没定时服药，情绪忽然变得失控起来。

陆燃像六面体，隐藏着自己的很多面，没人能摸透他的完整面貌。

不出半小时，陆燃缓过了情绪。肖宇手机上女友果儿发来消息，要他帮刘雅芝打探陆燃"英雄救美"的事迹。

一小时前，陆燃飞踢赵凯博的视频不知被谁挂到了论坛，"救美"的对象也掀起了探讨热潮。

网友A：我见了，不眼熟，好像是刚入学的新生。

网友B：不把她的班级姓名发上来，就是你们这届网友不行。

肖宇用屁股挪了个圈，挑眉对陆燃道："燃兄，下午英雄救美去了？"

陆燃懒懒回过眸："你怎么知道。"

肖宇蹬腿比画着："你又在论坛上炸了，那一悬空飞踢，迷倒万千少女。"

陆燃惊起，忙不迭打开手机进入校园论坛。

视频很短，只有三秒钟。恰好拍到了陆燃飞踢赵凯博的那一脚，江漱出现在视频末尾，短暂地一晃而过。

他舒了一口气——看不清江漱的脸，不然那姑娘又该手足无措了。

还好也没有拍到他发病的画面。

肖宇追问道："燃兄，透露一下救的谁呗？满足一下我们这些'吃瓜群众'的好奇心。"

周毅放下了手里的世界名著，少见地加入了群聊："肖宇，我发现你这学期开学以来对陆燃格外感兴趣。"

肖宇："……"

陆燃懒懒地刷着论坛帖子，上面有不少关于他的绯闻。无一例外，每一条都是谣传。

尽管如此，但他认为还是有必要假装澄清一下，那姑娘多被旁人看一眼都能掉块肉，要是再被他的绯闻缠进去，还不得疯？

陆燃斟酌着打下一行字：当时情急，赵同学的言辞过激，换作任何一个女生我都会出手相助。希望大家对遭遇此事的女生不要过分打听和探讨，更不要造谣是非，谢谢大家。

回复完，陆燃松了口气，随意应付肖宇："和英雄救美没关，我本就和赵凯博有私仇。"

肖宇半信半疑："我怎么不知道你俩什么时候结下了梁子？"

陆燃眼皮一撩："你不知道的多了。"

"……成吧。"

这一茬算是过去了。

陆燃又想起江潋说的学校置顶的那条帖子，顺手去翻了翻。

嗯，照片拍得挺帅的。

他得意地欣赏着自己的美照，往下继续划拉，忽然扫视到一串评论，心头一梗。

——这么帅的校草不动凡心不可能吧！难道是地下情？

——传言他经常不回寝室，也许是在外面……

这种评论要是被那姑娘看到岂不是抹黑他高中的正面形象？况且，他不会再容他人恶意抹黑他了！

沉思两秒，一个主意悄然打起。他切换了个匿名账号，在下面打了一行字：兴许是高中那年的白月光太皎洁。

与此同时，江潋也看到了那个视频。

趁室友还没回来的时候，她赶紧把"事故现场"的衣服换掉，塞在了衣柜最下面的角落里。

没一会儿，聂婉和耿雨提着一大兜零食回来了。

还没到门口，江潋远远听到两人讨论着帅哥——帅哥永远是女生亘久不变的话题。聂婉对帅哥完全是一副小女生的花痴状态。

江潋换了睡衣，当作什么都没有发生一样坐在座位上。

聂婉推开门："江江，你回来了啊，你下午去哪儿了？"

"啊？哦，"江潋手上做着一些多余的动作，举止间透着慌乱和不自然，"校园里随便转转，猫咖那不是有棵银杏树吗，去拍照打卡了。"

"照片呢？照片呢？"聂婉凑到江潋跟前，伏在桌子上，"那棵银杏树超美啊，就是在南门那边，我还没得空去。"

江潋内心痛骂着自己，尴尬一笑："没拍。"

聂婉疑惑："你不是去拍照打卡吗？"

"拍照技术太差，删了。"

"……好吧。"

"猫咖？"耿雨把零食拆了一包，拿过去分给江潋，转头问聂婉，"陆燃英雄救美那个视频是不是就在猫咖那儿拍的啊？"

江潋："……"

聂婉一拍头，拿出手机找到视频，又播放了一遍，惊呼："对哦！"

"等等。"耿雨凑过去看聂婉的手机，她绝地求生玩多了，眼睛贼毒，视频放到最后一秒钟的时候，她点击了暂停，"欸，江潋，我记得你是不是就有一件这样的裙子？"

江潋干笑两声，缓缓转过头："我……恰巧路过，就被捕捉进镜头了。"

"哦。"

聂婉和耿雨继续讨论着陆燃以及帅哥这类的话题。

江潋把那条被她藏起来的裙子重新捞出来，起身放在盆里面。她一边洗，一边默默地听着。

聂婉："虽然我对陆燃这类帅哥充满向往，但我是绝对不会上前的。"

耿雨："为什么？"

聂婉："你想啊，他长那么帅，身边女生贼多，哪是我这种平凡的小女生能hold（编辑注：有拥有、掌控的意思）住的？"

江潋垂着眼，洗搓的力度更大了。她想起陆燃在视频下面的回复，是了，他会对任何一个女生伸出援手，不是因为她特别。

耿雨扯开一袋零食，双腿一跷："反正我对帅哥没那么多兴趣，帅哥不是照样拉屎放屁吗，又蹦不出金子。"

聂婉"扑哧"一笑，点头认可。

江潋眉眼弯弯，跟着一笑。

刘雅芝在周日的时候回寝室了。

江潋察觉刘雅芝打电话的对象换了个男生，对方喋喋不休嘘寒问暖了一番，刘雅芝的态度依旧冷淡和不耐烦。

江漪觉得，刘雅芝总是有本事在爱情里处于主导地位。

但是比起陆燃的话，高下又立见分晓，他可能从来都不会去追求别人吧。

等刘雅芝打完电话，江漪把那支口红拿出来，走到她位置上。

"雅芝。"

"怎么了小江江？"刘雅芝看起来心情不错，唇边带着笑。

"这是周禹铭送你的口红，周五那天我遇见他了，他让我转交——"

话还没说完，江漪就看到刘雅芝变了脸色，脸上的笑容散了大半，她便没再往下说。

"他怎么那么纠缠啊！"

江漪觉得刘雅芝对待周禹铭和其他人不太一样。对待周禹铭，她断得很干脆，对待其他人，她都是欲擒故纵。

"你……"江漪有些摸不着头脑，"很讨厌周禹铭吗？"

刘雅芝接过江漪手里的口红，神色忽然变暗："他和其他人不一样，太纯情了，不想碰。大学恋爱，多半异地，毕业就分了，动真感情，会不会太蠢了。"

江漪怔松片刻回到座位上，思考着刘雅芝说的话。感情里，纯情的人难道就处于劣势吗？

她眨了眨眼，打消了这一想法。毕竟她在爱情里还是个"小白"，什么都不懂。但是她觉得，真诚的人永远会遇到同样真诚的人。

思及此，她拿起手机点开了周禹铭的对话框，顺手拍了一张刘雅芝拿着口红发呆的照片。

刘雅芝心里，应该也不好受吧？

——如果在不能确定未来的时期里遇到了个很喜欢的人。

江漪把刚拍的照片放大，刘雅芝底子好，淡妆也好看。确定完没有拍到什么暴露的地方后，她发给周禹铭，并回复：雅芝说谢谢你。

周禹铭很快回了消息：那她还愿意理我吗？

忖度片刻，江漪还是决定撒一个善意的谎言：她最近有点事，心情不好，你等等看吧。

周禹铭回复：谢谢你啊学妹，有你这句话我就放心了。不说了，社联在开会，玩手机又要被陆燃骂了。

另一边。

陆燃作为社联主席召集社长开会，为下周五的社团活动正式开启做准备。他在台上讲完一番话，垂眸正对上第一排坐着看手机的吉他社社长。

说来也巧，陆燃仅是扫了一眼便看到周禹铭在聊微信，他觉得对话框的头像熟悉，定睛两秒。

——江潋？

——周禹铭竟然在社团开会时公然撩学妹？

"周禹铭。"陆燃拖着尾音，声音很冷。

周禹铭闻声立马把手机屏幕熄灭。当他抬起头时，陆燃已然黑着脸紧盯他。

"所有社团活动下周五正式开始，社团联合会要出一份宣传海报，就你负责吧。周三交给我。"陆燃说完，合上资料磕在桌面上，一锤定音。

"海报，应该是美术社出吧？"周禹铭怯怯道，"我不会啊。"

"哦？"陆燃眼皮一掀，撩女生你不会挺会吗？

"那就美术社帮忙辅助，但是——主要是你。"

周禹铭："……"

美术社："收到。"

"那就没什么事儿了，"陆燃回过眼，眸光中气势十足，"散会。"

第三章

他 的 白 月 光

几天时间，学校里张贴满了社联海报，场面办得盛大隆重。

周五下课，各社团第一次开会，下课的学生浩浩荡荡往社团临时征用的 C 栋去。更有学姐学长议论起今年头场社团活动要比往年热闹数倍。

江潋和刘雅芝一同抵达 C 栋，江潋往右拐去 119 室棋牌社，刘雅芝往左拐去 108 室街舞社。

刘雅芝转身："结束了给我发微信小江江，我们一起回寝室。"

"好。"江潋迟疑了一下，又叫住她，"雅芝，你真不去吉他社了吗？"

刘雅芝回过头，唇角弧度弯得标准，眼里却没笑意。她没回答江潋，眸色变暗的同时笑容也敛去，扭头转身走了。

江潋顺着人潮，很大一拨都是前往棋牌社的，其中两个女生边走边议论着：

"学姐，咱们好歹也是知名大学吧，棋牌社算是什么乱七八糟的社啊，怎么那么多人？"

"棋牌社你还不知道是谁创建的吧？"

"谁啊？"

"社联主席。"

女生惊呼："陆燃？"

江潋闻声，泛着不解和惊奇——所以陆燃才给她填的棋牌社吗？

江澈进入教室，环顾四周，陆燃不在。她心里有些失落，随意找了个空位坐下。

邻座的男生闻到一阵清甜的洗发水味，微微侧头，瞧见江澈时，眼睛一亮。她姿色出众，清纯中透着温温柔柔的气质。

男生往这边移了个座位。

"姐姐。"他喊。

江澈转头。

男生一副"小奶狗"相，皮肤很白，眼尾微微上翘，说话时唇边带着笑，挤出一对酒窝，一颗单边小虎牙看起来稚嫩又俏皮。

"姐姐，你会玩纸牌还是棋类？"

"都不会。"江澈被他热情的"姐姐"叫得浑身一颤，"你是哪年的？"

男生如实报出自己的出生年月，果真比江澈还要小几个月。

江澈感叹，仅几个月之差，却给人嫩得能掐出水儿来的感觉。

"姐姐，你不是不会吗，你加我微信，我这有棋牌游戏规则资料，发给你呀。"

江澈对小男生没设防备，并且对方一口一个姐姐地叫，她也没多想，便拿手机扫了他微信。

"我叫崔泽泽。"男生给她发来备注。

教室里的声音忽然变得嘈杂，顺着声音聚集起来的地方，江澈抬起头。

陆燃目不转睛地盯着她，向这边走来。

"！"

刚刚该不会又被陆燃看到她加别人微信了吧？她心脏快跳了两拍，愣怔地看着陆燃。

陆燃脸上没有表情。他平常都是一副时而戏谑时而散漫的状态，一变得严肃起来，就不由自主给人一种冷酷的距离感。

陆燃的大长腿没几步就走到了江澈面前，他目光没移，余光就瞥到了她旁边的男生。

——喜欢这类型的？

弱不禁风的人畜无害"小奶狗"相。

陆燃轻嗤一声，没在江澈旁的空位停下，目不斜视地朝后面空位走去。那姑娘不是不愿跟他扯上关系嘛。

"阿燃，在这儿！"后排一位女生招呼他，声音里带着点娇嗔，仿佛两人的关系很亲密。

原来是早就有约了，江潋垂下眼。

她怎么觉得陆燃对她忽冷忽热呢？也许，一直都是她在自作多情。陆燃跟任何一个女生都没距离感，不只是跟她。

还有上次，陆燃见到女生受欺负都会挺身而出，并不是因为她不同，而是因为他的教养。

陆燃已经想不起来招呼他的那个女生是谁了。

他社联主席的职位属性所在，无法避免异性之间的社交，在学校里也的的确确认识很多女生。他本来没想坐下，但是教室里已经没了独座，坐哪儿都没什么区别，便坐到了女生旁边。

女生见陆燃果真坐到了她旁边，嗔道："最近怎么都没见你呀，给你发消息也不回。"

江潋微微侧头，假装去看别的地方，余光里去寻陆燃，追随着他的动向。

陆燃没回应，余光一直似有若无地停在前排那姑娘身上。只见那姑娘微微侧头，露出了一个无瑕的侧脸。

他睨到了那缕目光——是在寻他吗？

陆燃勾了勾唇，抵着腮闷笑，声音很轻，似乎是在给身旁人说，又似乎不是："怎么，想我了？"

陆燃的声音低沉又魅惑，极具辨识度。

教室人越来越满，周围的声音纷乱嘈杂，却在此刻仿佛都被屏蔽在了江潋耳膜之外，逐渐变得模糊。唯有陆燃的那几个字，持久回荡在江潋脑海。心里灌了一阵酸涩，就快要溢出来了。她默默地收回了头。

女生撒娇道："讨厌啦。"

前面那抹目光消失了，陆燃心中顿感了然无味。他没再搭理旁边的女生，漫不经心地低头玩着手机。

时钟指向八点整，社长站在讲台上，先是点名，而后作自我介绍。

社长是个大二的男生，是陆燃推荐上去的。他意气风发地介绍着自己：精通各类棋牌桌游，也欢迎任何新生与他切磋棋艺。

一番自我介绍完毕，他在掌声中下台。

社团成员介绍从第一排依次开始。

轮到江潋时，她的介绍平平无奇，因为紧张，简单说完两句就迅速下了台。

到了陆燃，很多人都是冲他而来。众人的目光齐刷刷地聚集到了他这里，掀起了一阵讨论。但他本人丝毫没有起身的意思，懒懒地放下手机，眼皮一撩，睨着众人，语气很高傲。

"我还需要自我介绍吗？"

"哇，好高傲！"

江潋听着身边女生一阵阵惊叹，余光刚转到一半，便又默默收了回去。

他这样的天之骄子，早已习惯了被人追捧吧。

棋牌社社长自然也不会驳了陆燃的面子，他轻咳两声，主持着局面："那陆燃大家应该都认识，社联主席，雁大校草，就不用……"

"刺啦——"

陆燃猛然站起身，金属凳腿摩擦在地上发出了一道刺耳的声响。

他看到只有江潋没有回头看他——就这么想离他远远的？

心中泛起一阵不知从何而来的躁意。

他迈着大步子走上讲台，在黑板上写了两个大大的字——陆燃。力道很重，像发泄着什么一样，写完两个字粉笔足足断了三次。

陆燃转身，把粉笔往笔盒里轻飘飘一丢，目光没有焦点地睨着众人。他躬起身，双手撑在讲桌两边，一副居高临下的姿态。

"我长话短说。陆燃，燃烧的'燃'，学习娱乐都精通，想请教我加我微信。群里黑色头像的那个是我。"

伴随着一阵女生的尖叫，他云淡风轻地下了台，路过江潋的时候别有用意地瞥了她一眼。

你不是就爱加别人微信吗？

坐回位置上，陆燃盯着她的后背发呆。女孩的天鹅颈细长，还沾着几缕发丝，小小的骨架给人一种强烈的保护欲。

他躁得难受，很快别了眼，嘴里轻哼一声——那么弱，一捏就碎。后知后觉，他才发现最近自己像个醋罐子，又像个火罐子。

他拿起手机，找到"李医生"那一栏，打下一行字：李医生，周日下午两点，找您复查一下。最近特别容易暴躁。

周日。

江潋打算回雁镇一趟，想以看望老师为由亲自找老师打听一下陆燃高三那年的事情。其实，她通过当年的同学打听陆燃的事更易如反掌，只不过，她不想让任何一个曾经的同学知道她暗恋过陆燃。

那样一个耀眼的天之骄子，她就连承认自己喜欢他，都需要很大的勇气。

校外有趟公交车刚好直达市区和雁镇，双向对发，等车很慢，半小时一趟。

江漱还没到站牌，远远看到陆燃懒散地倚靠在站牌边，江漱转头看见旁边有家便利店。

她转头往便利店走，思索着缓慢地扫视着货架——口香糖、棒棒糖、QQ糖、奶糖。

她不知道陆燃的口味，那就各拿一些吧。

陆燃刚看见江漱，那姑娘一见他就溜进了便利店，当他是毒瘤吗？

他嗤笑一声。

公交站台坐着玩手机的小女生，本是无意间瞥了眼靠在前面站牌边的男生，这一瞥不得了，她瞳孔一瞬间闪着星星般的光泽。

女生起身，小心地问："那个……我能加个你的微信吗？"

陆燃望着便利店的目光收回，落到女生身上。他正想拒绝，倏忽想起江漱加别人微信的模样，于是话到嘴边拐了个弯："行啊。"

…………

结完账，江漱正准备出门，看到陆燃前面站着一个女生。

陆燃还躬了点身子，迁就着女生的身高，身体微微前倾，似乎很认真地在听对方说话。间歇片刻，两个人同时拿出手机，女生对着陆燃的手机扫了扫。

江漱暗自腹诽：陆燃还说她来者不拒，分明是他来者不拒才对！

陆燃走到哪儿都带着"光环"，似乎是与生俱来的。

从高中到现在，她见过陆燃无数次被女生搭讪、被告白。

那些女生，大胆又阳光明媚，陆燃虽然没有接受谁，但是转而都把她们划在了朋友的范畴。

江漱安慰着自己，陆燃可能……是不想当面给女生难堪才加的微信？

女生要完微信，高兴得蹦蹦跳跳地上了一辆公交车。

江漱深吸一口气，走过去。陆燃抬眼看到她，透着一丝惊诧。

"给。"江漱伸胳膊，递过去。

"你刚刚去便利店，"陆燃眼睛扫了眼袋子，"是给我买东西？"

江澈轻点两下头，她还以为陆燃没看到她。

"这都是什么？"陆燃一边说着，一边打开塑料袋。

他笑了，笑得很暖，视线尽收后，把塑料袋牢牢系上，提在手里，他俯身看她："又是碳酸饮料又是奶茶和糖果的，你是要把我喂胖吗，小江妹妹？"

江澈耳朵立刻红了，她低着头，小声喃喃："不，不是的，也有……茶。以后想喝酒的时候就喝这些代替吧。"

陆燃眉眼间的情绪都滞了一瞬。

江澈接着说："我在网上查了，你的……病，最好不要喝酒。"她迅速地抬头看了眼陆燃的表情，又低下头，声音更小了些，"上次聚餐的时候，我记得你喝酒了。"

那迅速的一瞥，陆燃脸上的表情是她未曾见过的——糟糕！这样的关心是不是越界了……

果然，陆燃朝她低下了身体，距离有些暧昧，就连鼻息也能感受到。

"女朋友好像才管这么多吧？"

"！"

江澈惊慌地抬眸，耳根瞬间发烫。

须臾间，四目相对，尘埃逆着光飞舞盘旋。

陆燃本就低着身体，江澈这一抬头，两人的距离更近了。他闻到了女孩子身上的香气，淡淡的山茶花香。他直起身，目光朝向远处，开往雁镇的公交车缓缓驶来。

他不该开这个玩笑的，片刻间压敛下情绪："到雁镇的车来了，上车吗？"

两个人坐在最后一排的双座。

江澈目光望向窗外，虽没有什么表情，但天生人畜无害的五官像水一样柔和，安静得仿佛时间都定格了。她知道那是陆燃的玩笑，但心里不免还是有一阵失落划过。

陆燃也侧头去看窗，眼神却不自觉地瞄向江澈。

他觉得四周空气好像都被她感染得慢了下来，岁月静好也不过如此，甚至能让他产生一种冲动——不顾一切地牵起她的手。

——如果他是一个情绪稳定的正常人就好了。

想起此行的目的，他喉结轻滚，收回视线，低头玩手机，转移注意力。

微信通讯录上出现了一个小红点，陆燃点开，是车站那个女生发来的好友请求。后面跟着的一列都是社团群聊发来的好友请求。

他百无聊赖地退出页面，一并不作回应，关灭屏幕闭上眼小憩。

"嘀！嘀！"

前方并线超车，男司机按了两下喇叭，对方没避让。眼看来不及了，司机猛踩了脚刹车，骂了句脏话。

一车人猛颠了一下。猝不及防，江潋的下巴撞在了陆燃肩上。

"对，对不起。"随后她把身体往靠窗处挪了挪，悄无声息地拉远。

陆燃发现了江潋的小动作，默不作声地沉了沉眉梢。

车里的窗户全封闭，空气很闷，他烦躁的情绪又涌上来了，低头从塑料袋里翻出了一瓶奶茶，咽下一口，甜味瞬间蔓延于唇齿之间，齁甜。他不喜甜食，却在这一刻感觉好受多了。

"嗡嗡！嗡嗡！"

陆燃的手机一直响不停，但他没看也没回，好似习惯了整日被消息覆盖。

江潋目光忽然飘过去，眼神疑惑着每天有多少人给他发消息呢？发消息的是男生还是女生呢？

陆燃迅速捕捉到她的目光："看什么？"

江潋一怔，忙收回目光，沉默片刻，转了个话题："你是回家吗？"

失去联系的一年半，两人发生了翻天覆地的变化，江潋对现在的陆燃一无所知，只听说他家卖了别墅，甚至不知道他是否还住在雁镇。

"不是。"陆燃轻叹。他很少回家，家里有个不欢迎他的弟弟。

江潋疑惑："那是？"

陆燃想起此行的目的，还是决定撒个谎："找我一朋友。"

"女的？"脱口而出的瞬间，江潋意识到这问题有些越界。喜欢一个人，真的很容易暴露。

陆燃耐人寻味地盯着江潋半晌，问得认真："你在意啊？"

江潋灵机一动编了个理由："我……帮刘雅芝问的，她好像挺喜欢你。"

陆燃眼底的情绪收回，反问："你呢，回雁镇干吗的？"

江潋支吾半天，总不能告诉陆燃她是去雁镇老师家打听他的。

"我也找我朋友，"她话落两秒后，又加了一句，"女的。"

"男的。"陆燃回。他在回答她上一句话，不是女生。

江漪心底慢慢升腾起一阵愉悦，她望着窗外，笑容缓缓。

两人安静下来，陆燃戴上蓝牙耳机闭目养神。江漪见他没有交流的意愿便也把耳机戴上。

陆燃有些晕车，只能靠听轻音乐缓解。但没多久，耳机就发出了机械女声的提示："电量低，请充电。"

陆燃睁开眼，又把蓝牙耳机装回去："江漪，能不能一起听？我耳机没电了。"

江漪眨眨眼，藏着心中的喜悦："好。"

她的耳机是带线的，陆燃戴着有点短，又把身体往她那侧挪了点。两个人的胳膊，刚刚好挨在一起。

陆燃重新闭上眼，长舒了一口气，烦躁的情绪再次被音乐缓解，胳膊紧挨着江漪，身子微斜，重心稍稍偏倒在她那边。

江漪感受着他身体的温热，其中有一种荷尔蒙流淌的炙热。音乐压根没听到心里去，也自然忘记了"L"歌单这回事。

一连几首歌都是陆燃喜欢的，下一首前奏刚一播放，陆燃忽然睁开眼。

最初没觉得不对劲，就像在听自己的歌单，可是细细想来，这连接的不是他的手机！

怎么会有人和他的歌单一模一样？

"这是你的歌单？"

陆燃一声惊诧，江漪如梦初醒，霎时间面色发窘，方才想起这可是从他朋友圈挨个收藏创建的歌单。

江漪弱弱地问："要不……换首？"

"不用。"陆燃换了个姿势，重新闭上眼，懒懒地说。

对方压根没在意这件事。江漪松了口气，看陆燃闭着眼，她悄悄打开手机调整了一下歌单，不然从头到尾都是陆燃的喜好，迟早露馅儿。

陆燃换了个姿势后，两人没有像刚刚距离得那么近了，胳膊之间留着一指的间隙。

江漪也闭上眼小憩，借着公交车晃动的惯性作用，故意却装作无意地把身子往他那侧轻轻一斜，两个人的胳膊又重新挨上了。

公交车缓缓行驶在道路中央，一路都是郁郁葱葱的梧桐树。阳光从树荫的间隙流淌下来，透过车窗，光线忽明忽暗，洒在两人青春洋溢的脸庞上，他们的唇角都不约而同地微微上翘，带着甜甜的笑意。

下了公交，两人的目的地各不相同，便告了别。

江潋在路边买了点水果，和高二教语文的李老师提前打了个招呼，直接手机导航到她家。

李老师特别喜欢江潋这孩子，文文静静不惹事，成绩次次名列前茅。她一见到江潋，高兴得合不拢嘴，热情地招待江潋坐下。

江潋礼貌又懂事，先是和老师唠了一番她大学的学习规划，又开始唠家常，装作无意闲聊时，又聊起当年赫赫有名的陆燃学长与她同在雁大。

江潋说："只是不知什么原因，陆学长性情大变，和当年的阳光学长判若两人。"

提及陆燃，李老师一声长叹。她曾经带过陆燃的班级，对于陆燃这样耀眼的学生，自然也是印象深刻。

江潋的话题，缓缓勾起了李老师的回忆——

在所有老师眼里，陆燃一直是个听话懂事成绩优异的好孩子，规规矩矩，从不忤逆。直至一段没头没尾的打架视频被发布到了网上，营销号跟着带节奏，称"高中生勾结社会人士斗殴"，这件事被小镇疯狂传播，陆燃也因此陷入了舆论的风波。

好学生打架比坏学生打架更能抓住人们的刺激点。

视频里的他和平日的好学生模样判若两人，气势汹汹像一头猛虎，瞳孔里燃烧着火一样的愤怒。

那段掐头去尾的视频打破了小镇原有的宁静，一夜之间，好学生与社会青年勾结打架的事在镇上被传得尽人皆知。

众人带着愤怒把矛头指向了陆燃，墙倒众人推，树倒猢狲散，好学生一夜之间沦为"斗殴犯"。更有人说陆燃是披着好学生的皮，其实心里面早已经烂透了。曾经的天之骄子，一夜间被拉下神坛，少年的眼里再无澄澈的光。

李老师拍着江潋的手，语重心长地告诉江潋：

"视频只是没头没尾的一段，谣言就遍布满天，他们从未想过真相究竟如何。有些事，抓住了人们的兴奋点，他们就只相信他们愿意相信的。

"喜欢他的人越多，讨厌嫉妒他的人也就越多。正所谓位置站得越高，盯着他的人就越多。树大招风就是这个道理。"

李老师惋惜道："当年陆燃受过多少掌声鲜花，后来他被踩被唾骂得就有多狠。那些被他抢走光环的人，恨不得乘人之危永远把他踩在脚下不得翻身。"

江溦喉咙一哽，像一口咽下了一块涩果一样难受。所以后来陆燃变得我行我素，总是给人一种散漫不羁的感觉，大抵是因为这件事吧……

她接着问："那陆燃为什么打架呢？"

李老师沉默了一阵后道："这孩子三年来没有任何早恋行为，但因为那段视频流出，在临近毕业的时候，忽然传出了他是因女孩子而打架。"

"因为女孩子？"江溦重复了一遍这句话。她心中暗暗疑问：这个女孩子就是肖宇所说的陆燃的白月光吗？

李老师补充道："这个女孩子也是雁镇新高的。"

江溦惊愕抬眸，陆燃的白月光竟与她在一个学校？！

李老师忽然想到了什么，继续说：

"不过这些都是流言。后来，陆燃的行为被定性为见义勇为，打架斗殴也实属无稽之谈。如果真如谣传那样，警方定会以寻衅滋事罪把陆燃拘留起来，他不可能平安无事地继续上学。

"谣言虽不攻自破，完整版监控视频也为陆燃正了名，但没有澄清真相前的那段时间给那孩子留下了很深的心理阴影。自那之后，他就性情大变。"

李老师一声叹息："唉，当年这件事收场得潦草，临近高三毕业，很多事都匆匆而过，可那些唾骂他的学生对他的伤害已经造成，无法弥补。"

江溦长睫微合，根根分明的睫毛藏不住她黯然失色的眸子。

事情的原貌竟是这样令人唏嘘不已，真相竟是如此残酷。陆燃眉骨上的疤痕，恐怕也是那时留下的吧。

陆燃打了个车，直奔诊所。

李医生是个四十多岁的中年男人，治愈心理创伤有非常丰富的经验。他是陆燃高三患病那年找的心理医生，两年来他对陆燃的状况非常了解，陆燃也就一直没更换过医生。

一见陆燃来，李医生很热情地给他添了杯茶。

李医生很喜欢陆燃这孩子，同时也很心疼这孩子，明明是个善良又温暖的好孩子，却偏偏遭遇了那么多不好的经历。

医生说，陆燃的双向情感障碍，是被创伤后应激障碍诱发出来的。

陆燃在童年遭受过家庭暴力，因童年时期长期处于极度缺乏安全感的状态，久而久之诱发了应激障碍。

他的这种症状随着家庭环境的改善、药物的治疗和干预，已经逐渐痊愈。可没想到，高三那年发生的变故，让他原本的应激障碍复发并由此生出了新的双向情感障碍，也就是俗称的躁郁症，一种躁狂和抑郁交替发作的精神疾病。

双向情感障碍的成因很复杂，成长中的应激事件、遗传因素、个体在成长中的基因变异等，都有可能导致双相情感障碍。

陆燃跟李医生说了自己最近病发的事情以及情绪上的不稳定，李医生听后说没有太大问题，告诉他患病期间易激惹不用担心，换季期间出现季节性的病发也是正常现象，最重要的是要保证正常吃药。而且他这种短暂的暴躁情绪，属于情绪上的波动，可能与他最近发生的事情有关，调整好心态即可。

复查完后，李医生给他重新开了药。

陆燃拿了药单，起身出门付钱。

"对了——"李医生叫住他，不紧不慢地问他最近有没有喜欢的女生。

"什么？"陆燃以为是自己幻听。

李医生端起茶杯，抿了一口，徐徐解释道："双向情感障碍者因为极度缺乏安全感，会对感情产生防御机制，也就是所谓的对感情不信任，甚至是不信任任何人。"

陆燃将放在门把上的手收回，转身，听李医生继续说："要么不谈恋爱，要么一直不停地换。当然，谈恋爱也有可能会得救，但无外乎是两种情况，要么得救，要么半死不活。但由于你的描述里最近病情反复，因此我的建议是暂时不要谈恋爱，尽量保持心态稳定。"

"谢谢医生，"陆燃低声道，"我明白了。"

陆燃拿上药，出了门口。

头顶飘过大朵白云，近得像是要压下来一样，心口闷得喘不过来气。像他这样无法控制自己、随时可能变得抑郁或者暴躁的人，有什么资格去祸害别人呢。

他垂手从口袋里摸出来一根棒棒糖，是江激今天给他买的。

刚把棒棒糖放进口中，手机响了，屏幕上显示着"老妈"两个字，他接起："妈？"

"燃燃啊，最近在学校还好吗，怎么这么久也不回家一趟？"

陆燃本是不想回家的，回家就要看弟弟的脸色，但既然已经回了雁镇，也不差回家看妈妈和继父一趟。

他移开手机，看了眼时间："妈，半小时后我回家吃饭。"

电话那头女人的声音很高兴："好，好！你想吃什么菜——"

女人话还没说完，听筒那头传来他弟弟嚣张的声音："阿姨，我衣服你给我洗了吗？"

女人捂住听筒，声音小了一些："不和你说了燃燃，我这儿还有事，等你回来啊。"

陆燃张了张口，还没来得及应答，就被挂断了。一直以来，弟弟对母亲和他都带着一副嚣张的气焰。他们是重组家庭，弟弟是继父带来的儿子。

母亲遇人不淑，前夫酗酒好赌。

在陆燃小学的时候，陆父经常酗酒后对他和母亲实施家暴。陆父知道陆燃的外公有钱，把母亲当成提款机，赌博输光了就殴打逼迫母亲问她父亲拿钱。

后来母亲和父亲离了婚。在陆燃初中的时候，母亲又认识了现在的继父，弟弟也正是继父带来的儿子。

再婚后，倚靠着老丈人，继父生意也越发做大。一家人搬进了镇上的别墅，日子本应越过越好。谁知好景不长，继父煤矿发生了坍塌事故，伤亡惨重。为了赔偿遇难者家属，继父无奈把别墅卖掉。

卖掉别墅后，他们家从镇上的东头搬到了西头，换成了小高层。虽然比不上在别墅的奢华条件，但是这四室两厅二百平方米的大平层也够他一家四口住了。

电梯到达十楼，他轻叩了三下房门。

过了大约十秒钟，房门打开。对方在看清陆燃之后，整张脸一瞬间拉了下来。

"怎么是你？"

"不能是我？"陆燃习惯了他弟程一泽的冷眼，没当回事，边进玄关换鞋边淡言道，"那你希望是谁。"

"……"

程一泽上初中，是个十五岁的叛逆少年。但年纪稚嫩遮不住他五官的精致立体，就像是被精心雕琢出来的艺术品，鼻梁挺直，下唇淡薄，人中的弧度也平直，勾勒出寡淡的面相，给人一种冷漠不易接近的寡淡味道。

这么多年过去，除了他生父，陆燃母亲和陆燃没有一刻走进过他内心。

"燃燃回来了啊。"继父程天明端着一盘热腾腾的菜路过门口时，笑眼招呼，"快洗手吃饭。"

程一泽轻哼了一声，抬手用力一推门，门合上时发出了一声沉重的闷响。

面前摆着两道素菜两道肉菜，在暖光灯的照射下，越发可口。

陆燃吃饭有个规矩，必须等长辈先下筷子夹第一口。

母亲丁静正准备动筷子，手刚要挨上筷子，就听见程一泽恰到时机地轻咳一声，她下意识地赶紧缩回了手。

"咳，今天晚上怎么这么多菜啊，平常晚上我在家不是就两道菜吗？"程一泽语调拖长，说话阴阳怪气的。

程天明翻了程一泽一个白眼，拿起筷子夹了一块五花肉，笑着放进了陆燃的餐盘里。

"大家都开动吧，在自家吃饭就别这么拘束了。"

"谢谢爸。"

陆燃在任何长辈面前都是一副乖孩子的模样。虽然弟弟不待见他，但他对弟弟并没有多大敌意。弟弟正值初中的叛逆阶段，做哥哥的跟小孩子有什么可计较的呢。

"弟弟，"陆燃夹了一个鸡腿，放到了程一泽的餐盘里，"多吃点。"

程一泽睨了眼陆燃，俨然一副看黄鼠狼给鸡拜年的表情，语调里带着反讽："真是谢谢哥哥呢。"

他咬了一口，脸上立马露出大惊失色的表情，呸一口吐在桌子上，故意道："这是谁做的，打死卖盐的了。"

丁静无措地茫然道："应该不会咸吧？我平常都是这么做的。"

"那阿姨你吃吧。"程一泽把那个咬了一口的鸡腿丢进丁静的餐盘里。

"混账！"程天明立刻拉下脸，"爱吃不吃，不吃滚蛋！"

"爸，别生气。"陆燃叹了口气，把母亲餐盘里那个咬了一口的鸡腿夹到自己餐盘里，"我吃。"

程一泽睨了哥哥一眼，挑着傲然的笑，端了端坐姿，仿佛是自己打了一场胜仗。

他在家里总是仗着自己年纪最小又深受宠爱，气焰嚣张，肆无忌惮。陆燃和母亲的一次次的隐忍和退让，也让程一泽变本加厉。

好在，程天明对陆燃一直都非常好，他很喜欢陆燃，觉得陆燃聪明又懂事。

但他不知道的是，陆燃小时候因为长期遭受家庭暴力，极度缺乏安全感和渴望父爱，他竭尽全力去讨继父喜欢，做一个懂事又乖巧的孩子。在得知程一泽在班上成绩很好之后，他又夜以继日地挑灯夜读，一点点赶超成为全班第一，让继父同时为两个儿子感到骄傲。

气氛安静了下来。丁静看了看程天明的脸色，又看看两个儿子的脸色，瑟缩着半天没敢加菜，一时间不知道该接什么话。

"程一泽，"程天明把筷子放在瓷碗上，语重心长地对他说，"你就不能对你哥哥好好说话吗，他还是个病人。"

陆燃手中的筷子一顿，他不喜欢被人当作病人，只希望做一个普通健康的平凡人。

程一泽却不以为意道："不就是躁郁症嘛，这病我也有，我也会时不时地感到烦躁，就比如期末考试的时候。也会感到抑郁，就比如写家庭作业的时候。"

程天明拍案而起："程一泽！你这孩子！"

"没事。"陆燃拍了拍继父的胳膊，"无知者无畏。"他很感谢继父对他病症的理解和包容。

陆燃知道，在这个世界上，很多人对心理上的病症都没那么重视，以为只是一种情绪的波动。

但他们不知道的是，无论是躁郁症还是抑郁症，都不单单是靠旁人轻描淡写地安慰一句"放宽心""看开点""别难过"就能好起来的，而是一种需要靠药物治疗的、应该引起重视的病症。

一顿饭吃得不欢而散。

程一泽初中是走读，离家近，每天晚上按时回家吃饭。他只要一见陆燃回家，就恨不得把全家搞得鸡犬不宁，所以陆燃就不怎么回家了。

陆燃甚至想过，如果程一泽真的那么想留在这个家的话，他愿意把位置留出来给程一泽。

走出楼栋，陆燃抬头望向天空。此刻的天空点点星辰缀在上面，月亮泛着银白色的光。

他很想把自己和弟弟的关系变好，但一直不知道该怎么做。

他闭上眼，深吸一口气。微凉的秋风吹过，空气终于不再压抑。

自打陆燃从雁镇回来，整个人的情绪都非常消沉。他隔绝与外界的一切活动，连肖宇叫他去食堂吃饭都不肯，宁愿自己窝在寝室点外卖。

周毅问陆燃怎么了，陆燃一言不发，四脚朝天地躺在寝室床上，萎靡不振地划拉着手机。

肖宇已经见怪不怪了，搂着周毅的肩，眉间一挑："男人嘛，每个月总有那么几天……"

陆燃："……滚蛋。"

肖宇和其他两个室友去食堂吃早饭，离开的时候说回来给陆燃带个包子。陆燃淡淡地说了句"谢了"，然后继续划拉手机。

正看着微博的实时热搜，微信进来了一条消息。

江潋：早安，愿你今天拥有好运气，对一切充满感激，喜欢美好，也喜欢自己哦！大雨过后，乐观者抬头看天，是雨后彩虹，悲观者低头看地，是污水泥泞。保持好心态最重要！

陆燃秒回：？

如果不是先看到了江潋的名字，他还以为发这条消息的是他妈。或者至少是他妈这个年纪的中年人才能发出这种复制粘贴的废话文学。

江潋和刘雅芝在楼下买包子，恰巧遇上了陆燃的三个室友。

江潋听他室友说，陆燃最近的状态就跟别人失恋的状态一样，整个人蔫不拉几的，差点要以为他得了抑郁症。

经过江潋的一番大胆猜测：陆燃估计是因为高三那年饱受创伤，所以才得了创伤后应激障碍，遇见打架流血就头晕。上次在校门口赵凯博的事情恰好把他的疼痛回忆唤醒了，抑郁一时也是正常的吧。

现在能做的也就只有鼓励他了。江潋思来想去，还是决定给陆燃发一段鼓励文字。

有一阵日子，陆燃都没在学校里四处晃荡了。

江潋再见到他的时候，是在一节公开课的讲座上。他整个人一副病恹恹的状态，就连刘雅芝叫他过来坐，他也没反应，当作不认识她们一样。

刘雅芝郁闷着脸，和江潋抱怨道："陆燃怎么那么难追啊？都不给人说话的机会。"

江潋黯然，目光朝陆燃看了过去。他整个人松松垮垮像没有骨架一样，全靠右臂支撑着头，又颓又丧，没有精气神儿。理解他的遭遇后重新审视他，江潋觉得那是陆燃在用另一种形态隐藏他的痛苦罢了。

高中有一次，江潋上课的时候闹了肚子，在路过陆燃班级的时候，她往里瞄了一眼。

教室里的窗户半开着，一阵风吹过，树叶"沙沙"作响，顺着吹进教室内，吹动每张桌子上半掀开的课本，像振翅欲飞的鸽子。

少年坐得笔直，双眼炯炯有神地盯着黑板，校服上沾染着阳光。那是江潋头一次见到能把校服穿得那么好看的人。气场中透着少年人独有的桀骜和毅然，连影子都是清俊的。

江潋觉得，陆燃当之无愧是最耀眼的学霸。无论陆燃以怎样的躯壳包裹伪装着自己，灵魂里都是那个独一无二的、干净又纯粹的他。

正瞧着，陆燃右边的空位坐下了女生。女生满脸激动，有意和陆燃搭话，但陆燃却始终没转头回应女生。

以前有女生往跟前凑的时候，逢上陆燃心情好会应两句，但逢上他心情不好，只能得到六个字：别打扰我听课。

陆燃忽冷忽热的脾气，没人能琢磨透。

江潋落下眼，似喃喃自语，又似回应刘雅芝："谁让他是陆燃呢。"

——长得帅，成绩好，好像也没什么缺点。明知道他不谈恋爱，仍有无数女孩前赴后继。

下课后，刘雅芝有意邀请陆燃共进午餐，结果又被他拒绝了。

另外两个室友回寝室煮泡面。告别了她俩，刘雅芝哭丧着一副苦瓜脸，和江潋大诉心中苦闷。

到了食堂，江潋点了份炒粉，坐下等待叫号。

刘雅芝抱着大学几年游戏人间的想法，也没想着谈恋爱有结果，所以能和陆燃这种神颜级校草谈场短暂的恋爱，她觉得是为她人生的情感履历增添了绚烂一笔。

一人一个活法，江潋无权干涉别人，但她只想一生一世一双人，从一而终。要么不谈，要么一辈子。

刘雅芝还沉浸在屡次被陆燃拒绝的心痛之中，江潋不厌其烦地安慰着她。

江潋其实能懂刘雅芝的心情：被有好感的人一次次拒绝，会怀疑人生，觉得自己哪都不好。只是，刘雅芝能大胆面对自己的内心，通过向外界倾诉来疏散内心的苦闷。而像江潋这种安静性子的女生，只能独自默默承受着暗恋带来的辛酸。

虽然江潋也喜欢陆燃，但这一刻她是站在女生的立场上真心实意地安慰刘雅芝。

热腾腾的饭菜上桌，刘雅芝在安慰之下情绪缓和许多。

江漵也掰开一次性筷子，埋头吃饭的间隙，眼前暗下了一束光，一道人影压下，坐在对面的凳子上。

肖宇挥手："好巧啊，又碰到了。"

江漵把视线向后移——肖宇身后的陆燃懒散又惬意地双手插袋。本来目光无对焦的他，在看到江漵二人时顿了一下。

刘雅芝一声干笑，尴尬一闪而过。

陆燃的腿要迈不迈地在原地徘徊了片刻后妥协，点了份粉坐在肖宇旁边。

A栋教学楼离得最近的就是第一食堂，从A栋下课的学生一般都会来第一食堂吃饭。但第一食堂那么大，偏偏又在同一个窗口偶遇。刘雅芝立马把半小时前邀请陆燃共进午餐被拒的失落抛之脑后，内心完全认为这是"上天注定"的缘分。

肖宇刷着手机等饭时，百无聊赖地翻着学校论坛。

一段视频中的白影一晃而过，他本已经划过去了，又觉得眼熟，重新划拉回来点开播放。

他惊呼："欸？小江学妹，你上论坛了？"

肖宇把手机转过去，放在桌子中央播放，视频里的江漵站在讲台上作着自我介绍：

"大家好，我叫江漵，'水光潋滟晴方好'的'漵'。2001年生，巨蟹座，毕业于雁镇新高，很高兴在这里认识大家。我不擅长棋牌，还请大家多多指教。"

紧接着，她一个深鞠躬，视频播放完毕。

一段平平无奇的自我介绍为何被人大肆宣扬？

江漵拿起肖宇的手机往下划拉，脸色逐渐发红。

点赞量居于首位的是网友"不知名的小兔子"，她写道：这个女生就是那日陆燃"英雄救美"的女主角。

楼下有网友追评，她扒出了一年前陆燃刚进团时的自我介绍，同样毕业于雁镇新高。

江漵回忆起那个时候她脱口而出转学前的雁镇一高，是来自她心底下意识的行为。高一高二在雁镇新高留下的美好回忆，要比在雁瑜市一高多得多。

"怎么回事？"刘雅芝探出头想看江漵翻评论。

江漵迅速退出页面，把手机还给肖宇，还顺势瞥了一眼陆燃。

陆燃还不知道发生了什么，倒是肖宇笑眼眯眯，一副"我懂"的表情："视频拍摄者肯定是看小江学妹漂亮呗，这有什么稀奇的。"

雁大校园论坛是帅哥美女的聚集地，可谓是片修罗场。因为雁大的知名度比较高，也会有校外人士以及星探关注论坛，人气特旺的帅哥美女，也有从论坛里出来摇身一变做网红或者小明星的例子。

江潋瞥陆燃的那一眼，被他牢牢捕捉，成功勾起了他的好奇心。

他打开论坛，许久前没退出的匿名账号新增了"99+"条回复！

——兴许是高中那年的白月光太皎洁。

——陆燃的白月光，是江潋？

…………

这三件事恰巧撞在一起，相当于等着鱼咬上钩，吃瓜群众顺藤摸瓜就能把两人猜想到一起。

"谈恋爱……要么得救，要么半死不活。""要么不谈恋爱，要么一直不停地换。""但由于你的描述里最近病情反复，因此我的建议是暂时不要谈恋爱……"

李医生的话像针扎一样狠狠扎进陆燃的心，一日扎进去一寸，日积月累，已经深扎到痛得拔不出了。

他只有和喜欢的人保持距离，装作冷漠，装作漠不关心，才能让彼此都不受伤害。

他是个病人，时而暴躁时而抑郁，谈恋爱只会给对方带来同样的负面情绪。他本身遭遇的烂事已经够多了，苟延残喘战战兢兢地活着，总不能把好端端一姑娘也拉下水吧。

陆燃低头看着手机上那行刺眼的系统提示：

确定删除这条评论吗？

下一秒，他果断地点击确定，后面跟着"99+"条回复也一同消失。

肖宇大口往嘴里扒着饭："燃兄，想什么呢，你饭都要凉了。"

陆燃这才回过神："没。"

"同学——"

女生声音从陆燃的后方传来，陆燃以为又是找他要微信的，"不"字刚要脱出口，就看见女生越过了他，朝向江潋："请问你是叫江潋吗？"

江潋点点头，疑惑道："怎么了？"

女生开门见山道："你就是陆燃的白月光吗！"这句话不像是疑问，更像是带着敌意的挑衅。

江潋一惊，以为是自己没听清："什么？"

"噗！"肖宇惊掉下巴，一口饭喷出。

江潋震惊之余，瞥了眼陆燃的反应。陆燃淡然自若地吃着饭，这让她心跳更快了两拍。她紧攥着的手心起了汗意，一时缄默，还没等她否认，肖宇"扑哧"一声笑，打破了沉寂。

"我说同学，你是不是搞错了？他俩那么不搭边，怎么可能呢！"

刘雅芝白了眼女生："就是啊。"继续嗑粉。

女生听到肖宇的声音，转头时发现另一个当事人陆燃也在现场，脸色瞬间尴尬发红，挑衅也弱掉了气势。她结结巴巴道："陆燃学长，我看了那条……你们是在一个高中吗？说江潋是你的白月光的言论……属，属实吗？"

话音一落，所有目光汇向陆燃，等待着他的答案。

肖宇前看看江潋，右看看陆燃，忽然拍掌惊呼："欸？虽说你俩性格大不相同，一个痞一个乖，但单从外貌来讲的话，那绝对是郎才女——"

"我高中不认识她。"陆燃没抬眼，语气平静又没有感情地堵了回去。

"哦。"肖宇悻悻地止口。

江潋敛眸，睫毛轻颤，心底泛起一丝失落。

天之骄子的陆燃，怎么会认识平平无奇的她呢。他们本就是一个在明，一个在暗。一个光彩夺目，一个万般暗淡。

陆燃心里无声轻笑，怎么会不认识呢，却又口是心非地补充道："学校那么多人，难道我都要记着吗？"

刘雅芝惊讶地望向江潋："你和陆燃在一个高中？"

江潋点点头，又摇摇头。

"我高二下学期转走了。"

也不知是谁传出了怎样的消息，但事实是，她和陆燃在高中没有什么交集。说她是陆燃的白月光，更是无稽之谈了。

刘雅芝冷笑，江潋竟一直把她蒙在鼓里。她质问道："所以你高中认识陆燃对吗？"

江潋意识到上一句她承认和陆燃在一个高中，就已经代表她认识陆燃了。因为如果是在不认识的情况下，会直接惊讶反问陆燃：你也在雁镇新高吗？

喜欢和在意真的太难藏了。

江潋无奈坦言："对，我认识。虽然……"她垂下眼睛，鸦羽般的睫毛微微抖动，"他不认识我，但是我认识他，他在高中很出名，全校的人基本都认识他。"

陆燃瞳仁里漫着微光，倒映着女孩白皙素净的脸，几缕发丝在她低头的顷刻间滑落。他多么想握紧她，却毫无办法，只能将她推开。

他缓缓合上眼皮，将冲动的躁意抑下心头，再睁开眼时，语气不怎么好："同学，你还有什么事吗？"

"没，没事了。"

陆燃发起火来给人一种不怒自威的感觉，女生瑟缩着离开了。

"嘻，虚惊一场。"肖宇看热闹的劲头下去了，略显失望。

可旁边，刘雅芝的脸色却不怎么好看。

江潋和刘雅芝回寝室的路上，两个人步调一致，却没有交谈，空气里都弥漫着尴尬。

江潋深吸一口气，毕竟是她有意隐瞒了刘雅芝在先："雅芝，对不起。那次骗了你，我不是因为看了置顶帖子才知道陆燃的，我高中的的确就知道陆燃了。每一届考上雁大的学生都会上校光荣榜，所以，我早就知道陆燃在雁大。"

不只是陆燃的微博，不只是校光荣榜。

还有那年——在誓师大会结束，陆燃收下江潋的贺卡后，问她想考哪个大学。

江潋想了想："雁大吧。"

陆燃笑了笑说："我也是。"

在雁镇上，好学生会把雁大当作目标，以考上雁大为荣。考上雁大这类名校，就会荣登校光荣榜。

陆燃咬开笔盖，让江潋转过后背。

他在她校服上缓缓落下十个大字：山遥水远，雁大等你。陆燃。

校服只穿三年，每逢毕业的学生就会把校服拿来签名，甚至谁的签名多就能彰显谁的人缘好。

刚开始是一个班互相签，后来是一个年级互签。

陆燃认识的人太多了，刚开始他都会签，后来渐渐发现太累了，索性直接所有人都不签了。

江潋是陆燃签的最后一个人。她甚至不敢去洗校服，生怕每洗一次字迹更淡一些，少年就离她更远一些。

在每一个挑灯奋战的夜里，她都会把校服整整齐齐地叠好，放在桌子上，用那行字，激励着自己艰难前行。

好在，终点是这里，这一路再苦再累，都是值得的。

"所以——"刘雅芝的声音把江潋的思绪拽回来。

她没有接受江潋道歉的意思，扬眉睨着江潋："那天下午你就是冲着陆燃才陪我报社团的呗，哦，不是陪我，是你一听陆燃就想去看看了。你还说什么对社团不感兴趣，结果偏偏报了个陆燃在的棋牌社。你对陆燃有意思，还假惺惺地安慰我继续追陆燃，是这个意思不？"

"……"

江潋在心里咀嚼着这番话，按刘雅芝这个角度看的话，她确实挺有心机的。

"你喜欢陆燃，没错吧？"刘雅芝又问了一遍。

安静须臾。

"我欣赏他。"江潋咬着唇，直至那抹软红深陷，痛感顺着神经传递而来，她才终于说出口。

"喜欢"这个词太重了，少年太耀眼，连说喜欢都怕配不上他。成绩好又聪明的女生不在少数，她并不是很聪明，只是够努力才稍微学习好一点罢了，更何况，他们的家庭也不在一个层次上。

虽然不知道陆燃家具体是做什么生意的，但就算是卖掉别墅，瘦死的骆驼也比马大。她家呢，父亲腿部残疾，后半生靠轮椅度日，母亲到处打零工，就连她的学费也要东拼西凑……

江潋长眸半垂："但我安慰你是真心，出于感情中劣势方的共情。"

刘雅芝眨眨眼，怒气散去："只是欣赏？那我可以继续追陆燃？"

"可以。"任何人都有追求喜欢的人的权利。

江潋知道，即便她很喜欢陆燃，非常非常欣赏陆燃，她也没有权利阻止任何人奔向他的脚步。

周六，陆燃托社团好几个人打听，找到了视频发布者。请他吃了顿饭，他就同意把视频删掉了。

每天，都会有层出不穷的离奇事件激起人们的兴奋点，只要热度一过，就会淡出人们视线，甚至找不到蛛丝马迹。

人们不关心结果，只关心事件本身。新鲜劲儿刺激大脑产生多巴胺的那一刻，才是他们的爽点。这个道理，陆燃高三那年就懂了。

处理完，他走在街道上，长舒一口气，心中的大石头总算是落下了。自己闯的祸总得自己扛，自己喜欢的女孩得自己保护。

他心里有些躁，去裤袋里摸糖，手机的振感传来。

棋牌社社长 @ 全体成员：下午四点，学校猫咖，《狼人杀》组队，速开。

与此同时，江潋正在寝室读一篇拗口难懂的文言文，卡在了一个词语的解释上。

手机一振，她回神，点开社团消息。

两秒后，崔泽洋也发来微信消息：姐姐，我出门正好路过新生女寝楼下，等你，一起来玩嘛。

江潋起身走到窗边往外寻，崔泽洋正站在女寝楼下的梧桐树旁。她茫然几秒，视线又落回手机屏幕，距离四点还有半小时，算上十分钟的路程，崔泽洋要等二十分钟。

想到这儿，她打字：你不用等我，我自己过去就好。

崔泽洋回复：我回寝室也得十多分钟，来回折腾不顺路，就不回了。你要是去的话我就在楼下等你。后面还跟着一个可爱的微笑表情。

江潋纠结着退出对话框，转到微信列表。朋友圈出现了个小红点，右侧跳出了黑色头像。她下意识便反应过来那是陆燃。

暗恋者对喜欢的人的一切都很敏感，一个头像，甚至一个背影、一点声音、一只手、一件衣服，通通都能和心里那个人对上号。

所有暗恋者都是细节大师。

一分钟前，陆燃罕见地发了条朋友圈，是一张照片，没有配文。

——空空的原木桌上，摆了一副《狼人杀》纸牌。

江潋重新打开和崔泽洋的聊天框，缓缓回了一个"好"字。

她本打算一下午窝在寝室，连衣服都洗了，放下手机后立马翻箱倒柜地找着衣服。毕竟要面对那么多不认识的校友，重点是还会见到陆燃，总不能邋里邋遢。

等江潋收拾好下楼，距离她回复"好"字已经过了二十分钟，剩下十分钟如果按正常速度刚好够从女寝走到猫咖。

江漪带着歉意微笑："让你久等了。"

崔泽洋一副"小奶狗"的灿烂笑容："也没有很久。"

她不好意思道："要不然……等会儿去猫咖我请你喝咖啡？"

崔泽洋倒是也没客气，声音乖巧："好呀。"

和江漪走在一起时，崔泽洋好似有意放慢了步子，两人走到猫咖已经四点过三分了。崔泽洋推开咖啡厅玻璃门，江漪低头跟在他身后。

玻璃门发出响声，迎面的大长桌上，一个女生正好抬头："洋洋，快来。"

闻声，在场众人纷纷看过来。

"哟，这届的'小鲜肉'真是质量不错啊。"

"是个'小奶狗'类型的，我喜欢。"

几个老学姐俨然混成了江湖老油条，当着众人面对崔泽洋一番调侃。

崔泽洋性格好，脾气也很好，任学姐们怎么调侃，他都挂着一对酒窝，活泼腼腆的笑浮在脸上。

几个学姐逗了一会儿又转移目标——

"阿燃，你学弟，怎么样，跟你比有你帅没？"

江漪低头回避众人的焦点落座，直至熟悉的声音进入耳畔，她才下意识抬起头。是社团开会时亲昵地叫陆燃坐在她旁边的那个女生，她此刻依旧坐在陆燃旁边。

陆燃漫不经心地摸了桌上的一张牌——狼人。他看了一眼牌边，淡定从容地把牌背着压到桌子上后，方才抬眼。

"嗯，是挺帅的。"陆燃漫不经心地应了一声，双手十指交错，下颌轻轻抵在指缝之间。一只手按压了下中指的关节，手指骨挤压发出了一声脆响。

"不过……"他眼神飘向桌上的牌，骄傲地接了句，"跟我比还差点。"

崔泽洋："……"

"燃燃，没想到你还挺自信。"

"阿燃当然自信啦，他可是雁大的校草呢。"桌上女生接着陆燃的话茬，和他打趣。

陆燃的目光从始至终都没匀给江漪分毫，两个人就像不认识一样。江漪失落地垂下眼。

陆燃对那些亲昵的称谓没有抵触，甚至欣然接受，俨然一副跟她们很熟的

078

模样。

学校里传言他是个"玩咖"，异性朋友众多，现在看来并非空穴来风。上到大四的学姐，下到大一的学妹，与他确实没有边界感。

想到这里，江漱的眉眼又暗淡了几分。崔泽洋坐在她旁边，耳语着游戏规则。

江漱点头，听得认真。

"没事，玩玩就会了。"坐在江漱旁边的学姐看出了她的紧张，安慰了句，把桌上剩下那两张牌划给他们俩，"你们一人选一张。"

"姐姐，你要哪张？"崔泽洋问。

——姐姐？

陆燃支棱起耳朵，听得贼清。他目光从崔泽洋笑得灿烂的"奶狗"脸轻轻扫过，连带着咂了下舌。

江漱选了一张，游戏开始。

有一人作为法官，念道："天黑请闭眼，狼人请睁眼。"

话落，江漱和陆燃在同一时刻睁开眼。

"请选择今晚你要杀害的目标。"

陆燃毫不犹豫地朝崔泽洋的方向指去。江漱正在犹豫之时，另一个狼人女生也跟着陆燃指向崔泽洋。

"第一夜，十二号玩家死亡，女巫未使用解药。"

众人调侃崔泽洋是上帝的宠儿——最没游戏体验的玩家。

崔泽洋无奈地笑笑，在一旁自顾自地玩手机。

陆燃将披着村民皮的狼扮演得毫无破绽，没人怀疑他，再加上陆燃本身在哪里都是光环加持，智商也高，装起好人来比好人都真。

怀疑的矛头指向了江漱，陆燃本想拉江漱一把，结果第三晚就被预言家验出了江漱是狼，为了坐实自己的好人身份，陆燃只得跟着好人投江漱。

江漱出局，游戏继续。

场上还有两只狼。

同作为出局的两人，崔泽洋开始找江漱搭话。

陆燃坐在他俩正对面，很难不去注意到对面的一举一动，对游戏也失了大半兴致。

陆燃余光里，江漱对着崔泽洋不知说了句什么，崔泽洋笑得眼睛都眯了起来。

不一会儿，服务员端上了两杯咖啡，一杯给了江漱，另一杯给了崔泽洋。最后竟是江漱结的账。

"软饭男"！陆燃在心里骂了句。

对面的崔泽洋喝咖啡像喝蜜水一样，酒窝都喝出来了。

陆燃内心躁意再次涌上，几番想专心投入游戏时，都被对面男女的一举一动牵动神魂。

没撑多久，游戏结束。

狼人失败，平民胜利。

"不玩了。"陆燃摆手，起身离去。

"怎么不玩了呀，燃燃？"几个女生的目光追随着陆燃。

他这一走，紧跟着几个女生也走了，十三人局一下变成了九人局。

江漱垂眸去喝手边的咖啡，好苦啊。

陆燃才刚玩一局就走了，江漱的兴致也变淡了，虽没那么紧张了，但也没那么期待了。

她专心投入到下一局的游戏中——只有玩得炉火纯青，才能让陆燃刮目相看。

几个小时后，《狼人杀》桌游解散。

江漱抵不住崔泽洋的盛情邀约，又答应了和他一起去吃晚饭。

她害怕崔泽洋说请客，特意定在学校餐厅吃晚饭。餐厅的饭实惠，是大学生都能接受的价位，不像学校门口，动辄就是小几百。

到了餐厅，崔泽洋问江漱吃什么，江漱随便瞄了眼菜单，答了个一眼看到价位就很便宜的蛋炒饭。她话音一落，两个人同时拿出手机付钱。

江漱不喜欢占便宜，即便是家里经济困难，也不想占那零星小钱的"便宜"。

可谁知手机就剩下 1% 的电，在将要扫码之时关机了。

江漱尴尬道："回去转你。"

崔泽洋哭笑不得："姐姐呀，你请我喝杯咖啡十八块钱，还不让我请你吃顿八块钱的炒饭？"

被崔泽洋一说，江漱再推托反而显得矫情。

买完两个人的主食，崔泽洋还觉得少，又买两份炸鸡、两份薯条、一把烤串、两杯奶茶。

满满摆了一桌子。

崔泽洋看江漱吃东西像个小猫咪一样，又乖又安静。他忽然想起来个奇怪的事，忍俊不禁。

江潋茫然抬头："怎么了，我脸上沾了东西吗？"

崔泽洋摇了摇头，眼睛里带着笑意："你和陆学长认识吗？"

猝不及防，崔泽洋的这句话一出口，江潋把一大块还没来得及咀嚼的肉吞咽到了喉咙里，尴尬地发出了一声干哕。

很……明显吗？

崔泽洋忙不迭把奶茶递过去，江潋喝了一口，他缓缓解释道："陆学长看到我和你一起来，结果上来第一轮就把我踢出局了。"

江潋咽下奶茶，松了口气："不踢你也得踢别人。"

崔泽洋边把薯条蘸上番茄酱，边娓娓道来："话虽这么说，但我觉得，两者之间有关联。"

江潋看他说不出什么实质性的证据，便没当回事，继续低头吃饭。

第四章

是喜欢吗？

新年伊始，道路两旁挂满灯笼，火红的灯光沿着街边一路亮到尽头。

元旦第三天，陆燃从雁镇回学校。他坐在直达公交车上，望着窗外满街红灯笼。灯笼的尽头处就是雁大正门。

刚下车，陆燃接到了肖宇的电话。

肖宇吃力地吼着嗓子，才微微盖过背景的摇滚乐声："燃兄，你到学校了吧？老地方，我在'十点半酒吧'喝酒，元旦必须得嗨一把，快点来！"

雁大旁边就是酒吧一条街，在节日的时候热闹更甚。

陆燃离得不远，走路到了酒吧门口。"BAR 10:30"的灯牌，在夜色里闪着五颜六色绚烂夺目的光。

他长腿一抬，迈进门槛，正低头找着肖宇发来的桌号，昏暗的彩灯映照下，余光扫到了一抹格格不入的白。

四个女生中，他第一眼就注意到了穿白色毛衣的女孩。

白毛衣映衬得江潋的肤色更白了，她神情中夹带着慌乱和不自然的神色，与酒吧里的环境格格不入。旁边的刘雅芝与她截然相反，眉飞色舞神采奕奕地和旁边的男生搭讪。

陆燃漆黑的眸子在她身上拂过，他蹙了蹙眉，叫了声刘雅芝旁边那个男生的名字："越杰，和我们一块喝。"

082

陆燃余光里瞥见江潋望过来时的慌乱，转瞬即逝。他挑了下唇，漫不经心道："和女生喝有什么意思。"

"你小子，我都多久没在酒吧里见到你了！"越杰看到陆燃有点惊喜。

他和陆燃都是酒吧的常客，经常在一块玩酒桌游戏。在越杰看来，除了陆燃，没有第二个能喝过他的人了，但是他很久没在酒吧见到陆燃了。

越杰高兴道："等着啊，你必须得陪我好好喝一杯！"

"成。"陆燃在原地等越杰。

越杰和刘雅芝说了两句话，两人互相扫了二维码。

"走，上哪儿喝？"越杰拍屁股起身，搂过陆燃的肩。

陆燃没动，视线落在越杰身后的女生上："不带上姑娘一块玩？"

越杰笑嘻嘻地转头问刘雅芝："来吗？"

刘雅芝欣喜点头，兴高采烈地跟着越杰起身。

陆燃瞧见江潋没起身，他吊儿郎当肆意又放浪地问越杰："就你一人带姑娘，兄弟那桌都是男的啊。"

"你刚不是说和女的喝没意——"余音未静，越杰话到一半，恍然大悟，长"哦"一声，坏笑着点头，明白了陆燃的意思。

越杰转头对刘雅芝说："带上你室友，一起来玩嘛。"

陆燃推开包间门，映入眼帘的空瓶子摞了一地，酒气熏天。

包间内男女比例几乎均等，越杰纳闷："陆燃，你不是说都是男的吗？"

陆燃随便找空位坐下，眼皮一撩，漫不经心："刚来的吧。"

"……"

江潋从进入酒吧起几乎就没说几句话，她不喜欢这种场合，喧闹聒噪又没有安全感。

如果不是因为刘雅芝生日，江潋说什么也不会来。况且，聂婉和耿雨对酒吧充满好奇感。

早该知道刘雅芝到哪都能玩得很开，不怕生。她们三个室友倒像极了陪衬，挤坐在一块，话出奇地少。

刘雅芝朝人群之中望去，肖宇旁边，一位粉发女生搂着他胳膊，面孔很生。

肖宇手里握着一个颜色绚丽的打火机，那只打火机是刘雅芝一周前预订的限量款，她再熟悉不过了。

一周前，果儿借口陆燃看上了一款打火机，让刘雅芝买来，借肖宇之手再送给陆燃。结果，那个打火机根本就没到陆燃手里。

难道是肖宇还没来得及送？

刘雅芝感觉不太对劲，问肖宇："什么情况？果儿跟我说你们在看电影。"

肖宇双颊涨红，眼神涣散，已经喝大了："她……骗你的！我们……前天，就，分手了。"

分手了？

肖宇话落，刘雅芝的脸色不太好看。

陆燃的情报几乎是刘雅芝从果儿那买来的。果儿知道刘雅芝有钱，抓住了她想要陆燃消息的心理，把她当提款机，根本没告诉她，他们已经分手这件事。

刘雅芝火冒三丈，越过粉发妹妹质问肖宇："那你这打火机？"

提到打火机，肖宇咧着嘴笑："果儿啊……她给我买的生日礼物。"肖宇说话断断续续，意识还清晰，"她天天找我要各种节日礼物，还是头一次送我礼物。"

头一次送给肖宇的礼物，还是借自己之手？果儿竟还厚颜无耻地编造出借肖宇之手送给陆燃打火机这种谎话。

刘雅芝怒气冲冲地转身到包间外给果儿打电话。

没人知道刘雅芝为什么忽然生气。门没关严，微微开了一个小缝，门外她"口吐芬芳"的声音夹杂着重金属乐隐隐传来。

江潋目光朝陆燃扫去——他因为来得晚坐在了角落，姿态懒散地靠在沙发上，旁人说话时偶尔侧头回应两句。

陆燃始终没往这边看。

"阿燃，稀客啊，最近忙什么呢？"

一个浓妆艳抹扎着"脏辫"的美女，在阴历十二月份的冬天里穿着黑丝，耳垂坠着两只很重的金属耳环，颇具说唱歌手的范儿。

她起身坐到陆燃旁边，一只手亲昵地勾过他的肩。

"忙着……"陆燃歪唇笑，带着挑逗意味，两字一顿道，"好好，学习；天天，向上。"

"那书上有没有告诉你，"女生食指贴着长长的黑色甲片，在陆燃心口上转了几个圈，"怎么得到女孩子的心呀？"

"这，"陆燃挑起眉梢望着女生，意有所指，"还需要学吗？"

"挺坏啊你，一点没变。"女生暧昧地给了陆燃一个眼神。

周遭氛围持续高涨，有了酒精的助兴，大家都玩得开。

唯独江漱觉得这气氛压得她喘不过来气，一边是震得头疼的重金属乐，一边又要眼睁睁看陆燃和别人搞暧昧。

她努力劝自己不在意，心头却像被拧了一下，又酸又疼。

想走。

她起身，不去往陆燃那边看，低头给自己倒了杯白开水，一口灌到底。她擦了擦嘴角，扭头问聂婉和耿雨要不要走，可声音被音乐声覆盖，没人在意。

与此同时，旁侧沙发一陷，坐下了一位壮汉。

壮汉递来一瓶酒："妹妹，来这儿喝水可不行，得喝酒。"

男生又高又壮，肌肉紧实，文身从衣领蔓延到脖子，给人一副不敢招惹的社会老大哥面相。

江漱本以为肖宇订的包房全是雁大的学生，进来才知道有好几个都是流里流气的社会青年。如果早知道是这样，她说什么都不会上来。

江漱没有立刻回应，往别处看看。刘雅芝回来了，她愤怒的情绪已消失不见，和越杰有说有笑。耿雨找人组队打游戏去了，聂婉旁边也有个和她搭讪的男生，肖宇醉得已经不成人样了。

陆燃就更不用说了，和女生搞暧昧，哪顾得上她。

算了，她不想纠缠，只想赶快走。她接过酒瓶往玻璃杯里面倒了一口，一饮而下。只是一口，啤酒的味道又涩又苦。

这是江漱第一次喝酒，她皱了皱眉，放下杯子，很讨厌沾着酒气的味道。

壮汉却兴奋了起来，江漱喝酒的样子有一种反差感，清纯得让人心头直痒痒。

他倾身上前，拿了一瓶新酒，用牙齿一口咬开。酒瓶倾下，猛灌进空玻璃杯，泡沫"刺啦刺啦"顺着杯壁溢出来往下流。

"再来！"

"我不会喝酒。"江漱看着那满满一杯，拒绝道。

"最后一杯，喝了哥就放你走！"壮汉的态度却很强硬。

江漱不想惹社会青年，便接过杯子，犹豫许久。她没喝过酒，也不知道自己的酒量有多少，但这一杯，应该不至于醉到不省人事吧。

"喝啊妹妹，用不用我帮你？"壮汉色眯眯地盯着她，不怀好意。

距离拉近，酒气扑面而来。

江漱几番想作呕，只想赶快结束这场闹剧。她眼睛一闭，眉心皱成一团，扬起酒杯。

"和姑娘比喝酒？"

一道掷地有声的男声响起。

江潋睁开眼，伴随着那道嗓音，她悬着的心也悄然落地。

陆燃走到壮汉面前，从江潋手中拿过酒杯，递给壮汉："你不如和我比比，在场的没人能喝得过我。"

陆燃语气嚣张狂妄，言下之意若是壮汉不比，就是壮汉认怂。

壮汉四下瞅瞅，今天这地盘不是他的主场，他没想惹事。他唏嘘了句"有主的啊"，就悻悻地走了。

陆燃站着，他身上带着阵阵雪松香和淡淡的酒气，把江潋笼罩。他睨了眼瑟缩成一团纹丝不动安静坐着的江潋——像只受惊的小兔子。

他表情不怎么好看，扬起酒杯就要往喉咙里灌。

"别，"江潋抬手拽了拽陆燃的衣角，声音很轻，"别喝了。"

陆燃眉眼一滞，抬手的动作顿住，侧身把酒杯放在玻璃茶几上，力道很重，玻璃碰撞之间发出了清脆的声响，啤酒晃出洒在茶几上。

陆燃看着她，眼睛里有几根血丝，借着酒意，积攒已久的情绪在这刻顺着眸子溢出，胸腔阵阵起伏着，仿佛压抑着什么。是怒火？也许是掩不住的爱意。

两人离得很近，江潋闻到他身上的酒气。隔着喧闹声，她听到很重的呼吸声。

下一秒，陆燃不顾旁人惊讶的目光，紧攥着江潋纤细易折的手腕，把她往包房门口拽。

"陆，陆燃。"江潋没见过这个样子的陆燃，有些害怕。

她不知道陆燃为什么生气，只知道自己好像又惹他生气了。他怎么这么喜欢生气呢……

江潋被陆燃带到一处安静的地方。

这里音乐的鼓点声没那么刺耳了，光线昏暗又暧昧。陆燃半天不说话，江潋以为是她不让陆燃喝酒，陆燃嫌她多管闲事生气了。

小姑娘两只手攥在一起，抠着指甲，浅声解释："你别生气，我只是想提醒你一下，最好不要喝酒。"

"不让我喝，你却喝？"陆燃眉头一紧，厉色看她，难掩不悦，"你知道你的酒量吗就逞能？"

江澄乖乖答道："下次不会了。"

"还敢说下次？如果我不在，你和不认识的人喝酒，你是觉得你能喝得过，还是觉得刘雅芝能保护你？"

"都不是。"江澄小小的头缩在白色高领毛衣里，像只鹌鹑一样，声音也小小的，生怕他会吃了她一样。

"算了。"陆燃低哑着嗓音，看着小姑娘那副受惊的模样，也不忍责怪，怒气渐渐平息。

他微微俯了身，拉近两人之间的距离，声音压在两人之间，语气一转："怕我？"

江澄心口一跳，连忙摇头："不是。"只是怕你生气。

"那你抬起头看我。"

江澄慢慢抬起头，对上陆燃的眼睛。

室内闷热，空气透着浮躁，酒气掺杂着男男女女的荷尔蒙流窜。女孩的眸子却很清澈，像一汪泉水。

安静地对视了五秒钟，陆燃心头倏地一痒，乱了神色。他视线不由自主地往下移了几分，对上女孩娇嫩欲滴的唇瓣，他喉结轻滚了下，咽下嗓子里的痒意。

陆燃微微直起身，手去口袋里拿出一块糖放入口中。他缓了口气，目光落向别处。

明明故意远离她，怎么还是一见她就前功尽弃了呢？陆燃在心里轻叹了声，漫不经心道："你这种乖女孩，来酒吧找什么刺激，体验叛逆吗？"

江澄连忙摇头："今天是刘雅芝生日，我为了陪她……"

"那也不许！"余音未静，就被陆燃打断，"下次只要是来酒吧，就微信通知我，无论何时、何地，只有我在场的时候，你才能进酒吧！"

江澄惊异抬头，陆燃的这番关心来得猝不及防。所以他生气，不是因为她管他，而是因为担心她的安危吗……

她惊奇地眨了眨眼，等着陆燃再说些什么。

陆燃也察觉到那番话有些越界，改口道："酒是好喝，但你不让我喝酒，就别想着自己偷偷喝。"

江澄悻悻地"哦"了声。

"咚——"

墙壁上挂着的仿古时钟，在十一点钟时响起整点敲钟提示。

陆燃抬眸看了眼时间："不早了，我送你回寝室吧，不许拒绝。"

江澈点点头，忽然又想起："那我室友呢？"

"我来安排。"说完，陆燃转身打了通电话。

有他在，江澈莫名感到安心。

江澈推开酒吧大门，气温骤降下来，冷风一个劲儿地往怀里钻。

陆燃挡在她前面遮住风，冷风从江澈两边刮过，她的发丝顺着风飞扬起舞。冷风灌入鼻腔，她不由自主地打了个喷嚏。

陆燃回眸："冷？"

江澈哆嗦着紧跟在他身后，摇了摇头。

"嘴硬，"陆燃睨她一眼，"你都快抖成马达了。"

下一秒，江澈双肩蓦地一重，一件厚厚的棉服带着余温，重重压在她身上。

江澈下意识地拒绝："别，你会感冒。"

"你有所不知，我有个爱好……"陆燃躬身紧了紧鞋带，不紧不慢地抬唇，"喜欢冬跑。"

江澈："？"

"你呢，要帮我拿好衣服了。"

江澈："……"

陆燃跑，江澈跟在他后面跑。

两个人跑得气喘吁吁，瘫坐在学校正门口莲花池前的凳子上，相视一笑。他们什么话也没说，却听见笑声越来越明朗，直至变成了开怀大笑。

陆燃深深地呼吸着，在寒冷的冬夜里，吐出一朵朵白色的热气。这么放松的感觉，好久没有过了。

他双手后倚支撑在凳边，身子向后仰，头也仰向天空。漆黑的夜幕中，星星点点的白往下坠。

"下雪了。"他说。

江澈搓了搓手，哈了口气，伸出右手，冰冰凉凉的触感融化在掌心。

"是初雪。"她把双手十指交叉，"初雪要许愿，很灵的。"

陆燃转头看她："许什么？"

江澈笑笑，没回答。

就许——我爱的男孩，永远热烈，永远年轻，永远被人爱。

陆燃也学着她的样子，闭上眼——希望未来有一天，我可以健康地去爱她。

许完愿，两个人看天，看雪。

看飞舞的雪花与黑夜融为一体。

江溦把陆燃的外套取下，搭回他肩上。

"喂，陆燃，"她轻唤他，"你以后能不能不要喝酒了？"

"我慢慢戒。"陆燃声线温柔，"那你不要再去酒吧了，听到没？"

"那咱们拉钩，"江溦眼睛一亮，"怎么样？我答应你，你答应我。"

"行。"陆燃勾出一个小指，嘴角扬着笑。

江溦："拉钩上吊一百年不许变！"

陆燃："谁变谁是小狗！"

余光之外纷纷扬扬，手机里《月半小夜曲》的钢琴声很轻。江溦有一刻的恍神，差点忘记这是她的手机铃声。

是聂婉打来的电话："喂，小江江，你在哪里呀？刚才有个学长送我们到校门口了，听他说陆燃学长先送你回来了。"

江溦看了眼陆燃："对，我们在正门口莲花池这里。"

"那离得不远，我们再往前走些……"没一会儿，"啊，我看到你了！"

聂婉和耿雨在远处朝江溦招了招手。

室友来了，江溦站起身，犹豫地问陆燃："你还要送我吗？"

"不送你的话，我就回去和肖宇搞到通宵了，你不是不让我喝酒吗？"

陆燃懒懒地站起身，忽然想到什么，俯身，离江溦更近了点："怎么刚还同意让我送你到寝室楼下，这会儿就反悔了？怕你室友看到你跟我在一起啊？"

江溦缩了下头："没，没有。"

"怕也没用。"陆燃把拉链拉上，穿好外套，神色淡定得好似在说无关紧要的话，"在包间呢，众目睽睽之下我拉你单独出来，你室友不是瞎子。"

"单独"那两个字，被陆燃刻意加重了语气。

江溦："……"

聂婉和耿雨走到了江溦面前，又朝陆燃打了个招呼。

陆燃微微颔首。

江溦把视线移向她们身后："雅芝没回来吗？"

聂婉："她不回来，估计是要跟着越杰玩通宵了。"

江溦看了眼陆燃，露出担忧之色："越杰靠谱吗？"

"你就别瞎操心了，"陆燃说，"刘雅芝不会让自己吃亏的。"

耿雨："对，刘雅芝酒量很好。江江，我们走吧。"

江潋点点头，跟上室友的步伐。

江潋的发丝顺着夜风的轨迹飘扬起来，身上特有的香味飘到陆燃鼻腔，他心跳快了一拍，在江潋即将从他身侧走过的那一秒，他毫无征兆地向前俯身，攥住了江潋的手腕。

江潋猝不及防地被一股力量牵着止步。

聂婉和耿雨脚下的步子随之一顿，回头。

四下茫然。

"我……"兴许是喝了酒一时上头的缘故，陆燃自己都没料到刚才的举止。他连忙松手，恍惚间有些不知所措，"你们先走，我有话和她说。"

聂婉和耿雨看看陆燃，又看看江潋，一脸看八卦的表情，似懂非懂地相视一笑，转身边走着边窃窃私语。

江潋双颊又滚上了一阵微热，刚才的温度……她只觉得陆燃的手很热，像一团滚烫的焰火。

回去的路上，陆燃都没怎么说话。

一直到寝室楼下，江潋没忍住，问他："你有什么话？"

女寝楼栋的感应灯忽明忽灭，陆燃轻数了三声，感应灯再次亮起。江潋逆着光，眼神里充满了期待。

"其实也没什么话，"陆燃站在楼栋外，漫天雪花落在他头顶。他的目光飘向天空，又落到女孩身上，"那就晚安吧。"

在江潋看来，"晚安"这两个字极尽暧昧。

但也许陆燃就是这样，喜欢把话说得极尽暧昧，撩完也不负责。对社团女孩如此、酒吧"脏辫"女孩如此，对她也是如此。

可她的一颗心却被搞得七上八下。

"陆燃学长。"江潋很正式地叫他的名字。

陆燃直视着她的眼睛，竟从那双清凌凌的眼眸中看出了几分湿意。

"我和她们不一样，你的种种行为，"江潋眨眨眼，眼眶里的湿意下去了大半，"我怕我有一天……会误会。"

误会你喜欢我。

酒劲上来，陆燃的手不受控制地抬起，还没触到她头时，理智及时回归，使

090

手停在了虚空中，终归是落在了她肩上，帮她拂去了几片雪花。

他长眸半垂，目光黯淡三分，"喜欢"那两个字在他嘴边拐弯成了一句"对不起"。

他无奈地转身，离得太近了怕把持不住，离得太远了又总是想念。冷了怕伤害，热了怕沦陷。

"陆燃，"他转身的同时，江潋捎带了一句很轻的，"元旦快乐。"

江潋一推开寝室门，聂婉和耿雨立刻围了上来。女生八卦的心至死不减。

聂婉："江江，快告诉我们，你和陆燃是什么情况？"

江潋无奈地笑："没什么情况，普通朋友。"

"普通朋友？"耿雨也难得地加入了"吃瓜"队伍，"普通朋友他怎么不去拉聂婉，怎么不去拉雅芝？"

江潋把挎包放下，耐心地解释着她被壮汉劝酒，陆燃解围那件事。

"原来是这样。"聂婉说，"陆燃把你拉出去的时候，包厢里面雁大的人都惊掉了下巴，还在讨论陆燃什么时候转性了，怎么喜欢你这种类……"

聂婉人没心机，说话不过脑子，话没说完，就被耿雨拽了拽袖子。

她连忙补充道："江江，我不是这个意思。只是平常见到陆燃身边都是那种跟他一样会玩的女生，所以大家都有点惊讶。"

江潋点头，她当然知道。

聂婉笑嘻嘻地去拉江潋的手，把头靠在江潋肩上："不过我要是男生的话我也喜欢你，又漂亮又温柔。"

江潋声音温软，笑着回应道："如果我是男生我也喜欢你。"

耿雨从床底下抽出洗漱盆，空当间插了一句："陆燃拉着你一出去，包厢里面的女生集体失恋，还有刘雅芝，那张脸一下就拉下来了。不过话说回来，刘雅芝的鱼塘那么多鱼，怎么偏偏拽着陆燃不放。"

聂婉一副"我懂"的表情："帅哥年年有，但陆燃不一样，十年才出一个。"

耿雨："为什么？"

"因为陆燃人又帅，智商又高，学习又好，出手又阔绰，好像听谁说他经常去门口的文具店买东西送他室友的妹妹来着。你想啊，如果他真的有女朋友的话，保不准天天给女朋友买礼物给宠上天呢！"

门口的文具店？江河文具吗？

江潋脑中的念头一闪而过。门口的文具店那么多，也不一定非得是她姑妈的江河文具。

陆燃这种大学霸喜欢买文具也正常，毕竟当时他都大一了，还去店里买高考"五三模拟"说要复习来着。

江潋摇摇头，大学霸的脑回路果然清奇。

聂婉戴上洗漱发带，拿齐洗漱用品，看了眼江潋："不过江江，说真的，我感觉陆燃对你和对我们的态度都不一样，对雅芝的态度一直很冷，对你的态度吧……"聂婉思考片刻该用怎样的词形容，"很微妙。"

江潋笑，补充道："你应该说是忽冷忽热。每当感觉到他可能有那么一丁点意思吧，他就又离得远远的，重新归零。我们就一直是这样，进一步退一步，反复归零。"

她笑着，眸子很暗："可能他这个人就这样，跟谁都没距离感，却也没那么亲近谁。至于他和我稍微交集多了一些，大概因为我们是高中校友吧。"

聂婉脑子一转，想出了个点子。她到江潋跟前，在江潋耳边悄悄说："我有个办法，可以知道他是不是喜欢你。"

"什么办法？"

聂婉神秘一笑："如果他听到有人叫你名字，回头得比你还快，就一定是对你有意思。"

江潋笑："这都是什么跟什么啊。"

见她不信，聂婉反驳道："很准的！我在电视上看的呢。"

"好了好了，"江潋点了下聂婉的脑袋，"你快去洗漱吧。"

刘雅芝是在第二天早上回来的，回来的时候很安静，一改往日话痨模样，在寝室一天都没怎么说话。

江潋能感觉到刘雅芝对待她的态度发生了微妙的变化，客气又生分。只不过临近期末，学业负担变重，大家都各忙各的，也顾不上处理人际关系的琐事。

周四下午，体育选修课上课前十分钟，耿雨和聂婉一前一后出了门，剩下选修课一样的江潋和刘雅芝在寝室。

换作平日两人会一起去上课，但刘雅芝自打从酒吧回来之后就有意疏远江潋，江潋发愁地捏了捏鼻根，决定迈出"破冰"第一步。

"雅芝，上课去吗？"

刘雅芝也没给江潋难堪，眉眼里反而流露出一丝惊喜："走。"

两人走在去往排球场的路上，江潋话少，不擅长找话题，大脑正飞速运转着，刘雅芝先开口说话了："江江，寝室四个只有咱们两个报的排球……"

她话说了一半，这让江潋预感不太好。因为刘雅芝从不说废话，出口必定意有所指。接着，刘雅芝又说："咱们两个的喜好是不是还挺相似的？"

刘雅芝把话说得再委婉，江潋也能听出言外之意。她无非就是想说她们两个都喜欢陆燃。

刘雅芝家庭条件优渥，书桌上摆的都是大牌护肤品，就连平常穿的衣服也没有杂牌，更别说包包了，价格没有低于四位数的。

她是名副其实的名媛。相貌出众，身材凹凸有致，聪明到只需要隔三岔五地学习下，就轻而易举地考上了一本。什么东西在她眼里都唾手可得，感情也一样

从小娇生惯养的她，只要是喜欢的，几乎没有得不到的。对于陆燃，她也是在追求一种难以得到的征服感。

江潋和她不同，从小到大都在退让。家庭条件不好，母亲除了做保洁就是当保姆，父亲后来遭遇意外又落下了残疾，更是雪上加霜。

从小母亲就教育江潋：她家穷，别人有的东西她不一定要有。

所以，她在公园看到别的小朋友吃棉花糖，她舔舔嘴唇说自己不吃；看到别的女孩家有很多套芭比娃娃，她小心翼翼地问能不能拿来玩一下；看到同班女生有很多漂亮的小裙子，她却捡亲戚孩子穿不要的衣服。一年四季，无论男生还是女生的衣服，无论长短合不合适，无论好不好看，她母亲都要捡来为她备着。

她习惯捡别人剩下的，她习惯认为自己不能拥有最好的。所以她也觉得，那么好的陆燃，她不配拥有。

这节体育课是排球比赛练习。教师充当裁判，哨声一响，双方激烈对决。

江潋和刘雅芝是对立的两组，刘雅芝组打得很猛，气势汹汹。

随着时间流逝，比分逐渐拉开，江潋组呈现弱势局面。教师吹响哨声示意暂停，去江潋组调整位置，变化策略。位置变动后，江潋作为副攻，压力倍增，只能拼尽全力去打。

"好！"

伴随队友一声高喊，江潋成功挡下一球。

"咻——"一声长长的哨音，比赛暂停。

只不过江澈这一挡用力过猛，导致重心偏移。落地后双脚打滑，重重跌倒在地。

热心的同学瞬间涌上：

"没事吧？"

"还能站起来吗？"

江澈瘫软在地上，脚崴得很重，她不由自主地龇了下牙，眼里泛起了泪花。

老师朝人群中喊了句："谁带这位同学去医务室？"

"我。"刘雅芝的声音清脆落下。

老师问江澈："同学，还能站起来吗？"

江澈咬着唇，点点头。

刘雅芝走到她身畔躬下腰，把她的胳膊搭在自己肩上，借力让她起身，而后小心慢步地搀扶她走向医务室。

"谢谢你，雅芝。"

刘雅芝浅应了句"不谢"，把她送到医务室坐下。校医不在，刘雅芝四处寻找着冰袋，没找到，她回头："我去找老师给你拿个冰袋。"

门虚掩上，江澈把袜子脱下来看伤势，发现脚踝已经肿起大包。

医务室的窗户没关，冷风直钻进屋内。江澈转头望去，走到窗边来回至少得十余步，想了想又作罢，搓着双手取暖。

"咚！咚！"

有人敲了两下门，随之传来声音："你好有人吗？我来拿创可……"

门外男生话音未落，一阵风从窗外刮来，把虚掩的门吹开。

陆燃漫不经心地朝屋里斜了一眼："那么巧。"

他从容地迈着长腿进来，余光瞥了眼江澈的脚踝："怎么搞的？"

江澈吞吞吐吐了半天，不好意思在陆燃面前说她是因为打排球崴到脚了，下意识把那只受了伤的脚往后缩缩。

瞧见她的模样，陆燃了然于心："让我看看。"

"不用了。"江澈后背冒着汗，脸也开始发热，把脚更往后瑟缩。

陆燃蹙眉："都肿了。"他把她的脚轻轻拉出来，盯着看得很认真。

江澈忽然冒出来一个奇怪的想法——为什么有种陆燃在品鉴猪蹄的感觉？

"冰袋呢？"

江澈回过神："刘，刘雅芝去找了。"

陆燃点点头，搬来一张高凳，侧身坐在江潋前面，指着她的腿，吩咐道："你，把腿跷在我腿上，抬高了好得快。"

"是吗？"江潋半信半疑。

"就知道你不信。"陆燃拿出手机百度，念道，"解决方法五，刚扭伤的脚尽量抬高于心脏，有利于消肿止痛。"

"那我把腿直接放在高凳子上就行。"

陆燃双手抱臂，强调："不够高，我腿长，加高。"

"……真不用了。"

"不用？"陆燃左胳膊肘撑着腿，睨她，"我可自己动手了。"

江潋无奈妥协："你别，我听你的就是了。"

她的动作很慢，生怕牵扯到脚踝。在她的脚快要落在陆燃腿上时，陆燃抬手，稳稳地接住她的小腿，实打实地落在了自己的大腿上。

江潋能感受到他的体温，这是她第一次和男生有亲昵的肢体接触，不排斥的肢体接触。她面颊又染上了一层红晕。

陆燃盯着她的脚，江潋觉得这气氛太诡异了，连忙找了个话题转移他的视线："对了，你来医务室干吗的？"

陆燃这才别开眼："这不是下课了吗，我下楼买东西，顺道拿两片创可贴备用。"

江潋轻"哦"了声，又陷入安静。

刘雅芝经过几番周折找来了冰袋，刚要转进医务室，却在门拐角处听到了陆燃的声音。她身形一顿，向屋内扫去——陆燃大腿上放着女生的腿。

陆燃正对门口坐，余光一瞄，看到了刘雅芝手里的冰袋："拿来给我吧，你先回去休息。"

江潋一怔，下意识想缩回脚，被陆燃一把抓住没受伤的地方。

刘雅芝走近，一句话没说，面无表情地把冰袋递给陆燃，就利索转身朝外走。在迈出门槛后，陆燃的声音又从背后传来："二十四小时内冰敷，二十四小时后换热敷。"

江潋小声应了个"好"。

刘雅芝消失在走廊，留下一声自嘲般的冷笑。

回想起酒吧那日陆燃拉着江潋往外走，旁人谣传着陆燃是看上那个女孩了。

刘雅芝当时不信，现在想想，大抵是真的。

是时候，她该退出了。

陆燃捏着冰袋的一个角，拽了条干毛巾裹在冰袋上，然后覆在江潋脚踝。凉意猝然传来，江潋倒吸了口气，眨了眨眼睛，渐渐适应着冰凉的感觉。

陆燃看见她的反应："凉？"

江潋点头："冷，窗户没关。"

他转头，看到大敞的窗户，回过头时，把冰袋递给江潋："先拿着。"

他小幅度地把外套脱掉披在江潋的肩上，然后把她的脚放到高凳上，再去关窗户，回来之后又让她的腿继续放到自己腿上。这一系列的动作温柔至极。

江潋看着他的侧脸，高挺的鼻梁把光线的明与暗分割开来。她的呼吸也跟着变慢变轻，唇角微微上扬。陆燃的衣服，很温暖。

江潋推开寝室门，正担忧刘雅芝会生气，却见她主动地打招呼："回来了？"

江潋声音小小的："嗯。"

刘雅芝笑："瞧你紧张的。"

另外两个室友都没回来，寝室安静得一根针落地都能听到。

江潋如坐针毡，点开视频软件随机播放了个首页上的真人秀。趁着视频里的热闹声，江潋没话找话："聂婉和耿雨没回来？"

刘雅芝摇头："直接去吃饭了吧。"

江潋手机里播放的是一档恋爱真人秀，男女嘉宾在人数对等的情况下被关在一座房子里，通过日常生活的相处，观察他们之间会擦出怎样的恋爱火花。

江潋凝神看了一会儿，逐渐沉迷其中。她忘了调音量，猝不及防一声"夹子音"，让正在赶结课作业的刘雅芝双肩一颤。这可是比她还会发嗲的"海后"！

她停笔，朝江潋这边探了个头，不由自主地进入话题："你才看第一集啊。"

"刚点开。"江潋扫了眼她桌上的作业，"是不是影响到你了，我戴耳机？"

"没事，你看吧。"刘雅芝没收回头，继续说，"我给你说这个女二能把我气死，是个心机女，但是男生看不出来，都挺喜欢的，又会发嗲又可爱，楚楚可怜的邻家女孩形象。你往后看就知道了。"

"雅芝……"既然说起这个话题，江潋觉得有话不说憋着还挺难受的。她讨厌室友之间藏着掖着，同在一个屋檐下生活，真诚坦然相待很重要。况且，她脚崴的时候，刘雅芝是第一个上前送她去医务室的，她不希望她们之间的友情破裂。

"嗯？"江潋半晌没后文，刘雅芝转头问她，"有话？"

江潋咬着下唇，试探性地问："你真的很喜欢陆燃吗？"

刘雅芝放下笔，扭着身子面对她："如果我说我真的很喜欢他，你会放弃吗？"

"我……"江潋叹息着垂下眼。

"无论如何，你都不要放弃。"刘雅芝笑得豁然，"姐不需要别人让。"

"你啊，喜欢一个人，有什么不敢承认的？从高中到现在，暗恋很辛苦吧？"

"不瞒你说，刚开始我是觉得你挺有心机的，但是……"刘雅芝粲然一笑，笑自己狭隘，"后来我发现，似乎一直是陆燃喜欢你。"

江潋摇头否认："不是你想的那样，他和其他女生也没有距离感。"

"当局者迷，时间会告诉你答案。"刘雅芝叹息一声。

"果儿和肖宇分手了，以后也不会给我传递陆燃的情报了，我打算放手。

"不是让，是退出。因为看到陆燃心有所属而退出。"

刘雅芝语气放松道："你别用这样拉丝儿的眼神看着我，姐的鱼塘还有那么多鱼呢！"她笑着捏了下江潋的脸，"手感真好，软软的。陆燃那个万年不谈恋爱的王八精，配上你这棵好白菜，你们真是绝配。"

江潋："雅芝，你就别拿我说笑了。你这话听着像骂我们一样。"

"哈哈哈哈，你别说，还真像！"

"你讨厌死了！"

两个人的笑声从寝室蔓延开去。

女生与女生之间，不应该为异性互撕敌对，不应该钩心斗角暗相算计。可以拥有既简单又纯粹的友谊，可以连成统一的阵营联盟，可以齐心协力，可以女生帮助女生。

周六，闲不住的棋牌社又搞动静了，活动地点定在市区中心商场的写字楼十三楼。

商圈的写字楼上除了办公场所，还有一些小型的娱乐场所，诸如剧本杀、密室逃脱、私人影院、桌游等。

这些价格低廉的室内游戏，通常喜欢把店开在房租相对较低的地方。但毕竟是付费的地方，整个氛围营造的游戏体验感要比普通教室来得强多了。

参加的社员直接在群里把费用转账给社长，一人十元。这是上学期最后一场社团活动，参与人数比以往都要多。

江潋盯着手机屏幕，在陆燃发出转账后，她紧跟着也报了名。

偌大的店被棋牌社包场了，社团人员自觉组成三桌。一桌下棋，一桌打纸牌，另一桌玩《狼人杀》。

江潋别的不会，《狼人杀》上次现学过，便还是坐在了《狼人杀》的那桌。

陆燃就不一样了，他什么都会，人缘又好，三桌竞相邀请他。他神色淡淡，心中早已有所定夺，长腿一迈，直奔《狼人杀》那桌去。

在他加入后，桌上女生一片欢呼，冲别桌扮着鬼脸。

别桌人调侃陆燃："阿燃最近对《狼人杀》痴狂热爱啊，这学期没见你玩过别的。"

只见陆燃眸子一撩，似有若无地往江潋那个方向看去："最近，尤其着迷。"

江潋先前摸清了《狼人杀》的规则，虽然她不善言辞，但是逻辑很清晰，能带领村民集体走向胜利。除了摸到狼人牌的时候，她不会说谎就必死无疑。

在第二局时，江潋终究摸到了狼人。她说谎不太自然，陆燃一早就猜出了她是狼人，不但没拆穿她还故意放水，就是为了看她尴尬着撒谎脸红的样子。

游戏结束宣布狼人胜利，陆燃半眯着眼，心道：都在自己意料之中。

无论旁人说他"突然智商下线"还是"脑子卡顿了"，他都置若罔闻，笑而不语地朝那个女孩看去——她说谎骗了众人还赢得了游戏胜利，一副心有余悸却又惊喜开心的样子。

值了。

三个小时过去，陆续有人起身离场，自行回学校。写字楼离学校不远，坐直通公交车，一站就到。

新一局结束，江潋看了眼时间，六点过半，也打算回学校。

陆燃眼皮一抬看到对面那抹淡白色的身影要走，兴致瞬间变淡。他把刚抽到的预言家牌往桌上一撂，撒手道："不玩了。"随着江潋到了电梯口。

写字楼有两个电梯，一个是低层区，一个是高层区。为了方便，两个电梯之间楼层不通。

他们在十三楼只能坐低层区的电梯。写字楼建造的年代久，设施老旧，电梯也小。恰逢周六，又赶上单休打工人的下班高峰时间。仅是一层的人，就把电梯

098

厢塞得满满当当。

陆燃排在靠前的位置，一开门，就被挤到了电梯最里面，动弹不得。

江潋去个卫生间出来的工夫，就被挤到最后了。她顺着人潮刚要进电梯，只听电梯内发出"嘀嘀"的超重提示声。她无奈退出来，按下关门键，静静等待下一班。

这一错过不要紧，迟迟没等来下一班电梯，等来了一个坏消息……

陆燃在楼下等江潋，迟迟不见她人。

打开手机给她发消息：人呢？

江潋秒回：电梯坏了，我正从消防通道下去呢。

陆燃忽然想起来，这姑娘脚踝崴着，还没有好全。他骂了句脏话，直奔楼上。

江潋在下到十二楼的时候，看了眼时间，用时两分钟。粗略算计，下到底至少得花二十四分钟。

她的脚能走路，只是下楼会稍微费力一些。等电梯维修遥遥无期，还是走为上策。

下了几个台阶，她身影一滞。二十分多钟对于陆燃来说，算长吗？

她蹙眉，拿出手机，在对话框里继续输入了一行字：我下得比较慢，你可以先回去。不用等我。

她思索再三，最终把那句"不用等我"删掉，点击发送。也许陆燃没想着等她呢，这不是显得自作多情吗？

江潋下得很慢，写字楼里后下班的人都赶超到了她前面，拉开了很长的距离。

不久后，消防通道里又恢复了一片死寂。

时间将近七点一刻，该下班的应该都走完了，整个楼道安静得江潋能听到自己的呼吸声。

天色更黑了，密不透风的楼道里光亮一点点变暗，只剩下感应灯间隔三十秒灭一次。

"砰！"

在江潋下到第十层时，楼下消防通道的门被甩出一声重响。

她大脑短暂地空白了片刻，继续一个台阶一个台阶往下走。

有风吗？应该是风吧。

死寂的楼道内，传来一阵急迫的脚步声。有人在往上跑！

江潋站在原地，瞳孔一缩，嗓子发涩。她双手紧扶着栏杆，不知所措，徒留下惊慌。冰冷金属质地的栏杆，被她留下了一片汗渍印记。

片刻后，她所在楼层的感应灯被跑上来的脚步声唤醒，眼前豁然一亮。

男生瘦高躬着身子两台阶并作一步的身影映在她面前。

"陆……陆燃？"

江潋瞬间松下一口气。

看他神色慌张，额头上出了细密汗渍，几根发丝粘连在了一起，似乎有什么很重要很急迫的事情一样。

她问："你怎么上来了？"

他止步，眸子一黑，看到女生时，松了口气。

他手扶栏杆，急速跳动的心脏缓滞了下来，大口喘着粗气平歇着心跳速率。

"我啊？我来……拿个东西。"

陆燃装作若无其事地继续缓步上楼，上了几个台阶后，又转身。

"啊，我找到了，原来在我身上装着。"

"？"

陆燃把视线挪到她脚踝上："既然我都上来了，你脚不是崴着了嘛，那要不然我好事做到底。"

"？"

他一字一顿道："背你下去。"

江潋双手狂摆加摇头："不用不用！"

那人却像没听到她的话一样，在她面前蹲下身："上来。"

"我自己真的可以！"

陆燃却没动，依旧蹲着。

纠结数秒后，她小心翼翼地攀上陆燃的后背。陆燃却半天没站起身。江潋尴尬：难道嫌她太沉了吗？

"你先下来，等一下。"

江潋照做。

陆燃把外套脱掉了，递给她："穿太厚背你，热。你穿上。"

他一字一顿，就像在说些没什么大不了的话。江潋的脸却更红了。

陆燃看起来清瘦，肩胛骨轮廓却宽实，肌肉也练得紧实。

他外套里面只穿了一层贴身的黑色毛衣，衣服很薄，前面被微微起伏的胸肌撑起。隔着衣服，能看到他胸肌结实挺起的弧度。

他呼吸很重，胸腔一起一伏，每一下，都好似散发着男性荷尔蒙，魅力爆棚。

江潋看得不由自主地咽了下嗓子。

"看够了没？"陆燃挑眉，声音颇有磁性地在她耳边低语。

她脸上的红晕迅速从脖子蔓延到耳根："你背过身去，我才能上去。"

陆燃浅笑，背过身蹲下，没再计较。

江潋再次前倾攀上他后背，这次，她更加小心翼翼了。

陆燃身上的布料太薄了，她稍稍一碰，就能碰触到他身上滚烫的炽热。

"抓紧点，"他嗓音带笑，"难不成，你想从后面仰下去摔个脑震荡，让我负责一辈子吗？"

"……"

江潋憋着通红的脸，把手缠紧，往前又攀了下，脸一不小心，就蹭到了陆燃的耳朵。

以肉眼可见的速度，江潋竟然第一次看到——他耳朵红了？

倏忽，灯火寂灭，黑暗里气息交织缠绕。

陆燃能感受到女孩的发丝蹭到了他的侧脸，刮得他心里直痒痒。那温软的呼吸，更是一阵一阵地从他颈旁撩过，每一瞬，都让他后背发麻。

两个人的距离近在咫尺，他一侧头，就能亲到她。

心跳如鼓点般落下。

"咳！"江潋轻咳一声，感应灯再次亮起。

陆燃翩飞的思绪被拉回。他背着她下楼，一层层台阶，步子很稳。从安全通道口出来，一片漆黑的天幕压下来。

"谢谢你。"谢字一出口，江潋发现她好似和他说过很多次谢谢。他怎么总是能在她需要的时候及时出现呢？

"不必谢。"陆燃眼尾轻曳起，"我说了，我呢，喜欢学活雷锋做好事，爱帮助老弱病残幼。"

江潋被他噎了一下，也没狡辩，就当是她弱病幼好了。

两个人站在站牌下等车，江潋的微信电话铃声打破了安静。

陆燃瞄了眼她的手机屏幕，看到"崔泽洋"那三个字时，轻嗤一声："这小白脸今天不来陪你玩，结束了还知道打电话。"

"我跟他又没什么。"江潋对陆燃"嘘"了声，接起电话。

陆燃"喊"声："鬼鬼祟祟。"

电话那头传来带着阳光少年气的清澈声线："喂，姐姐，看群里你们去校外玩桌游了，玩得还开心吗？"

"嗯，还挺好的，你打电话有什么事吗？"

"哦，今天下午我有点事所以就没过去，你现在回来了吗？我能和姐姐你一起吃晚饭吗？"

江潋没有和不是很熟悉的异性吃饭的习惯，她刚想回绝，就听到电话之外陆燃在叫她："江潋。"

她回头，听见他嗓音低沉："社联主席晚上找你有事。"

电话那头的崔泽洋也听到了声音："姐姐，你和陆燃学长在一起？"

江潋坦诚道："我们正要坐车回去，等会儿可能还有事，就先不跟你说了，拜拜。"

她找借口挂断电话，问陆燃："你找我有什么事？神神秘秘的。"

"找你……"陆燃眸子一转，看到候车亭 LED 屏上一面巨大的广告——"肯德基疯狂星期四"，"吃点东西去吧。"

江潋内心一悸，陆燃是主动邀请她共进晚餐的意思吗？

紧接着，又听到他说："你说，我要是明年再办个美食鉴赏社怎么样，你帮我参谋参谋。"

"……"

陆燃："想吃什么？"

江潋："随便。"

"没有随便这道菜。"

江潋眼睛一瞟，看到了那面巨大的广告，随意道："肯德基？"

"走。"

陆燃手机扫码点餐，加购完了双人餐，把手机递给江潋："看看还想吃什么。"

江潋接过，往上划拉了两下。

陆燃手机一直往外弹出微信消息，消息内容设置的"弹出不可见"。她垂眸：他这是加了多少好友呢。

不到一分钟，江潋把手机递过去："我没什么要点的，你看着就行，然后我把钱转你。"

"转？为什么转？"陆燃又加购了些，点下单结算，"我是让你来给我鉴赏的，不是让你来掏钱吃着玩的。钱你就不用付了，每吃一个，给我点评两下味道吧。"

"……"

上餐了。

江潋先拿起一块吮指原味鸡，咬了一口。

"这个鸡可以。感觉没有被吹捧的那么神。不过没那么油腻，腌制得比较入味。"接着，她又拿了根薯条放在嘴里，"这个薯条吧……"

"行了，"陆燃装模作样地忍着笑打断她，"不用说了。"

"？"

沉默了一会儿，陆燃突然开口："要不你退社团吧。"

"？"

"我就是觉得当初强制让你报社团的做法不太对，如果你不喜欢不应该逼迫你融入。"

江潋手里的吮指鸡瞬间不香了，让她报社团的是陆燃，让她退社团的也是陆燃。她试探性地问："是因为我《狼人杀》玩得太差劲了吗？"

"不是因为这个。"他重新拆了个汉堡送进嘴里，"如果你不喜欢，不用次次都参加的，没关系，主要还是以你的意愿为主。"

陆燃不知道自己的决定对不对。当初让江潋报社团是因为能借机多和她接触一些，但这姑娘到哪儿都有招蜂引蝶的体质，崔泽洋一口一个"姐姐"地叫她，他的醋坛子都要打翻了。

"我会重新考虑的。"

江潋垂眸。游戏她虽然不喜欢，但也不排斥。她之所以参加活动最大的一个原因，是因为陆燃在啊。

第五章

一场春夜的劫

除夕，江潋一家三口围在电视机前，一边看春节联欢晚会，一边包饺子，其乐融融。

房子虽然是租的，但生活不是。他们家虽然钱不多，但很幸福，简单又快乐。如果父亲还是健康的，一家人会更幸福的。

春节联欢晚会正在直播小品，是一个关于残疾人的故事。前半段还是令人开怀大笑，到了后半段，画风一转，不禁让看客潸然泪下。

江潋余光扫了下父亲变残疾的右腿，心头像梗住团棉花一样，闷得透不过来气儿。母亲曹颖春在一旁，注意到江潋这孩子默不作声地红了眼睛，拍了拍她的肩。

"你爸这腿医生说没有大碍了，别的你不用操心，就安心上学读书。"

父亲江立军也想起当年的事，但他一个大男人粗枝大叶，没发现她们娘俩的情绪变化，跟着发起牢骚："好好的顶天立地一个大男人就这么垮了，我是真没用！早知道就不去什么破煤矿上班了！"

"立军，别这么说，我们都没觉得你没用。"曹颖春安慰他。

江立军叹气："罢了！天不遂人愿！"

曹颖春把一锅排饺子端进厨房，以备等会儿年夜饭。

江潋在一旁安静地包着饺子，没插话，每每想起当年的事，还会眼睛发酸——那是在江潋高二下学期某个周五的傍晚，她们接到医院来电：江立军遭遇矿难，正在接受医院的治疗，目前生命垂危。

挂了电话，江潋和母亲火速赶往医院。

手术结束，医生一行人缓缓走出来，告知了两个消息，好消息是患者性命保住了，但坏消息是，患者右腿粉碎性骨折，后半生都要在轮椅上度日。

"小水，来拿碗盛饺子。"母亲的声音从厨房传来，江潋翩飞的思绪戛然而止。

"来了。"她应声，眨了眨眼，原本的情绪消失得一干二净。

白菜猪肉馅儿的饺子在锅里"咕嘟咕嘟"冒着泡，升腾起的白色热气，把整个厨房沾满了热气腾腾的饺子香。

秒针即将与时针分针重合，指向"12"。

电视机里主持人和明星艺人站在一起，共同开启倒计时——

"五，四，三，二，一！新年快乐！"

伴随祝福落下，江潋的手机也响了起来。屏幕上显示着一串陌生号码，若是在平日十二点钟的时刻这电话会显得尤其古怪，可是在新年除夕夜，倒更像是来送祝福的。

想到这儿，江潋心头洋溢起一丝欢愉，好似在期待着什么。

她接听起，顿了两秒后，方才"喂"了一声。

"江潋。"对方的声音低而哑，带着沉稳的呼吸声。

是陆燃。真的是他！

江潋应声，心尖漾起的愉悦抵达顶峰，唇角的笑意飞扬。她瞄了眼父母，起身走向阳台。

"新年快乐。"陆燃的声音沉稳又清晰地落在听筒上，他话外背景传来"嘭！嘭！"烟花燃放在夜幕的声音。

"新年快乐。"江潋回应。不只新年，每一天都要快乐。

"对了……你怎么有我的号码？"

"想知道？"陆燃嗓音里憋着笑，故意逗她，"秘密。"

他又问："看烟花了吗？"

市区管制越来越严，年味远没有镇上的浓。江潋叹息："市区不允许放烟花。"

"想看吗？"

小姑娘老老实实挤出一个字："想。"

"简单，等我会儿。"说完这句，陆燃立刻挂了电话。

二十分钟后，陆燃的微信视频请求弹了出来。

江潋躲到阳台上更黑的地方，没有光，视频里看不清她，这才安心地点了接听。

手机镜头切入的是陆燃窄双眼皮下那双透着光的眸子，漆黑的瞳仁里倒映着点点烟火的余亮。

陆燃的眼睛带着笑意："这就完成你新年的第一个愿望。"

话音落下，镜头一转，仰拍向天空。烟花绚烂地炸开在镜头里。

这时传来陆燃的画外音："那里的烟花，能看清吗？"

江潋眸子一亮："能！"

各种各样的烟花：有的像星星，明灭闪动着消失在夜幕；有的划着火焰般的烟花穗，拖着长长的尾巴消失坠落；有的从下方直接带着星光火苗腾空而起，一片绚烂转瞬即逝……

江潋屏息看着视频里的动态，忘记了说话，也忘记时间过去了多久。

"阿嚏！"镜头一抖，陆燃打了个喷嚏。

风声呼啸而过，树上的干叶子"哗哗"作响。

江潋本以为陆燃是在家中阳台上打开窗户拍的烟花，但是他好像在外面……

江潋不确定道："这是你买的烟花在外面放的吗？"

"你看我像喜欢放烟花的人吗？"陆燃带着点鼻音，语调漫不经心道，"这不是在外面散步嘛，遇到了顺手给你拍一下。"

大年三十晚上在楼下散步吗？这是什么怪癖。

江潋半信半疑："那你冷吗？穿得厚吗？别感冒了。"

"怎么，"电话那头的陆燃带着戏谑笑意，"关心我？"

"嗯！嗯！"

当然是关心。江潋的话还没说出口，就被烟花声划破。

她听到陆燃又问："烟花好看吗，小江同学？"

"好看。"江潋抿唇笑，重重点头。

"好看就行。"

最后一颗烟花从夜幕陨落，陆燃把电话挂断，对着黑色屏幕缓缓开口："好看就值了。"

他把手机装进口袋，连忙吹了口热气哈手，再赶紧搓搓冻僵的手和脸，连鼻头也冻得发红。

卖他烟花的老板走来，乐呵呵地朝他搭讪："美人一笑值千金啊。怎么样，我这烟花不错吧？"

"还行。"陆燃又补充道，"有点贵。"

"帅哥，这很便宜了，像'四尺玉'那种烟花一颗就一百八十万……"

老板有些话痨，陆燃冻得受不了了，朝老板挥手："走了，箱子你拿走卖废品吧。"

"行，谢谢帅哥。"

陆燃没回头，裹着围巾迅速钻进一辆出租车回家。

小区不能放烟花，他是打车去郊区放的，好在家里离郊区也不远。

丁静看到儿子冻得通红的脸，心疼道："这么冷的天，出门干吗去了？"

陆燃随口回："扔垃圾，顺道兜一圈。"

丁静扭头，垃圾桶内满满当当的垃圾："这垃圾不还在这儿吗？"

陆燃："……我是说，我的个人垃圾。"

丁静："你这孩子，不知道把家里垃圾一起扔了。"

程一泽半躺在沙发上玩着手机，朝陆燃睨了一眼，冷嘲热讽道："哥哥估计是看我在家不顺眼，病症要发作了，赶紧下楼去透口气。"

丁静瞧陆燃有点不对劲，狐疑道："你身上怎么一股火药味儿？"

没等陆燃回答，程一泽插嘴："去外面偷偷纵火了吧。"他捏腔拿调道，"年轻人，玩火自焚。"

陆燃没搭理程一泽，去卫生间洗漱。

程天明训斥程一泽："没大没小！你就不能好好说话吗？"

陆燃洗漱完，站在暖气旁烤手，手机又振了起来，备注是"憨憨"的来电。

小姑娘这是把他的手机号码也存下了，还知道主动给他打电话了。

陆燃挑着笑接起，江潋的声音传来："你回到家了吗？"

"到了。"

"那就好，"电话那头停顿了下，又问，"你喜欢什么颜色？"

"黑色吧。"陆燃问，"怎么了？"

"嗯……"小姑娘声音有些扭捏，"假期无聊，闲着也没事，我想……织条围巾练手。"

"随你。"陆燃语气淡淡，唇角却勾着笑。

"哥哥是在和女生打电话啊。"程一泽阴阳怪气地拖着调子，传进了电话声中。

江漱听到那抹稚嫩的男声："那声音是你表弟？"顿了顿，她又想到一个更重要的问题，"你喝酒了吗？"

陆燃走去侧卧讲电话，耐心回应："我连年夜饭上都没喝酒。"

"也不算是表弟。"他接着回应她上一个问题。

江漱疑惑："不算？"

陆燃面色微沉，毕竟他的家事他从没和别人提起过多。但是江漱，他对她没有防备之心。

"我上初中时，我妈再婚了，是继父带来的儿子，比我小几个月。"

继父？儿子？

江漱哑然，虽然她听说过陆燃家也是在他初中时搬到了镇上的东头，在那个时候她和陆燃就是邻居了。一墙之隔，一个在别墅区，一个在高层区。

但江漱开始注意陆燃，还是在和他成为高中校友之后。即便是校友，他们的交集也并不多，江漱除了知道陆燃家住别墅，是个有钱人家的孩子，别的一概不知。

她只是下意识地觉得，像陆燃那么温暖的一个男生，应该也出生在一个同样温暖幸福的原生家庭才对。

好似预料到了江漱的疑惑，陆燃继续解释道："继父对我挺好的，我很早就改口叫爸了，这事也没对外说过。我弟一直没改口，但他小学是寄宿，没怎么回过家。邻里们也都不知道我家的事。"

"噢，这样啊……"

"怎么？"江漱许久没说话，陆燃问，"这就吓着了？"

他知道，这个社会对原生家庭不幸的孩子有很多偏见，认为童年不幸的孩子性格缺失，会冷漠无情、自私狭隘、极度缺乏安全感、不信任任何人。

这些偏见，像种子一样扎根在他们心底深处，再长出刺来，轻易刺伤那些本就不幸的孩子。

"不是，"江漱平静地说，"只是以为你身上的光环，是你自出生起就有的。明媚温暖、成绩好、长相好、家世好。但现在一听，觉得你更厉害了。"

陆燃垂眸，带着似有若无的笑，坐到床边，回忆起从前。

"只有长相好是我出生带的，至于其他——我小学爱玩，成绩也一般，初中为了讨继父喜欢才好好学习的。

"童年也挺惨的，被人很不好地对待过，从小就开始懂事了，我怕这个社会

108

对我有偏见，就一直努力做到最好。

"随着逐渐长大，我就想，我一定要当一个好人，不能和生父那种人一样……"

聊了很久才挂电话。

他走出侧卧，客厅换成了暖黄色的暗光，母亲和程一泽都回卧室了，只剩继父，坐在沙发上百无聊赖地换着台。

程天明看到陆燃从里屋出来，就把电视关上了，房间里最后一点余声也消失殆尽。

他把目光转向陆燃，好似等待已久了，他拍了拍沙发旁的空位："聊聊？"

陆燃轻点了下头，坐到继父旁边。两人之间隔着刚刚好的距离，不算很远，但也没有很近。

"燃燃，在学校谈恋爱了吗？"

陆燃微哽，脑袋瓜飞速转动。继父很少会问他私人问题，更别提单独坐在一起聊天了。他与继父之间的关系如同温水，关心浮于表面，不深入干涉。不沸腾，但也不冰冷。

陆燃虽然什么都不说，但他什么都懂。继父看似对程一泽很凶，对他很温柔，但其实，继父偏袒的还是程一泽。

只是程一泽年纪小，不懂罢了。

"没有。"陆燃如实回答。

程天明点点头，他第一次见陆燃在家打那么久的电话，怀疑他是谈恋爱了。但这孩子说了没有，他也不好再多问。

他搂过陆燃的肩，说："爸希望你快乐地生活，有想要的就大胆地去追求，不要束手束脚，把自己当成一个……病人。你为此怯懦退缩的话，青春不会再来。"

说到这儿，他切入正题："燃燃，其实在我心里，有件事一直很愧疚。那年你出了那么大的事，我却忙于理清矿难损失，都没怎么关心你，结果让你落下了心理病根。"

"爸，这和您无关，您没必要感到愧疚。"这是实话，陆燃从没怪罪过继父，"相反，我一直很感谢您带给我父爱的温暖。"

程天明眸子一闪，被陆燃的这番话打动了。

"好儿子，你和一泽都是我的好儿子。你未来的日子还很长，要勇敢和坚强。人生是用来体会的，好与不好的经历都是生命旅程中不可或缺的一部分。你不能因为畏惧而止步不前，要知道，经历磨难后重新站起来才值得骄傲。爸永远为十八岁那个挺身而出的你骄傲。"

继父很少与陆燃讲长篇大论的道理，但这番话，给了陆燃些许感悟和启发。

也许，他是应该大胆一些，如果江漱对他也有此意的话……

"爸，我知道。"陆燃往继父那侧挪近了些，两个人的双手搭在了一起。

卧室另一边。

程一泽闭上眼睡了会儿，又被窗外零星的鞭炮声吵醒了。

他口渴，想去客厅拿水喝，一打开卧室门，客厅暖黄色灯光立马照进来，把黑着的卧室屋照亮了一半。

这个点了还有人？

他往外面走着，看到沙发上坐着的一对父子——他的亲生父亲搂着陆燃的肩，嘴里还不停重复着"好儿子"。

程一泽嗤笑一声，退进房间，关上门。

真像一家人。好似他才是局外人。

寒假过得很快。

江漱提着一大箱行李推开寝室门，光线斑驳。刘雅芝正对着镜子化妆，聂婉在给阳台上的花草浇水，耿雨在收拾床铺。

岁月静好的模样。

看到江漱来了，室友们都很热情。

"江江，看看我从老家带了什么好吃的？"聂婉放下手中的水壶，去行李箱里拿出一袋速食烩面，"我刚刚和她俩都分过了，你来得最晚，这是你的。"

"谢谢，"江漱温软一笑，"我会好好品尝的。"

耿雨铺好被褥，从床上下来："江江，你有没有要洗的床单？我们都收拾好了，等下拿到洗衣房的洗衣机里面去。"

"好，"江漱回应，"先放那儿吧，我把床单取下来后帮你们一起拿过去。"

"行。"

"小江江，"刘雅芝对着镜子涂口红，"吧嗒"了一下嘴唇，"看我新买的这个颜色的口红怎么样？"

江漱认真欣赏了一番，答道："好看，符合你的气质。"

"喜欢吗？等你生日了姐送你支新的！"

聂婉佯装哭腔，嘟嘴道："雅芝你偏心，送她不送我！"

"送，都送，这有什么难的。"

耿雨："别！一定要给我换成几斤排骨，或者游戏装备也成。"

刘雅芝开玩笑道："肤浅。"

"不用送我，"江漱眉眼弯弯，笑得很温柔，"知道你人美心善又大方，但是我不太会化妆，这么贵的口红就不用……"

话音未止，她的视线停在了刘雅芝化妆盒里周禹铭送她的口红上，那支口红磨损痕迹很重，看起来使用得很频繁。

刘雅芝那么多支口红，却偏爱那一支。

刘雅芝对着聂婉做了个鬼脸："看到没，还是小江江温柔又善解人意。"

江漱退回到自己座位上整理行李，顺便把带来的零食分给室友一些。

聂婉扭身接过，余光瞥见江漱行李箱里一条叠得整整齐齐的黑色毛线围巾，惊呼道："哇！这是你自己织的吗？"

"嗯。"江漱点头，"喜欢吗？下次给你也织一条。"

"好，等你！"

刘雅芝："我也要！"

耿雨接话："围巾可以有。"

"一个一个来。"江漱笑，"既然那么抢手，要不然我兼职在校园里卖围巾吧。"

"这个可以有。欸？不过……"聂婉疑惑，"江江啊，你不是喜欢白色吗，怎么织个黑围巾？"

江漱嗓子一紧："黑色……线多。"

刘雅芝好奇地转头望过来，看到江漱那副古怪的表情后，瞬间明白了什么，笑得前仰后合。

聂婉："雅芝，你笑什么？"

刘雅芝笑的间隙停顿了下，一语道破天机："我猜，陆燃喜欢黑色。"

三个人不约而同地拖长了音调，意味深长地"哦"了一声。

在"哦"声落地后，江漱以肉眼可见的速度红了脸，她在围巾外套了一个黑色不透明的袋子，害羞道："你们别这样，弄得我都不好意思了。"

"爱要大胆说出来，"刘雅芝说，"小江江，晚上约陆燃吃饭吧，主动出击！"

"这……不太好吧。"

"你如果怕尴尬，那我，"刘雅芝拍拍胸脯，"愿意做你的牺牲品，陪你一起。让陆燃再叫上他室友，搞个寝室之间的聚餐，就顺理成章啦。"

"江江，托你的福，"聂婉做哭泣状，"没想到我这辈子能和校草吃那么多次饭。"

"我和陆燃打过几把游戏，"耿雨赞许道，"他成绩那么好，没想到玩游戏也那么厉害。"

"那我……问问？"江潋犹豫道。

三个人齐齐点头。

江潋拿出手机，在上面打了一行字，又看了眼室友们的迫切眼神，骑虎难下。

她一咬牙，点击发送：陆燃，你到学校了吗？

陆燃回复：到了。

听到手机提示声响，三个人都凑了上来，兴奋"吃瓜"。

"有戏！"

"接着问！"

江潋又问：要一起吃晚饭吗？

陆燃秒回：行。

三个人激动得跳脚。

"可以啊江江！"

"我觉得陆燃也对你有意思，起码不反感。"

"对，不然不会答应。"

"要不你俩去吃得了，别带上我们一群电灯泡了。"

江潋辩解道："也不一定吧，陆燃和好多女生都一起吃过饭。"

刘雅芝："你怎么知道？说不定是人家女生硬坐他跟前的。"

"……"

江潋又加了行字：我带上我室友，你带上你室友。

陆燃问：几点？哪里？

江潋把地点定在了校门口的菜馆。

女寝离校门口比较近，女生们先到了菜馆，找了个靠窗的大桌坐下来。江潋将手中不透明的袋子放在一边。

陆燃和他室友们没两分钟也到了。

肖宇把菜单转给女生们，热情地说道："看看吃什么。"

江潋提议："要不，一人点一道菜，怎么样？"

"怎么都成，"肖宇应声，"谁有忌口提前说。"

"好。"大家应声。

菜单顺时针转，一人选一道菜，从女生开始。

到江潋的时候，她选了一道不辣的素菜，认为大家不会对这道菜有忌口。选完后，她把菜单转过去给周毅，手机也在这时振了两下。

陆燃发来消息问江潋：喜欢吃什么？

江潋心头一跳，回复道：都可以。

陆燃：猪肉，牛肉，羊肉，鸡肉。四选一。

江潋记得之前和陆燃一起吃饭的时候，他把猪肉的肥肉全部挑了出来，所以首先排除猪肉。

她抬眼，菜单就要转到陆燃，为了避免耽误大家时间，她迅速回复：鸡肉，谢谢。

陆燃钩了个土豆炖鸡块，低头继续回复：谢什么？谁要给你点菜了，我也喜欢吃鸡肉。

回完消息，陆燃憋着笑，打量着江潋白一阵红一阵的脸色变化，有趣极了。

五分钟后，陆续上菜。

香气扑鼻而来，大家开动筷子。

江潋看了看对角方向那道土豆炖鸡块，是唯一有鸡肉的菜品。即便陆燃嘴硬，但她的心里还是涌进了一股暖流。

她正想下筷子，对面一只骨节分明的手，端起对角的那盘土豆炖鸡块，和她面前的手撕包菜换了换。

三个男生莫名其妙地看着陆燃的举动，表示奇怪。只见他抬了抬唇，漫不经心道："我喜欢吃素，抱歉。"

江潋低着头，脸色微红。她先夹了块土豆，土豆炖得很烂，一口下去满满的鸡汤味。

肖宇不忿："不是吧燃兄，你怎么一天变一个样，昨天你还抢了我一个鸡腿，还说你就喜欢吃鸡。"

刘雅芝揶揄道："我喜欢吃狗粮。"

江潋桌子下的手悄悄拽了拽刘雅芝的衣摆，叫她别说了。

聂婉和耿雨交换眼神，暗暗地笑了起来。

女生们的眼神暗示，突然点醒了坐在对面的郭宸，他惊呼道："我懂了！陆燃晚上怕长胖！"

"你也太有心机了吧燃兄，让女生们长胖。"肖宇调侃道。

刘雅芝在聂婉耳边悄悄说了句："这寝室是按智商分的吗？"

江潋听到刘雅芝的话，不禁轻笑了一声。

一直没说话的周毅，早就在旁边洞察了一切。

他夹了块面前的麻婆豆腐，对陆燃说："喜糖，别忘了我。"

话落，众人一噎。

片刻后，哄堂大笑。

周毅说话风格跟耿雨有一拼，要么不说话，要么语出惊人。

只是江潋，脸热得发烫，觉得四周布满了火炉，坐立不安，后背直冒汗。

在被调侃的紧张与不安之余，她偷看了眼陆燃。陆燃神色淡然，没接一句话，却也没反驳。

没反驳……起码代表不排斥。

这让江潋心底慢慢洋溢起喜悦。

陆燃低头夹菜的间隙掀起眼皮看了眼江潋——这姑娘的脸通红。

他挑唇，把菜送进嘴里，笑意谁都没察觉。

肖宇这下总算明白怎么回事了，一拍脑袋，总觉得有什么事在脑中一闪而过。他开始捋顺回忆，想知道从哪儿开始不对劲的——

元旦他失恋了，三号他去酒吧喝了酒，因为心情不太好，喝了很多，早上起来断片儿了。他好像还叫陆燃一起喝酒了，陆燃走的时候是跟一个妹子一起的。

那个妹子？江潋！

肖宇"噌"地站起来，一脸震惊地看着陆燃和江潋。

陆燃早就有"猫腻"了，他竟然一直被他蒙在鼓里！陆燃祸害谁不行，偏偏祸害那么清纯的小江学妹！

周毅用一种看怪胎的眼神看着肖宇："你又发什么神经呢？"

肖宇笔直坐下，像失恋般靠在陆燃肩上，小拳拳捶他胸口："陆燃，你不是人！你忘了"男德"宗旨了吗？男人不自爱就像烂叶菜，你不能一边夜不归宿一边玷污小江学妹！"

"瞎说什么呢你？"陆燃推开肖宇，漫不经心地夹了一片包菜叶，对其他人说，"不用在意，这孩子打小脑子就烧坏了。"

用最正经的语气讲冷笑话是陆燃的强项，他逗得余下六个人笑得前仰后合。

"酸黄瓜。"周毅笑完继续调侃肖宇。

酒足饭饱，男男女女三两并排走在一起，暖色的灯光把他们的影子拉长，青春的模样大抵如此。

江潋和陆燃并排走着，她在想该以怎样的措辞把围巾送给他。

"江潋！"

后面一道清澈的男声隔着人群传来。

江潋的思绪被打断，反应慢了半拍，还没来得及转头，就看到旁边的陆燃先转了头。

"！"

她心跳滞了半拍，忽然想起聂婉对她说的那句话："如果他听到有人叫你名字，回头得比你还快，就一定是对你有意思。"

——难道陆燃，真的对她有意思？

江潋努力地抑制住内心难以置信的兴奋，在转头的同时顺势看了眼陆燃，而后才看向身后的男生。

崔泽洋的笑容阳光明媚："姐姐，你们吃完饭了吗？"

江潋应声："吃完了，准备回去了。"

"那太可惜了。"崔泽洋表示遗憾，"没吃的话，就叫你和陆燃学长一起来拼桌了。"

"吃了，还吃得饱呢。"陆燃忽然插嘴道，语气怪怪的，"江潋跟你一起吃不饱，你看你细胳膊细腿儿的。"

话到最后，陆燃还拍了崔泽洋的肩，以表学长的关怀："学弟，平日要多吃点饭。"

崔泽洋疑惑地盯着陆燃半响，开口道："陆燃学长，你平常不照镜子吗？"

陆燃："？"想夸我帅？

崔泽洋："咱们两个差不多瘦。"

陆燃一噎："我比你有肌肉。"

崔泽洋笑："你都这么说了，我不和你比比就说不过去了。"

陆燃眉梢微扬："打篮球，敢比吗？"

"随时奉陪。"

江潋在一旁忍俊不禁——男生间的拌嘴还挺有意思的。

陆燃加完崔泽洋的微信，回到江潋身边："走吧。"

江潋不知这两人何来的胜负欲，打趣道："你俩还加微信约着一起打篮球了。"

"别说得那么恶心，"陆燃纠正道，"是下战书。"

江潋笑着暗自感慨：男人至死是少年。都大学生了，还跟小孩子的胜负欲一样强。

和崔泽洋聊天耽误了一会儿，江潋和陆燃掉队。前面的大部队估计是不想当电灯泡，也没等他们。

月色温柔，风也寂静。

江潋左右看看周围，没什么人注意他们。她抓紧手中不透明的袋子，抬唇轻声叫了句陆燃的名字。

陆燃侧过头看她，夜色深陷，他的眸色也更深了几分。只见女孩单腿一迈，步子一转，身体迎面挡在他面前。她看着他，又更近了一步。两个人的距离不到一寸。衣物碰在一起时，轻擦出了静电。电流涌动。一阵风徐徐吹过，夹带着女孩身上的山茶香扑鼻而来。

陆燃像是被电流流过，全身上下传递来一种酥麻的劲儿。他直直盯着她，喉结慢慢滑动了下。他没做别的举动，也没半点躲闪，只定在原地，等着她。

女孩脚尖轻轻踮起，围巾勾上他的脖子，又缠了一圈。她站定，笑容明艳地问他："暖和吗？"

陆燃有半秒的失神。

——"借过！借过！"

还没等到回答，江潋左肩被人用力地撞了一下，身子不受控制地向右倾倒。就在快要摔倒时，被一股力量回正，顺势带进了温暖的胸膛。一瞬间，所有的感官都被陆燃身上铺天盖地的雪松香占据。

陆燃的下颌刚好抵住江潋的头，声音轻得像是在她耳边吹气。

"没事吧？"

江潋反应过来，耳根迅速升温，摇了摇头。

陆燃这才松开双手，后退一步，两人回归到了安全距离。

女孩像只乖顺的小兔子，脖颈间细细几缕黑发，被衣领遮掩在白皙的肌肤之间，柔软得好像丝丝棉线。

密集地缠绕在人心头。

"暖和。"他喉结轻滚。

116

他别过眼睛，目光落向别处："江潋，周日上午十点记得来看我打篮球。"

不知谁走漏了风声，几天时间里，校草与"奶狗"学弟的篮球对决赛传遍了学校的角落，也登上了校园论坛。

比赛本来定在男寝楼下的篮球场，内容为双人投篮。随着关注度越来越高，场地被迫改为了学校篮球馆，进行多人篮球队比赛。

周末如期来临。

江潋早上醒来睁开眼的第一件事，就是在想穿什么衣服去看陆燃打篮球。

她兴高采烈地起身坐直，叠被子。

把被子整理好放在床边，臀下坐着的位置一移，她发现了床单上一小块红色的"姨妈血"。

她苦恼着把床单放进盆里，去卫生间垫了个姨妈巾。

室友都去食堂吃饭了，吃完饭直接去看篮球赛。江潋因为腹痛点了个外卖，没和她们一起。

用完早饭，腹痛更加剧烈了。

她的经期腹痛基本上会每两个月发作一次，有时候轻微，一个小时左右就好了。严重的话，半天都直不起身。

她看了眼时间，距离篮球赛开始还有四十分钟。她找好衣服，又回到床铺上蜷缩成一团。

谁知时间越久，腹部痛感越烈，像有什么东西在肚子里绞着翻滚一样，她换了个姿势盖上被子，后背冒了一层细汗。

没一会儿，便睡着了。

另一边。

十点钟，校篮球馆的看台上坐满了观众。

人最多的地方，在篮球馆的中央坐席。尖叫声此起彼伏，把比赛氛围推向了最高潮。

那些高扬的喝彩声中，欢呼声最响亮的，依稀能从中拼凑出完整的名字——陆燃。

其次就是新生届的耀眼新星：崔泽洋。

但看点远不止于此，陆燃这次还带了个校外的神秘高手，同样吸引了不少雁大学生的目光。

男生利落板寸，眉眼带着桀骜不驯的不羁感，骨相里透着一股痞帅劲儿，骨子里刻着的反骨天成的野性肆意张扬。

和在条条框框里约束着的大学生显得与众不同，他野蛮生长，就像自由翱翔在天空上方的猎鹰——冯昱肆。

在观众屏息以待的注视下，两支队伍缓缓入场。

两支队伍给人的观感截然不同——陆燃这支队伍从上到下透着人狠话不多的痞帅劲儿，崔泽洋那支队伍洋溢着青春阳光男大学生的朝气。

副裁判中线抛球，篮球往空中一掷，比赛激烈开始。

冯昱肆打球很猛，运球传球之间更是透着一股侵略性的狠劲儿，在球场上像一头豺狼一般猛烈的攻势，让对手瞬间弱了气势。

陆燃打球的爆发性也很强，眼角眉梢都透着野性。两个人配合得很好，撑起一支队伍，比分逐渐悬殊开来。陆燃向半空跃起，又是一个精准扣篮。场上尖叫声一声盖过一声。

他面色却淡薄如水，又一次侧头看向观众席——江潋的三个室友挨着坐，唯独没有江潋。

他比了一个暂停的手势，语气微微不悦，给裁判说："换人。"

陆燃随意地坐在了替补区，旁边蜂拥一群女生上来递水和毛巾。他没接，低头看了眼手机。一小时前他给江潋发的微信消息，江潋到现在都没回复。

陆燃心底的暴躁涌上心头，去口袋里找药瓶，找了一会儿没找到，才想起来落在了寝室。狂躁难耐，他抓起手边的一瓶水，猛灌起来。

一瓶水见底，他擦了擦嘴角，眸色很冷地朝看台上望去。目光寻到了刘雅芝，他招手示意她过来。

刘雅芝从看台上下来，她一身辣妹装很是凸显身材，连美女看了都挪不开眼。

观众席上不少目光尾随着她一路，直至与替补席的陆燃会合到一起。甚至有人议论陆燃身边是不是又换了跟班的小美女。

"小江江她肚子不舒服，"刘雅芝瞄了眼陆燃身后替补席的几个大男生，在陆燃耳边轻声道，"痛经。"

陆燃心领神会，点了点头。再往看台上撩起眼的时候，在一层又一层的人浪中，他看见了江潋。

江潋双手放在腿上，背挺得直直的，坐在室友的旁边。她只要稍一塌腰，就会被前排男生挡得结结实实的，挡住半张脸。

江潋醒来再看时间的时候，比赛已经开始了。陆燃一连发来了几条微信消息，因为她手机设成了振动也没听到，醒来后匆忙收拾了一下便赶来篮球馆。

在来时的路上，她穿过层层看台，女生们议论刘雅芝与陆燃的声音早就传到了她的耳中。

看台上躁乱骚动，欢呼呐喊声此起彼伏。

江潋的目光尽头，刘雅芝踮起脚伏在陆燃耳边说了句悄悄话，从她的位置看去，他们举止十分亲昵。

"江江，"耿雨叫她，"陆燃在下面，他刚才叫刘雅芝过去了，你也过去吧。"

江潋摇摇头，笑得温软，没有一点攻击性："算了吧。"

也许陆燃和谁都没边界感，不只和她。

陆燃的目光被看台上的那一小只勾了去，没挪开眼。

他扬起下巴，侧头一挑，对刘雅芝说："她来了。帮我把她叫下来，务必让她坐到下面来看我打球。"

刘雅芝点头。没一会儿，江潋就乖乖地下来了。

性感辣妹替换成清纯乖乖女，看台的讨论声更加激烈了，更有人认出江潋正是曾火上论坛被陆燃"英雄救美"的绯闻"白月光"。

"你找我？"江潋声音小小的。在那么多人的注视下，她不由自主地紧张，肢体动作僵硬不自在。

陆燃指了下替补席的空位："坐下。"

替补席的队友们从上到下打量着江潋，发出一阵起哄声，七嘴八舌地议论着：

"这个才是'正主'？"

"对啊陆燃，介绍介绍？"

陆燃抬眼看着台上的比分越拉越小，最后变成 22 ： 18。

冯昱肆给陆燃一个眼神，陆燃点头。

比赛暂停，陆燃重新上场。

临走时，他想起来刚才队友的问题还没回答。眼看江潋被越来越多的目光聚焦，不给一个答复恐怕已无法收场。

——"你为此怯懦退缩的话，青春不会再来。"

父亲的那句话，回响在陆燃耳边。

那就允许他，大胆这一次。

他回眼，看向江潋，目光坚毅："家属。"

也似在和看台上八卦的观众澄清——这位才是"正主"。

在一阵惊呼尖叫和起哄声中，江潋的耳朵又烧红了，掩藏不住的是心底豁然涌现的雀跃。

"家属"的意思是——他女朋友吗？

陆燃再次上场时，眼中有光，势在必得的光。他打得更起劲了，还带着一股狠劲儿。

一场球让观众看得激情澎湃，连连尖叫和惊呼。

打到最后，他收不住了，不受控制的心悸蔓延而上，心率也跟着极速加快。

他瞳孔像冒着火一样，横冲直撞间满是破坏性和侵略性，几乎是带着一股不顾一切的狠意，一连撞倒了两个人。

裁判一声哨响，陆燃犯规了。

观众面面相觑：忽然之间，他就像变了一个人。

冯昱肆察觉了陆燃的异样，低声问："发作了？"

陆燃点头，大口喘着气，单手攥紧胸口的衣服，像要把指甲揉嵌进肉里。

没几分钟，比赛结束，裁判宣布陆燃队胜利。

可陆燃脸上没有一丝笑意，他看了眼乖乖坐在替补席的江潋，脸色又变了变。怎么就偏偏她在的时候发作呢？

他弯下腰，双手撑着膝盖，大口喘息，极力把躁狂的情绪压制下去，但心里还是压不住地躁狂，情绪不受控制地紊乱。

人群作鸟兽散，江潋留在原地不知所措。陆燃情绪反常，她担心陆燃的状况，拿了瓶水走到他身边。

"你还好吗？"

见到江潋走来，陆燃连忙背过身去。

"你先走吧。"他语气不怎么好。

江潋没动身："我等你一起吧。"

"我只说一遍！"

陆燃音调忽高，江潋被吼得脊背一颤。

上一秒陆燃还承认她是家属，这一秒就翻脸不认人了？

江潋把水递过去，倔强地说道："我等你。"

陆燃双眉紧蹙，心脏溢着火突突地往外跳，声线又高了三度："听不懂话？"

在他抬高声线的同时，身体也转了过来。他情绪有些激动，谁知力度过大了，一甩手竟把江潋递过来的矿泉水打翻了。瓶口因是敞开的，水流即刻沿着地板缝汩汩地往外流。

场面一寂。

场馆内剩下十几名正在攀谈的篮球队队员，他们被声音吸引得看过来，全然不知陆燃为何无故发脾气，只得离得远远的。

半晌后，江潋的眼眸蓄积了一层湿气，她垂头。

远处的崔泽洋换完衣服，凑巧撞见这一幕。他走到江潋面前，拽了拽她的袖子："姐姐，咱们走吧。"

江潋被崔泽洋拉着，频频回头。

明明赢了比赛，却像输了全世界。陆燃的余光里，江潋的目光像一束光一样熄灭，他始终没再抬头看她一眼。不想让她看到他发病的样子，他只想永远让她看到他最明亮耀眼的一面。

到了门口，江潋脚步一顿。

"崔泽洋，你先走吧。"她说，"我想再等等。"

崔泽洋叹息："你确定吗？刚刚他都那样发脾气了。"

"没关系的。"江潋眨了眨眼，方才煞白透红的眼尾已经没了痕迹，"我想弄清楚是怎么回事。"

是捉弄调戏，还是认真的，总要弄清楚吧。

江潋在门口站了会儿，正值经期的缘故，没一会儿就开始腰痛了，她也没那么多顾忌，席地而坐。

场馆内的人几乎都走完了，剩下陆燃和冯昱肆。

又等了一会儿，冯昱肆的声音渐近，江潋忙不迭起身，挡在门口："陆……"

话刚脱口，江潋脸色一下红了，硬是把另一个字咽回了嗓子眼。

陆燃看起来很热，赤着上身。他胸肌上挂着汗，又瘩又欲。腹肌也相当分明，胸膛强劲结实，还有宽厚的肩膀和优美的肌肉线条。又有几颗水珠从他喉结滚下，顺着胸膛缓缓流下。

江潋憋着红脸，把头转向别处，语速很快："陆燃，我想和你聊聊。"

"过几天再说。"

他语气很平，态度很冷。病期间，他没心思去聊别的。

"燃，"在一旁的冯昱肆忽然开口，"如果你是认真的，不该对她有所隐瞒的。"

陆燃低头，是啊，早就应该告诉她的。

只是他害怕这姑娘胆子那么小，听完之后更不敢靠近他了。

这可是精神障碍，没发病的时候和正常人并无二致，发病的时候严重的话是要住进精神病院的。

他是怕失去她罢了。

"你和她说吧。"陆燃套上衣服，对冯昱肆说，"我先回寝室拿药，然后去外面开间房，你等会儿去那里找我。"

陆燃无法亲口告诉她，这不是简单的情绪波动。

躁郁症发作的时候，为了不伤害身边的人，他通常自己去外面住一个星期，恢复之后再回归寝室。

室友也因此误会他夜不归宿是在外面放浪形骸，学校的各种谣言更是满天飞。

比起真实原因，他宁愿被误会。

江潋坐在空旷的绿茵草地上，听冯昱肆静静地讲述着陆燃的故事。

"上次在猫咖门口，陆燃因为见血导致创伤后应激障碍复发，这个病是在他童年时期，他生父长期殴打他和他母亲所导致的。

"而这次这个病更为严重，你要做好心理准备，如果你接纳他，就可能一辈子要接受他的情绪反复。"

江潋点点头，听得很认真。

冯昱肆问她："双向情感障碍你知道吗？也就是俗称的躁郁症。"

"略有耳闻。"

"这种病，时而躁狂时而抑郁，处于一种反复横跳的状态。

"躁狂的时候亢奋，情绪高涨，就像有用不完的精力一样，甚至每天只用睡三四个小时。还会做一些很危险又离经叛道的事，也会口无遮拦给最亲的人造成伤害。

"抑郁的时候整日悲观，失去动力，嗜睡，甚至还会产生不好的念头。"

江潋抿紧唇，陆燃的病竟然如此痛苦。要是她早一点知道的话，就能多给他一些关心和理解了。

冯昱肆拿出手机，找出一段监控录像视频，递给江潋。对于视频背后事件的前因后果，江潋后来也听说了。

那是在高三下学期的春夜。

四月底，即将进入立夏。花仍开得很香，片片馥郁的花香流淌在风中。火烧云也很美，遥远地灼烧着天空。

周五，晚自习结束后，天色微醺。

校门口高年级的学生鱼贯而出，肩膀擦着肩膀，街灯骤然亮起，汽车鸣笛声和自行车铃声像一帧一帧慢放的电影。

陆燃从街角转过几条老旧的小巷，就能到达一片新建成的学区房。

学区房的别墅区就像独立于破旧小镇之外的光景，能住上这种档次的别墅，都是镇上非富即贵的有钱人。

过了红绿灯之后就是镇上人口中所说的富人区。一条横亘在中间的长马路，就像是一条两极分界线。

线内的是干净整洁的富人区，线外的是破旧脏乱的镇上原住民区。

少年看着红灯倒计时一秒秒消减，他口中在背诵着一个英文单词——

"flipped，flipped。"

怦然心动。

想到这儿，他的唇角微微上翘，脑海里回放着默片，女孩的白色裙摆就像盛开在夏季的睡莲，摇曳在心尖。

他漫不经心地眼瞟着红灯倒计时，五、四、三——

"等等！"

人海中飞快地蹿出一个女生，定在陆燃身后，她脸色微红，大喘着气，低下头，喊道："陆燃，请给我一次请你吃饭的机会！"

"哈？"陆燃茫然地转过头。

女生语速很快，一句话连成串地一口气说完：

"陆燃我欣赏你！但我下周就要转学，以后可能再也见不到了，所以我想和你吃顿饭！请答应我！"

陆燃定睛打量着眼前面孔陌生的女生。他不太会拒绝别人，女生又格外坦诚，他便点头答应了。

"不过请我吃饭就不必了，和女孩子吃饭，我习惯请客。"

"谢谢！"女生眼里蓄满了光芒，激动地给陆燃深鞠了一躬。

陆燃被她夸张的谢意吓到了，辗然一笑。

"想吃什么？"他问。

"嗯……"女生思索着。

两个人折回到了破旧的小巷，小巷里面隐藏着很多家没有门头的小店，再往前走，就是一条狭长的夜市街。

"夜市！"女生指了指前方，"去看看？"

自从冯昱肆冷嘲热讽把陆燃赶走之后，陆燃就再也没踏进过这条夜市街。

"行。"陆燃犹豫了一下点头，两人一同朝巷子深处走。

街灯绵延，芬芳四溢。

昏黄的路灯，一张木纹掉色的老方桌，两张小马扎。

陆燃端起水壶往两人的杯中添水，雾气升腾。

"你还没告诉我你叫什么名字？"

"李嘉梦。"女生声音洪亮，"嘉年华的嘉，梦想的梦。"

"行，"陆燃重复了一遍，"嘉梦。"

虽然是刚认识，但也谈不上尴尬。李嘉梦性格开朗，陆燃又是自来熟。

大块的烤串肥瘦相间，香喷喷的炭烤味令人垂涎欲滴。两个人吃着聊着，话题有一搭没一搭地接着。

冯昱肆不知道什么时候来了，默不作声地坐到了邻桌，一改往日刺儿头的模样。他安静得出奇，没找陆燃麻烦，一个人点了一盘烤串，一盘花生。

夜色渐深，周遭的声音变得嘈杂，人也纷涌杂乱了起来。

有一群男人在玩酒桌游戏，声音响震天，也有酒鬼用大嗓门叫嚣着不知在和谁发酒疯。

叫嚣声、谩骂声，连成一片。

腥臭的污水流进下水道，过街老鼠堂而皇之地钻进看不见的黑洞。脏话和污言秽语借着酒意抒发在脏乱差的小巷。

法外之徒也喜欢在黑夜逗留，危险也总在夜色降临。

两个人也吃得差不多了，陆燃结账回来的时候，李嘉梦旁边站着一个流里流气的社会青年。

青年脚穿人字拖，脖戴大粗链，挽起的袖口露出一截花臂。他浑身酒气，醉醺醺的，挑事的意图昭然若揭。

陆燃不想惹事，拉着李嘉梦，低头回避目光："咱们走吧。"

"别走啊。"花臂男单腿一迈，把两人拦下。

他鼓起腮帮子，笑得像一只老鼠，然后从上到下不怀好意地打量了两人一番："这么漂亮一妞儿，你女朋友吗？"

这声音……

陆燃惊疑抬头，对视上花臂男的面容，那个男人——正是镇上骚扰女性的惯犯！

一周前陆燃亲眼看到惯犯跟踪一个女孩到了巷子口，就在千钧一发之际，女孩的父亲迎了出来，惯犯才灰溜溜地掉头离开。

他当时就决定，再遇到这个男人，就要拍下证据交给警察制裁！但今天李嘉梦在，正面冲突实在不是良策。

陆燃应付了句"是"，拉着李嘉梦绕开花臂男，意欲离开后再拨打110。

吃了闭门羹，花臂男借着酒意，随机抓起邻桌女生，嚣张地问她："妹妹，你开个价，多少钱能陪我一晚？"

邻桌都是女生，被他抓起的女生瞬间脸色羞红。她破口大骂道："你是不是脑子有病啊！"

男人嚣张至极，借着酒意无所顾忌："你说什么，你再骂一遍？！"

"再说一遍！你也不照照镜子，臭流氓！"

"臭娘儿们敢骂老子？找死！"

…………

这一场纷争，陆燃本可以避开，但本能让他止住了脚步，总要有人为正义挺身而出。

他让李嘉梦先走，转身去拉那个女生。他劝女生不要介入正面冲突，但女生被激惹火了，显然不听劝。她使劲甩开陆燃的手，觉得自己是受害者，为什么要逃，有强硬到底的架势。

在女生回骂下，花臂男怒气更大，局势愈演愈烈。

陆燃见劝解无果，果断拿出手机，拨打110。

电话那头，110还没接通。下一秒，脚下蓦地一震，一道黑影砸下。

一声闷响，女生被花臂男一记耳光扇倒在地。

"老子今天非给你点颜色瞧瞧！"

体力悬殊之下，花臂男轻而易举地就像在撩拨掌中之物，借着酒意，为所欲为。

女生的哭喊声响震耳膜，醉汉恶臭的酒气扑鼻而来。

陆燃眼前一阵眩晕，心跳速率急速攀升，心慌叠加心悸，就连视线也变得模糊，交叠出现重影。

耳中闪现着生父一次次酗酒过后殴打母亲的声音。回忆像一帧帧老电影循环播放着惨痛的画面。年仅六岁的他，眼睁睁看着嗜酒成性的生父顶着一张残暴嘴脸毒打着母亲。

母亲流着泪表情痛苦，一遍遍哭喊哀求的声音刺穿他的耳膜。

回忆交叠着痛苦轮回闪现。

头脑被谩骂和殴打的回忆充斥。

他这辈子最恨的就是欺负女性的男人！

最恨了！

生父的脸和惯犯的脸交织成同一张令人作呕的面容，浮现在他面前。

他眼眶里泛起一丝带着恨意的泪花。

…………

随着男人倒下，陆燃眼前也浮现出密密麻麻的星点，脑中"嗡嗡"地眩晕成一团。

迷迷糊糊中听见了尖叫声和警车鸣笛声，周围的人也早已作鸟兽散。

地上鲜红的血晕开一片，像一朵盛开的彼岸花。记忆里的那团红像挥之不去的蚊子血，夜以继日地折磨着骄傲的少年。

短短几分钟监控视频播放完毕，江潋眼眶渐红。

原来陆燃不再去夜市的真正原因是这个。

在世俗眼里，好学生的手上不能沾染血迹，好学生应该坐在云层之上，沐浴阳光。

冯昱肆的睫毛缓缓垂下，投下一片阴翳。

"我那个时候也在场，但我没陆燃那么侠义，也没有心怀百姓的人间大爱。我平时只敢在校园里当个老大，吓跑那些小混混。进了社会，我又算哪根葱。我觉得惩恶扬善是警察做的事，不是我这种寻常老百姓能操的心。"

他自嘲着冷笑一声，点了支烟，用手半笼着，猩红色的火光从虎口处蹿出。

"从此我就改观了对好学生的看法，陆燃是个真爷们，我对他刮目相看！他成绩好，游戏玩得好，篮球打得好，样样精通。善良又聪明，还爱行侠仗义，他从此就是我冯昱肆在这世上唯一佩服的人！"

江潋沉默半晌后道："最后那个惯犯被绳之以法了吗？"

"当然。陆燃的报警电话打通了，我接通后告知警方地址，以及整个事件的经过。而和陆燃一同在夜市的那个女生，那件事后悄无声息地走了，她本来就已经办好了转学手续。至于邻桌女生，看上去胆大，其实晕血。她醒来后已经不记得当时发生的事情了，医生说是潜意识选择性失忆。"

冯昱肆长吸了一口烟，眸色一瞬起了雾："那人伤得不重，最后被警察带走，但是……陆燃除了眉骨上受了伤，在心理上也受到了伤害。"

烟灭了，回忆太费烟，冯昱肆又点了一支。

"陆燃伤人的过程被人录像了，一段没头没尾的视频被恶意传播。陆燃从好学生变成了斗殴犯，甚至有人被营销号带节奏跟着诋毁他，说他一直以来都是在伪装好学生，实则私下勾结社会青年，因为一个女生而打架斗殴。

"我虽作为目击证人站出来为陆燃平反过，但成效微乎其微，舆论的声音震耳欲聋。一来，陆燃的确伤了人；二来，的确是因为保护女孩子。

"如果人们只想相信他们想要相信的，那便没人想听真相是什么。你是高才生，应该知道鲁迅先生的这句话：'当浑浊成为一种常态，清白就是一种罪。'当年即便有小部分人选择相信陆燃，但很少有人敢站出来为他发声。因为他们知道，只有和大部队站到统一战线才不会遭受排挤。

"直到后来，警方发布了通告，营销号纷纷删文致歉，夜市上的完整监控录像也被公之于众，陆燃也证明了自己是见义勇为。但对于陆燃来说，伤害已经造成，双相情感障碍由此滋生。

"他和我说过这么一句话——'世人用上帝视角框架出好学生的道德戒律，然后快乐地做不被约束的自己。他们做不了玫瑰，却还偏偏要求玫瑰不能腐烂。'在他们眼里，好学生不能打架，打架了别管是因为什么，就不配当好学生了。所以陆燃索性就不当传统意义上的好学生了。

"但是，你知道吗，我问过陆燃他后不后悔见义勇为……"

冯昱肆吐出烟圈，黯然垂眸，忽然笑了："如果再有一次，他还会挺身而出。如果坏人不能被绳之以法，接二连三还有更多受害者。"

"他希望，这个社会永远是有光亮的。"

江潋心头一颤，被陆燃深深折服。她胸腔涌上一股暖流，对平民中的英雄肃然起敬。

恰逢此时，操场的音响突然响起一首耳熟能详的流行歌曲。曲调慷慨激昂，震着每个人的耳膜。

"——谁说站在光里的才算英雄。"

女性在面对性骚扰时，部分人会选择三缄其口。怕社会对她们不够友好，戴上有色眼镜去看待她们，给她们贴上被调戏过的标签，这往往就纵容了猥琐男第二次第三次作案，乃至成为惯犯。

只有得到法律的制裁，才能让罪犯望而生畏，让更多女性免于受害。其实每一次对待恶势力的顽强反抗，也是一种投靠正义的善良之举。

江潋耳畔，又传来冯昱肆的声音："双向情感障碍是一种精神障碍，患者无法控制自己躁狂和抑郁的情绪。如果你选择接纳他，就要做好万全的心理准备，拥有一颗强大的心脏，理解他，陪伴他。如果因为适应不了他发作的情绪而离开他，很可能让他陷入万劫不复的深渊。说再严重点，躁郁症的抑郁发作起来，严重的话甚至有可能产生不好的念头。"

江潋抿唇："我明白了。"

"你不用着急回答。"冯昱肆看了眼手机，陆燃的房间号已经发送了过来，"躁狂发作一般在一周以上，抑郁发作在两周以上。如果你准备好了，第七天的时候去这个地方找他，去见他最真实的状态。"

陆燃请了一周的假。

江潋怀揣着惴惴不安的心等到了第七天。

周六一大早，她洗漱完毕，迫不及待动身去找陆燃。

寝室三个人还在睡觉，江潋轻手轻脚，还是吵醒了刘雅芝。

刘雅芝拉开遮光帘的一角，睡眼惺忪地小声问："小江江，这么早干吗去啊？"

江潋在梳妆桌前，从镜子里看着她，没回头："去找……一个朋友。"

江潋在学校的关系网很窄，基本上就是两点一线，从教室到寝室。"一个朋友"这个说辞很微妙，有种欲说还休的感觉。

刘雅芝一猜便中："陆燃？"

江潋含羞点头。

"我还好奇你们怎么回事呢。你说陆燃那么大张旗鼓地在篮球馆官宣你，怎么出了门就不联系你了呢？你都不知道学校那些无聊的人怎么议论你们的关系的。陆燃虽然不谈恋爱，但是他经常夜不归宿啊，学校还传他在外面……咳咳。"

刘雅芝轻咳了声，这事没有论证，她没继续往下说。

她把头探出帘子，认真发问："不过你确定要那么主动去找他吗？你和我可不一样。"

"嗯。"江潋毫不犹豫地点头。

她会继续替陆燃隐瞒着他的病，别人误会了他们也没有关系。至于谁主动，江潋觉得如果陆燃对她也有好感的话，她主动一点也没有关系。

"那就祝你好运喽！"刘雅芝把帘子拉上，继续倒头睡，"一定要把校草搞定，加油。"

"好。"

江潋坐在梳妆桌前，稍微打扮了一下，涂了个粉嫩的唇釉，又戴了一个珍珠发箍，搭配上米白色长款连衣裙。

冯昱肆给的地址是校门口的一家连锁酒店。

江潋进入酒店，直梯口正好有人刷卡在等电梯，她跟随着一起上了楼。

酒店长廊静悄悄的，江潋忐忑地站在陆燃房间的门前，核对了三遍房间号，才大着胆子轻叩房门。

没应答。此时距离八点还差十分钟，陆燃还没起床吗？

江潋犹豫着，前倾倚靠在枞木色的门上，用耳朵贴着门去听屋内的声音——很安静。

"唰！"

正听得认真，门忽然从内侧拉开。江潋吓了一跳，重心失衡，跟着门的力往前一闪。本以为就这样扑空，她眼睛一闭，谁知，竟跌进了陆燃怀里！

顷刻间，陆燃的鼻息扑在她的面颊上。迅速传递而来的，是陆燃皮肤的温热，以及他刚从被子里带出来的被褥的气息。

更要命的是，他还没来得及穿上衣！下半身松松垮垮地罩着一条宽松的短裤。

陆燃也没想到江潋会亲自登门，冯昱肆没告诉他这件事。

一大早投怀送抱个美人，他还以为是自己病症出现的幻觉。他没放开她，迷迷糊糊地抱了一会儿，越抱越紧。女孩子身上一股奶甜的味儿，有点像大白兔奶糖的味道。

他嘴里含含糊糊地呢喃着，恍若梦呓："一定是我太想你了，才会梦到你。"顿了顿，"小水。"

江潋诧异，陆燃怎么知道她的小名？除了亲人这么叫她以外，没有人知道这个名字，也没有人这么亲昵地叫过她。

她脸红得像个苹果，试探性地在他怀里叫了声他的名字："陆……陆燃？"

"嘘！"陆燃奶声奶气地在她耳根吹了口气，"别说话，梦还没醒，你不能走！"

江潋就任凭他这么抱着，又等了一会儿，理智回归。

"陆燃，我是有话要和你说，才来找你的。"江潋的声音忽变严肃。

陆燃惊醒，猛一睁眼，困意全无，怀里的触感柔软温暖又真实。

原来……不是幻觉？

躁狂发作之下，伴随情绪高涨、亢奋，偶尔也会出现幻觉。这下他彻底石化了，竟不是幻觉？自己邋里邋遢刚起床没洗漱的样子被小姑娘看了个遍？

下一秒，陆燃把江潋推开，把门"砰"的一声关上。

"？"江潋一脸疑问，紧接着，口袋手机一振。

是陆燃发来的：等我十分钟。

关上门，陆燃双手捂住面颊，耳根发烫。走进淋浴间，冷水从头往下浇，身体的热度还在沸腾。还好刚刚没做什么更过分的事。

洗完后，他刷了个牙，把头发吹得半干，叠了叠被子，又换了身干净的衣服。

这次他把自己包裹得严严实实，就连衬衫最上面一颗纽扣都整齐地扣上了。以及，还喷了随身携带的香水。

他照了两遍镜子，确定仪表得体后，才把门大拉开。

"进来吧。"陆燃做了一个请进的绅士动作。

他大方地盯着姑娘瞧了起来——江潋涂口红了，还戴了个珍珠发箍，学会打扮了。

他唇角一勾，透着股痞坏的劲儿，是为了见他特意打扮的吗？

江潋见他一笑，刚刚还紧张的状态瞬间松懈下来："你笑什么？"

"没什么。"陆燃嘴上应着，心里想着：一见你就想笑。

他舌尖抵着左腮，欣赏之余不忘赞赏："挺好看的。"

江潋不自然地将散落在额前的刘海挂到耳后，低声道："真的吗？"

她很少打扮，突然一打扮，竟觉得浑身不自在。

"真的，"陆燃又重复了一遍，"好看。"

陆燃越夸她，她越不自在，想起手上的早餐，这才赶紧转移话题："还没吃饭吧？我不知道你喜欢吃什么，就随便给你带了豆浆和鸡蛋饼。"

陆燃接过："不急。"

江潋："什么？"

陆燃拉开茶几旁的椅子，请江潋坐下："我是说……来日方长，慢慢知道。"

江潋不太会聊天，不知道该回答什么，乖乖地说了个"好"字。

陆燃大口吃着鸡蛋饼，没几口就解决掉了，把袋子扔进一旁的垃圾桶，边擦桌子边说："你不用顾及我，你作出什么样的决定我都能接受。"

江潋点头："我想说……"

"你先等我说完，"陆燃换了个更严肃的坐姿，他挺直背，双手十指交叉放在桌面，真诚地看着她道歉，"上星期在篮球馆我怕我控制不好情绪伤害到你，也怕你看到我发作的样子，才那样对你的，真的抱歉。"

"没关系，其实你不用道歉的。我理解，那是因为，"江潋顿了顿，语气变弱，"你生病了。所以，我不会怪你的。"

"那就好。"陆燃松了口气。

江潋咬着唇，似乎在作一个很大的决定。

少顷，她抬眸看他，鼓足了勇气："你说的'家属'是我理解的那个意思吗？"

窗外的日出像一颗鸭蛋黄，漫着璀璨的光。有风吹进，撩动半透的白纱窗帘。

陆燃的睫毛被风吹得微微眨了一下，而后轻声开口——

"我喜欢你。"

江潋被他那句话迷得挪不开眼，她盯着他的眸子，看了好一阵，恍若做了一场盛世美梦，暗恋了数年的那个人竟开口说喜欢她。

她第一次那么近距离地看陆燃，他的骨相近乎完美，皮肤也干净到没有一点杂质。只是他眉骨的那块疤痕，在他原本柔和的面相中增加了一丝颓然的气息。

"我喜欢你，"陆燃看着她的眼睛，坚定地重复了一遍，"如果你可以接受我的躁——"

"做我男朋友吧！"江潋忽然打断他，瞳孔里闪着光，语调提高。

这是她人生里第一次勇敢地奔赴爱。

她继续说：

"陆燃，你知道吗，躁郁症有时候也会被称为'天才病'。得这种病的人往往思维活跃，办事效率极高，一天可以只睡三四个小时。

"他们在专业领域也能取得很高的成就，历史的长河里有很多名人都是躁郁症患者。得这种病的人往往善良又敏感。

"而我，会永远沉迷于你内心那片辽阔的静海。"

那片看似平静实则暗流涌动波涛汹涌的海域，永远湛蓝，永远纯净，永远宽阔。

"呼——"江潋长舒一口气，脸色微红，却有如释重负的解脱感。这星期以来她一直都想对陆燃说这番话。她永远，心动于陆燃的善良与温柔。

"只要你不说分开，我永远，不会离开你。"江潋看着陆燃那双漆黑的眸子，无比认真地说。

陆燃眉眼间静滞片刻，瞳孔里恍若装着一条璀璨的银河。

"你知道……"他喉结轻滚，"你现在有多危险吗？"

他沉着呼吸，胳膊肘抵着桌子，借力前倾。

距离渐渐拉近。

江潋看着陆燃一点点靠近，目光之余，都在眼中成为虚化场景。

"你孤身一人来我房间，知道有多危险吗？"

短暂的沉默后，他的嗓音压得极低："你查了那么多资料，是否知道，躁郁发作期间，欲望也会随之旺盛。"

江潋的耳朵"唰"地红了起来，像只受惊的小兔子，忙抓起斜挎包起身："我想起来学校还有事。"

陆燃漆黑的眸子半眯起来，在她拉开门的刹那，单手抵上。

房门闷声关上。

江潋转身正对着陆燃，两个人的衣服厮磨在一起。

陆燃的呼吸声很重，焦灼的鼻息扑在她额头上。他慢慢俯下身，目光直视着她的唇瓣。

逐渐拉近……

就在两个人的唇快要碰上时，陆燃忽然转头侧向别处，紧闭双眼，在她耳边重重喘着气，好似在极力压制着什么。

当他再次睁开眼时，双眸清澈，理智回归。

"我要在健康的时候亲吻你。"

在健康的时候，把初吻，给你。

第六章

少女的裙摆

周日晚上，寝室里一边黑着灯一边亮着光，明暗交界线把一间小屋分割成两个氛围。

一边是昏暗微弱的余光——耿雨戴着耳机打游戏，键盘敲得震天响。聂婉和隔壁寝室的女生，两人抱在一起看鬼片。

另一边是明晃晃的白炽光——刘雅芝跟着手机直播满身大汗地跳健身操，视频里快节奏鼓点有条不紊地落下，主播大声喊着节拍，单是听着就让人热血沸腾。

江潋铺了个瑜伽垫，跟着刘雅芝一起跳。

手机里主播喊着："休息五分钟，再跳下一节。"

音乐声停了下来，刘雅芝大喘着粗气，端起茶瓶往杯子里倒了口热水，顺便也给江潋杯中添了些。

江潋双手捧着杯子："谢谢雅芝。"

"不谢。"刘雅芝笑着望向江潋，眼中的笑意多了些别样的意味。

她揶揄道："小江江，透露一下最新进展？"

江潋含羞点头。

刘雅芝激动到跳脚："在一起了？"

"嗯！"江潋眼里泛光，重重地点头。

刘雅芝嬉笑着推了江潋一把："小江江，你保密工作做得可真好！我不问你你还不告诉我。快说，你们发展到哪一步了？"

江潋咽了口水，往杯中吹气，看着水纹形成的漩涡状："什么哪一步呀。"

"牵手了？接吻了？还是……"刘雅芝挑眉逗江潋，"更加深入？"

江潋被她说得脸红，低声应："没有了。"

刘雅芝不服："那么一个大帅哥放在面前，你也太慢热了。"

"雅芝，你好烦。"江潋笑着把身体转过去，面颊微热，"只是，抱了一下。"

"抱！"刘雅芝更来劲儿了，一副打破砂锅问到底的架势，"谁抱谁？怎么抱的？公主抱？后背抱？还是熊抱？放着一大帅哥你是怎么做到抱的时候没在他脸上啄一口的！"

江潋扛不住刘雅芝的闹腾，声调一拐："讨厌，我不要和你说了。"

"小气鬼！"刘雅芝冲着江潋的背影做了个鬼脸。

一想起周六那日，江潋不禁心跳"怦怦"，就像乱撞的小鹿。她咽了口杯中的热水，暖流从喉咙下滑到胃里。

还是难以置信，暗恋成真的感觉太奇妙了！江潋唇角带着笑，正沉浸在恋爱的喜悦中，桌子上的手机传来了振动。她漫不经心地瞥了一眼，在看到名字后条件反射地直起了背。

是陆燃！

这是确定关系之后陆燃第一次主动联系她！

江潋跟做贼似的蹑手蹑脚跑到阳台上接电话，她也不知道为什么这么紧张，就跟搞地下恋似的。可能还是因为，陆燃太优秀了吧……被优秀的人喜欢，生怕自己不够优秀。

"陆，陆燃？"小姑娘声音软糯地叫了声。

电话那头传来了一声哂笑："对你男朋友，就不能叫亲点吗？叫声阿燃听听。"

江潋努力控制着自己的心跳和身体发麻的感觉，难为情地小声道："阿……阿燃。"

说完，听筒里又传来了他低笑的声音："相应的，我呢，也有对女朋友的爱称。"

江潋眼皮一跳，听到那头叫了声："小水。"

"咳。"江潋不自然地干咳一声，"对了，你现在感觉怎么样，完全恢复了没有？"

"嗯，"陆燃的声音懒懒的，"我这会儿正在寝室呢。这次恢复得比较快，可能我的病都知道有姑娘在等我。"

半晌，他又叫了声："小水，周一晚上把时间腾出来给我。哦对了，给你男朋友带根你扎头发的皮筋。"

江漱不解："要皮筋干吗？"

陆燃的声音有点"傲娇"："男友的专属标配你都不知道吗，证明哥哥我是有主的了。"

江漱感觉到脊椎骨一阵酥麻，应了声："好。"

此时，阳台的玻璃门被拉开，灯骤然一亮。

聂婉看完了鬼片来阳台上收衣服，看到鬼鬼祟祟的江漱，吓得影子一颤。

"江江，你吓死我了！"聂婉猛拍着心脏，"妈呀，你也不开灯，一道黑影，你不知道我刚看完鬼片吗？"

江漱笑笑，神情有些许不自然。聂婉这才察觉她正在打电话："你和谁打电话啊？还躲在黑灯瞎火的阳台上。"

江漱的听筒那头也传来了声音，陆燃笑得磨人，拖长着尾音问她："小水，咱们是在搞地下恋吗，你还需要躲起来。嗯？"

江漱眉心一跳，捂住半张快熟透的脸，回应聂婉，也是在回应陆燃："是……男朋友。"

"啊！"聂婉一阵惊呼，转身冲进去摇刘雅芝和耿雨的肩，"江江和陆燃竟然成了？"

刘雅芝眼皮不带眨地单腿直立做着瑜伽动作："你刚才聚精会神看鬼片那会儿我就知道了。"

耿雨取下耳机："什么玩意？！"

江漱听着寝室里乱作一团的尖叫背景声，以及陆燃隔着听筒的笑声，不由自主地扬起了唇角。陆燃，是她的，男朋友！

江漱看了眼时间不早了，问那头："那你早点睡？"

陆燃不满意道："这么着急挂你男朋友电话？还没让你男朋友看一眼今天的小水。"

江漱撒娇般道："陆燃，你别逗我了。"

"好，"陆燃声音温柔至极，"晚安，小水。"

陆燃挂了电话，走出阳台。

视线落在通讯录里的"憨憨"上，点开编辑，改成了"我的小水"。

中午下课，江潋陪刘雅芝在校门口吃麻辣烫。

校门口有很多小摊，附近的商贩隔三岔五会自发组织起集市，卖一些零碎的小物件，围观的大多都是些女生。

吃完麻辣烫，两个人漫无目的地闲逛着。

刘雅芝家庭条件好，对这些廉价的小物件不感兴趣。江潋倒是喜欢得移不开眼，在经过一个饰品摊时忽然拉住刘雅芝。

"等下！"江潋被一根精致头绳吸引驻足。

本平平无奇的黑色头绳上，挂着一颗蓝色水晶滴釉，便显得出奇耀眼。

那滴釉像是一颗人鱼泪，把它拿在手里，放在阳光下照耀，才发现里面是空心的，流动着晶蓝色的液体。

——水滴，小水。

江潋高兴地问老板："多少钱？"

老板："六块钱一个。你眼光真好，这个绝版了，是最后一个。"

一直看手机的刘雅芝这才回过眼："欸？挺好看啊！没想到这种廉价小摊还有这么精美的东西。"

"大小姐，"江潋笑，"你这显赫家庭什么宝贝没见过？"

刘雅芝胳膊肘戳了一下江潋："哎呀，你就别取笑我了。"

付完钱，两个人继续顺着小摊一路逛到校门口。

刘雅芝随意一瞥，忽然发现了一家特别的店。她拉着江潋止步："快看，这个店是新开业的！"

江潋望去，店门头笔墨挥洒着两个汉字：醉了。

一气呵成，有一种放荡不羁的大气磅礴之感。

这家店的整个门头全是用红棕色木材拼合起来的，玻璃窗和门的边框也是木质的，是个颇具文艺特色的小木屋酒馆。

一条街上放眼望去，这家最显与众不同。

刘雅芝："走，咱们进去看看！"

酒馆内部装潢淡雅文艺，与噪吧有所不同。

入口旁是驻唱区，高脚椅上靠着把吉他，斜后方摆着排架子鼓。灯光微弱，无形中圈出了一小块属于音乐的天堂。

再往里走是吧台，吧台上吊挂着几只精美的酒杯，灯光晕染下的倒影映在台面，影影绰绰。吧台后一面置酒架，中间层摆放着各种调酒所用的基酒和威士忌。

刘雅芝赞许道："嘿，你别说这家店老板的品位真不错！"

江潋点头，在吧台尽头，她看到了一个熟悉的人——冯昱肆背靠吧台，胳膊压在台面上，手里夹着香烟，肆意不羁。

前面与他说话的人被酒柜挡住了。他与前面的人一边说着话，一边抽着烟，脸上漫不经心的，透着股痞劲儿。

都说朋友做久了两个人性格会变得相似，江潋觉得陆燃在某方面和冯昱肆有些相似——随身自带的痞劲儿。

只不过陆燃身上偶尔还透着些阳光气，而冯昱肆从头到脚都散发着一种颓废破败的痞气。

冯昱肆的目光忽然转过来，落到了江潋和刘雅芝身上。

"喝一杯？"他歪头，单手把烟头按灭在烟灰缸，"试营业，爷请客。"

刘雅芝莫名其妙地指了指自己，转头用疑问的眼神问江潋。

江潋忽然想起来之前听陆燃提起过，冯昱肆要在大学附近开个店，没想到一声不吭地就已经开起来了。她莞尔一笑："祝贺你，酒馆开业。"

刘雅芝恍然大悟，在篮球馆打球的这位帅哥是陆燃的好朋友，所以也认识江潋，她便不客气地拉着江潋往前走："好呀好呀，预祝你开业大吉！"

刘雅芝走了几步后，在看清酒柜后与冯昱肆说话的人时，步子一滞。

"雅芝！"

周禹铭眸光一亮，激动地迎上。

刘雅芝忙不迭后退一步。

冯昱肆问："你们认识？"

"认识！"

"不熟。"

两人同时脱口而出。

冯昱肆察言观色后，清了下嗓子，介绍道："周禹铭，他是我新聘请的驻唱歌手。"顿了顿，他又补充了句，"陆燃介绍的。"

周禹铭挠了挠头，不好意思地笑了一下："陆燃之前还针对过我，但是他一听说我想找份驻唱的兼职，就挺热心地介绍我过来了。"

冯昱肆目光一偏，看向江潋旁边刘雅芝："介绍一下？"

江潋介绍道："这是我室友，刘雅芝。"

"那以后大家就是朋友了。陆燃的朋友，也是我朋友。"冯昱肆偏头，朝旁打了个响指，招呼调酒师调三杯酒。

他又看了眼江潋，想起什么似的改口道："一杯换成果汁。"

江潋拉了一下刘雅芝，弱弱地问："下午还有课，不好吧？"

冯昱肆回应："放心吧，我让调酒师调一口酒让你们试喝一下，不会醉的。酒馆白天不营业，现在还在筹备阶段，我打算周五晚上七点正式营业。"

他把目光转向江潋："到时候阿燃也会来捧场，他说会带你一起。还特意叮嘱我你不喝酒。我先祝贺你们了，长长久久。"

江潋含羞一笑："谢谢。"

冯昱肆语气一转，唇角一歪："一定要嫉妒死我这个'单身狗'。"

众人笑着打趣，冯昱肆带着她们往门口参观。他指了指门头，问道："来的时候看了吗？怎么样觉着？"

刘雅芝赞不绝口："太棒了！我拉着小江江一眼就看到了这家门面。"

周禹铭点头附议。

冯昱肆问江潋："你觉得怎么样？"

江潋仰头看着"醉了"两个字的书写方式，有一丁点熟悉的感觉。

她开口道："我也觉得不错，有种文艺的气息。就是……没想到你也会是这种风格。"

"你猜得还挺对，"冯昱肆笑起来给人一种很痞的感觉，"陆燃设计的，'醉了'这两个字也是他写的，是不是跟我这混混特不搭？"

"啊，我不是这个意思。"江潋解释，"我觉得你开的酒吧风格可能会偏未来科技感，制造一种灯光刺激的视觉效果，音乐也会是重节拍强鼓点的。"

冯昱肆放眼望着热闹的集市："阿燃说校门口这条街经常会摆集市，女孩子喜欢逛。这种文艺风酒馆能吸引到更多女孩子。我就放弃了闹吧改成了酒馆。"

刘雅芝暗暗地瞄了眼江潋，笑道："没想到，陆燃还挺懂女孩子。"

"肆哥，酒好了。"女调酒师踩着高跟"咚咚"地走来。

冯昱肆转头，拿起喝白酒的小酒杯，分给刘雅芝和周禹铭一人一杯："尝尝。"最后把橙汁递给江潋。

刘雅芝一口饮尽，缓缓说道："先是酸甜刺激的口感，后是清凉的薄荷味。

冰爽与刺激同在，好神奇呀。酒味不是很浓，但女生喝恰到好处！"

周禹铭品鉴道："入口是甜，后味刺激又浓烈，应该是加了伏特加吧。回香却雅致持久，少了分甘苦，多了分甜。"

在一旁的女调酒师捂嘴笑了下："行家，你们两个经常喝酒吧？"

被调酒师这么一说，两个人不好意思了起来。

冯昱肆示意调酒师去忙，转头向他们介绍道：

"你们喝的这两杯酒是我们这独创的情侣酒，名字叫丘比特之箭。一杯适合女生的口感，清爽的汤力碳酸搭配金酒杜松子的香气，和柠檬的酸涩、薄荷的清凉相结合。

"男生的这杯，在橙味力娇酒和果汁之外，又加上了经典伏特加的烈性，高度酒精和浓郁的杜松子香气同在，甘甜回味无穷。两杯象征着爱情的欢愉、激情，酸与涩同在。

"这个情侣酒的神奇之处在于，会使旧人重燃爱火。"

话止，江潋和刘雅芝目瞪口呆，周禹铭内心也直呼好家伙。

冯昱肆那么玩世不恭的一人，讲起调酒知识来一板一眼，专业度满满，就像一位西装革履的成功精英。

并且他这个人情商还高，慧眼如炬，一下就看出了那两人擦出过爱情的小火花，还有意撮合二人。

但仅有一分钟的工夫，冯昱肆就破防了。

他恢复了桀骜的痞劲儿，语气轻飘散漫："别不信啊，好几对喝过这酒的情侣都复合了。"

"……"场面一寂，这话自然是没人当真。

江潋神助攻："雅芝，周五晚上你也要陪我来哦，我还没有听过学长的歌声呢。"

刘雅芝藏在后面的手拽了拽江潋的衣角，难得也有娇羞的一面。

她刚想张口拒绝，冯昱肆又说："是啊，来鉴赏一下阿燃给我推荐的歌手行不行。"

"好吧。"刘雅芝应声。

下午最后一节课下课，江潋刚到寝室，陆燃的电话恰到时机地打来。

"小水，往下看。"

江潋跑到窗边，往下望去——

陆燃站在女寝楼下，手里捧着一小束包装很精致的白玫瑰。旁边路过的女生纷纷回眸，更有人拿着手机偷拍。

陆燃倒是一副任人拍的姿态，似乎还很乐意进入别人的镜头。

三月份的春天里，陆燃穿了一件宽松的白色衬衫，衣口敞开着，内搭一件运动风灰T恤，下身穿着蓝色破洞牛仔裤，就像从漫画里走出来的阳光的白衬衫少年，让人看了挪不开眼。

第一百零一次的怦然心动，这一次，江潋终于可以大方奔向他。

江潋挂了电话跑下六楼，飞奔到陆燃怀里，抱住那团阳光般的温暖。

他的身上也有阳光的味道。

陆燃一手拿着玫瑰，一手紧紧搂着她，笑得很宠溺："怎么，想你男朋友了？"

江潋在他怀里蹭了一下，点点头。

"我也想小水了。但是小水，"陆燃哂笑，"你要不要矜持一些呢？"

江潋如梦惊醒般从他怀里离开。

周围无数目光汇集于此，江潋的耳根又红了起来，她小声问他："怎么一声不吭地抱着花跑到我楼下来了？"

陆燃摸摸她的头："我这不是故意大张旗鼓地昭告天下嘛，这样才能挡住诋毁咱们是那种关系的传闻。"

"你也看那些谣言了？我还以为你不会关注，"江潋摇头，目光赤诚，"我知道是怎么回事，我不会在意的。"

"你不在意，我在意啊。不能让流言蜚语伤了我姑娘。"陆燃把花递给她，俯身在她耳边轻声说，"我觉得白玫瑰最适合你，我还特意搜了一下花语，它象征纯洁的爱情。"

江潋接过，低头细嗅了下花香，发现花束里藏着一个克莱因蓝的缎带蝴蝶结小盒子。

她慢慢打开，那是一枚银色的火焰胸针。

胸针的造型设计有一种张狂肆意的美感，火焰围成了一圈心形，给人一种奋勇燃烧想要灼烧到天幕的感觉。

陆燃看着那枚胸针，笑得恍然，语气也变得认真："爱意，就像燃烧的火焰，生生不息。"

早就知道陆燃是文科状元，这是属于文科生的浪漫。这么肉麻的话，从陆燃嘴里说出来竟不觉得肉麻。

江潋把丸子头散下，水滴人鱼泪皮筋落入陆燃掌心。她也跟着文绉绉地附和了句："爱意，就像奔腾的江海，永无休止。"

脱口而出的瞬间，江潋意识到自己的名字和陆燃的名字还般配的。

陆与江，水与火。

陆燃调侃她："咱们小水也会仿写句子了。"

江潋明媚一笑："向大学霸看齐。"

陆燃把皮筋戴在手腕上："怎么感觉有点像电视剧里的交换定情信物。"

"还挺肉麻的。"江潋也没想到，她有一天会沉迷在幼稚又甜蜜的恋爱中无法自拔。

原始的心跳，纯粹的悸动。

"手给我牵。"

闻言，江潋紧紧牵住了陆燃那只戴皮筋的手。

"男朋友带你去吃饭，想吃什么？"

江潋很慢才迈出一步，小心地问："要不，我把花放寝室再下来？这会不会太张扬……"

话音未止，牵着她的那只大手忽然一紧，陆燃紧紧拽住她："你把花藏起来还怎么起到昭告天下的作用？还怎么平息谣言？"

"好吧。"江潋妥协。

在众人的注视下，两人光明正大地从女寝走到校门口。

校门口的"雁镇面馆"很具镇上的地方特色，陆燃知道江潋很久没回过镇上了，便提议带她回味镇上的味道。

玻璃门被推开，热气腾腾的面香扑鼻而来。

江潋坐在落地窗前的一排高脚酒吧桌前，陆燃去点餐。

窗外的街灯亮了起来，江潋单手支着下巴，看着窗外的行人，神思游离。

陆燃回到座位，在她面前打了个响指："想什么呢？"

"在想……你是什么时候喜欢上我的呢？"

江潋一直不解，也一直好奇，陆燃为什么在那么多人中偏偏选择她呢？

陆燃单手打开一罐汽水，推到江潋面前，淡言道："还挺早的。"

"你瞎说，"江潋用下巴去找吸管，像小鸟啄食一样吸了一口汽水，"你都说了你以前不认识我。"

"——认识你。"

"29 号请取餐。"

两道声音同时传来，取餐声盖过了陆燃的声音。

"什么？"江激没听清。

陆燃眯起眼，目光游离向窗外。

的确很早了，早到那个时候江激还不认识他——那是在少年最为懵懂炽热的年纪，四月末的一天里。

那日，花正繁茂，树木都返了青，小巷里弥漫着阵阵槐花香。

陆燃打完球穿过一条条狭长漫长的小巷，他照例和往常一样，打完球路过商店买根火腿肠，回家顺道去喂巷子里的流浪花猫。

只是那天的花猫有些反常，它只吃了一半的火腿肠就好似饱了。一双琥珀色的猫眼看了眼陆燃，头一歪，不吃了，顺着巷子深处大摇大摆地迈着猫步。

陆燃觉得奇怪，便跟着花猫走进了巷子深处的高层住宅区。

他越走越深，猫叫声也越来越明朗。

陆燃想起了书上看到的课外知识：公猫能闻到一公里外母猫发情的味道。小花猫应该是闻到了母猫的气味。

巷子转角口，映入少年眼帘的，是一只纯白色野猫。虽然是野猫，但是一点也不脏，毛色白到发光，就像落入尘烟的贵族猫。猫瞳还是异色，两只眼恍若琉璃，一只是黄中带绿的野草色，一只是清泉最上层耀着阳光的海蓝色。

白猫在安静地吃食，喂它吃食的女生也是同样安静。

那天的阳光非常好，树叶把阳光撕碎，斑斑点点地洒在女生头顶。她低着头，用手轻轻地抚顺猫咪的毛，口中还喃喃自语着："可爱的小猫咪，你要多吃一点哦，多吃一点才有力气抓老鼠。"

少年听着她自言自语的可爱措辞，忍俊不禁。

白猫好似能听懂她话般地"喵"了一声回应，吃完食物后还把头撒娇般地往女生手背上蹭了两下。

野猫不爱亲近人，但这只猫咪好似例外，还把肚皮露出来任凭她摆弄。

女生把猫咪温柔地抱在怀里，在阳光下去看它猫瞳的颜色。为了看得清晰，她把眼睛睁得大大的，长长的睫毛像蒲扇似的忽闪忽闪。

微风习习，撩动着女生的发丝，在女生抬起头看猫的一瞬，陆燃也看清了她的脸。

大雁成群结队地从远处的天空飞来，鼓动着双翅，与落日和晚霞并肩齐飞。在望向她的瞬间，少年的心跳忽然间快了一拍。橘色的霞光映在少女的发丝上，光就这么滑落在她面颊上。

少年把刚迈了半步的腿收了回来，不由自主地握紧了手里的半根火腿肠。他抬胳膊擦去打完球额头上半挂未干的汗。带着汗的发一定很丑吧。

"咦，怎么又来了只小花猫？"

在女生惊诧着把目光投过来的同时，陆燃落了目光，抬脚转身消失在巷子口。

"31 号请取餐。"

声音打断陆燃的思绪，回忆戛然而止。

"你快告诉我呀。"江潋晃了晃他的胳膊。

陆燃脸上浮现出笑意，还是没回应她。

"秘密。"

他看了眼小票上的号码，丢下两个字，起身端餐盘。

江潋起身跟在他后面，小声嘟囔了句："故弄玄虚。"

…………

吃完饭，陆燃把江潋送到寝室楼下后离开。

江潋回到寝室，寝室门半掩着，里面黑着灯。

"没人吗？"

她试探性地推开门，耳边炸开一道声音："恭喜江江！"

三个室友从门后冒出来，异口同声道。

刘雅芝戳了一下江潋的肩："小情侣忙着约会没看手机吧？论坛上那条'万年单身校草突然官宣'的帖子已经炸开了！"

聂婉盯着江潋那束白玫瑰挪不开眼："哇，这就是校草送的白玫瑰吧，和上传的图片一样好看。"

她伸了个懒腰，幻想道："长得帅又浪漫，陆燃，就是人间理想啊！"

"江，"耿雨重拍了一下江潋的后背，"以后帮我叫陆燃来'开黑'的这个重担就交给你了。"

"好。"江潋浅笑着回应。

她把门关上，玫瑰放到桌子上，打开手机浏览论坛。

论坛上铺天盖地的都是两人的照片：有陆燃在女寝楼下一手抱着花一手抱着她的照片，也有她抱着花和陆燃手牵手地走在路上的照片。

在那条"万年单身校草突然官宣"的帖子下，红色加号留言数持续猛增，引起论坛的"地震"。这样看起来，陆燃的确称得上是大张旗鼓地公开。

江潋内心虽然高兴，但陆燃越是大张旗鼓地把她公开在阳光之下，她就越是担忧自己做得不够好。那些留言，她看得胆战心惊，头皮发麻。

大部分留言都在震惊陆燃喜欢的居然是江潋这个类型的女生，也有一部分留言觉得江潋配不上陆燃，陆燃样样都好，江潋是谁都没听说过。

没一会儿，江潋就退出了论坛，切换到微信页面。陆燃的黑色头像右侧带着一个红点出现在朋友圈提示。江潋点开，缓慢刷新。少顷，一张图片赫然展现。是那根水滴小皮筋。

配文极简又傲，还带着一丝炫耀：姑娘的。

下面跟着一串共同好友的点赞和评论。有一些是江潋的同班同学，因为这条评论江潋才知道陆燃认识的人那么多，交友那么广泛。包括她以为和陆燃不会有交集的人，也有陆燃的微信。

江潋坐在凳子上发了半天的呆，不知道该回什么，最后只是点了个赞，就退出了页面。

这种得到的感觉太不真实了……

刘雅芝去阳台上收衣服，看到江潋的表情怪怪的，拍了拍她："想什么呢？若有所思。"

"在想……"江潋托着腮，"我真的有那么好吗，值得被那么好的人喜欢吗？"

刘雅芝收好衣服搬了张凳子坐到她旁边，从书架上取了本书。

"从这本书上找到《不可知》这首诗，读给我听。"

江潋接过书，是一本《博尔赫斯诗集》。虽然不知道刘雅芝是什么意思，但江潋还是乖乖地翻到那一页照着念了出来：

"月亮不知道她的恬静皎洁 / 甚至不知道自己是月亮 / 沙砾不了解自己是沙砾 / 任何事物都不了解它独特的模样 / 象牙……"

刘雅芝："停！再重复一遍第一句话。"

"月亮不知道她的恬静皎洁 / 甚至不知道自己是月亮。"

刘雅芝点头，问她："懂什么意思了吗？"

江潋暗淡的眸子变亮："雅芝，谢谢你。"

刘雅芝认真地看着江潋："江江，很多时候，你给我的感觉好像有一些……"她停顿了下，找了个恰当的词，"自卑。"

她重复道："对，就是自卑。其实很多内向的人性格里都是带着一些自卑的。当然，我不是批判这种性格，我只是想告诉你，你要发现自己的闪光点。比如你脾气好，单纯又善良，成绩好又自律，节俭不物质……"

"好啦好啦，"江潋被刘雅芝夸得不好意思了，"你再夸我要脸红了。"

"所以，"刘雅芝抱着书起身，"你应该懂我什么意思了吧？"

"懂了。"

"那就好。"刘雅芝抿出一个微笑，"姐的课没白上，下次记得交学费。"

江潋思考着刘雅芝说的话，想着自己是不是应该再大胆一点，牢牢抓紧陆燃赤诚又热烈的爱。

她输入了一行文字，并拍摄了一张白玫瑰与胸针的照片添加上去。

她平常很少展示生活，也不喜欢暗暗地炫耀，上了大学只发过一条朋友圈，还是一张校园风景照。拍摄的是校园正门的主干道，道路两旁高大遮天的梧桐树绿叶茂盛，来往的学生被定格在照片中央。远去的背影中，有一个是陆燃，只不过模糊到连他本人都很难认出。只有这样，她才敢将陆燃在她朋友圈公之于众。

江潋盯着朋友圈刷新后的提示，眼皮猛然一跳，一张图片附带配文被刷新出来：

水火不可融，唯爱可融。

冯昱肆酒馆开业这天很热闹。

他搞了个开业活动：男士带女士进店，全场啤酒女士随便喝。来"醉了"的基本都是雁大的学生，这正好为单身男女提供了一个增进感情的暧昧场合。

陆燃带着肖宇，江潋和刘雅芝一起，四个人在酒馆门口会合。

肖宇一进门就开始喋喋不休地赞叹这个酒馆的氛围真是太好了，不知甩别的酒吧多少条街了。

陆燃淡淡一句"我设计的"，让肖宇瞬间瞪圆眼睛张大了嘴，顶礼膜拜。

冯昱肆在忙着招呼客人，服务员一听他们是肆哥的朋友，立马笑脸相迎让他们坐到安排好的最佳位置。

陆燃把酒单转给肖宇和刘雅芝，豪爽地说道："随便喝，今天我请客。"

话音刚落，另一道张狂声音从陆燃后面传来："谁允许你请客了？"

冯昱肆拉开一张椅子，跷着二郎腿，嘴里嚼着口香糖，看上去像是最不着调的年轻老板。

他豪言道："开业第一天，爷请客！"

陆燃捶了一下冯昱肆的肩，不屑道："你这爱和我抢单的小儿科游戏还没玩够？从高中抢到现在。"

刘雅芝也好奇地加入了话题："原来你们是一个高中的啊，那你们高中没有因为你俩谁当校草这个问题争执不休吗？"

"一直在争执。"江潋笑着说，"他们两个颜值相当，但给人是两种不一样的感觉。陆燃是好学生，校长特别器重他，隔三岔五就让他站在台上发表学生感言，无论高低年级，没人不认识他。但冯昱肆的出名方式就和陆燃不太一样了，冯昱肆是学校的老大，学生们都俗称他为'雁镇新高正义的化身'。"

刘雅芝感叹："那他们两个人就抢了你们整个学校男生的风头啊！"

"为什么帅哥都和帅哥做朋友呢？"肖宇一把抓住陆燃的胳膊，痛下决心，"燃兄，要不你等我整个容再回来和你做朋友！"

"整容。"陆燃低着头，勾了两瓶基本没度数的果味酒，淡言，"整成跟我一样帅，那你不得负债累累嘛。"

肖宇握紧拳头，恶声道："陆燃，我恨你！"

陆燃随便点了两瓶没啥度数的酒，就把酒单递过去了。

冯昱肆接过扫了一眼："成，你们先聊，我去忙着，等会儿再来。"他拍拍陆燃的肩，陆燃点了下头。

江潋看看陆燃，又看看冯昱肆，感慨他俩的友情还蛮多故事的。

陆燃捏了一下江潋的脸，把她的视线扭回来："你男朋友这么大一帅哥坐你旁边还不够你看，吃着碗里瞧着锅里？"

江潋低头嘀咕："我哪有。"

"噢哟！"肖宇道，"对面这小情侣注意一下，在场还有'单身狗'。"

"行了肖宇，你别嘚瑟了，你这不是才和粉发妹妹拜拜？"刘雅芝无情拆穿他，"你谈恋爱的时间加起来可比陆燃长。"

众人笑，肖宇一脸"大家都欺负我"的委屈表情。

你一言我一语，四个人欢笑声不断。

酒馆内吉他声依旧，歌声透着淡淡忧伤。周禹铭在台上弹着吉他唱民谣，自打刘雅芝来了之后他的目光就没从她身上移开过。

又一曲结束，他清了清嗓，目光落在刘雅芝的侧脸上。

"下面一首《纸短情长》送给一位女孩。"

话音落，台下有女孩尖叫。

刘雅芝侧眸，周禹铭与她无声对视。

刘雅芝自从进来后，她就很难不去留意耳边传进来的歌声，这是她第一次听他唱歌。她不得不承认，在灯光下安静地弹吉他唱歌的周禹铭，很迷人。

片刻，耳边吉他和弦声轻快响起。

周禹铭极具渲染力的磁性嗓音从音响里传来：

"我真的好想你，在每一个雨季，你选择遗忘的，是我最不舍的，纸短情长啊，道不尽太多涟漪……"

周禹铭唱情歌的样子深情泛滥，台下有女孩挥舞着荧光棒跟着合唱。尽管刘雅芝没刻意转头看，但也能感觉到那抹专属于她的深情目光。

"这是四位的酒。"服务员悄然上前。

音乐声也戛然而止，一曲结束。

冯昱肆对着台上的周禹铭打了个响指："歇会儿再唱吧。"

周禹铭兴冲冲地拿着吉他下台："肆哥，唱得怎么样？"

"我觉得不错。"冯昱肆瞥了眼刘雅芝，给周禹铭使了个眼色，"问问他们喽，你们不是也认识吗，我放你在这儿喝一杯。"

"谢肆哥。"周禹铭高兴道，搬了张椅子坐到刘雅芝旁边。

陆燃拿了只干净的杯子，给周禹铭添了半杯啤酒。他得意地问旁人："怎么样，吉他社社长是不是名不虚传？"

"我都听呆了！"肖宇赞叹道。

江潋赞许道："这是我听过最好的民间歌手现场演唱。"说完，又故意把橄榄枝抛给刘雅芝，"你觉得呢？"

刘雅芝的表情有点不自然，附和道："是，是挺好的。"

"欸，对了。"肖宇问周禹铭，"你这首歌送给一位女孩，谁啊？"

话音一落，桌上几个人出奇地安静。江潋把目光递给刘雅芝，刘雅芝低头默不作声。

陆燃清了清嗓："我说肖宇，你是话题终结者吧。"

"成，我闭嘴。"肖宇做了一个封唇的动作。

周禹铭看了眼神情躲闪的刘雅芝，没正面回答。

他端起酒杯敬陆燃："陆燃，祝贺你和小江学妹，我说你之前怎么总喜欢针对我呢，原来是让你误会了。"

针对？误会？江漱忽然回忆起她加周禹铭好友被陆燃撞见那件事。但那已经是很早以前的事了，除此之外她跟周禹铭也没什么交集了呀。

她忍不住问："因为加好友那件事吗？"

陆燃神色自若地举起酒杯，一副没听见江漱话的模样，和周禹铭碰杯，一饮而尽。

答案已经很明显了。

江漱托腮思考：那么早以前，陆燃就开始喜欢她了吗？

周禹铭坐了一会儿，看了眼时间，起身去准备第二首。

他刚转身，新来的服务员正巧端着一杯红酒，两人迎面相撞，酒渍像一朵花一样在周禹铭的白衣服上晕开。

"对不起，对不起。"对方连忙道歉。

陆燃起身："我去问阿肆借衣服。"

没一会儿，陆燃拿着一件干净的衣服给周禹铭，让他换上。周禹铭道了谢，朝后台走。

待他刚走，后桌一个女生被旁边好友推了出来，女生趔趄几步，恰好停在江漱那桌跟前，她望着周禹铭的背影好似想追上去。

女生犹犹豫豫，旁边女生忍不住催促道："快追上去啊，这是个好机会！刚才他都表达了自己是单身的意思。"

女生咬了咬唇，快步跟在了周禹铭身后。刘雅芝转头看着两人消失在转角的后台处。

察觉到刘雅芝的失魂落魄，江漱怂恿她："不追上去？如果他答应了那个女生呢。"

明明两个人都走了心的，为什么要错过呢。就算以后隔着阻碍，江漱相信，只要有爱就能跨越一切阻碍。

在江漱的怂恿下，刘雅芝把酒杯往桌上一撂，径直走向后台。

一条狭长且光线昏暗的走廊上，女生鼓起勇气问周禹铭能不能加个好友。周禹铭目光一斜，看到了刘雅芝。

刘雅芝穿着带跟儿的鞋，鞋跟儿一步一"咚"地砸在地面上。她走到周禹铭面前，递过去一张卡，大胆又直接："帅哥，房卡。"

周禹铭越过女生，伸手去接那张卡的同时，对她说："不好意思啊，我喜欢直接的。"

女生气得涨红了脸，转身低骂了句："什么人啊。"

周禹铭扫视着刘雅芝的学生证——所谓的"房卡"。

"照片拍得不错，"他开玩笑道，"要不换成真的房卡？把上次没做的，做了？"

刘雅芝就是嘴上厉害，遇到真的了她反倒支支吾吾地不敢吭声了。

见她没回应，周禹铭把学生证塞回她手中，腾出手把干净的衣服抖开，双臂交叠拽着 T 恤衣摆从下往上脱。

腹肌、胸肌，视线缓缓拉开——

"你干吗啊！"刘雅芝下意识捂着眼。

"换衣服啊，"周禹铭脸不红心不跳地把干净衣服套上，"大惊小怪什么，你又不是没见过。"

"……"

晚上十点过后，酒馆的人越来越多，音乐从舒缓伤感变为欢快节奏，热闹的气氛被推到了高潮。

江潋几番看时间，陆燃问她："想走吗？"

江潋不知陆燃是否尽兴，犹豫地点点头。

陆燃叫来服务员："多少钱？"

服务员毕恭毕敬地微笑："肆哥说了，您这桌免单。"

陆燃没废话，拿起手机扫了桌上的二维码，输入三位数字，并留言："开业大吉。"

"多谢燃兄和……冯……冯兄的酒！"肖宇喝得微醺，"我晚点再回去，就不和你们一起了，我可不想做……做一个明亮的电灯泡！"

刘雅芝凑近江潋的耳边："今天晚上我不回寝室了。"

"好，祝你度过美好的夜晚。"江潋抿唇微笑。自打刘雅芝从后台出来，她就猜到两人和好了。

告别冯昱肆，陆燃牵着江潋往外走。走着走着，江潋感觉陆燃牵手的力度变轻了，身边的人也跟散架了似的，往她这边乱晃。

"陆燃？"江漱叫他。

陆燃没回应她，眼睛半闭，一副醉了的模样。

"不是吧？"江漱蒙了，"你点的不是没什么度数的酒吗，咱俩喝得好像一样吧。而且你不是千杯不醉吗？"

"可能我喝到假酒了。"陆燃含混不清地说着，"我醉了，喝醉的人做什么事可不受控制。"

"嗯？"还没等她反应，下一秒，陆燃带着淡淡的酒香，俯身吻了下来。

江漱不受控制地后背一僵，大眼睛眨巴了两下。

陆燃的气味铺天盖地地袭来，钻到她身体的每一个角落，无数感官都被放大。

猝不及防的、惊喜的、紧张的、开心的、好奇的，各种情绪交织在一起，像气泡一样浮上心头。

江漱慢慢闭上眼睛，享受这个漫长的初吻。是一种难以言说的奇妙感觉。

她能感觉到陆燃身上的滚烫，两人的气息交相融合在一起。他的唇很柔软，反复地轻轻撕咬着她的唇，带着一种缠绵悱恻和一点点鸡尾酒的刺激，直冲大脑。

许久后，两个人的唇都完全湿润了。

陆燃放开她，眸子也逐渐恢复清澈。

江漱的脸有些红："你……没醉？"

陆燃胸腔里压着笑，摸了一下她的头："傻瓜，我就是忽然很想亲你。醉可以更放肆地亲你。"

江漱带着娇羞的笑意，脸色更是透着微红。她佯装生气，自顾自地往前快走了几步。

陆燃一把牵起她的手，这一次，是十指紧扣。

他晃着胳膊，她被他带着节奏，两人同频共振，步伐一致，还哼起了小曲，每一步都轻快愉悦。

同一条街道上，江河文具店熄灭了灯，"哗"的一声，卷闸门落下。

店外的女人转身，与一对情侣迎面而遇。

"小水？"江秀薇试探性地叫了一声。

对方没回应，天色漆黑，路灯昏暗，她以为认错人了，不确定地往前又走了两步。这下才彻彻底底看清，那个说着"心里只有学习，不想谈恋爱"的侄女，正和男孩子手牵手。

江潋惊慌着想松开手，奈何被陆燃紧牵不放。她声音微颤地问："姑，姑妈……您怎么这个点才关门？"

江秀薇不动声色地打量着两人，开口道："今天统计库存晚了会儿，不然还不知道我这一心只有学习的乖侄女偷偷恋爱了。"

"阿姨。"陆燃刚要上前，被江潋拉了下袖子。

他没退缩，反而更加大胆坦诚："是我喜欢江潋。"

江秀薇试图说服陆燃："燃燃，你们还太过年轻，有些事不是你们想得那么简单的。"

江秀薇虽然对陆燃这孩子印象很好，但她并不是很看好这段感情。在她眼里，一段感情只有平等、门当户对、势均力敌，才能走得长远。

陆燃家曾住别墅，与江潋家完全不在一个经济层面。从小受到的环境影响导致性格和观念也会存在千差万别。学生阶段的恋爱常常令人向往，就是因为干净纯粹。但若是进入社会甚至婚姻，就要面临柴米油盐和鸡毛蒜皮的小事了。年纪尚轻的情侣，不会知道未来他们之间相隔了多少条沟壑。

江秀薇的思绪被陆燃决绝坚定的话语打断：

"阿姨，您放心，我想给江潋一个未来，并不是因为一时兴起。想要守护她，这是我很早就想做的事。"

很早？江潋眸光一闪。

"该不会……"江秀薇突然想到，"你每次来都买一大兜东西，就是为了照顾我生意的吗？"

——陆燃经常来姑妈的店买文具？

江潋目瞪口呆。她之前听聂婉提起过陆燃经常到学校门口的店买文具送他室友的妹妹来着，没想到竟真是她姑妈开的文具店！

陆燃的心思，到底是何时冒出来的呢？

陆燃坦诚道："对，从那个时候，我就喜欢她了。"

江秀薇内心隐隐触动，她认为陆燃这孩子的心思比表面还要细腻。

江潋察觉姑妈已经动摇，赶紧拉起她的手，柔声道："姑妈，这件事您先别跟我爸说，我会在合适的时候亲口告诉他。"

江秀薇没回应，江潋继续了摇她的手："求您了，姑妈。"

"罢了！不过千万不能耽误学业，学业最重要！这事……"江秀薇松口了，

"就先缓缓再说吧。"

江潋高兴道："谢谢姑妈！"

"早点回去！女孩子家家的，也不看看都几点了！"

"知道了姑妈，我这就回去了。"

陆燃有礼貌地道了句"阿姨再见"，和江潋对视了一眼，两人如释重负。

"阿燃，"江秀薇走远后，江潋轻唤了一声，问他，"你说的都是真的吗？"

陆燃目光微沉："嗯。"

是真的，都是真的。

包括那句："想要守护她，这是我很早就想做的事。"

因为他从很早起就发现，这个女生有一种骨子里透着的温柔。

那是好几年前的事情了。

陆燃母亲再婚时，陆燃上初中，程一泽上小学，他们两个相差五岁。

年纪尚小的程一泽，不知道父亲好端端的为什么和母亲离婚，找一个陌生女人结婚，他把一切怨念都加之到了陆燃的母亲和陆燃身上。

有一次，程天明为了讨陆燃这个新儿子的欢心，回家的时候给他带了一辆遥控小汽车。不料这件事被程一泽知道了，他怒气冲冲地跑到陆燃的房间，抢过那辆小汽车就要摔。陆燃见状赶紧从他手里抢夺，两人僵持不下，程一泽抢得太用劲儿，使出了全身力气，陆燃趁他一个不留神，猛一挣。相差五岁，陆燃有力量优势，程一泽手一滑，整个人重心不稳跌坐在地，放声大哭了起来。

丁静和程天明闻声纷纷赶来，只见程一泽坐在地上放声大哭，陆燃紧抱住小汽车面颊通红。丁静怕程天明面子上挂不住，不管三七二十一上来就训斥了陆燃一番，陆燃气鼓鼓地讲述着他是为了保护小汽车才不小心把弟弟弄倒的。程天明听了之后训斥程一泽小肚鸡肠，没有男子汉气概。程一泽性格乖张早就被惯出了毛病，听不得家长骂他，一股脑儿拍拍屁股站起来，推开大人们就往门外跑。

"跑吧，你个小兔崽子永远别回来了！"程天明恨铁不成钢地丢下一句气话，没去追他。

丁静觉得她去不合适，便叫陆燃去追，命令他给程一泽道歉。陆燃虽不服，但他很听家长的话，闷头出门跟在程一泽后面。

陆燃跟着程一泽穿过几条小巷，发现哭声变弱。

拐角处，他听见一个女孩的声音："小弟弟，你怎么了？为什么哭了？"

程一泽边哭边喘地说："他们都欺负我！"

"他们，是谁呀？告诉姐姐，姐姐帮你。"

"我爸爸，我后妈，和我哥哥。"

陆燃往前迈了半步，正准备叫程一泽回家，女孩的声音徐徐落下："是亲人啊。"

她蹲下来，怀里还抱着一只猫，望着程一泽，目光如水。

"你看你鞋子穿的还是名牌，你爸爸对你挺好的吧。还有，你的衣服这么干净，穿得这么齐整，是不是每次都是你后妈洗好整理起来的呢。再说了，你这白白净净的小脸蛋上一点伤痕都没有，怎么说你哥哥欺负你呢。"

程一泽哭声止住了，被噎到没话说。

女孩把怀里的白猫递给他："你摸摸，很乖的。在抚摸小动物的时候，心情也会变得好起来。"

程一泽半信半疑地看了她一眼，轻轻抚摸了一下猫咪的头，柔软又温暖的触感让他的心情也跟着静了下来。

女生把猫咪缓慢地放到程一泽怀里，程一泽轻轻地抚摸着猫咪，极有耐心。戾气退却的他仿佛变了一个人，安静又沉稳。

陆燃沉浸在那幕和谐美好的画面中。

日落西山，橙黄色的光晕映照在斑驳的石砖墙上面。

小巷里的猫因为有人喂，数量变多了。除了白猫和花猫之外，还有了灰猫和黑猫。有一只的，也有拖家带口的。有懒懒地卧在墙檐上看着人类打闹的，也有在光滑的石板路上打盹儿的。

女孩身处的场景虚化成一幅绚烂多彩的油画。日薄西山，云彩低垂，大雁啼鸣，还有三两只猫黏在她腿边喵叫。

"小弟弟，你在这儿等着，姐姐去给你买个棒棒糖。吃了甜食也会让人心情变好的。"女孩的声音温热清甜。

程一泽乖乖点头，她慢慢走远。

陆燃从半掩的转角处走出来，遥望着她的背影，步畔生花，翩若惊鸿，婉若游龙。

"一泽，回家了。"

陆燃的目光从女孩身上收回，转到程一泽怀里的白猫上，那只猫被女孩养得毛色更好了。白猫察觉女孩走了，歇息两秒就从程一泽怀里跳了出来。

陆燃重新把视线落到渐远的那抹白裙上——女孩像一株水上摇曳的睡莲，纯净无瑕；也像莫奈画笔下的睡莲，安静美好。

　　不知不觉，陆燃的心情也变好了。他掀唇："哥哥给你道歉，哥哥不该推你。"

　　——我会站在更耀眼的地方，让你看到我。

　　这句话，是陆燃在心里对她说的。这是少年虔诚发过的第一个誓。

　　…………

　　江漵买完棒棒糖回来，看到小男孩拉着哥哥的手远去。

　　高个儿男孩头顶着倾泻而下的日光，半个身子笼罩在光晕之下，让江漵怎么也看不清他的背影。她只记得那是一个干净孑然的背影，以至于后来多次出现在她的梦境之中。每当背影将要转头之时，梦就醒了。

第七章

遇你难做智者

转眼就到了五一假期。

刘雅芝在"保护校草行动"的群里张罗着假期计划，问有没有人要跟着她和周禹铭一起去爬雁山。

这个群许久没有动静了，果儿与刘雅芝决裂后主动退群，九人群变为了八人群。

聂婉和耿雨假期留在寝室睡觉；郭宸不想当电灯泡；周毅要备战英语六级；肖宇打算和他新任女友看电影，表示不参加这么剧烈的运动。

剩下两个人还没回应，刘雅芝又问：江江和陆燃呢？

江潋刚和母亲通完电话，松了一口气。姑妈为她保守了秘密。

她和母亲说五一不回家了，要在学校学习，准备接下来的英语四级考试。母亲还欣慰地表扬她心里有学习。

其实她还有一个小心思：如果不回家她就能和陆燃多待几天了。

陆燃也不回家，他和周毅都要准备英语六级考试。假期有三天，除去考试准备时间，她至少能腾出来一天，从早到晚和陆燃待在一起。

那一天，干什么呢？

江潋想了想，觉得爬山也不错，能锻炼身体又能一起看云海，多浪漫啊。

她回复：我觉得可以考虑。

见江澈回了，没过多久陆燃就回复了：听我姑娘的。

刘雅芝迅速回复：你们想去几天？

江澈指尖一顿，两天不就得过夜吗？

她回：一天吧。

刘雅芝计划着：一天的话早点出发。二号早上六点学校南门会合，咱们租车去，可以吗？

江澈回复：可以。

陆燃回复：同上。

没过一会儿，刘雅芝把群名改成了"雁大高智商交流小组"，把周禹铭也拉了进来。

陆燃看了眼手机，回复：这个群名正常多了。

肖宇附议：有种人上人的感觉。

周禹铭好奇道：之前是什么名字？

…………

刘雅芝怕说出来周禹铭吃醋，毕竟周禹铭不知道她追过陆燃。

过了好久，群里都没人回复。江澈担心周禹铭尴尬，便重新开了个新的话题：二号天气怎么样？

没多久，屏幕亮起。陆燃发来私聊调侃江澈：小水，你没话找话的本事还是有待提高。

江澈惆怅，她不喜欢说话，每次强迫自己说话时找的话题都很无聊。

但是，有那么明显吗？

她撑着脑袋思考着陆燃是不是她肚子里的蛔虫，总是能一眼看穿她。

二号一大早，江澈还在昏昏欲睡，被刘雅芝的闹钟吵醒。

刷牙，洗漱。

陆燃的人工叫起床服务电话也恰到时机地打来："憨憨，起床了没？"

陆燃的声音哑哑的，带着点倦意，江澈反问他："你还没起床吗？"

陆燃翻了个身："男生收拾起来简单，不用起那么早。"

停了一会儿，他把摄像头打开，半张脸埋在柔软的枕头里面，露出脖子、喉结和锁骨。他看了眼江澈，又安心地闭上眼。

江漪用冷水洗了把脸，凉意让她瞬间清醒。她盯着屏幕——陆燃的床单是灰色的，和她所预想的极简风一样，没有花里胡哨的图案。他闭着眼，又一动，靠在被子上的手机一歪，摄像头对准了脸。

江漪用毛巾擦了把双手，拿起手机，大胆地盯着屏幕。

陆燃乌黑的头发遮住眉梢，略微凌乱，垂下的睫毛浓密且长，皮肤光滑到毛孔都看不出来，顺着挺拔的鼻子往下看，嘴巴……

江漪不由自主地回想起那个吻，没出息地咽了下口水。

陆燃的嘴唇在这时微微开合，他好像又睡着了，说着梦呓："想和你睡。"

江漪心脏重重一跳，脸颊发烫地点了挂断，后知后觉地看了眼室友。

还好声音开得比较小，没人听到。

江漪拧开水龙头，捧了一把凉水泼在脸上，神清气爽，脸上的燥热也消失得无影无踪了。

六点，四个人准时到了学校南门，包了辆 SUV（编辑注：指运动型多用途汽车）。

坐在车上，刘雅芝靠在周禹铭的肩上，昏昏欲睡。

陆燃这会儿反倒精神了起来，欲盖弥彰地问江漪："我是不是在给你开视频的时候睡着了？"

江漪吞吞吐吐地应了一声，他又问："你挂的？我没说什么梦话吧？"

江漪想起那四个字，嗓子发紧："没，没有。"

"没有？"陆燃讪笑斜肩，"那你脸红什么啊？"

"……热的。"

江漪怀疑陆燃是故意的，故意挑逗她。明知故问！她愤愤地抱起双臂，眯着眼小憩。

将近四小时车程，一路颠簸，在十点的时候抵达了雁山脚下。

四个人找了家山下的早餐店，填饱肚子，而后去排队买票。

景区票分三种，最低价位的是单独门票，中等价位的是门票加任意一段索道，最贵的是门票加全程索道。

全程坐索道毫无登山的乐趣，走上山看到的风景和坐索道是不一样的。但如果全程徒步，一天的话时间紧，体力也可能吃不消。四个人一致决定选择中间价位的票，徒步登山一段，坐索道一段。

索道总共两段，江潋和陆燃决定先坐索道，再徒步登顶。第二段山脉风景更胜第一段，但第二段山路更加陡峭，徒步登山也比第一段更累。刘雅芝和周禹铭怕累，决定徒步登第一段相对平坦的山。

四个人分开，相约顶峰相见，再一起下山。

随着索道逐渐上升，眼前视野也更加开阔。

虽是晴天，但山上有雾。江潋从索道的玻璃窗向外望去，白茫茫一片，仿佛仙境一般。

说好听是仙境，说不好听，除了雾，什么也看不到，就连景色也通通看不到。

看了一会儿，江潋就塌肩蔫儿似的坐下来。

陆燃看她有些失落，出声调侃："仙女，你下凡了不应该高兴吗？仙女下凡，才有机会坠入人间爱河。"

江潋成功被他逗笑，精神头又旺了起来。

陆燃把她搂在怀里，在她耳边用气音："和我一起坠入爱河吧！"

话落，他带着温热的气息在江潋脸颊落下了一个轻轻的吻。

很轻、很快，便离开了。

江潋盯着他的喉结看了会儿，意犹未尽。

兴许是被姑娘看着，陆燃不自觉地滚了下喉结，眸光微沉地看着她："怎么了仙女，早上盯着我睡觉还没看够？"

"好啊，你装睡是吧！"江潋站起来，佯装发怒，眼角却带着笑意，看起来"奶凶奶凶"的。

索道运行到二分之一处的牵索柱时"噔"地卡顿了一下。江潋没站稳，身体一晃，被陆燃一把拉进怀里。

铺天盖地的满是陆燃身上的雪松香。江潋抬头看他，他的呼吸落在她鼻尖上。痒意传来，江潋长睫不受控制地轻颤了两下。

陆燃低头，距她越来越近，呼吸越发滚烫，而后很轻地碰了碰她娇艳欲滴的唇。

江潋闭上眼，察觉唇上的热一触即散，心里被他勾得痒痒的。

下一秒，她眼睛一闭，将唇主动压在了陆燃的唇上。

仅是一秒的愣怔，陆燃便热烈地回应她，用舌头撩拨开她的唇。

唇齿交缠之间，温热湿濡的触感，触电般地直抵江潋胸口。小小的玻璃缆车里，只剩下两个人缠绵在一起的呼吸声。

许久后，陆燃与她分开，撩拨着她的发梢："没想到咱们小水，这么主动呢。"

江潋每次都能被他撩拨得脸红，恨恨地还嘴反击："你教得好。"

陆燃不自然地干咳了声，转移话题："你单词背得怎么样了？"

江潋侧眸瞧着陆燃的模样，想笑，他也会有被她噎到的时候？

"都背完了。"

陆燃点头，视线投到前方几米远的站台上，正襟危坐，又恢复了一本正经的模样。

"快到了。"

陆燃仰头望着前方百节台阶，俯身紧了紧鞋带，又转头看看江潋。

江潋穿了一条弹性很好的牛仔裤，修长笔直的大长腿展露无遗。

"鞋带开了。"陆燃说完，没等江潋反应，就蹲了下来帮她系鞋带。

江潋下意识收脚："不用了吧，我自己来就可以的。"

"别动。"

不停地有旁人看过来，为了不引起注意快速解决，江潋妥协。

陆燃倒是不急，系了一遍觉得没系好，便又拆掉，慢条斯理地按照江潋的方式重新系了一个漂亮的蝴蝶结，最后打了个死结。

江潋惊奇陆燃系鞋带的方式与她一模一样："你也会这种系法？"

"跟着你学的能不一样吗？江老师。"陆燃站起身，眸子里带着笑。

江潋疑惑："我什么时候教过你？"

"你大一开学。"

江潋回忆了好一阵终是没想起，也没追问，跟着陆燃的步伐上山。

百节台阶过后抵达了休息区，休息区右侧有一块一平方米左右的观景台。一支旅游团的队伍恰到此处停留，导游绘声绘色地讲解着这处观景台的寓意：

"刚才大家所登的这百节台阶，是整整一百节，也是象征爱情的天阶。为什么说象征爱情呢，大家可以站在这块观景台上，向左边望去。两座山脉像是男人和女人的侧脸，隔山相望。这其中有一个催人泪下的爱情传说……"

江潋靠在陆燃的肩膀上，听得很认真。爱情传说以悲剧结尾，她也忍不住跟着动情。

陆燃轻轻抚摸着江潋的头发，在她额头上亲了一口："怎么了，难过了？"

江澂把头埋在陆燃的肩膀里点头："这个故事好感人，如果他们没有分开就好了。"

陆燃轻点一下江澂的脑门："传说而已，这都能把你听难过了？嗯？"

江澂反驳："可是真的很感人！"

"傻瓜，我要是写一本小说，是不是也能把你感动得稀里哗啦，哭个三天三夜？"

"你吗？"

"不信啊？"陆燃拉着江澂继续往上登山，"哥哥我高考文科状元的头衔，大学汉语言文学专业，写个感动你的故事应该不难吧。"

江澂跟着陆燃的步伐往上爬："说到这儿，你有想过以后要从事哪方面的工作吗？"

陆燃想了想，答道："其实，我觉得当作家挺不错的。要有睿智的头脑、清晰的逻辑、正确的三观，还要有鼓动读者的笔力。"陆燃回眸看了眼体力没跟上的江澂，伸出手，"你呢？"

"还没想好，但是，"江澂拉住他的手，细细喘着气，"想做一种有温度的工作……"

两人爬山的速度很快，不知不觉甩了后面的游客一大截儿。

陆燃坐在休息平台上，向下扫了一眼。一级一级台阶堆砌出的绵延弯曲的山路已看不见尽头，再向上望去，好似很近，但徒步爬上去又好似很远。

他打开背包，拿出卤蛋和火腿肠递给江澂："补充点体力。"

江澂接过，用牙齿咬开火腿肠皮，放空着自己。安静下来时，脑子里又钻入了刚才那段感人肺腑的爱情传说。

唯一的遗憾是，他们分开了。

"陆燃，"江澂唤着他的全名，"我说过，只要你不说分开，我永远不会离开你。"

陆燃仰头喝尽矿泉水瓶里的最后一滴水，将瓶子捏扁投掷进垃圾桶，搂过她的肩："我也不会离开你的，江澂。"

他望着天空中飘着的那团云，离得很近，像棉花糖一样。

他目光笃定，喉结轻滚："我发誓。"

江澂笑了，起身把火腿肠皮丢进垃圾桶，倚在栏杆上向下望去。

到达了一定的高度，云层将山脉掩埋，视线所及是一望无际翻滚的云海，她

160

忽然很想趁着无其他人的时候放松地大喊一声。

"我发誓！"这一声没放开嗓子喊，还把江漱的脸憋红了。

江漱一直都规规矩矩地在世俗规定的框架里生活，不能完全地放开做自己，不能拥有鲜明的、敢爱敢恨的性格。

就像刘雅芝所说，自卑驱使着她形成了这样的性格。她总是一副好脾气，不争不抢，让着别人。再加上她身材娇小的缘故，给人一种柔柔弱弱的感觉，好像一推就能倒似的。

她像水，绵软又清澈。

她需要一个人，给她以水流汇向湖泊的力量。

"跟着我喊，"陆燃起身站到江漱的旁边，将手搭上她的肩，"不用顾忌，这里没人认识你。"

陆燃一字一顿，铿锵有力："我——发——誓——"

江漱跟着他，鼓足了勇气大喊："我发誓——"

这一次，她拖长了尾音，山谷里出现了阵阵回声。

"小水，神明都听到我们的发誓了。"陆燃说。

"阿燃，谢谢你喜欢不完美的我。"江漱低语，"其实很多时候，我觉得我性格上的缺点挺多的。"

"这个世界上没有十全十美的人，你没必要妄自菲薄。"陆燃坚定地告诉她，"我喜欢你，包括你的不完美。你有一颗滚烫炽热的心和沉甸甸的灵魂，就够了。"

江漱重重点头，望向远方的云。

"你看那儿！"

陆燃顺着江漱手指的方向，看到一朵形状奇特的云。

苍茫碧落，宝塔状的墨云隆起，缝隙之中透着星星点点的太阳光斑。

这是……漏斗云？

暴雨来临前，云层会出现征兆。

陆燃牵紧江漱的手，有种不好的预感："这是漏斗云，在天气不稳定时才会出现，预兆着雷暴大风随时会到来。"

江漱愕然："那……现在下山？"

"这里的索道是单向上山的，如果遇到暴雨，徒步下山很危险的。"陆燃看了眼上山的路程，果断决定，"买雨衣鞋套，租防雨帐篷，在平坦的地方落脚。如果雨停了，有时间就迅速下山，没时间，就只能做好在山上过夜的准备了。"

过夜……在帐篷里和他过夜吗？

江潋脸色一红，又觉得陆燃说得有道理，转身与刘雅芝通电话，将陆燃的话原封不动地传达过去。电话里，刘雅芝当即决定在山上过夜。

这里是临时休息区，并不能长久停留。挂了电话，两人买好防雨装备加快速度上山，此处距顶峰已经不远，只有顶峰才有能扎帐篷的草地区域。

走着走着，风变大了，阻力也逐渐增强。江潋爬台阶越来越费劲，还需要抓住旁边的钢铁绳索。地面打湿，大颗大颗的雨滴从天幕往下坠。上山的斜坡台阶被雨水灌满，水流如瀑布从脚下"哗哗"流过。

陆燃把江潋护在前面，两个人紧紧抓住铁链往上爬。

这时，景区的广播也响起了播报提示："各位游客，由于雨势过大，景区临时关闭，暂时封山。特为快到山下的游客增加了指示牌提醒，已经到半山腰的游客，不建议您贸然下山，我们会安排工作人员，指引您到相对安全的区域。谢谢。"

…………

两人抵达山顶的时候，商店已经被租帐篷的游客层层包围，陆燃让江潋在外面等着，他钻进人群，没两秒就被挤得不见踪影。

十分钟后，陆燃顶着一头乱毛，拿着两套"抢"来的"战利品"凯旋。

一小时后，雨势减小。山上滞留了一批游客。有人急哭了，有人吓得双腿直打颤。

陆燃却显得很冷静。

他扎帐篷的手法极其娴熟，先将撑杆深扎进草地的泥里，最下面铺了一张地席隔脏，又垫了一张防水垫布，帐篷最外面还撑了一张天幕遮雨。

在江潋的辅助下，两人扎好帐篷，天色已经暗了大半。

体力消耗殆尽，江潋浑身酸痛，好像被人打了一顿。她脱掉雨衣，钻进睡袋，本来只是想感受一下躺进睡袋的感觉，一躺下不要紧，舒服的感觉让她片刻就睡着了。

陆燃看她睡去，便没打扰，拿着手机到帐篷外联系周禹铭他们。

山上信号差，网络连接不上，通信也时断时续。陆燃刚告诉完周禹铭他们的位置，信号就中断了。

他独自站在帐篷外张望干等，结果一等就是半个小时，手机信号还是中断状态。草地上的帐篷越来越多，寻人的难度也越来越大，正想放弃的时候，看到了熟悉的人影。

…………

租帐篷的老板忙得不可开交，一场暴雨让他赚大发了，有人欢喜有人愁。

陆燃帮周禹铭和刘雅芝一起搭帐篷，四个人边搭边吐槽着恶劣天气。

刘雅芝："真是出门没看皇历！"

周禹铭："也算是永生难忘的经历了。"

陆燃："没办法，山上就这样。气候怪得很。"

悬挂在树枝上的雨滴落下，"啪嗒"作响。天空慢慢放晴，还出了月亮。被困在山上的人都驻扎起了帐篷，整片草地渐渐被占满。

江潋被帐篷外的嘈杂声吵醒，她拉开门帘，视线一抬，蓦地停住，看见了难得的一幕——雨后的月亮，呈弯弯的小月牙状，就像陆燃头像的那抹月色。

每个帐篷里面都有一盏煤油灯，星星点点的黄光映在昏暗的夜里，灯火阑珊。紧接着视线一挪，江潋看到了刘雅芝和周禹铭。

她的一颗心放了下来，走过去，不好意思地挠挠头："你们怎么没叫我，我也可以帮忙的。"

陆燃把帐篷固定好，应了句："我的睡美人，你终于醒了。"

"马上安好了。"刘雅芝张开双臂抱江潋，"你没事真好，刚才吓死我了，我和禹铭刚坐上索道，结果大雨瓢泼。"

江潋拍拍刘雅芝的背："大家都没事了。"

装好帐篷，四个人的肚子饿得"咕咕"叫。

周禹铭拍手道："我请客吃烤肉吧。"

刘雅芝："好主意，露营加烧烤，能让我忘掉白天的糟糕经历！"

露营地对面就是露天烤肉。烤肉用的是电烤架，环保又不污染空气。

"陆燃，其实我早就想请你喝一杯了，算起来你不仅给我介绍了工作，还给我牵线当了媒人。"周禹铭起身给陆燃添酒，敬他。

江潋把视线转向刘雅芝，看着她脸上浮现的笑意，一目了然。终于确认关系了，有情人终成眷属是一件幸福的事情，江潋也跟着开心。

陆燃端起酒杯都到了嘴边，忽然停下，瞄了眼江潋，眼神询问：能喝吗？

江潋笑道："看我干吗？你少喝点我没意见的。你看我，别人还以为我管你管得很严。"

周禹铭余光一瞟，看到陆燃左手腕上从来没摘掉过的小皮筋，打趣道："没想到在社联里面那么威风的主席，私下也这么听一小姑娘的话。"

陆燃抬了下眉梢，轻扯唇角："没办法，谁叫我满心满眼都是她。"

十一点过一刻钟。

烤肉吃得连肉渣都不剩，四个人双眼放空地感受着酒足饭饱带来的惬意。人在吃饱后就容易犯困，刘雅芝先打了个哈欠，而后哈欠传染了一桌。

周禹铭起身结账，四个人慢慢悠悠地拖着困顿的步伐离开。

陆燃钻进帐篷，江潋和刘雅芝道别："晚安，雅芝。"

"晚安，江江。"刘雅芝刚转身，忽然又回头，拈花微笑道，"今晚就把校草拿下哦！"

江潋正要拉开门帘，听到这话动作一滞，脸上的温度迅速飙升。

她在帐篷外狂吸了几大口新鲜空气，直至里面传来了一声"站门外当门童呢"，她才慢吞吞地钻进去。

陆燃漫不经心地看着手机，重复着亮屏熄屏的动作，等待信号。看到江潋进来，他睨过去一眼，仅是一眼，就发现了她如同红苹果的面颊。

"你批发苹果吗？"陆燃憋着笑，避开她复杂多变的脸色，装腔作势接着打趣，"刘雅芝和你说什么了，脸这么红？"

他明知故问，就是想逗逗她。

江潋下意识地摸脸："红吗？"

"……"是有点烫，她这脸红体质将她的情绪变化明明白白全写脸上了。

她拘谨地在原地坐下，就像待在孙悟空给唐僧画的小圆圈中一样，不敢逾越。不知道干什么，她打开手机瞄了一眼，没信号，没网络，便又关上。

"这中间有结界啊？"陆燃的声音悠悠地响起。

江潋没反应过来："什么？"

陆燃低头目测了一眼两人之间相隔的"沟壑"，眼神示意，问她："你坐那么远，中间留着过人？"

"……"

"还是等着着火了赶快往外跑？"

"……"又是一段冗长的沉默。

经陆燃提醒，江潋发现自己几乎是挨着帐篷门帘坐的，这才将臀往里挪了两寸。

陆燃又把视线拉回到手机上，满脸写着漫不经心。

江潋疑惑：手机没信号有什么好看的呢？她把头转过去，可这距离什么也看不到，便又往陆燃那侧移了点。

陆燃立刻警觉，把手机扣上："干吗？"

"这不是没网吗，你在看什么？"

"哦，那不看了。"

陆燃把那本《如何抓住女人的心》离线电子书退出，关掉屏幕，淡言道："那睡觉。"

睡，睡觉？江潋惊："现在吗？！"

陆燃看着她晒笑："你这是什么语气，迫不及待？"

江潋避开他的目光，反驳道："你的错觉。"

陆燃双手抱臂，神色自若地瞧着她："你不是说没什么看的吗，不睡觉，干吗？"

江潋张口，声音还没发出来，眼前一暗，灯灭了。她嗓子一紧，倒吸了一口气。

黑暗中，她听到了衣服布料摩擦的声音。陆燃好像……在脱衣服？

江潋呆滞住，好似被人点了定身穴，连呼吸都不敢多喘一下，生怕发出声音。

一分钟后，声音消失了。

躺下后的陆燃脑海里挥之不去的都是电子书第一行：睡一觉。

他翻了个身，内心咒骂道：太没水平了。

江潋察觉黑暗处没了动静，才敢发出声音。

她犹犹豫豫地脱掉了外层薄衬衫，里面还有一件短袖。她在黑暗中摸索一番，终于找到了睡袋的拉链口，"刺溜"一下钻进去。

终于安心了。

江潋松了口气，睡得板正，身体僵成一条直线。

她钻进去后，就开始找拉链头，想把自己完全包裹进睡袋里面。摸索了好半天，无果。她感到颓然，身体蓦地松懈下来。

当她卸下防备后，忽然，铺天盖地的温热向她涌来，还有一阵雪松香钻进鼻腔。她浑身一僵，陆燃赤裸着上半身将她牢牢圈在怀里。

——她怎么会跟陆燃在一个睡袋里面？

"在找什么？"

陆燃的气息扑在她脸侧，他嘴唇蹭着她脸上细小的绒毛，痒痒的。

被他禁锢着，江潋一动也不敢动，声音变得结巴："找……找拉头。"

"拉头在我这边，"陆燃又紧了紧抱她的胳膊，"傻瓜，这是双人睡袋。"

"？！"

一时间，江潋想不出任何形容词能表达此刻的心情。几小时前她还躺在这个睡袋里面，只是感慨有些大，却也未曾留意是单人的还是双人的。

"怎，怎么没买两个……单人睡袋？"

"省钱啊，"陆燃语气轻飘飘的，"两个多浪费，你会不会持家？"

话毕，陆燃捏住她的下巴，目光压下来，下一秒，重重地吻上了她的唇。

好在他只是亲她，并没有做更过分的举动。

两个人第二天一起睡过头，连日出也忘记了看。

五一假期很快过去。

刘雅芝在寝室追着江潋问她那晚的情况。

江潋不想提及，因为她只要一想起，就忍不住害羞。虽没实质性进展，但也足够她脸红一个月了。

她总是苦恼这样的性格，面子薄又爱脸红。

刘雅芝把头埋进周禹铭送的巨大毛绒熊里，假意拖着哭腔："我和周禹铭的第三夜，竟然还是什么都没有发生，呜呜呜……"

江潋惊讶地转头看刘雅芝，聂婉和耿雨也听得一愣一愣的，面面相觑。

"不用惊讶，不用怀疑，"刘雅芝说，"我虽有那么几次夜不归宿，但仍坚守着洁身自好。"

刘雅芝的家庭关系有些复杂，她父母虽没有离婚，但自她上初中起就是分居状态，婚姻名存实亡。

她父亲是上市企业老总，身边的女人团团围绕。对外，她父亲是成熟企业家、顾家好老公，完美的成功好男人形象更是让他赚得盆满钵满。可实际上，他经常不着家。

刘雅芝对待爱情不认真的态度就是受到了她父亲的影响。

她曾经夜不归宿"拈花惹草"，就是出于对爱情不信任的自我保护机制。但为了避免自己动了真情遭受伤害，每一次都没有发生实质关系。

刘雅芝本以为会这样骄纵玩到结婚，却没想到遇到了周禹铭——对待感情如此认真的一个傻男孩，让她再度相信爱情。

"女人爱上什么样的男人，能决定今后过什么样的人生。

"毁灭与重生，一念之间。任何爱情到最后，拼的都是人品。"

讲完，刘雅芝总结陈词道。

难得上刘老师的第一堂课，三个学生都听得聚精会神。

刘雅芝得意合掌："刘老师的试听课到此结束，下次记得交学费。"

假期过后，结课作业和期末考试也接踵而来，各种令人直抓头皮的烦琐事，每日应接不暇。忙忙碌碌地度过了两个月，迎来了暑假。

暑假里，江潋除了照顾父亲就是去她姑妈的文具店里帮忙。同在一条街上，江河文具和醉了酒馆离得不远，她有时候会遇见冯昱肆。冯昱肆谈恋爱了，经常与一个美女腻在一起。

陆燃的假期除了看书打游戏之外，就是和程一泽斗嘴，好像他们兄弟俩之间不小吵小闹就少了乐趣一般。

英语四、六级出了成绩，江潋和陆燃都过了考试。在暑假里，两个人闲暇时打打电话，不相见的日子也没那么难熬。

再开学，人生的"打怪"路上又进阶了一级。江潋升入大二，陆燃升入大三。对于漫漫人生来说，四年也恍如一瞬。

刚一开学，两人就黏在了一块儿。他们在学校里俨然成了"爱情佳话"，学校无人不知无人不晓，就连辅导员和任课老师都知道这两个小年轻是一对。

时间堵住了悠悠众口，学校里再也没有了校草夜不归宿约妹子的传闻。

曾经认为江潋这个类型hold不住陆燃的、预言他们最多三个月就会分手的人，也在两人日渐稳定的感情中被"啪啪"打脸。

校草又帅又专情，又酷又温柔，一度成了雁大女生们找另一半的理想型。

陆燃大三上学期很忙，一开学就忙着处理社联诸多事务，因为每届新生开学期间社联都是最热闹的时候。这些告一段落后他又开始准备各类证书考试，他的目标是大学能拿到的证一个都不落下。

包括驾驶证。

陆燃就近在学校里报了个驾校，抽空就去练车，整日忙得不可开交。

肖宇调侃他："一证不落，包不包括结婚证？"

陆燃思考得很认真："你这倒是点醒我了，也不是不行。"

肖宇呆愣，慢半拍地竖起大拇指："牛。"

陆燃忙得分身乏术，虽然考试都是一次过，但断断续续练车，耗费了三个月才拿到驾驶证。已经到了年末，正值深冬，他从车管所领完驾驶证，第一件事就是给江潋打电话。

陆燃打来电话的时候，江潋正在参加雁镇新高的同学聚会。

她本是不喜欢这种聚会场合，和不熟的老同学聚会少不了一些带节奏的攀比。但一来，她的确很怀念在雁镇新高念书的日子；二来，陆燃的双向情感障碍是因当年舆论所致，如果当年跟风造谣的同学能给陆燃一个正式的道歉，是不是陆燃的心结也会由此打开，症状减轻。那么，当年的潦草收场，也能圆满地画上一个句号。

江潋很久没回过小镇了，镇上不大，但学生家庭之间的贫富差距如同沟壑。

新镇与老镇之间仅隔着一条马路，被俗称为"富人区与穷人区的分水岭"。学校的位置位于新镇和老镇之间，交通方便，容纳了镇上的数万名高中生。

参加这场饭局的女生们，个个打扮得光鲜亮丽，个别有钱的女同学，刻意把包包摆在桌子上，以便用包的价值衬托她们的身份。男同学精神焕发，举手投足间还会刻意展示出手腕戴的名表。

老同学们有的考上了好大学，有的到了大城市发展，离开了小镇。这一类人中有的因此带着一股高人一等的优越感。

江潋没怎么说话，却有人把话茬递给她。

说话的是苗苗，高中时她家庭条件不好，妄想着靠婚姻改变命运，一到法定年龄，立马嫁了个大她十岁的富二代，早早在家当起了家庭主妇。

苗苗的话语间透露着她咸鱼翻身的优越感，却又不想炫得太明显，就想让江潋当她的"嘴替"："当年咱们班转学的江潋，不就是瞧不起镇上搬到了市区嘛，一搬到市区立马就考上了雁大。江潋，你一直没说话，和大家讲讲，是不是市区比镇上好百倍？"

江潋知道苗苗无非是想让她顺着她的意思和其他人炫耀城里的生活，但她已经不是曾经的那个"软柿子"了。

她神色平静地吃了一口菜，没给苗苗面子："我转学是因为那年我父亲出了意外，不是因为瞧不起镇上。"

苗苗白了她一眼，轻嗤一声："装什么装啊。"

声音很小，但江潋还是听到了。

她把杯子缓缓放下，继续说："我觉得走出去不是本事，能走出去的人很多，但走出去后还想着回来建设乡镇的人寥寥无几。我只敬佩这种人。"

苗苗拍案而起："你什么意思啊！"

其他同学一见气氛不对，忙解围道："别动气，都是老同学叙旧。"

不知是谁把话题一转："江潋也考上了雁大啊，那不是和赫赫有名的陆燃学长一个大学吗？当年他可是全校楷模和全镇高中生的追逐对象。怎么样江潋，你是不是能经常见到他？"

"还，还好。"

江潋没加入探讨，而是竖起耳朵听他们七嘴八舌地讨论着陆燃——

"他当年是因为谁打架来着？"

"李……李嘉梦！五班那个班花，后来转走了。"

"但我看那段监控录像里还有一个女生，倒像是因为那个女生动的手。"

"那个女生应该是被卷进去的，陆燃保护了李嘉梦，醉酒犯才转移目标。"

"陆燃和李嘉梦两个人去夜市吃东西，监控视频的声音虽听不太清，但好像是醉酒犯问陆燃李嘉梦是不是他女朋友，陆燃答了句'是'，醉酒犯才转移目标的。"

"谁知这件事之后李嘉梦就转走了，真是绝情啊，陆燃被伤得不轻，性情大变。"

"不过，现在想想，陆燃的名声就是被人搞臭的，有人故意针对他。就是因为他哪儿都好，树大招风。当年还有一群仇富的人往他身上'泼脏水'。"

"欸，苗苗，我记得陆燃事后你也'踩'过他啊。"一个男同学打趣，"是不是因为陆燃拒绝了你，你怀恨在心啊！"

被人倏忽提起，苗苗的脸都绿了，她保持着端庄的微笑，咬牙笑着说："那么多年过去了，这还重要吗？"

江潋来此聚会，本以为再提起此事，会有跟风造谣的同学因此忏悔，却没想到苗苗毫无悔意，平静心安地过着新生活。

一言不发的江潋忽然"噌"地起身，气得面红耳赤，说："重要，当然重要！见义勇为的人被谩骂，这公平吗？往好人身上'泼脏水'，反而不悔改，难道就心安理得吗？"

看到好脾气乖乖女第一次发脾气，在场的人面面相觑。

"哟！雁大高才生开始教训起人来了，学生就是思想简单呢。"苗苗冷讽道，"等你进入社会就懂了，成年人的世界，什么正义善恶呀都不是第一位，金钱才是王道。陆燃太软了，被人情味这种东西牵绊着，做不了大事。"

苗苗起身，居高临下地睨了江漱一眼，从她那只限定款皮包里掏出一张名片，长长的水晶指甲捏着边缘一角，扔给江漱。

"这是我老公的名片，你有需要找他试试。不过他帮不帮忙我可不能保证哦。"她的红唇在水晶灯下泛着光，"毕竟，咱们两个的关系没有那么好呢！"

江漱扫了眼——名邸地产：万淳硕。

照片上的男人圆润肥硕，大腹便便。

她紧握住名片，手下一用力，卡片折成两半。一向好脾气的她从没有那么愤怒过："总有一天，我会证明你是错误的！"

你们都是错误的！

"啊，我知道了。"苗苗把皮包合上，伸出兰花指将包拎起来挂在椅背上，"你喜欢陆燃吧？这么帮他说话。不过我劝你还是死了这条心吧，别以为你们在一个大学他就会注意到你。"

江漱在那一刻很想把陆燃搬出来当救兵，但和苗苗的过节是她个人引发的。她不能，也不想让陆燃与苗苗这种毫无道德感的人有牵扯。

在没有处理好这一切之前，她不能把陆燃牵扯进来为她挡刀。

她和陆燃在一起，更不是为了和别人炫耀，那样就太低俗了。

恰逢这时，手机响了。江漱看到是陆燃的来电，转身避开纷争，出门接电话。

"小水，我拿到驾照了，你在哪里？"

"玉麟轩。"江漱揉了揉太阳穴，刚才的事让她脑仁突突地疼，"老同学聚会。"

"什么时候结束？"

"快了。"

陆燃看了下导航："不远，我去接你。"

"不用了！"江漱连忙回绝。

如果陆燃来接她，那些同学都能认出陆燃。她问他："你在哪儿？我去找你。"

陆燃把导航打开："十分钟到。挂了——"

"等下！"江漱说，"如果会碰见认识你的高中校友，你还要来吗？"

电话那边安静了两秒钟，声音又传来："小水，我都说了，咱们不是搞地下恋。"

江漪不想让陆燃卷进这场幼稚的风波，接完电话等了五分钟便提前离开，站到酒店的正门口等他。

十二月的气温很低，夜色凉薄如水，江漪穿了件毛呢大衣，裹了条白围巾。风吹刺骨，没一会儿就吹得她直发抖。

马路上喧嚣声一片，街灯骤然亮起。

七点钟了，江漪看了眼时间，她已经等了陆燃十多分钟。

陆燃平日很准时，今天迟到了也没发来消息。她拿出手机，正准备给陆燃打电话，身后苗苗的声音尖锐传来——

"哎哟，这是在等人来接？"

江漪回头，苗苗一行人走出来，老同学已经叙完旧了。

她没回答，苗苗不依不饶地问："男朋友开什么车呀？"

陆燃家虽然有点小钱，但他一直都挺低调的。不讲究名牌，也没有"烧钱"的爱好，更没有暴发户的嚣张，也不会像有些富家子弟那样故意把车开到学校来炫耀。他只是，偶尔出手阔绰，对金钱没有规划，大手大脚。

"没开车。"江漪坦言道，因为她从未见过陆燃开车到学校。

苗苗斜着眼讥笑："原来没车啊。"

话音刚落，一道白炽的车灯闪到了她眼里。

远处，一辆轿车闪了一下大灯，朝这边开来。

苗苗下意识地兴奋道："应该是我老公来接我的！"

等到轿车距离拉近，车身的颜色渐渐明了——在夜色下透着冬日松柏般的墨绿。

苗苗脸色一变，在看清了车前的立标后脚尖发颤着往后挪了一小步。一辆墨绿色宾利缓缓地停在了他们面前。

"宾利啊。"

"豪车。"

"牛。"

"高级又有品位。"

旁边的老同学小声地议论着。

车窗缓缓摇下，车里暖气开得很足。

驾驶座上，那人一只手握着方向盘，另一只胳膊耷拉在窗边，露出修长骨感的手指，随后打了一声清脆的响指。

"江潋，上车。"

众人看看苗苗，看看江潋，最后把目光移向驾驶座的人。

车里光线很暗，那人一身黑，戴着棒球帽，只能隐约看见侧脸和鼻骨优秀的轮廓。

是个帅哥。

江潋愣了一下，打开副驾驶位的门，转头和老同学告别："我先走了。"

车门关上，车外的声音并没有完全隔绝。

老同学嘲讽苗苗道："你怎么连你老公的车都认不出啊？"

江潋不用看就知道苗苗的脸面挂不住了。她没再看窗外，面色平静地系上安全带，外面的议论声还在继续。

"你们觉得不觉得，开车那人有点熟悉呀？还有那声音？"

不知谁惊呼了一句："陆燃？！"

陆燃轻嗤一声，启动发动机，一脚油门，绝尘而去。

落在树枝上的几只大雁，挥动双翅，飞鸣而上。

等红绿灯间隙，陆燃握了下江潋的手，发现她的手冷冰冰的。

"久等了吧？导航预计十分钟，但下班高峰期路上堵。而且，刚拿到驾照就上路了，开得慢。"

"没事。"江潋把手放在空调口吹暖风，"这车是？"

"我继父的，"陆燃直视前方，红灯变绿，油门一踩，"刚拿了驾照借来过过车瘾。"

江潋有些不解，那些老同学说这车很贵，但……她迟疑了一下："我听说你们家当年……那现在……"

即便江潋没表达清楚，陆燃也明白了她的疑惑。

他直视着前方，淡言道："当年我继父的工程发生意外，因此卖掉别墅周转。但几年过去了，日子继续，没那么好，也没那么坏。人嘛，总要向前看。"

江潋点点头，她不在乎陆燃家是飞黄腾达或是家道中落。毕竟她和陆燃在一起也不是另有所图。

陆燃绕过这个话题："你怎么想起和雁镇新高的同学联系了？"

"我……"江潋觉得她刚才的出头特没用，没一点成效不说还碰一鼻子灰。

她小声地说："你为我做得挺多了，我只想为你做点事而已，结果……"

"傻瓜。"陆燃目视前方的眼睛有了笑意，他伸手摸了下江潋的头，"在我高三那年舆论愈演愈烈的时候，我就知道解释没用。他们不关心结果，只关心有没有遂他们的意发展。"

江潋不甘："可是他们欠你一个正式道歉。"

"这事，我现在已经不在乎了。"

江潋敛眸，陆燃说谎，他分明还很在乎。他越是装作不在意，表现给周围人一副他早就放下的样子，江潋就越发觉得，结局不该这样。

有一次陆燃的手机忘记熄屏了，江潋在他手机里看到了一页募捐表。

列表上的人清一色是因见义勇为付出了代价的人，这些人虽被新闻表彰，但英雄背后有说不尽的苦楚。

新闻统计，近三十年来仅一个市就有近百名英雄因见义勇为牺牲或致残。

而陆燃，一直在悄悄关注着这些人，并为经济能力薄弱的正义人士捐款。

察觉到江潋的情绪明显低落，陆燃又说："别担心，和你在一起后我的躁郁症都没有复发了。别的你都不用担心，你就好好待在我身边就行。"

江潋抿唇，点点头。多数双相情感障碍患者每年发作两到三次，也有每隔几年才发作一次的患者。长间隔、低频率的躁郁症更好干预。想到这里，江潋把头望向车窗外，安心了许多。

日子一天天安稳地过着，时间一晃，两人谈了一年有余。

风平浪静，感情稳定。

两人在学校约会最多的地方就是图书馆。两个人都学文，江潋是新闻传播学，陆燃是汉语言文学，不谋而合地都喜欢去图书馆看书。

陆燃找书的速度很快，每次直奔科幻小说或者悬疑小说。他不挑，从书架上选几本没看过的，坐在靠窗的位置一看就是一下午。

江潋喜欢看名著，脍炙人口的她都看过了，挑拣着没看过的小众文学。

江潋对面，一只带着笑意的眸子，隔着层层书籍望过来。

"姐姐？"

崔泽洋跟一轮小太阳似的，无论在哪里都是一副阳光四射的模样，和他做朋友的人定然能被他的快乐感染。江潋感慨着，听到崔泽洋说："好久不见了。"

"是啊，挺久没见。"江潋回应。

崔泽洋从对面的书架绕过来，走到江潋面前："姐姐，你退出棋牌社了？"

江潋点头："我不太会玩那些。"

崔泽洋笑道："你退出之后陆燃学长一次也没去过，我还以为是你们商量好的。"

"是吗？"

江潋和陆燃谈恋爱一直本着"绝对占有、相对自由"的原则，有时间就在一块儿，没时间就独处，恋爱核心是不失去自我。所以她一般不会打听陆燃的每日行踪，即便陆燃再受女生欢迎，但相爱的前提是彼此信任。

江潋又确认了一遍："我退出后陆燃一次都没参加过活动吗？"

"是啊，你不知道吗？"崔泽洋眼睛一转，回忆着，"还有上学期新生开学，社联的氛围明显没有去年浓。去年大张旗鼓地办，风头都盖过了学生会，听说这盛况也是建校以来头一次。我觉得，陆学长倒像是故意办给某人看的。"

崔泽洋最后一句捏腔拿调，江潋把话题一转："别聊他了，你最近怎么样？"

"一切顺利，去年我还拿到了奖学金。"

"祝贺你呀。"

"哦，对了。"崔泽洋忽然想起了什么，从口袋里掏出一张票，"刚才我表哥来找我，给了我一张《主持人大赛》的入场券，然后就在图书馆碰到你了。姐姐，我记得你就是新闻传播专业的吧？"

江潋点头。

崔泽洋大方道："那送给你喽。"

"不用了。"江潋摆手，这种馈赠对她来说有些贵重了，"其实我还没想好以后从事哪方面的工作。"

当初，江潋冲动之下报了这个专业是因为想磨炼一下自己的性格。

她经常被人说性子软，而这个专业需要面对镜头，不惧怕生人，锻炼口才。正巧她当时也不知道报什么，就阴差阳错报了新闻传播学。

"你确定不要？《主持人大赛》呢，你知道这次的选手有多强吗？呼声最高的有雁瑜卫视的阮潇蕾，她也是从雁大出去的，你们这个专业的人应该都知道她吧？"

阮潇蕾，雁瑜大学毕业，无数学弟学妹把她奉为榜样。她是国内著名主持人，也是雁瑜卫视叱咤风云的女主持，被誉为"主持界的天花板"。

新闻传播学这个专业，毕业后很多人从事播音主持、新闻采写方向的工作。

《主持人大赛》几乎是这类专业学生必看的知识性节目。里面的选手都是主持界的精英，各个口齿伶俐，舌灿莲花。

正因如此，入场券一票难求。

察觉江漱内心动摇，崔泽洋继续鼓动着她："哎呀，你不要真是太可惜了，我留着也没什么用呀，我不是这个专业的。"

他拿在手中盯着看了看，咂舌道："这对我来说就是一张废纸，我丢垃圾桶好了。"

"等等！"江漱接过那张难得的入场券，"谢谢你，但我不想白收。呃……要不你打折卖我，我分期付给你？"

崔泽洋哭笑不得道："姐姐，你把我当什么人了？我可不缺你这点钱。"

雁瑜市是一线城市，雁大不乏有钱人，崔泽洋也是个富贵公子哥。

有一天，江漱走在校外步行街，一辆白色的宝马途经她，掀起一阵尘埃，后停在了校门口。驾驶位的车门缓缓打开，走出一位衣着光鲜亮丽的贵妇，副驾驶位的车门也随之打开，崔泽洋缓缓走下车。

虽然江漱从那时起知道了崔泽洋也是个小富二代，但她还是有些过意不去："还是算了吧。"

崔泽洋又说："要不……你就当你欠我一件事。"趁江漱脸色变化之前，崔泽洋赶紧加了一句，"绝对是你力所能及的事，不会难为你的。"

"好，我答应你。"江漱把入场券小心翼翼地折好，装进口袋的最里层。

"哟，这是在对接头暗号呢？"陆燃斜倚在书架上，大长腿交叠着，抬眸望着两人。

他看上去惬意，心里却没这么惬意。

陆燃半天不见江漱人就过来寻她，结果正巧撞见她把崔泽洋递来的不知道什么东西装进了口袋，还一脸感激。

陆燃对别人没那么多敌意，因为知道别人压根就不是他的对手。但他对崔泽洋没来由地有一种抵触心理，觉得崔泽洋就像个定时炸弹，随时存在隐患。

崔泽洋对谁都是笑脸相迎，坦荡不退缩："陆学长，下次还一起打篮球啊。下次，我一定会赢你的。"

"不比，"陆燃低头瞧着地面，语气寡淡，"你太菜了。"

崔泽洋没兴趣加入是非之争，和江漱道了声"回见"，继续去后排书架上找书了。

江潋莞尔一笑，走过去拉起陆燃的手："小气鬼，吃醋了？"

陆燃嘴硬："他没我帅，不至于让我吃醋。"

"欸，"江潋扯了扯陆燃的袖子，"你觉不觉得，崔泽洋这个状态挺像高中那个时候的你，总是嘴角含着笑，跟个小太阳似的。"

"有吗？"陆燃没好气地说，"我没那么恶心，从不叫人姐姐。"

"我是说那个感觉。"

陆燃沉默了片刻，忽然说："被保护得太好了才会乐得没心没肺。"

这句过后，江潋噤声了。她在想，如果一切都没有发生，陆燃是不是也和崔泽洋一样，笑得无忧无虑。

"欸？不对，我想起一件事。"陆燃歪唇一笑，"江潋，你不是说你上大学看了置顶的帖子才知道我的吗？原来你从高中就那么关注我了？"

江潋把手上刚挑好的书塞进陆燃怀里，回避他那句话："看书吧。"

陆燃看她那副表情，止不住地乐："说漏嘴了吧？"

江潋红着脸没理他，两人回到座位上继续看书。

陆燃眼睛虽盯着书但思想已然翩翩飞："像吗？"

半晌，他冷不丁地问了句："我和他谁帅？"

"谁？"离帅这个话题已经过去两分钟了，江潋被他这句搞得莫名其妙，也没在意，拿起手边的杯子喝水。

还没咽下去，听到陆燃说出的名字，一口水差点喷出来。

"崔泽洋啊。"

江潋擦着嘴笑："你和冯昱肆比帅的时候也这么纠结吗？"

陆燃有点不好意思了："那倒也没有。"

他看着江潋一脸逗乐的表情，也没再追问。到底还是没在江潋那儿得出结论，他有点沮丧。

陆燃回寝室后把江潋说他和崔泽洋有相似之处这事向肖宇倾诉了一番。

他本来想跟冯昱肆说，一想人家冯昱肆在忙着谈恋爱，根本没空搭理他，就肖宇三天两头换女朋友，没个正形儿。

肖宇一听，放下手中的笔，给陆燃下定论："俗话说得好。"

"什么？"陆燃身子一绷，聚精会神。

"'恋爱脑'。"

"……"

肖宇放下作业大吼："你就是吃饱了撑的？和我讨论这么没有营养的话题！你看我像很闲的样子吗！"

陆燃轻飘飘地应了句："像啊。"

肖宇："？"

陆燃又加了句："狗嘴里吐不出象牙，我就知道不该和你说。"

肖宇咬牙反击道："你才狗嘴！"

陆燃本是不想跟肖宇干仗了，但他忽然又想起肖宇从前谈恋爱一口一个"宝贝""亲爱的"地叫，又是节日转账发红包又是定期送小礼物，为了哄女友开心猛花钱，他自己连着吃了一星期的泡面，结果那个叫果儿的还是劈腿了，找了个开法拉利的男的。从此之后，肖宇换女朋友的速度比郭宸换衣服的速度还快。

陆燃故意道："你'舔狗'。"

肖宇瞪圆眼睛，摩拳擦掌："陆燃！我今天跟你没完！"

郭宸看热闹不嫌事大，在日漫播放空当中不忘插一句："来呀，互相伤害呀。"

周毅俨然一副看破红尘的世外高人姿态，慢悠悠地放下手中的《中国古代文学》，睥睨了两人一眼，说道："'由爱故生忧，由爱故生怖。若离于爱者，无忧亦无怖。'"

陆燃差点怀疑周毅双手捧的是泛着光的经文，身下坐的是莲花台。

"哥，你能不能说点人话，"肖宇双手合十，半跪在周毅面前，"我觉得我都要跪拜您了，还看什么《中国古代文学》呀，应该念《金刚经》！"

"不是《金刚经》。"周毅淡言，为肖宇科普道，"这句话出自佛学著作《妙色王求法偈》。"

"得得得，"肖宇放弃与他沟通，"您继续。"

肖宇跟周毅就跟一对活宝似的，这两人不同程度上的不正常，把陆燃一下逗乐了。

郭宸也乐不可支道："周大师说的可以翻译成一句俗话——智者不入爱河。肖宇，说你蠢呢！"

"欸？"肖宇瞅了眼陆燃，陆燃一副事不关己的姿态。

他只有指着郭宸，气急败坏道："你说谁蠢呢？"

两个人打成一团。

陆燃把目光收回来。他摇了摇头，心想：智者不入爱河，可遇你难做智者。

第八章
就让往事尘封

两个月后，《主持人大赛》正式开播。

这个节目开播前就受到广泛关注，街上人头攒动，纷涌汇入馆内。

检票口入场引导员看到江潋是 VIP 贵宾席，态度恭敬地请她入座。

VIP 票不对外售卖，能拿到 VIP 票的几乎都是受邀而来的商界精英。小小的一片区域，位于台下正中被圈起来的"C 位"，每个座位都是皮质软座，并且每人标配了一瓶组委会特供矿泉水。

江潋一身正装坐到 VIP 贵宾席，不动声色地打量了一下周围。

端坐在场的年轻精英，举手投足间散发着成熟与自信。只有她，虽着正装，但稚嫩的脸一看就是没经历过"社会毒打"的学生。

几分钟后，大赛开始。

一列男女衣着西装上台，按序号依次排开。每人随机抽取三个关键词，进行两分钟的即兴演说。

文人墨客，神仙打架。

台上的演说家们操着一口标准普通话，口齿流畅，字正腔圆，娓娓道来，尽显学富五车和满腹经纶的诗书才华。丰富的阅读量让他们出口成章，口若悬河。

江潋全程眼睛都不敢多眨一下，只觉得在台下看得自惭形秽，感慨着自己不知要读多少书、沉淀多少知识，才能像他们一样拥有如此深厚的文化底蕴。

最受关注的人气女主持阮潇蕾压轴出场。她的演说一如既往很精彩，抛出观点丝丝入扣，缓缓深入，最后升华主题，语惊四座。台下掌声雷鸣。

阮潇蕾用三个词讲述了一个感人肺腑的英雄故事，话语间正能量满满，让在场评委和台下观众为之动容。

在这一刻，江潋也被阮潇蕾深深打动了。她的心在不知不觉间开始倾倒：主持人也能在台上发光发热，能给观众带来温暖和知识的洗礼。

比赛结束，观众乌泱泱离场。

江潋来之前带了一本阮潇蕾的《自传集》，这本书是耿雨的，她托江潋找阮潇蕾签个名。

江潋逆着人群跑到后台，阮潇蕾和其他几个主持人有说有笑地聊天。她站在一旁等了一会儿，待他们走了之后礼貌上前。她不知道怎样称呼合适，便硬着头皮叫了声："潇蕾学姐。"

阮潇蕾转身面对江潋，那是一种"腹有诗书气自华"的优雅，她问："你是？"

江潋呆愣了片刻——阮潇蕾比在台上气质更佳，台上的她严肃又权威，台下的她透着温文尔雅的气质。

"潇，潇蕾学姐，可以签个名吗？"

"嗯，可以的。"阮潇蕾笑了一下，拿着一支金色的油性笔在书扉上落了一个大气的签名。

签完，她抬眼问江潋："你也是雁大的？"

"是的。"

"以后也想当主持人吗？"

"想，"江潋咬了下唇，"学姐，我可以请教您一个问题吗？"

阮潇蕾把笔盖合上，看着江潋："你说。"

"您觉得，性格不是很开朗的人能做主持人吗？"

其实，江潋被这个问题困扰了许久。很多人认为她的性格内敛，不适合做靠一张嘴走天下的工作，久而久之，她也变得犹豫和自我怀疑。

"嗯……"阮潇蕾眯了下眼，很认真地思考了片刻，"我觉得职业不应该被性格约束。在你穿上西装，喷上香水，站在台上的那一刻，你就应该忘记你自己，去扮演一个很优秀的主持人。"

江潋重复："扮演？"

"是的。"阮潇蕾继续说，"就比如娱乐节目，主持人每次站在台上都嘻嘻哈哈，大家都认为他应该就是个喜欢傻乐的人。但其实不然，他们私下的性格和台上可能不大一样，甚至生活里还是个很悲观的人。所以，每当你缺什么，你就可以想象你在扮演一个什么样的角色。这样想是不是就有意思多了？"

听君一席话，如醍醐灌顶。江潋明白了，双眼泛着光："谢谢您！我懂了。"

"不过，"阮潇蕾睿智一笑，"你看起来内敛，但我觉得你很勇敢，适合做主持人。很少有人专门私下跑来问我要签名，特别是含蓄的人。"她拍了拍江潋的肩膀，"加油哦学妹，希望以后能在雁瑜卫视遇见你。"

雁瑜卫视是国内知名的电视台，曾因明星综艺带火，又有优秀的主持人，在广播影视界相当于处于金字塔上游。

江潋重重点头："会的。"

阮潇蕾的话，让江潋更加坚定了。

江潋把书抱在怀里，目送着阮潇蕾走远。

她以后，也想做一个有温度的节目主持人，一个揭露黑暗、主持正义，传递温暖与幸福的主持人。

江潋思考得入神，手机响了半天，她才反应过来。

"姐姐，比赛精彩吗？"崔泽洋的声音无论何时都像山涧的流水一般清澈。

"精彩绝伦，"江潋看了眼手中那瓶组委会特供水，"真是谢谢你，这张票还是 VI——"

"停，打住！我给你打电话可不是为了听你的道谢的。"

"好，"江潋笑了笑，"那等你想好了有什么需要我帮忙的告诉我。"

"一言为定。那我就先不打扰你啦，今天是周末，等下你还能和陆学长约会，我就不占用你的时间啦。"

"好，拜拜。"

挂了电话，江潋转身离开后台。

灯关了大半，室内很黑，转角处是视线的盲区，她不小心与迎面走来的人撞上了。

对方女生抱了一沓文件，手没拿稳，"哗啦"散落一地。

江潋连忙道歉，女生应了句"没关系"，打开手机手电筒。

江潋蹲下帮她一起捡。

一束光骤然亮起，刚好照在了女生掉落的工作牌上。

江潋抬手正要拿，在看到对方名字的那一刹那，顿了一下。

——李嘉梦。

江溦惊愕地抬头，在微微的光亮中，她看到对方和她年龄相仿，明眸皓齿，姿容俏丽。

她……是陆燃的白月光吗？

那次同学聚会，江溦刻意把李嘉梦的名字记了下来。她觉得治愈陆燃的心病李嘉梦或许是个突破口，她想从李嘉梦入手，再逐步召集当年的同学。结果江溦刚联系了冯昱肆，还没从他那儿打听到李嘉梦的消息，就被陆燃抓包了。陆燃不让她操心他高中的事，这件事因此暂时搁置。

江溦把地上散落的文件整理好，归置成一沓，递给李嘉梦。

"谢谢。"

对方礼貌道谢，正要起身走，江溦大胆叫住她："嘉梦。"

在李嘉梦疑惑的眼神里，江溦继续说："我是雁镇新高的同学，你转学之前咱们在办公室见过，我还夸了你长得漂亮。你不记得我了吗？"

李嘉梦被她问得自己都不确定了，一拍头，装作忽然想起来的模样："哦，不好意思啊，原来是你。你叫……"

"江溦。"

这些，其实都是江溦现编的。当年的事过去那么久了，江溦开门见山地问李嘉梦怕她有戒备之心。夜市骚扰事件对女孩子来说不是那么光彩，况且李嘉梦又转学了，完全可以忘掉过去开始新的生活。

江溦开始和她叙旧："没想到会在这儿遇见你，你这是……"

"哦，"李嘉梦健谈，很快和江溦聊了起来，"你是不知道《主持人大赛》的入场券多难搞，我为了来看比赛，做了一个月的场务呢！"

她说着，看到了江溦手里的那瓶 VIP 席才有的特供水："哇，你好厉害啊，在哪儿搞到的 VIP？我听说能坐 VIP 席的都是有头有脸的人物呢！"

江溦把水往后掩了掩："你以后也想当主持人吗？"

"没啦，我是这个节目的忠实粉丝，就是喜欢看'神仙打架'。"

江溦点头："好久不见了，我请你喝奶茶？"

李嘉梦看着怀里的那摞文件，犹豫了一下。

江溦说："我等你。"

李嘉梦："行吧。"

立夏已过，节气步入小满，树叶返绿。

江漵和李嘉梦坐在网红奶茶店，店内装潢陈列充斥着甜腻的粉红色。许多前来买奶茶的女生驻足停留在店内，手拿奶茶摆造型拍照，扭着婀娜的身姿，随手一拍就是名媛风。

两个人像老朋友一样叙起了旧，李嘉梦对江漵也没设防，从她的大学生活讲到了她的男朋友。江漵温婉地笑，认真地听着。

李嘉梦聊的一直都是大学生话，江漵想把话题带回高中。

她敛睫呷了口奶茶，试图套李嘉梦的话："嘉梦，你男朋友对你真好。不过，你长得漂亮，我记得高中那会儿学校就有传闻说陆燃喜欢你，还为你挡了刀。"

话落的一瞬，李嘉梦眸色变冷，态度回避，不想谈及此事。她低下头，脸色沉没在阴影里："陆燃是个好人，当年那件事闹得很大，可在事情发生前我父母已经给我办好了转学。事发时还在高三下学期，我父母怕影响我学业，即便没头没尾的视频传得沸沸扬扬，但他们还是把我的手机收了起来，不让我跟镇上同学联系，想让我跟过去一刀两断。高考毕业后，我才听说那时的陆燃险些被舆论压垮，我自责没有作为目击证人早些站出来，可这时已经毕业了，高中的同学各奔东西，我知道我再讲这件事已经没有意义了。"

江漵说："当年收场如此潦草，那些往陆燃身上'泼脏水'的人欠他一个正式的道歉。"

李嘉梦单手握奶茶，望向窗外，目色平静："他明明做了好事，却落得这个下场。包括那夜他挺身而出帮助的那两个女生，据说一个晕血后选择性失忆，一个胆小如鼠怕被报复不敢做证。"

李嘉梦脸色变了一下："当然，我没有资格指责别人，因为我也未曾及时站出。"

江漵真切地看着她："嘉梦，如果我组织一场雁镇新高的同学聚会，你愿意重新站出来吗？"

"那就看你如何说服我了。"李嘉梦说，"事情过去那么久了，我不站出来大家至今仍以为陆燃喜欢过我，可我若站出来……"

江漵把手覆在李嘉梦手背上，真诚地恳求她："如果我说我是陆燃的女朋友，很喜欢很喜欢他，想带他走出心结。你也有男朋友，应该能体会到——"

李嘉梦立刻警觉，将手抽离开："你究竟是否认识我？请我喝奶茶就是这个目的吗？"

江漵抿唇，终于开口道："对不起，我的确骗了你，我不认识你。但我也是雁镇新高的，应该叫你声学姐——"

话还没说完，李嘉梦脸色一黑，"噌"地站起来，像一座随时要爆发的火山。

江潋紧紧抓住李嘉梦的手，在李嘉梦转身前恳求她："陆燃因为那件事患上了双相情感障碍，这种病很可能伴随他一生。拜托你，听我说完。"

李嘉梦神色松动，表情仍有不悦，气鼓鼓地捭了下衣服，又坐下。

江潋从头到尾完整讲述了陆燃的遭遇，李嘉梦耐着性子听，不悦的表情逐渐散去，面色多了些温和。

但若是站在女生的角度，江潋能理解李嘉梦，她在末尾又补充了一句："你放心，我不会道德绑架你，无论你是否愿意站出来，我都尊重你的决定。"

李嘉梦长睫半垂，在流淌的时间里沉思，片刻后道："给我点时间，想好了给你发消息。"

江潋松了口气："好。"

李嘉梦拎起斜挎包，把奶茶空杯丢进垃圾桶。在转身的一瞬，她忽然又想起了什么："陆燃真的是个好人，宁愿自己默默承受流言，都没有为了保全自己告诉大家是我主动表达心意邀他吃饭。视频里他说'是'只不过是权宜之计，但当时他的确有个心仪的女生。出事前一周，他看到了骚扰犯尾随那个女生，他说即便那晚的事件没有发生，他也一定会将骚扰犯绳之以法。"

玻璃门向外一推，李嘉梦连同影子一起消失。

——陆燃高中的确有个"白月光"，不是李嘉梦，那会是谁呢？

江潋望着来回摆动的玻璃门，陷入了许久的安静。

漫长的夏季过去，秋天的九月，陆燃升入大四。

一开学就要交接社联主席职位。

为争夺上位名额，几个学弟学妹在群里上演了一出争选大戏，吵得陆燃直接把候选群消息屏蔽了。

和陆燃关系挺好的一个棋牌社社员，百般自信以为陆燃会选他，结果陆燃选了一个他不怎么熟悉但认为最有领导力的一个男生。

群内鸦雀无声，众人目瞪口呆。

陆燃干脆利落地交接了继任文件，直接点了退群。

世界都清净了。

江潋大三也有了目标规划，自从她看完《主持人大赛》就跟"打了鸡血"一样，在专业课上猛下功夫，一有空就叫室友搬来小凳子坐成一排听她演说。

日积月累，她没了胆怯，出口成章、从容不迫，连室友都不禁拍手称绝。

聂婉竖起大拇指："江江，你本身就气质出众，主持人真的太适合你了！"

耿雨托腮："我以后就想当个撰稿人，讲说这一块被你拿捏得死死的，我怕是门槛都进不去。"

"哪有。"江潋笑着打了一下耿雨，转头用眼神问刘雅芝。

刘雅芝缓缓扬起一声惊呼："绝！"

"欸，"刘雅芝问聂婉和耿雨，"你们有没有感觉江潋变自信了？"

聂婉和耿雨陷入了短暂的思考，先后点头。

耿雨："我总感觉她身上多了点什么，你这个词形容得非常准确！"

聂婉："自信了，好像也更开朗了。"

刘雅芝用食指挑起江潋的下巴，赞许道："看来好的恋爱真能救赎一个人，被陆燃那样的天之骄子喜欢，你也跟着散发自信光芒。"

江潋面露喜悦："真的吗？"

三个室友狂点头。

聂婉："我觉得陆燃也变了，没有以前那么冷冰冰难以接近了。"

刘雅芝和耿雨不约而同地点头。

江潋的手机响了，陆燃发来消息：我到了。

江潋穿上鞋子，飞奔出门，她和陆燃约好一起去校招现场打探情况。

校招在九月中旬正式启动。陆燃即将面临实习，提前带着江潋感受一下氛围。

招聘会现场，每家企业都有一面宣传立牌，介绍着企业文化。负责招聘的人坐在桌子后收简历，简历初筛通过后会给求职者发送具体时间安排统一面试。

企业虽多，但水平参差不齐。大到上市公司，小到个人私企。

江潋随着陆燃转了一圈，目光不经意一扫，被一张照片勾住了视线。

老板的肖像是个肥硕的男人，小小的眼睛陷到脸上的肥肉里去，圆润的啤酒肚把白衬衫的最后一粒扣子都崩开了。

她视线再一抬，顶端现几个大字——名邸地产：万淳硕。

这不是苗苗的老公吗？

江潋上前拿了份招聘传单，"求贤若渴"四个大字占了整张纸的四分之一。

招聘：房地产销售员数名，五险一金，提供住宿。

另：征集广告文案，一经采纳，报酬从优！

要求：1. 符合⋯⋯

江潋大致阅览了一遍，广告文案的要求不难，对于他们专业院校的学生来说更是小菜一碟。她把传单对折装进背包。

陆燃手里精选了一沓上市公司的宣传页，边低头整理着，边往江潋方向走去。他顺着她的目光看去："小公司啊。"

江潋："我想投一篇文案试试。"

陆燃拉着她的手离开："这家地产的名字听都没听说过，规模太小，给不了高报酬。"

江潋为了写好文案，上网搜集了无数知名楼盘的广告文案，揣摩其中的写作手法，分析爆火的原因。她挑灯夜战一连创作了十余篇，势必要拿下名邸地产的文案。

为了确保拔得头筹，她又拿给专业导师指点了一番，导师指点过后，最后她拿给了陆燃修改。

陆燃这个文科状元，当年高考作文拿了满分。在同届考生还为写作发愁的时候，他一篇议论文走天下，被当作范文传阅了好几个班。

得作文者得天下，陆燃就是那个既得了作文，又得了文科半壁天下的人。

陆燃看了几篇，觉得江潋写得没问题，对付名不见经传的小企业绰绰有余。他提笔为江潋的文案润色。

江潋看着陆燃灯下的侧脸，他专注起来的样子和高中时期的学霸一模一样，手握笔杆，在稿纸上利落下笔，笔锋遒劲有力。不到半小时，几篇修改过的文案诞生了。

江潋阅览着被他修改过的文案，赞声不绝。

"放心吧，咱们学校的学生野心大，那种小公司给出的报酬也不明确，不会有多少竞争者的。"陆燃把笔盖合上，捏了下她的脸，补充道，"就算放到社会上公开竞争，你这文案也有过之而无不及。"

江潋笑了笑："最主要是被陆状元修改过，我就有信心多了。"

她打开笔记本电脑，将五份文档修改整理好，从十篇中精选五篇，打包添加到邮件正文。

"那你不得感谢感谢我，"陆燃把脸伸过去，吊儿郎当的语气里透着痞，"亲我一下。"

江潋瞄了眼其他正在看书学习的学生，把视线拉回电脑屏幕，拒绝道："不要，这可是图书馆，这么多人呢。"

陆燃把头缩了回去，想起江潋为这家连报酬都写得模棱两可的小公司鞠躬尽瘁，心头一酸。

"江潋，你要是有什么经济上的困难一定要和我说。"

邮件发送成功，收到了回执。

江潋伸了个懒腰，神色惬意，后知后觉才把陆燃的话听进耳朵里。

"啊，不是。我不为赚钱。"

陆燃扬眉，有些意外："那是？"

江潋眼中带着笑意，目光攀上他那双漂亮的眸子，忽然，蜻蜓点水般亲了一下他的脸颊。

为你。

"你会知道的。"她笑着说。

江潋苦等了一周迟迟没收到回信，以为石沉大海了，陷入了深深的自我怀疑中。

在第十天傍晚的时候，她正在苦背期末闭卷考试的知识点，手机屏幕一亮，闪出 QQ 邮箱的邮件提醒：恭喜您，您的文案被我司采纳。请把银行卡号回复过来，报酬将会在五个工作日内发放。

江潋立马回复：我不要报酬。具体我要和贵司老总万淳硕单独面谈，请给我一个他的联系方式。

翌日，江潋和万淳硕约好了见面时间，导航到他发来的公司地址。

一楼是售楼部，销售经理在给员工"打鸡血"。一列男女一字排开，兴致高昂地喊着口号："今天工作不努力！明天努力找工作！"

二楼是运营部，运营策划和修图设计被隔开成两个区，一个区五个人左右。往最里面走就是总经理办公室。

门扉半掩着，江潋轻叩三下，屋内传出一声浑厚的"请进"。

她推开门，见真皮旋转椅上架着万淳硕臃肿的身体。

江潋感慨，照片还是把他美化了，修瘦了。苗苗还真是不挑，这大概就是"钞能力"吧。

"您好万总，文案是我写的。"

万淳硕这才把埋在电脑前的头缓缓探出来，在看到江潋的时候，他眼睛亮了一瞬。

"没想到这么年轻。"他问，"大学生？"

"是。"

"有意思，不要报酬。"万淳硕笑了，笑的时候满脸赘肉横飞，"那你想要什么，说说。"

"那我就开门见山了。"江潋丝毫不怯，"高总，我和您老婆苗苗是高中同学，我男朋友和她有一些过节，我想要她的一句道歉。"

江潋不知道苗苗在万淳硕心中的地位，她怕砝码不够，继续说："相应的是，我的五篇文案全部无条件免费赠与贵司，不要一分报酬。"

万淳硕心想，这买卖值。

"一句道歉值千金啊。"他问，"什么过节？值得你放弃金钱，只要一句道歉？"

"高总，人活在世上，并非所有人都认金钱为主宰一切的神。更有道义、羁绊、情怀、大爱等等，它们并存为一体才能组成一个有温度的人。血肉之躯如果沦为为金钱行走的机器，人类与智能机器人毫无区别。"

江潋话语不卑不亢，铿锵有力，颇有演说家的风范。

"大学生果然不一样。"半晌，万淳硕挤出这样一句话。

江潋能从他语气里听出这并不是一句褒奖，更像是反讽。万淳硕和苗苗是一类人，视金钱为第一顺位。

"我会让苗苗尽快联系你的。"万淳硕椅背一转，重新把头迈进电脑里去。

江潋还想说什么也作罢。"道不同，不相为谋"。她退出，把门轻带上，快步走进电梯间，心脏"怦怦"狂跳。

她背靠冰冷的金属厢壁，双腿发软，身体不由自主地往下滑。

这是她第一次充满自信地与人对峙。虽然紧张，但说完那番话的感觉就像在盛夏喝了一瓶冰镇汽水。

江潋缓好情绪时，电梯抵达一层。梯门缓缓打开，她深吸一口气，外面阳光普照，万物仿佛焕然新生。手机在她刚迈出电梯门的一刹那振了下，一个很久没联系的人给她发来消息。

是李嘉梦发来的：**我愿意出面，时间你定。**

陆燃的生日在一月，正值寒假。

江潋为了谋划这场生日聚会，耗费了将近一个月的时间。

当年事发突然，临近高三毕业，给陆燃造成舆论伤害的校友并没有给他一个正式的道歉就潦草收场，各奔东西。如今时隔四年，再组织这些同学到场，少不了要请求当年的任课老师出面。

她先是找到了教语文的李老师，又通过李老师联系到了陆燃的班主任，说明原委后，两位老师欣然答应，决定联合组织一场 17、18 届雁镇新高校友会。

校友会定在傍晚。下午两点，江潋专程从市区到镇上 KTV 陪陆燃过生日。

KTV 包间里，江潋用几只气球和蜡烛作了装点，歌曲切到《生日快乐》歌，爱心小蛋糕摆放在桌子正中央。

灯光熄灭，昏暗的包厢只剩几盏摆成心形的蜡烛。

陆燃的侧脸隐匿在火光之下，猩红的火焰拖着忽明忽暗的轨迹映在他瞳孔里，像一颗夜晚的星辰。

"小水，"陆燃看着蛋糕，缓缓开口，"其实我成年过后就再也没过过生日，我本以为我的人生在十八岁那年就死去了，往后的日子里都是一具没有灵魂的躯壳。直到和你在一起，我忽然意识到，我的人生好像才刚刚开始。"

"我会永远在你身边的。"江潋说，"以后你不要想那么多了，有什么事情和我一起分担。"

"好。"陆燃摸了摸她的发，亲吻了她的额头。

江潋："许愿吧。"

陆燃闭上眼，就许——毕业和她结婚。

他睁眼，吹灭蜡烛。他望着蛋糕，忖度片刻。

"在想什么？"江潋问他。

陆燃笑得无奈："在想，如果每次的生日愿望都能实现，那人生也不会有那么多遗憾了。"

…………

两人饱腹一顿后，嗨唱许久，天色渐黑，到了傍晚。

走出 KTV，陆燃察觉到牵着他的那只手比以往任何一天都要紧，他调侃道：

"怕哥哥丢了？"

江潋支支吾吾地"嗯"了一声糊弄了过去。

她知道校友会的消息满天飞，为了让陆燃顺利和她一起参加校友会又不引起他的怀疑，坐公交车是最好的选择。她事先打探好了路线，KTV 门口的 24 路公交车经过四站将会停靠在校友会地点附近。在这全程，她只要不告诉陆燃目的地并说服他跟着她，计划便能顺利进行。

江潋不安地踮脚张望着公交车。

陆燃随口问道："这是要去哪儿？怎么不打车？"

江潋心虚，如果打车相当于直接报出目的地，计划便会暴露。可是陆燃这个富家公子，当年落魄仅是一时，几乎没尝过苦日子，锦衣玉食的他到哪儿都是打车，没坐过几次公交车。

好在 24 路公交车及时驶来，江潋松了口气，麻溜地拿出提前准备好的硬币跳上车："来都来了，正好坐公交车吧。"

坐上公交车的陆燃，神色凝重地盯着手机看了许久。

旁边的江潋正在回复冯昱肆的消息：大约十五分钟到。

下了公交车，江潋心跳急剧攀升。她不知道告诉陆燃她的意图之后陆燃会不会发火，但她已经做好了心理准备。

"陆燃，"江潋轻轻拉住他的袖子，"我要和你说……"

"我知道。"陆燃打断她。

"知道……"江潋小心翼翼地问，"什么？"

"校友会，猜到了。"陆燃眼神坚定，十指紧扣起她的手，"刻意准备好零钱，还不说去哪儿，鬼鬼祟祟。我查了公交线路，其中一站途经校友会聚餐的富丽大酒店。"

在江潋一脸惊讶的神色中，陆燃拉着她往前走："走吧，我都听你的。"

江潋牵着陆燃的手更紧了一些，像是在安慰他，也像是安慰自己："别担心，一切都会好的。"

包间的金属门很重，有些老化，推开时发出了长长的"吱呀"声。

屋内的人被声音吸引，接二连三地转头，直至四面八方的目光都汇聚到了门外。

老同学的目光里是显而易见的惊讶。在场的人都认识陆燃,认识江潋的却不多。一来是惊讶性情大变后销声匿迹的陆燃会参加校友聚会,二来是惊讶陆燃竟高调牵着江潋一起参加。

屋内水晶灯的光线溢出门外,江潋牵着陆燃的手紧了一下,他们大步迈向前。

两位老师坐镇,参加聚会的人数比想象的更多。

冯昱肆清了清嗓子,七嘴八舌的议论声戛然而止。尽管他已经脱离校园数年,但每次出场,还是俨然一副老大的威严样子。

"我介绍一下。"冯昱肆挎过陆燃的肩膀,"陆燃,你们应该都认识,我就不多说了。他旁边这位呢,你们之中可能有人不认识。江潋,高一高二就读于雁镇新高,现在是陆燃的女朋友。"

冯昱肆顿了顿,用嚣张的口吻压制住旁人的惊讶:"这两位,都是我请来的。"

话音一落,在场的人交头接耳,纷纷议论。

陆燃和江潋在冯昱肆安排之下,落座于两位老师旁边。

"李……嘉梦?"陆燃侧眸,惊讶于她的到来。

坐在陆燃旁边的李嘉梦没回应陆燃,她表情慌张,惴惴不安地抠着手,指甲劈开了,渗出了血渍。

"同学们,今天召集大家齐聚于此,是想弥补当年的一个错误。"忽然,一位中年女人起身,掷地有声。她正是江潋请来的陆燃所在班级的班主任。

话音刚落,投影仪幕布也在这时缓缓下落。

监控视频从醉酒男人骚扰李嘉梦开始播放。

班主任道:"同学们,当年闹得沸沸扬扬的'夜市事件'不知你们是否还记得,请问在场的是否有人曾跟风造谣,对陆燃同学落井下石过?如果有,请举手。"

苗苗脸色发白,颤颤巍巍地举手,紧接着,陆续有胳膊缓缓举了起来。

"感谢举手的同学,请放下。"李老师道,"感谢你们敢于正面直视曾经那个不够成熟的、犯过错误的自己。今天召集你们来此,就是为了让大家更清楚地了解当日的完整经过,帮助陆燃同学治愈心病。"

李嘉梦鼓起勇气起身道:"当年,我与陆燃在夜市遇见醉酒犯骚扰,是陆燃挺身而出让我先走。但我当时并未走远,目睹了整件事的完整经过。陆燃因见义勇为卷入纷争,又因不知从哪儿传出的片段视频饱受争议。可那时,父母已为我办好转学手续,我离开了雁镇,一直为此事懊悔不已。陆燃,对不起。并且,我想告诉大家,那是我与陆燃的第一次见面,而非传言所说。"

陆燃神色间有些触动："你不必道歉，我没怪过你。"

陆燃知道，不是人人都有站出来的勇气。因为很多时候，承认真相就像承认错误一样，不是一件容易的事情。

教语文的李老师也站了起来，语重心长道："《伏尔泰语录》中有这样一句话：'雪崩时，没有一片雪花觉得自己有责任。'陆燃是被你们的谣言所伤，而非李嘉梦的离开。希望你们在今后的人生里时刻谨言慎行。"

班主任推了推镜框，附和道："成年人需要为自己的行为负责，要为自己犯下的错误买单。我希望，你们之中落井下石的同学此刻能站出来，还陆燃同学一句真诚的道歉，还社会一个迟来的正义！"

苗苗在这时没了嚣张气焰，率先站出来，像个提线木偶一样走到了陆燃的面前，估计是受万淳硕旨意，还给陆燃鞠了一躬。

"对不起陆燃，我向你道歉！"

苗苗起身后，同学竞相起身向陆燃道歉。人越来越多，声音也越来越洪亮。

正义虽迟，但必到。

陆燃的眼眶微微泛起了红，心里的郁结一点点被迟来的道歉解开。

正义终将冲破黑暗，抵达黎明。

十八岁那年，世界悄然送了陆燃一份特殊的成人礼。

他一声不吭地接受了世界对他的审判，留下一个孤寂的英雄背影。从那时起，他就把罗曼·罗兰的一句话，挂在他的 QQ 签名里。

——"世上只有一种英雄主义，就是在认清生活真相之后依然热爱生活。"

一群老同学当着两个老师的面聊起了感情问题，气氛一改沉重。

情感话题永远不过时，没一会儿场子就聊热了。当年的暗恋，当年的无疾而终，最终都带着笑意被提起。

那年夏天，少年和少女永远热烈地停留在了十八岁。

聊到这一茬了，话题焦点又回到了雁大校草身上。不知是谁八卦了一嘴，问陆燃和江澈怎么在一起的。

还没等两位当事人发话，苗苗冷不丁说了句："被死缠烂打妥协了呗。"

场子一下又冷了起来。

察觉到江澈的脸色变了变，陆燃放下筷子，拉起她的手站起来："是我先喜欢的江澈。"

众人七嘴八舌的议论倏然而止。

射灯的光变幻交错，游走在陆燃阴郁的脸上。他浓黑的睫毛投下一片阴翳，缓缓声明："就算有为爱'拔刀'的原因，你们也猜错主人公了，不是别人，是江潋。"

2018年惊蛰，气温回暖，春雷乍动，万物复苏生机。

那时的镇上，旧城区治安混乱，夜晚发生过数起抢劫和猥亵案，年轻女性不敢在晚上十点后单独出门。夜色笼罩下，小镇陷入死一般的寂静。

与孤寂的旧城不同，晚上九点，雁镇新高仍灯火通明。

学校组织了一场高二年级的诗词诵读大赛，前三名的班级予以颁发"优秀班集体"荣誉证书。为了奖项，每个班都抓紧排练。

与高二一样没放学的，是楼上的高三年级。

晚自习上，教室安静得只能听见笔尖在纸上写字的"嚓嚓"声，每张课桌都摞着一沓厚厚的课本，课本堆积成山峰状，昭告着刻苦的三年只差最后一搏。

陆燃握着笔，集中精力计算着一道难解的方程式。

楼下诗朗诵的声音随着夜晚的凉风飘然传上来："北国风光，千里冰封，万里雪飘。望长城内外，惟余莽莽……"

声音是从正下层江潋的班级传出来的。

陆燃神色一恍，细细分辨着和声里那缕软糯的女声。很难分辨，又好似分不出来。他太过于出神，黑色中性笔从他手中脱落到了桌子上，顺着滚向桌边的低凹处。

"啪嗒！"

笔掉在了地上，陆燃缓过神，晚自习下课的铃声恰好响起。

他弯腰去捡，还没等碰上，就被横向伸来的手夺了去。

女同学把笔放在他桌子上，言笑晏晏："陆燃，放学了，我们顺路，一起回家吧！"

楼下的诵读声也在铃声响起时戛然而止。"轰轰"的响声传来，是凳子反扣到桌子上震出的沉闷碰撞声。

陆燃望向窗外，几个班级同时放学，人群乌泱泱地往外鱼贯散出。

他迅速把课本和作业胡乱塞进书包，说了句"抱歉"，单手把书包拎在肩上往下走。下了几层后，他看到了女生的身影，悄然放缓脚步。

女生的马尾尖尖在颈后轻轻摇摆着，时不时刮两下她颈后白嫩如雪的皮肤。

他盯着她的背影，不远不近地跟着她，一路从校园到脏乱狭窄的小巷。

青春像一幅浪漫的水彩画——女生悄悄跟在男生身后上学，男生默默守护女生放学回家。

穿过一条巷子口，就会抵达新旧城区分界的马路。新城区灯火辉煌，街道干净整洁，治安也甩旧城几条街。旧城小巷脏乱差，没有灯，被昏黑的夜色笼罩着。

陆燃鞋底一打滑，踩到了个黏滑的东西，他低头去看，看不太清，大约是块香蕉皮。他甩了甩脚，在干净的路面上蹭了蹭鞋底。

当他再次抬起头时，视线里进入了一个鬼鬼祟祟的男人，男人形迹可疑——前面的女生往哪儿拐，他就跟着往哪儿拐。

陆燃的一颗心提到了嗓子眼，每一寸神经都紧绷起来。他手里紧紧握着手机，以备必要之时拨打报警电话。

"妞妞！"迎面而来一位中年男人，对前面的女生招手。

"爸！"女生雀跃着加快了步伐，跟上父亲。

"不好意思，爸爸今天有点事，接你晚了。"

"没关系。"女生紧攥着书包带子的手放了下来，神情也瞬间松懈。

父女二人消失在了夜色中。

猥琐男恶狠狠骂了声，悻悻地掉头，与陆燃擦肩而过。

那一夜，陆燃至今想起仍心有余悸。

他缓过神，看了眼身边的江潋，把她往自己跟前拽紧了些。

他把冗长的故事简化成三言两语，目光轻狂地睨着众人说："事发前一晚，江潋被那个男人跟踪过，我发誓要把那个男人送进警局。我不仅要保护别的女孩，更要保护我的女孩。"

陆燃坦坦荡荡地承认，是他先爱上了那个女孩。

这件事，是陆燃放在心里的秘密，连冯昱肆也不知道。

在场的人目瞪口呆，片刻后，掀起了一阵更激烈的讨论。

"太帅了吧。"

"时至今日还是能被陆燃帅翻。"

"陆燃，你是我的神！"

被当场"打脸"的苗苗，脸色像打翻的柠檬汁一样酸涩难堪。

江澈震惊得合不拢嘴，眼底涌现着激动惊喜的波澜，脑子里的疑问像小泡泡一样此起彼伏——

陆燃的"白月光"竟是自己？那为什么他之前三番五次地说不认识她，故意营造一种生疏的距离感？陆燃，是暗恋吗？像他那么耀眼的人，也会暗恋吗？

陆燃在众人惊讶的神色中丢下一句"先撤了"，就带着江澈头也不回地往外走。

一声沉重的闷响，门被牢牢地关上。各种各样惊奇的讨论声，一并被隔绝在门的那侧。

陆燃紧拉着江澈的手走出大门，拿手机导航叫车，目的地明确。

江澈："去哪儿？"

陆燃："猜。"

江澈小声嘀咕："这会儿轮到你装神秘了。"

两人坐在出租车上，陆燃神色惬意，开着车窗感受着冷风灌进来的感觉。虽然是一月的寒风，但他此刻只觉得心旷神怡。

江澈低头给李嘉梦发消息：谢谢你。

很快，她收到对方回复：不必谢，我终于敢面对那年的自己了。

江澈把唤醒良知这件事当成一种神圣的洗礼，一个人能这么做说明他本身是个善良的人。如果人人都能唤醒良知的话，世界上也不会有那么多罪犯了。

陆燃一边吹着冷风，一边看着窗外。时间好像过得很快，一晃四年多；好像又过得很慢，慢到他终于等到这一天才与那年的自己和解。

但他，始终没有松开牵着江澈的手，冷风刺骨，但手上的温热在一点点回升。

出租车拐了几个弯，到达闹市街头。

下车后，陆燃带着江澈走进商业金街。忘了走了多远，他忽然抬头，望着头顶上方的炫彩灯牌——

柒月刺青。

陆燃拉着江澈往里走，语气笃定："老子认定你了，毕业就娶你。"

"帅哥，文什么？"穿着热裤戴着大耳圈的文身妹手下一停，望着两人问。

文身妹的热裤极短，明晃晃的大腿上露着一株蔷薇文身。蔷薇花呈现暗粉色，从大腿内蔓延到膝关节处。

陆燃思考了一会儿——江澈，小水。

"文一滴水。"

"好嘞，这个马上文好，"文身妹又看了眼乖乖女，"这美女不文吧？"

"就我自己——"

"文一簇火焰。"江潋睫毛微颤，轻声说。

"哟，"文身妹撩起眼皮看了眼这对高颜值情侣，打趣道，"水火不容啊。"

陆燃把江潋拉到一边，眉头紧蹙，用半命令的语气和她说："我不许你文。"

"你都文了，"江潋语气缓缓，"我也要文。"

"疼。"陆燃劝她。

这一次，江潋比任何一次都更加坚定地想回应陆燃的爱意。

如果陆燃今日所说属实，而不是为了替她解围编造的故事，那陆燃的躁郁症，与她也有或多或少的关系。

这是两人命中的羁绊，就让刺青刻骨铭记。

"陆燃，"江潋看着他的眼睛问，"我只问你一句，你今天说的都是真的吗？"

陆燃眸光炙热，缓缓开口："是真的。"

"文，"一声话音落地，不容反驳，"就文到最靠近心脏的地方。"

两个小时后，刺青完成。

陆燃的文身是一颗在腹肌处的破碎水滴，蓝色的水滴流淌着破碎般的美；江潋的文身是在肋骨处的一簇火焰，红色和橘色双色火苗向上直蹿心脏。

情侣文身，用痛觉和刺青铭记爱情。这大概是这两个人这辈子做得最离经叛道的事情。

陆燃说，第一次谈恋爱仪式感要做足。为了彻底把仪式感做足，两人还拿文身设计的样图当了情侣头像。

一张水，一张火，生动彰显着年轻的爱情。

就像江潋朋友圈永远不会删的那条：*水火不可容，唯爱可容。*

出了店门，陆燃捏住江潋的下巴，偏头吻了她的唇，很重，带着野蛮。

"小水，谢谢你为我做的一切。"他看着她，眼神炙热，"咱们见家长吧。"

回到寝室，江潋把校友会上的录像传到了雁镇新高的校园论坛上。为尊重他人隐私，视频里的每个人都做了打码以及变声处理。

最后，江潋自发组织起了道歉"盖楼"。

陆燃被誉为"雁镇新高建校以来最璀璨耀眼的星"，尽管已经过去四年多，但重提此事，还是引起了不小的轰动。

论坛一炸，"盖楼"道歉的从几十条涨到了上百条。

清一色的道歉中，有两条评论吸引了江潋的注意。

硬壳的蜗牛：我当年虽然没有跟着落井下石，但我成了沉默的大多数。因为胆怯，我看着众人将白涂抹成黑，不敢发一言。我为我的懦弱道歉！

伤心月亮：分享个我妈的故事——她初中班上有个很爱笑但很穷的尖子生，富家女丢了东西怀疑是被尖子生偷窃，班上同学也跟着起哄。尖子生大哭一场，从此便不再笑了，成绩一落千丈。直到有一天，富家女从自己抽屉里找到了丢失的东西，才知道所有人都冤枉了尖子生。但那天过后，尖子生辍学了，回到了乡下种地。可她，本可以拥有更耀眼的人生。

好好学习的巴洛克回复伤心月亮：谣言摧毁一个人的威力远比想象的还要大，愿世界上再无校园暴力。

江潋心头一酸，眼眶有些发烫。她关上屏幕，思绪沉了下来。

一切看似都在往好的方向发展，但她的心里总有一种莫名的不安。她翻开手边的日历，距离圈出红色大圈的日子越来越近了，见家长的日子快到了。

小年，见家长前一天。

陆燃前往江河文具店，想从江潋姑妈口中打探江潋父母的喜好，为登门拜访做准备。

到了寒假，校门口一条街重新恢复冷清。空旷的街道上，路边一串风铃"叮叮当当"地摇曳在风中。

陆燃望向那串风铃，风中流淌着清脆声响，文具店里走出一个拄着拐杖的中年男人。

男人一瘸一拐，像风中摇晃的蜡烛。他并不年迈，也不像先天残疾，更像是突如其来的意外导致。

男人出了文具店，立马坐上门外的轮椅，没一会儿，背影消失不见。

能把轮椅使用得这么熟练，至少得几个年头了。

陆燃收回视线，长腿一跨，迈进文具店。

店内开着暖风，江秀薇戴着一副老花镜，低头数着账目。年纪大了眼花了，她把头勾得很低，翻动着账页。

听到声音，她抬了下眼皮："燃燃来了啊，你先挑着，我正数着账单走不开，

196

等下怕搞掉了一页就麻烦喽。"说完，她继续专注地念着嘴里的数。

"阿姨，您先忙。"

陆燃在店里瞎转悠了一圈，随便拿了点程一泽可能会用得上的学习用品，放在收银柜台上，耐心等着江秀薇忙完。

陆燃没什么事，目光四处飘散，随意打量着，视线一扫，看到收银台边一本红色证件。

有点眼熟，这个证好像在家里也见过？继父有本一模一样的。

他凑近了去看，是一本程氏煤矿工作证。

是继父手下的员工？

他好奇地翻开——程氏煤矿工人，江立军。

男人也姓江，且工作证放在江漱姑妈店里，莫非是江漱的父亲？江漱的父亲也在继父手下工作？

一连串的疑问，让陆燃回想起 2018 年的矿难，死伤惨重。

不好的预感油然而生，他接着往下看——发证日期：2016 年 11 月。

2016 年？

那场矿难发生在 2018 年……

江秀薇把一沓账单摞起来订好，放在一旁，招呼陆燃道："来，燃燃，我给你结账。"

陆燃的思绪被打断，他应了一声，把小红本合上放在柜台，侧身把挑好的商品递给江秀薇扫码。

江秀薇边扫码边说："燃燃，我就按进价，不亏本卖给你就行。其实你没必要那么客气，阿姨知道你的好意。"

"没事阿姨，"陆燃顿了下，"其实我今天是有事想和您说。"

江秀薇瞧了眼他："你说。"

"阿姨，我明天要见小水的父母了。我们是奔着结婚恋爱的，特意来告诉您一声。还有，顺便想问下您我上门带些什么东西合——"

"哎哟！怎么还落下了东西呢！"话音未止，江秀薇忽然打断。她看到柜台上江立军落下的小红本，急忙拿出手机打电话。

"立军，你走远了没？不是说要领补助吗，只记得拿资料了，工作证没拿……行，那你有空了再来拿。"

江秀薇挂断电话，把工作证收进抽屉，有条不紊地一件件扫码，装入袋中，解释道："我弟，就是小水的父亲，说要来我这拿什么当年煤矿的资料。他们从镇上搬走后，资料都落在了我那房子里。这不，他前脚刚走你后脚就来了，你们差点就碰上了。"

江秀薇没注意陆燃的脸色已经变了，自顾自地说："我啊，对你们年轻人的事情没有太多意见，只要不影响学习。但小水父母的思想比较保守，他们就一个女儿，想让女儿找个平凡人家，没想着高攀……"

后面的话陆燃都没听进去，只觉得脑袋"嗡嗡"作响，一阵眩晕。

所有事情都连成了一条线……

江澈的父亲是江立军，江立军2016年在继父手下工作，2018年遭遇矿难，导致终身残疾，就是他刚刚见到的坐轮椅的那个男人。

这只是陆燃的一部分推测。他还推测，江澈的父母包括她姑妈都不知道煤矿是他继父的产业，因为当年的老邻居都不知道陆燃家是重组家庭。

程氏煤矿，与陆姓无关，没人会把陆燃父亲与开煤矿的程氏老板联系在一起。

如果这一切真相揭开，江澈的父母会接受他吗？

他自己也不敢确定。

"……不过，你去见小水父母时和他们好好说说，我觉得你是个优秀的孩子，他们也会喜欢的。"江秀薇把那一长串话说完，忽然想起来陆燃的问题，"对了，你刚才问我什么来着？"

陆燃回过神，脸上的表情晦涩不明，声线一沉："多少钱？"

江秀薇拿出计算器，把一串数字相加后乘0.5，计算器播出一串数字。

"三十八元。"女人面相慈善，笑起来眼角有细细的褶子，"燃燃，我就给你按商品价的五折，差不多是按进价给你。"

陆燃一手提着塑料袋，一手拿手机扫码，边走出门边输入三位数字。

"阿姨再见。"

他留下一句没什么温度的再见，声音冷得像二月的雪。

"叮叮当当"的风铃声静止下来。

两秒后，传来收款提示音——

"支付宝到账：一百元。"

江秀薇一愣，追出门口："燃燃！"

小街上，已经寻不到陆燃的踪影了。

"这孩子！"江秀薇摇了摇头，喃喃道，"不是说还有什么问题吗，溜得够快。"

陆燃躲在了一棵树后，纷乱错杂的呼吸搅得他心神不宁，脸色阴郁得像是暴雨前的乌云。

陆燃回到家，情绪变得异常低落，不说一句话，倒头就睡。一觉醒来，日暮低沉，天空朦胧灰暗。房间内拉着窗帘，光线昏暗，他觉得自己就像被世界遗弃的孤儿。

两个孩子都在家，丁静晚餐做得很丰盛，三素一荤，还有一锅熬了几个小时的八宝粥。

餐灯下耀着满桌可口饭菜，却没激起陆燃的丁点食欲。他吃了两口，胃里突然翻涌酸水，跑到卫生间对着马桶一阵干呕。

母亲丁静察觉到儿子的异常，跟着跑到卫生间，帮忙拍打他后背。

陆燃毫无血色的脸上透着疲惫与憔悴，整个人一副死气沉沉的状态。这还是他已经睡了一下午的状态。平日陆燃作息极其规律，自制力很强的他不会放纵懒惰。

丁静担心儿子，心里有种不好的预感。上次陆燃出现这种情况，还是他大一抑郁发作时。

抑郁发作睡眠习惯会随之发生改变，陆燃每次发作起来，都会变得嗜睡。

丁静拍着陆燃后背的手缓滞了两秒，她问："儿子，最近正常吃药了没？"

陆燃吐了几口酸水，没吐出来，拿纸擦嘴，摇头道："前一段没再发作，我就把药停了。吃药的副作用太大了，会发胖、脱发。最重要的是会影响记忆，导致记忆力下降。"

丁静心口一酸，看着儿子，满眼心疼："苦了你了燃燃，是妈对不起你，没照顾好你。"

陆燃把纸掷进垃圾桶，背靠墙壁，双眼放空："妈，别这么说——"

"啧啧啧！上演母子情深的戏码呢！"程一泽讥嘲的声音打断道。

他啃着半个馒头，摆出一副看好戏的神情站在卫生间门口："可惜，我爸不在家，少一个观众，我也不想为你们假惺惺的演技买单。"

"程一泽，"陆燃有气无力地叫着他的名字，脸上还挂着当哥哥的威严，"爸出差不在家，不代表就没人能管教你了。"

"他是我爸！"程一泽变脸，放下馒头冲陆燃吼，"你还真把他当你亲爸了！"

陆燃没力气跟他争吵，拖着疲惫的身子踱出去，回到卧室，"砰"的一声关上房间门。

程一泽在家横行霸道惯了，丁静向来拿他没有办法，但她又怕程一泽刺激到生病的陆燃。

这两个孩子，一个不让人省心，一个不让人放心。

"一泽，"丁静心平气和、好言好语地劝他，"再开学就高三了，离成年还有几个月，该懂事——"

"轮不到你教训我！"程一泽翻了个白眼，把吃剩的半个馒头直接丢进了垃圾桶，怒气冲冲地钻进了卧室。

丁静摇了摇头，程一泽从小被他亲生父母惯坏了，长大了难管得很。

她独自回到餐桌，看着精心准备了几小时却没动几口的饭菜，长叹一声。她发了会儿呆，抹了把眼泪，继续沉默地吃着饭。

可惜了这一桌好饭菜。

陆燃在床上躺了会儿，辗转反侧，脑袋还是又晕又疼。

他不想处理任何事，情绪低落，对一切都提不起兴趣。

是了，抑郁发作了。

他看了眼手机，有条冯昱肆的未读消息：你下午来雁大这边了？好像在街上看到你了，怎么不来酒馆坐坐？

关掉，没回。

上面还有条江激的消息：明天要见家长了，好紧张。

时隔了好几个小时，他还是没回。

不想回，不知道怎么回。

他把手机往床上一抛，蒙上头。

与世隔绝。

…………

陆燃在房间待了一会儿后，出卧室帮母亲收拾碗筷，把剩余的饭菜放冰箱。

收拾完回来的时候，他看到江激又发来了两条消息：

怎么不回我消息呀？

等你半天。后面还配了个生气的表情

陆燃在双相情感障碍发作时，是拒绝与人沟通的。他直接把手机长按关机，关上灯，蒙到被子里，倒头就睡，一觉睡到第二天上午十点钟。

除了发病时，他平常早起没有超过九点钟的。

天色暗沉，他拉开窗帘，小年到了。

这一天他期待了很久，可真的到了这一天，又不觉得兴奋了。

屋外零下五摄氏度，树枝头挂着雪落后凝成的冰锥，看样子又是一年凛冬。

陆燃手机开机没两分钟，江潋的电话就打了进来。

"你要吓死我了，没事吧？"

听到江潋的声音，他内心有一瞬被抚平的感觉。

但，仅是一瞬，又重新跌入了冰冷。

"抱歉，今天不能陪你见家长了。"

电话那头陷入了长久的沉默，江潋声音很轻地开口："出什么事了吗？"

"我生病了，"陆燃补充道，"头疼。"

"情况还好吗？要不你把地址发我，我去看你，做点好吃的给你送过去，我手艺很好——"

"不用了，我要休息了。挂了。"

电话那头的江潋欲言又止。

陆燃忽然想起了什么，问："轮椅是什么牌子的？"

江潋下意识答了个牌子，后知后觉疑惑才闪现——陆燃是怎么知道她父亲坐轮椅的？还没等她问出口，电话就被挂断了。

陆燃紧握着手机，向床上用力一摔。那个残疾男人，就是江潋的父亲。

第九章
世界以疼痛吻我

陆燃消失的几天里，电话打不通，消息不回，彻彻底底地演绎着人间蒸发。

江潋发过去的消息就像沉进大海的石头，她回想起陆燃上一次躁郁症发作，把自己关在校外的酒店，就算天王老子来了他都不应。等过段时间病好了，他又跟没事人一样冒出来了。

以江潋对陆燃的了解，只有躁郁症发作了陆燃才会把自己关起来。这次可能也不是简单的头疼。归根结底，还是躁郁症发作了。

江潋早就做好了接受他的病毫无预兆发作的准备，接受他的突然消失，安静地等他回到身边。

江潋坐在卧室的书桌前，盯着陆燃的对话框发了会儿呆，很快从负面情绪里走出来。网上说，与患躁郁症的人在一起，需要一颗足够强大乐观的心。

想到此，她深吸一口气，拍拍脸颊，快速调整好心态，打开视频软件，找到《主持人大赛》的观看记录。

慷慨激昂的演说很快让她忘掉了不开心，她学着阮潇蕾的讲话逻辑，在卧室反复练习。

"咚咚咚！"

正当江潋演绎到激情澎湃之时，家门外传来一阵急切的砸门声，声音越来越大，越来越响。

江澈暂停视频，母亲走去开门。

房门刚打开一条小缝，就被人从外面用力扯开。大舅和二舅气势汹汹破门而入，双手叉腰，一副随时要吵架的状态。

江澈叹了口气，把卧室门悄悄关上。

自从上个月江澈的姥姥住进医院，大舅和二舅便三番五次上门索要医药费。

江澈的姥姥七十多岁，身体不好，上了年纪各种疾病都显露了出来，上个月突然旧疾复发，医生说老人的情况急需做手术。

大舅和二舅整日游手好闲，没一份像样的工作，江澈那两个表哥也不成器，一家人混吃混喝，连江澈姥姥的住院费和医药费都付不起，就想榨干家里这唯一的姐姐——江澈的母亲。

江澈的母亲曹颖春出生在农村，那些年乡下重男轻女的思想严重，曹颖春没得到父母多少疼爱，反倒还成了"扶弟魔"，给母亲看病的重担也总是压到曹颖春一个人身上。

没一会儿争吵声愈演愈烈，连视频的声音都压不住。

每一次争吵的主题无非就是钱，江澈家已经拿了很多次钱，甚至把江立军矿难的赔偿金都垫了出来。但这两个弟弟就是"吸血鬼"，把他们家的钱全部榨干也不罢休，现在只剩下了一点儿只够维持江立军复诊看病的医药费，曹颖春死活不愿意再拿出来了。

争吵声震耳欲聋，江澈从中依稀听到了"煤矿坍塌""赔偿金"的字眼，她索性把视频关掉，愤愤不平地打开门，想要替父母解围。

"赔偿金没留下多少，剩下的还要给父亲看病。"

大舅二舅眉毛一横，怒喝江澈："大人在谈话，你别插嘴！"

江澈父母把江澈从家中打发走，让她去医院照看姥姥，不愿她卷入是非。

江澈走在去往医院的路上，不知为何，心底不安的情绪又涌现了上来……

陆燃划拉着江澈发来的消息，犹豫着输入了几个字，觉得不妥便又删掉。反复了两三次后，他直接把手机关机。

心里实在太闷了，笼罩着一种控制不住的低沉与消极。他拿上手机和钥匙出门散步，想方设法地缓解抑郁情绪。

在陆燃出门没多久后，出事了。

一阵"咣当咣当"的愤怒砸门声响彻十楼。

丁静想着儿子刚出门，以为他遇到了什么急事又折回来敲门，赶紧在围裙上擦了擦手。她知道这孩子躁郁症发作期间脾气不好，也没多想，嘴里说着"别急，这就来了"，看也没看地就把门拉开。

门刚一开，闯进两个彪形大汉，一个大个儿一个光头，后面还跟着个坐轮椅的。

光头叫嚣着："程总呢？我找程总！"

另一个大个儿二话不说地往里闯。

"你们是谁？"丁静推着大个儿往外赶，奈何力量悬殊，推了半天那人仍纹丝不动，"私闯民宅寻衅滋事，我要报警了！"

大个儿双手抱臂，壮硕的身体像一堵墙矗立在平地。

光头一脸唾沫横飞，对丁静说："我们不想把事情闹大，给了钱我们就走！"

丁静推不动，只好放手道："什么钱？"

"矿难的钱啊！"光头推着江立军，卡在门口，"你看我姐夫现在还坐着轮椅，你们赔的那点钱不够！我知道你们有钱！"

大个儿结巴着附和："对！不……不够！"

光头把江立军准备的煤矿资料和工作证递给丁静："这是我姐夫在你老公那儿的工作证明，我们不是空口无凭来的，我们现在就要你拿出钱，现在差一笔手术费，给钱我们立马走！"

"对，不……不想惹事，就……拿点钱出来，"大个儿看着那沓证据不足的资料，语气又弱了点，"多少钱……看着给！"

光头踢了大个儿一脚。

"冤有头债有主，不可能平白无故给你们钱。"丁静粗略地翻了一下便递回去，逻辑清晰地说道，"亲属抚恤金以及工伤补助金，都是按照《工伤保险条例》赔付的，赔偿金也都给了，你们这样我可以报警说你们勒索！"

光头发觉理亏，便转移话题，朝屋内打量着："程总呢！我不跟娘儿们说，我找程总当面对质！"

"我老公出差了。"丁静错身，把光头的视线挡住。程一泽在里屋，她怕程一泽受到伤害。

"出差了？"光头嘴角一斜，主意横生。家里只剩个女人，好对付。男人不在，对付一个女人简直易如反掌。

丁静看向轮椅上一直没说话的男人，他看上去和那两个面目狰狞的地痞流氓截然不同。

她对坐轮椅的男人说：“关于你们说的赔偿不够的问题，等我老公回来后我会再与他核实，如果存在少发漏发定会补偿给你们。”

坐轮椅的男人叹了口气，没说话，似乎不愿卷进这场是非中。

光头发现丁静不好糊弄，只能转变策略来硬的了。他爆了句粗口，气焰更嚣张了，搬起一张凳子砸向木地板。

一声重响，凳腿砸歪了。

丁静捂着耳朵，尖叫一声，吓得往后一躲。

与此同时，程一泽气势汹汹地从卧室闯出来，手握刚从阳台上拿的铁铲，对着大汉一阵狂挥乱舞，把他们往外赶。

轻狂少年在家嚣张惯了，看似天不怕地不怕，但此时他害怕极了，眉心蹙成一团，闭眼紧握着手中的“武器”，不管三七二十一就是一阵闭眼摸瞎的挥舞。

两个大汉只敢捏软柿子欺负女人，看见男孩手里的铁铲就怂了，躲得比谁都快，二话不说像兔子一样蹿下楼，把腿脚不利索的江立军丢在了门口。

江立军坐着轮椅，狭窄的门口转弯有些困难，还没等他把方向挪正，就感觉一阵刺痛。

丁静一声尖叫响彻楼层。

等程一泽再次睁开眼时，坐轮椅的男人的那条腿汩汩地向外流着血。两个大汉已经蹿得不见踪影，丁静反复拨打着陆燃的电话都是关机状态。

无奈之下，她和程一泽一起推着男人，出门拦了辆车，把他送到最近的诊所。

…………

诊所在老旧居民楼的二楼。

医生边包扎江立军的伤口，边说：“你腿部本身就有残疾，伤口内有坏死组织，血块充塞局部缺血，我这边只能简单包扎一下。你们还是要带他去医院做个手术，顺便给他打破伤风。我们这个小诊所没有破伤风疫苗。”

医生怕他们不懂破伤风是什么又补充道：“破伤风是由破伤风梭菌引起的一种特异性感染。破伤风梭菌通常生长在泥土、生锈的铁钉上，是一种厌氧细菌。最好在二十四小时之内打破伤风疫苗。”

“手术啊……”江立军犹豫了。

“你放心，”丁静说，“我来出。”

消失的两个大汉不知又从哪儿冒了出来，高喊一声：“要一万！”

程一泽愤怒道：“我报警告你们勒索！”

其中一个大汉笑眯眯道："小朋友，我们可没有动你分毫，但你把我姐夫残疾的那条腿划流血了，如果警察叔叔判你个防卫过当，年纪轻轻的有案底你怕不怕啊？"

"你无耻！"程一泽冲上前，被丁静拦着拉了回去。

丁静无奈地将钱丢给两个大汉。

两个大汉蜂拥而上，为谁拿钱而争论不休：

"我是你哥，这钱应该我拿着！"

"你拿就你拿，反正也是做手术用的！"

丁静摇了摇头，把他们当作两只抢食的狗。

陆燃在这时回过来了电话，听母亲讲述完，挂了电话飞奔而来。

江立军看着小舅子二人啼笑皆非的闹剧，惭愧地对丁静说："带着孩子回去吧，今天给你们添麻烦了。"

丁静悄悄问他："我看你小舅子不怎么靠谱，用不用帮你联系家属？"

光头在一旁竖起耳朵听到这话，没好气地说："多管闲事！我已经帮我姐夫联系过家属了，我可不想带个拖油瓶回去。"

丁静没搭理他，拉着程一泽转身走。程一泽忽然变得很乖，像个犯了错的孩子，任由丁静拉着。

两人刚走了两步，听到一阵急匆匆的脚步声传来。

江潋拉着父亲的手，眼眶通红："爸，你没事吧？"

丁静回头看了眼，女孩的年纪看上去和陆燃差不多大。可怜的孩子，摊上这样的倒霉亲戚。

旁边的程一泽无意间回头，忽然顿住脚步。他定睛仔细分辨了一阵，不太确定地张口："棒棒糖姐姐？"

江潋茫然着抬眸，眼尾还带着嫣红："你认识我？"

临近过年，车不好打，陆燃按照导航一路跑来诊所，看到母亲站在楼下等他。他气喘吁吁地跑过去，问："程一泽呢？"

"程一泽没事，就是他把一个男人的腿划伤了。"大冬天的，陆燃跑得满头是汗，丁静拿出纸巾递给她，"程一泽好像认识那个男人的女儿，在楼上——"

"我上去看看！"话音未止，眼前的人化成了一阵风。

陆燃一溜烟跑了上去，几步台阶后，急刹车跟跄止步。

程一泽的声音从楼上传来，与他对话的那个女生，也就是被程一泽所伤的那个男人的女儿，怎么是江澈？

两人在攀谈，好似不是初见。程一泽认识江澈？是了，准确来说他们是有过一面之缘。

陆燃放慢了脚步，鞋底落得很轻，背靠在二楼墙壁，悄悄听他们谈话。

程一泽给江澈讲述了他哭鼻子被瞧见的事。"棒棒糖姐姐"的称呼由此而来。

被对方提醒，江澈有了印象："原来是你，你就是……程氏煤矿程总的儿子？"

在江澈眼尾再次红起来之前，程一泽忽然道："对不起。"

陆燃身子一怔，微微侧头，确认这不是幻听。有生之年竟能从程一泽口中听到道歉，真是太阳从西边出来了。这小子在家说话目无尊长，在女生面前就像变了个人似的。

也许，程一泽不坏，只是被他家长惯得骄纵了。在家里叛逆嚣张有人让，出了社会难免被报复。是该磨磨他的棱角了，让这场小插曲挫挫他的锐气。只是没想到，误打误撞让江澈父亲因此受了伤。

陆燃静静地听着，时间仿佛静止了一般。

江澈眼尾的红淡了去，沉默了很久。她默默地摇了摇头："你不必道歉。"

如果是为今天，大舅二舅不找上门父亲也不会发生这种事。算起来，硬闹上门给程家带来了麻烦，也理应赔一句道歉。

如果是为当年，那就更不必了。天灾人祸这种事谁也不想，父亲已经接受了命运对他的安排，况且程氏也给够了资金补偿。

江澈语气很平静："我在来之前听我妈妈讲述了一切，这件事的幕后主使是我大舅和二舅，罪魁祸首也是他们。他们拿不出钱给我姥姥做手术，就天天来我们家闹事，还想出了这个下三滥的办法。"

"算了小水，"江立军劝她，"别说了，就让这件事过去吧。"

江澈点点头，话题一转："过去那么多年了，没想到你还记得我。"她伸手比画了下高度，"你当时还是个小弟弟。"

程一泽凝视着她眼尾那颗泪痣："因为痣很特别。"

江澈的这颗泪痣很小，呈淡褐色，不仔细看的话很容易被忽略掉。但仔细看的话会发现这颗痣使她清淡素净的脸多了一分辨识度，使她从千篇一律的大众美人中跳脱出来。

江澈记得，有一次陆燃吻着她眼角的这颗痣，说他喜欢，还开玩笑说，泪痣是上辈子爱人流下的眼泪，今生就是为了寻找前世的爱人。

她收回翻飞的思绪："我记得我那时候买好了棒棒糖回来，你人不见了。"

程一泽："我哥把我带走了。"

"你哥？"江潋问："他今天没过来吗？"

…………

陆燃苦笑一声，敛着寂寥的目光转身下楼，心口像被绵绵丝线缠绕着，郁结难舒。

他还不能见她，确切地说他还没准备好告诉她一切。

告诉她——她父亲因为在他继父的煤矿打工变成了残疾人，今日又是他弟弟把她父亲的腿划伤了。

一切就像是命运开了个玩笑。

就算江潋不会怪罪他，他内心的自责也让他寝食难安。

陆燃在楼下和母亲说了会儿话，程一泽也下来了。他们在路边等了很久，终于拦了辆出租车，然后浑身疲惫地窝在软座里。

陆燃坐在副驾驶位，扭身拉出安全带时，余光不经意扫到右侧后视镜——女孩柔弱吃力地抬着轮椅上的父亲小心翼翼地下台阶。

陆燃心尖一颤，背脊微微绷直，须臾间，又无能为力地松懈了下来。

出租车转了个弯，后视镜的投影物转瞬变成迢逦狭窄的沥青路。

陆燃收回目光，只觉得车里空气闷燥得让他想吐。

后座上，丁静侧眸瞥了眼程一泽毫无表情的脸，拍了拍他的肩："一泽，刚才受惊了吧？"

"我没事，"程一泽淡然道，"倒是你，没被那两个人怎么样吧？"

丁静眼露惊喜，溢着晶莹的泪光，摇了摇头。

程一泽虽没直视丁静，但能感觉到她的眼神，就像看到峨眉山的猴子不抢东西了，还开口说"谢谢"一样激动。

程一泽浑身鸡皮疙瘩都起来了。他把收好的刺又展露出来，像一只刺猬，声音悠悠地："真没用。"

丁静了解程一泽的叛逆和一身反骨。但她觉得此刻两人的距离好似又靠近了一点点。

丁静和前座闭眼休息的陆燃说："今天多亏了一泽保护我。"

"保护是好，"陆燃微微睁眼，语气不怎么好，"下次不要这么激进了。"

"我的好哥哥，"程一泽提高了阴阳怪气的调儿，"你母亲需要你保护的时候，可是连你电话都打不通呢。"

眼看两人又要吵起来，丁静赶紧插嘴，给陆燃讲述了整件事的来龙去脉。

陆燃听完后，淡淡地"嗯"了一声，将车窗开了个缝透气，空气里弥漫着炮火余烟味。他继续眯着眼睡觉，让大脑保持混沌状态。

他不想想事情，只要大脑是清醒的，乱七八糟的烦躁和抑郁情绪就会无孔不入地侵袭而来。

母亲过年只休了一天，一直在外打工忙碌，在家做饭、照顾父亲的重担交给了江潋。

江潋看了眼表，下午还要带父亲去看医生。

她走进厨房斟酌了一番——挂面还剩了一袋。

她撸起袖子开始打鸡蛋、切西红柿、烧水……二十分钟后，热腾腾的西红柿鸡蛋面出锅。

江潋给行动不便的父亲端了一碗放到餐桌，两个人埋头吃着面。

"爸，吃完饭我带你去医院复诊，昨天打完疫苗已经很晚了，上午你又不愿起床，下午我们必须要去医院看看什么时间安排手术。"

江立军筷子一停，面露难色："一个伤口而已，慢慢会好，不碍事！"

江潋也停下筷子，耐心地劝父亲："医生都说了，有必要进行一次手术的！"

"唉，"江立军叹息一声，眼看瞒不住，只能告诉江潋实情，"赔偿的那笔手术费被你大舅二舅拿走给你姥姥治病了。"

"什么？"江潋大惊失色，放下筷子，以为自己的耳朵出了问题。

江立军果断决定，不容拒绝："这件事你母亲也知道，我们现在手头已经没有闲钱了，这件事就停停再说吧。反正你爸我这腿已经这样了。"

江潋想了很多办法去筹钱，可惜姑妈家的钱刚好被借出去有急用，一时半会儿资金难周转。

江立军的手术仅仅耽搁了三天，导致他伤口急剧恶化。

医院内，江潋和曹颖春不安地等待着医生看诊的结果。

老医生年过四十，经验丰富，看着伤口，神色越发复杂。本来患者的腿已经可以下地走路，种种迹象都在表明好转，可是又突发意外。

他语气里带着些恨铁不成钢："为什么不早点做手术？现在已经错过了做手术的最佳时期，以后想再下地走路恐怕是不容易了。"

话音一落，曹颖春险些瘫软在地："那现在怎么办？"

"怎么办！你们做好心理准备，估计要花费比之前更多的精力和金钱，还不知道能不能恢复到下地行动。"

江激想安慰母亲，才发现自己的声音带着沙哑的哭腔。

走出诊室，曹颖春一直念叨埋怨着自己："都是我不好……是我不好！立军是为了给我妈看病，才会被我弟威胁着去程家要钱，才会被姓程的儿子误伤……结果他还傻乎乎地把人家给的赔偿款全拿给了我妈，却落得个这样的下场啊！"

江激悲痛地搀扶着母亲，不断地安慰着她。医院惨白的灯光把一对凄凉的影子拓在没有温度的瓷砖上。

元宵节，天色黑透，清冷的火光燎在热闹的夜。夜色中，孔明灯散着微弱的光芒升向远方，为万民祈福。

江激姥姥的手术很成功，可江激的父亲可能很难再下地走路了。热闹的节日，江激哭得太多了，脸上僵得做不出一丝表情。

"小水，你手机响了。"母亲提醒道。

江激木讷地拿起手机，瞥见屏幕上那个令她朝思暮想的名字，本应该激动得雀跃，此刻却没能唤起心底一丝波澜。

"喂。"

电话那头迟迟没有回应，陆燃一连数天都没收到江激发来的消息，他不知道江激最近都经历了什么，他以为母亲给的手术费足够了，他以为她家的事情应该告一段落了。

他忍不住想来听一听她的声音。

江激下意识地看了眼。

在通话中……

"喂？"

漫长的缄默过后，陆燃开口："你最近过得怎么样？"

江激看了眼母亲，远离几步，抑住情绪和陆燃讲述了事情的经过。

"我爸可能再也无法下地行走了。"

电话那头很久没有回应，江潋又"喂"了一声。

终于——

"抱歉。"

陆燃的声音干得像是在烈日下炙烤过的沙砾，不带感情地拉过江潋的心口："挂了。"

"……"

江潋甚至还没来得及开口问他病情怎么样了，就被没头没尾的一句"抱歉"给挂断。再回拨过去，已成了关机状态。

她郁闷地把手揉进头发里，全身上下连头发丝儿都沾着火药味，一颗心也焦得不行。

陆燃在和江潋打完电话后，抑郁更严重了，心底有个声音不断地提醒着他：他最亲的家人给最爱的她带来了永久的伤害——无法磨灭的伤害。就像幽灵在他耳边纠缠不休，噬心蚀骨。

加上抑郁作祟，陆燃整日在内疚与自责中度日。

无人知晓他内心巨大的压抑和痛苦，他吃不下任何食物，把自己完全封闭在卧室，日日夜夜在床上从早晨躺到晚上，母亲敲门也不应。

他虽嗜睡，但睡眠质量极差，就算睡一天还是无精打采，病恹恹的，没有一点精力和体力。

每当他刚睡着，就会在噩梦中惊醒，断续醒来，再断续睡去。

像没有尽头的死循环。

陆燃去客厅倒水，碰到程一泽。

程一泽玩着游戏，目光匀过去了一眼。

就一眼，他的目光就被钉在了陆燃身上。

几日不见，陆燃消瘦到颧骨向内凹陷，那是一种肉眼可见的不健康的瘦。

陆燃这个模样太吓人了，程一泽忍不住和他搭了句话："受刺激了？你不会要死在我前面吧？"

换作平日，陆燃定会放下杯子叉腰和弟弟逗两句嘴。但这日，陆燃破天荒地一声不吭从程一泽身边机械性地经过，行动迟缓，目光涣散无聚焦。

程一泽摇了摇头，心想：这不就是现实版的行尸走肉嘛。这病，不像是装的。游戏间隙，他切换搜索页面——躁郁症。

…………

陆燃从来没有这么严重地发作过。程天明在外面出差谈项目，丁静担心儿子的状况，决定抽出一天，拉着陆燃去医院做检查。

医生问了陆燃几个问题，在病历本上飞舞挥洒着看不懂的字迹。

陆燃回答得出奇缓慢，脑子就像生锈的表盘，齿轮"吱吱呀呀"慢慢悠悠转了几圈，才给出几个字作简短回答。

他拒绝与人交流，每一次开口不超过十个字。

医生合上记录的本子，收获寥寥。她把丁静拉到一旁，单独问了几个问题。丁静非常配合，情绪激动地双手比画着倾诉，眼睛里的焦虑如滚滚奔流的长河。

一番了解过后，医生对丁静说：

"抑郁自评量表（SDS）显示患者的分值大于 72，可以考虑为躁郁症的重度抑郁发作。重度抑郁患者思维多悲观消极，对未来充满绝望，还会无端指责自己，认为自己的存在影响他人，会有生不如死感，严重时会有自伤企图。

"听你刚才的讲述，患者的低落情绪已经持续了两周以上，请你务必重视起来。毕竟，抑郁症的自伤率能达到 10% 到 15%。"

"自伤？"丁静吓得连退两步，立马问，"还有什么干预办法吗？"

"我建议，做无抽搐电休克治疗（MECT），需要六次左右就可以有效缓解。但这种疗法有副作用，有些人会对治疗前几周或者几个月甚至几年内发生的事件难以记忆，这种情况称为逆行性失忆症。不过，不必过于担心，并不是所有人都会出现这种状况。"

"谢谢医生，我回去和儿子商量一下！"丁静松了口气，只要陆燃不是这副寻死觅活的样子，就算让他忘记她这个母亲也没关系。

回家后，丁静和陆燃商量了这件事。

陆燃听说过 MECT，这项治疗除了有可能会导致记忆缺失之外，还有其他副作用。

他本想拒绝，可看着母亲百般渴求的眼神，于心不忍了。

母亲是为他好，他知道。他也知道自己的抑郁症很严重。

但比起这些，他更怕小概率事件的发生，毕竟抹去的记忆不能筛选，和江潋在一起时的记忆也有被抹去的概率。他就算疼痛地爱着她，也不愿轻易地忘掉她。

陆燃凝神望着手腕上的水滴皮筋，默默取下，紧攥在掌心。

"妈，"他哑声道，"你能不能借我十万块钱？"

丁静疑惑地转过头，正准备问他，又听到他说："别问，我实习后就攒钱还你。你答应我……我就同意接受治疗。"

丁静点头："好。"

只要儿子能好起来，让她做什么都可以。

MECT 约在陆燃开学后的一周。

丁静担心陆燃的状况，让他暂缓几天再去学校，陆燃坚持要按时到校，说还有事要做，一刻也不能耽搁了。

陆燃坐在直通雁大的公交车上，在好友列表里找到卢思悦，打下三个字：有空吗？

江潋下午五点钟的时候到了学校。

她还没到寝室，602室友三人激烈的讨论声就隔着走廊远远传来。

话题中夹杂着陆燃的名字，她推开半掩的门，声音戛然而止。

三个人齐齐望向江潋，动作也成了静止状态。

聂婉手里的薯片正准备送到口中，却停在了嘴边，要吃不吃地呆愣着。

"怎么了？"

三人转身各忙各的，仿佛刚才的激烈讨论是江潋的幻听。

"？"江潋疑惑地把门关上，将行李提进来。

刘雅芝把昂贵的护肤品瓶罐从高到低依次摆放到桌子上，干咳了一声，问江潋："江江，你和陆燃……还，好好的吧？"

江潋心头一跳，觉察到一丝不妙："怎么了吗？"

耿雨把头戴的耳麦去掉，扭身问："江，陆燃开学联系你了吗？"

"没有。"江潋坦言，"他不回我消息。"

"太可恶了！"聂婉拍桌站起身，扔掉薯片，"亏我还把他当择偶楷模，竟然也……"她五只手指收紧成拳头，像把陆燃搁在手中，"三心二意！"

"什么？"江潋以为是自己听错了。

刘雅芝拿出手机，调出一张照片，递给江潋："你可要做好心理准备啊。"

江潋接过手机，刘雅芝说：

"我和周禹铭吃饭的时候，碰上了陆燃和卢思悦，就是之前那个学生会主席。

我本来想上去叫陆燃，被周禹铭拉住了，他说我太冲动了，就让我先回来问你是怎么回事。"

江漱看着那张照片，脸色慢慢沉了下来。照片上卢思悦笑得跟一朵太阳花似的，她挽着陆燃的胳膊，俨然一对情侣。陆燃虽没拒绝，但脸上没什么表情。

江漱把手机递过去，摇头道："我相信陆燃，现在就给他打电话。"

她先是拨了陆燃的微信电话。那头响了很久，无人接听，直到被系统自动挂断。她没放弃，继续拨打手机号码。

"您好，您所拨打的号码已关机。Sorry……"

江漱纳闷，难道是手机出问题了？

"会不会……"刘雅芝迟疑道，"把你拉黑了？"

"拿我的打！"聂婉起身献上手机，"陆燃没我的电话。"

江漱接了过去，比照着输入陆燃的号码，点击拨打。

"嘟——"

通了！陆燃把她拉黑了？

三声后，电话被接通。

"谁？"陆燃的声音很冷。

江漱的心忽然跳得很快，半天才找回了自己的声音："是我。"

对方沉默了两秒钟，语气没变："有事吗？"

"你怎么了？我有话想和你说。"

"说吧。"

"见一面吧！"江漱睫毛轻颤，"我想见你。"

长久的沉默后，他说："行，十分钟，到你楼下。"

陆燃被夜色笼罩着，裹了一身黑，与阴影融为一体。他站在女寝楼下，背靠着老梧桐树，树荫投在他晦涩不清又消瘦的侧脸上。

春蝉在料峭的寒风中鸣叫，凄切婉转。鸣叫过后，生命随之进入倒计时。

有些爱情也应该留在冬天保鲜，趁回忆没烂掉之前。

"你瘦了。"江漱从上到下打量了陆燃一番，把思念尽收眼底。

陆燃瘦得憔悴，手腕上的皮筋也不在了。他眼皮没抬，轻"嗯"了声。

"病好了吗？"

陆燃声音淡淡的："说事儿。"

"你这是什么意思？"江潋仰起头，寻到陆燃的眼睛。

"什么意思，你明知故问啊？"陆燃侧头，避开她的眼睛，"老子腻了。"

江潋难以置信地张了张口，喝了几大口冷风，喉咙才发出声音："你能好好说话吗？你要是因为躁郁症发作现在不想和我说话，那我们过几天再聊，我给你时间。"

"谁跟你说我躁郁症发作了？你也太会脑补了吧。我说头疼，就是不想理你的托词。老子就是厌倦你了。"

为了不让心痛加速蔓延，陆燃把排练好的台词一口气说出。他张口才发现声音哑得像是老琴没擦油的弦。

"你怎么会突然变成这样？"

陆燃别过目光不去看江潋夜色下明亮如琥珀的眸子，不知道她是不是哭了。

也许吧，她应该恨他。但他不能心软，只能决绝到她再也不会找他。

陆燃语调冷淡疏离，直截了当地划清界限："你听不懂吗？我爱上别人了，不想理你。你以后也别给我发消息了，烦。"

"爱上别人？就是那个学生会会长吗？"

陆燃没回答。

江潋咬着唇，眨着泪花看他："那文身算什么？"

"文身？一滴水一簇火，就当成情侣文身，你幼不幼稚啊？"陆燃嗤笑道，"江潋，你未免也太自作多情了吧。"

"自作多情？"江潋睐着眼睛看他，眼睛里漫了一层水雾，"你说你早就喜欢我了，高中放学跟在我后面保护我回家，也是我自作多情吗？"

陆燃回答得利索又绝情："校友会上为你解围编的故事，你也当真？"

"编的？"江潋不敢相信，"行，那你说毕业娶我，要见家长又算什么？你还去我姑妈店里问给我爸妈带什么。你前一天还打算见我爸妈，后一天就突然搞失踪。"

提起父亲，江潋心头猛一涩，本以为见家长这事只是错过了一天，谁知竟是错过了一生。

她压抑着情绪继续说："你的爱是龙卷风吗，来去那么快？你以为我会信吗？"

"信不信随你，你也可以理解为，我没爱过你。"他的语气轻飘飘的，平静得就像在诉说着今天做了什么事情。

"没爱过？"江潋眼周的红一圈圈加深蔓延，声音越来越哽咽，"没爱过，和我谈恋爱？"

"我不想再重复了。"再重复，他怕自己的情绪跟着崩溃。

分手这话，陆燃从没想过他会亲口说出，他伪装成没爱过她的样子。

原本以为，被分手的人要比说分手的人更痛。但此刻，他清晰地感受到心脏每跳一下传递来的剧痛。

陆燃天真地以为，分手给江潋带来的痛远不及等她知道真相后带来的痛，所以他自作主张地想要替江潋提前承受那份痛苦。让他一个人承受就够了，残缺的灵魂不配说爱她。

一颗滚烫的泪滴从江潋侧脸滑过："陆燃，你还记得你在山谷里发的誓吗？"

发誓永远在一起，空旷的山谷予以阵阵回声。

"就算背弃誓言受到惩罚，我也不会爱你了。"陆燃的话隐没在黑暗中，他转身离开。

江潋上前拉住他的衣角，声线里极力压抑着哭腔。

"到底发生了什么，你告诉我好吗？我们一起解决，我说过，只要你不说分开，我永远……不会离开你。"

陆燃心头一动，但仅是一秒不到。很快，他墨色的瞳仁间最后灼着的一点光亮熄灭。

夜色朦胧，他五指搦着江潋手腕，用力到那只纤细易折的手腕轻陷白痕，才将她的手从他衣间剥离。

"江潋，别做掉价的事。"他头也不回地漠然道，"别回头找我，永远。"

——我不配。

抑郁作祟，陆燃的世界只有黑白两种颜色，没有彩色。

他觉得世界上的任何美好都与他无关，只想默默地赎罪。他不想站在阳光里，不想和任何一个人接触，只想躲在无人的角落，不被打扰，生死由天。

江潋望着陆燃的背影，就像高中每一次紧跟在他身后却怎么也抓不住的背影。

她还是抓不住他，永远抓不住。

她知道陆燃一直都有把任何讨人喜的角色扮演成功的本事，他的情商永远碾压别人，知道做什么会讨对方开心，就连爱别人都能扮演到令对方入戏到无法自拔。

她永远不是他的对手。

江澂掩面哭泣，源源不断的泪从她指缝间溢出，手腕上的疼痛犹在，但内在的痛要比外在的痛更难治愈。

《月半小夜曲》在夜色中流淌着深情的旋律，响了足足五十五秒即将被自动挂断时，才被她接起。

是母亲的声音："小水，你爸矿难补偿金的那个卡上，今天我一查，忽然多了十万块钱。真是奇怪了，这个卡号是赔偿专用的，按理说没人知道啊……"

不知为何，江澂鬼使神差地把头转向陆燃的背影。他身披寂寥的夜色，孑然一身，始终没有回头。

突然分手，突然的十万块钱。

两件莫名其妙的事连在一起，分手是有隐情的吗？

江澂回到寝室，眼睛通红。

二十分钟前，三个室友连连排在窗户边，露个脑袋瓜，早就把楼下的"瓜"吃透了。

虽然听不到聊的什么，但从两人隔得老远没有情侣间"亲亲抱抱举高高"的肢体动作来看，大事不妙了。

室友互相眼神示意着谁先上场安慰。

"嘁，"刘雅芝看了眼那两个怂包，起身道，"拜拜就拜拜，下一个更乖。没关系，姐让周禹铭再给你介绍个，虽然可能长得没陆燃帅，但——"

"不用了。"江澂打断，垂眼，"我不想再谈恋爱了。"

爱情这东西，是门玄学，和运气有关。就算美丽到稀缺，一样可能被分手、被劈腿。江澂向来没希冀自己能有好运气，唯一一次好运和陆燃谈恋爱恐怕就花光了。

她没心思谈恋爱了，在一起是两个人一起作的决定，分开只需要一个人作决定。说不爱就不爱了，说分手就分手了，两个人扯着一根线，任何一方松手了，线都会松。

耿雨把手上的书往桌子上一摔，发泄道："这世界上的渣男什么时候能绝种！"

聂婉把自己珍藏的零食分给江澂，眼巴巴地望着她："江江，你那么好，值得更好的。"

心里难过的时候最承不住别人的安慰，江澂本来已经不哭了，在别人的安慰攻势下，泪水又要破防。

她走到阳台上，打开水龙头，捧了把凉水洗脸。

泪和水，分不清了。

只觉得脸上越洗越咸，也忘了洗了多久。

她坐回凳子上，把手机里两个人的合照一张张删除。又翻到朋友圈，看到官宣时发的图片和附带的文字：水火不可融，唯爱可容。

她犹豫了几番，还是没狠心点删除，设置为了仅自己可见。

刘雅芝拍了拍她："一起去澡堂洗澡吧？洗澡能放松心情。"

还有半小时关热水，江漱偏头望去，聂婉和耿雨拿着洗漱篮眼巴巴地站着等她，不知等了多久。友情果然是修复爱情的一剂良药。

江漱点点头："好。"

水雾氤氲，缭绕的蒸气弥漫澡堂，洗发露和沐浴液的香味萦绕飘散在屋子里。

刘雅芝说得对，洗澡确实能缓解一丝坏情绪，因为水流从头上浇下来的时候可以迷惑自己没有流泪。

江漱抹了把脸，去澡台上按压洗发露，仅按压了一泵便按不出来了。

她掀开一截儿帘子："雅芝，你洗发露借我用用。"

"好。"

闻声，刘雅芝拉开帘子递过去。借着余光，她的视线看到江漱的肋骨处有一簇火焰文身。

江漱察觉到刘雅芝好似看到了什么，慌忙用手掩着帘子，腾出另一只手去接洗发露，而后迅速地把帘子拉严。

她盯着自己肋骨处的那个文身——最靠近心脏的软肋。那团火焰，灼着滚烫，直窜肺腑。

这段感情，是不是只热烈了她一个人，她不知道，痛感却是真实清晰地存在着。

澡堂里只剩下她们四个人，刘雅芝兴致高昂，穿上内衣裤后便拉开帘子畅聊，聊天聊地聊梦想和远方。聂婉和耿雨也配合地拉开帘子"坦诚相见"，加入群聊行列。

不知道聊到了什么，话题传到了江漱。江漱拉开帘子，心不在焉地应了一声："什么？"

她拿了件短袖套在胳膊上，奈何领口太小了，半天都没从头上套下去。

她的身材没有刘雅芝前凸后翘那般丰满，瘦到给人一种不禁风霜纤细易折的娇弱美人之感。腰腹没有多余肥肉，有好看的马甲线。

一番用力拉拽，领口终于套下。

待她睁眼，发觉对面两个室友直勾勾地盯着她胸部向下……的肋骨处，想要遮掩时已经晚了。她叹息，人有秘密真的真的太难藏了。

三个室友心照不宣地知道火焰代表陆燃，但没人主动提起陆燃的名字。

洗完澡，四个人裹着头发，胳膊挽着胳膊，走在回寝室的路上。

聂婉："江江，爱一个人是什么感觉，会让人变得疯狂吗？"

耿雨接话："会让人降智。"

刘雅芝："……"

江潋的情绪脆弱到一被人提起就想落泪。

接二连三的打击让她一夜之间憔悴，父亲的事情与恋人的变心同时发生，鞭挞着她让她不得不坚强成长。

刘雅芝看她眼眶又红了，安慰她道："没事，我认识一个文身店老板，我回去推给你，让他免费给你洗文身。"

江潋摇摇头："不用了，无论结局如何，和他在一起的日子让我找到了自己。"

找到了自信勇敢、阳光明媚的自己。

有的人出现只是为了给你上一课，就转身离开。

人与人的相遇就像拆盲盒，你永远不知道明天会遇到谁，和谁发生故事。但拆开盲盒的那一刻，你是为之惊喜的，就足够了。

陆燃，就像她抽到的隐藏款盲盒。

江潋仍旧觉得，这是她人生中为数不多的幸运。

第十章

我们终将奔赴各自的人生

一周内，学校论坛被陆燃分手且无缝衔接下一任霸屏了，"999+"条留言新增数堪比陆燃官宣那年。

留言清一色指向校草专情人设崩塌，谈了不到两年恋爱就始乱终弃，无缝衔接下一任。

也有留言为他"平反"，认为陆燃本就是个"玩咖"，谈超过一年的恋爱已经是他最大限度的负责了。

还有一些留言看得"透彻"，认为陆燃那种"玩咖"和江潋在一起就是为了换个味道，图个新鲜感。但没人能让浪子收心，没人能成为例外。

周五晚上，江潋一边往下滚着泪，一边倔强地翻看每一条评论。

陆燃和卢思悦的照片也被挂了上去，他们两个的合照里多是卢思悦挽着陆燃的胳膊，从头到尾没看见两人手牵手的照片。

照片里陆燃的脸像是被封冻了万年的冰川，隔着屏幕就能感觉到寒气逼人。

江潋看得仔细，照片拍得高清，她把每一张点击放大来看，就连周围的背景也要分析一遍是在哪儿。

他们两个举止不怎么亲密，真的谈恋爱了吗？

可是如果没谈恋爱，陆燃就算再怎么不和女生保持距离，也没见他允许谁挽着他的胳膊然后大张声势地走在街上啊。

耿雨从江潋旁边经过,看了眼她手机上的照片,骂道:"恶心!"

聂婉斜眼一瞧,接话道:"太离谱了!还有人传陆燃大一就在和卢思悦搞地下恋了,还说陆燃和卢思悦吵架了才和江潋假恋爱,为了故意气卢思悦。"

聂婉说话没个把门的,话音一落看到另外两个室友挤眉弄眼地示意她。

刘雅芝:"这一听就是造谣,假恋爱能假一两年?还什么地下恋,净放屁!陆燃大一的时候那么多异性缠身的哪点像有对象的人了?无稽之谈!这些谣就是因为周毅学生会主席让贤,陆燃主动把他的位置举荐给卢思悦引起的。"

聂婉一听,点头道:"这么说好像也有道理。"

耿雨坐回转椅,摇到刘雅芝那面问她:"那陆燃和卢思悦啥关系都没有,他为啥偏把位置让给卢思悦?"

"这个嘛……"刘雅芝也给不了回答。

是啊,江潋也觉得奇怪。

从她第一次见到陆燃和卢思悦在一起就觉得奇怪,卢思悦说陆燃欠她的,欠什么呢?还有卢思悦给陆燃表白,陆燃拒绝的原因就像开玩笑一样。

高中时,陆燃拒绝告白的惯用台词不是"谢谢"就是"对不起",或是"谢谢你的喜欢,你值得更好的人",抑或"对不起,你是个很好的人,但我现在心里只有学习"。

不过也有可能,陆燃玩世不恭拒绝人的态度和他高三那年性格的转变有关。

江潋垂下头,她还是太不了解陆燃了。

"别不开心啦,姐带你去放松一把!"刘雅芝双手捏住江潋肩头,手下骨感硌人。

刘雅芝惊叹:"你又瘦了,瘦到捏不到肉。"

聂婉:"失恋果然能迅速减肥。"

刘雅芝晃着江潋的肩:"走啦!冯昱肆酒馆,周禹铭今晚驻唱!"

江潋正要摇头,忽然一想,也许能从冯昱肆口中得知陆燃转变的原因。

"好,"江潋坐正,应道,"几点?"

冯昱肆酒馆的生意越发红火,店员人数扩大至原来的两倍。

能做生意当老板的人向来有一张好嘴,广结善缘,认识的人也多,冯昱肆挨着和好几个酒桌的人轮番打了招呼,忙了一圈,最后才发现了刘雅芝和江潋。

冯昱肆看了眼江潋，问刘雅芝："你带她来喝酒？"

江潋不语。

刘雅芝看了看她，压低嗓门对冯昱肆道："都因为你好哥们儿陆燃，她在寝室难过了一个星期了。陆燃倒好，无缝衔接！"

禁不住刘雅芝想"吃人"的眼神，冯昱肆转身要逃："别气，送你们酒喝。"

"跑什么，我们已经先结过账了，不用你请。"刘雅芝叫住他，"坐下喝一杯。"

"成。"冯昱肆拉开一张凳子坐下。周禹铭吉他弹唱的歌声轻缓飘荡。

江潋几番鼓起勇气，话还没出口就像泄了气的气球，想问又不敢接受结果。

江潋这杯是刘雅芝给她选的鸡尾酒。酒杯刚放到桌子上，杯中淡青色液体还在晃动，就被江潋伸手拿了去。

酒壮怂人胆，一口下肚，酒精刺激直逼嗓子眼。她柳眉紧蹙，呛得干咳。

刘雅芝愣愣地看着江潋，好家伙，果然受刺激了。

江潋等酒劲儿消下去，才开口问冯昱肆："陆燃是不是躁郁症又发作了？"

话音刚落，刘雅芝震惊万分，嘴巴张成了"O"形——陆燃那么一个大帅哥竟然患有精神障碍？

冯昱肆静静地看着江潋，没回答。片刻后，他漫不经心地把头一歪，耸耸肩，意思要江潋猜。

江潋："不回答，就代表是。"

冯昱肆挑起目光，话说得比谁都轻易："他准备忘记你了。"又说，"江潋，你们没戏了，放弃吧。"

他把陆燃交代的原话一字不差地传达过去。

陆燃预料到江潋会来找冯昱肆，特意交代冯昱肆，不要给江潋留任何希望。这一切，都是冯昱肆按照陆燃的旨意执行的。

江潋眼眶里闪着莹莹泪光，好似猜到了一般："这是他交代你的话？"

冯昱肆扬起面前的酒杯，一饮而尽。

冯昱肆和陆燃的性格不一样，他属于有话必须说开，有矛盾必须当场解决，解决不了就打一架。他不能理解陆燃的做法，即便听陆燃一五一十地讲述了起因经过，仍无法理解。

但他尊重陆燃的决定，毕竟一人一个活法，没权利干涉别人的决定。

看着眼前的姑娘，冯昱肆又于心不忍了，做了好一番心理斗争，才开口："陆燃主动接受了 MECT，他不想沉浸在过去。你也要接受事实向前看，有些时候，

222

喜欢和合适是两码事。"

江漱了解过 MECT，她握着酒杯，仰头又送进喉咙一大口，问道："MECT 适用于严重的抑郁发作或躁狂状态。所以我猜得没错，陆燃又发作了才把我推开，对吧？"

"随你怎么想吧。"冯昱肆抽身，"该说的我都说了，你们不合适。"

不合适？

江漱望着杯中摇晃的液体。

有些感情，像是来过，又像是没来过。

她垂眸，兀自笑了。

所以到底什么才是分开的理由？

不爱了？还是不合适？分开的理由无数种，应该接受哪一种？

刘雅芝呆愣，没想到事情会发展到这样的局面。

她本来只是想带江漱来散心，却没想到愁上加愁。还没等她劝江漱的话出口，她那杯酒也被江漱抢了去。

江漱往喉咙里猛灌着，太烈了，只饮了几口，喉咙便如火烧。

"这酒度数高，不是你能喝的！"

刘雅芝要拿走，江漱把她的手拦下："我要喝，我给你再点一杯。"

"不行，乖乖女学什么喝酒！"

江漱神色一怔，恍惚间想起陆燃说的话——

"你这种乖女孩，来酒吧找什么刺激，体验叛逆吗？

"下次只要是来酒吧，就微信通知我，无论何时、何地，只有我在场的时候，你才能进酒吧。"

骗子！陆燃就是个大骗子！江漱躲开刘雅芝，仰头又喝了好几大口。

"酒不能喝太猛，会伤胃。"刘雅芝轻声劝她。

江漱不听，啜泣着继续喝。喝到她脸色微红，声音带着呜咽与轻颤。

"雅芝，陆燃的病我今天一不小心说漏了，你别告诉别人……"江漱越说头越晕，飘飘然间意识变得混沌，"包括周……聂……"

"好了好了，"刘雅芝接过江漱的酒杯，"都这个时候你还想着陆燃，你别喝了才是正事。"

刚被刘雅芝劝下，冯昱肆又端了一杯酒放在江漱面前。

刘雅芝给冯昱肆一个眼神："你看她都喝成什么样了，还送酒？"

冯昱肆无所谓道："不是你带她来的吗？"

"……嘿！"刘雅芝嗔道。这冯昱肆怎么和陆燃一个德行，疯起来无法正常沟通。

"丘比特之箭，"冯昱肆说，"你喝过。"

——丘比特之箭，会使旧人重燃爱火。

冯昱肆一方面遵循陆燃的意愿帮他，另一方面又希望两人能再续前缘。

刘雅芝回忆起来也觉得神奇，她和周禹铭刚喝完这杯酒就在一起了。不过，成年人的爱情苦求无门，寄托于一杯酒会不会太荒唐了？

刘雅芝没劝下江潋，江潋处于半醉半醒之间，接过那杯酒又是"咕噜噜"地往胃里灌。

江潋只觉得痛快，酒精刺激着神经，意识混沌，脑袋昏昏沉沉，坏事一并忘了去。

冯昱肆瞧着江潋微醺的脸色，问她："还喝吗？陆燃不管你了，你可以随便尽情地喝。"

刘雅芝翻眼皮看他，不悦道："你有病吧？"

"喝！喝……"

江潋说完这句话，头便倒在了桌子上。

刘雅芝不忿地看向冯昱肆："这下你满意了？"

冯昱肆使着坏劲儿，嘱咐刘雅芝："你等下也喝醉点，我让周禹铭把你带走，不醉的话就装醉。"

刘雅芝越听越疑惑："我喝醉了江潋怎么办？"

她脱口而出后，神色忽然变得微妙，当即理解了冯昱肆的用意。

"亏你还大学生呢，"冯昱肆端起空酒杯转身，轻飘飘落下一句话，"脑子还没我这二混子好使。"

刘雅芝看着冯昱肆的背影咬牙切齿道："这家伙，真够混的。"

冯昱肆勾唇："放心，阿燃不会乘人之危的。"

陆燃抑郁期间睡眠质量极差，作息也调整到了十点钟入睡。睡眼蒙眬中，枕头旁的手机"嗡嗡"振着响，明亮的屏幕晃入"冯昱肆"三个字。

陆燃接起电话就要发火，对方趁他发火之前利索地吐出一行字。

陆燃听到江潋的名字，猛地一激灵从床上坐起来，醒神效果比任何闹钟都管用。

这都几点了，江潋在酒馆？

他蹙眉，寻找时间——23：45！

他嗔怒道："你再晚几分钟说我就得跳窗户出去了！"

"我怎么知道打给你你会来，"冯昱肆的声音漫不经心的，"再晚一会儿我就回家了，就只能把她丢酒馆睡一夜喽。"

"哦。"对方先挂断电话。

冯昱肆透着诡计得逞的笑，陆燃喜欢装作不在乎，实际上一定会来的。

为了设计陆燃"英雄救美"这一出，冯昱肆特意问了刘雅芝寝室楼关门时间，掐好点在十二点之前给陆燃打电话。打早了江潋就要被送回寝室了，打晚了陆燃又出不来。能不能赶回寝室，就看他们自己的造化了。

至于至高无上的人性光辉和道德戒律在冯昱肆这里都是天方夜谭，他从小脱离温室培育，是出生在山涧里的狗尾巴草，野蛮生长惯了，处理问题的方式也是简单粗暴的。

但很多时候都很受用。

冯昱肆看了眼表，刚好十分钟过去，他打了个响指。

下一秒，陆燃火急火燎地推开酒馆门："哪儿呢？"

"先别急，"冯昱肆把丘比特之箭的另一杯递过去，"先喝了。"

陆燃没工夫跟他纠缠，也不管什么酒，仰头而尽。

冯昱肆伸手一指，陆燃视线顺着扫去，江潋孤零零地趴在角落的桌子上，整张脸红得跟朵含苞待放的玫瑰花似的。

"就她自己在这儿喝？"

冯昱肆耸耸肩。

刘雅芝几杯烈酒下去，就被周禹铭送回了寝室。喝醉之前，她嘱咐冯昱肆务必要把江潋送到陆燃手里，若是江潋落入其他人之手，她定会徒手将冯昱肆撕成肉条。

陆燃眼球里充斥着红血丝，语气很不好："她身边也没个朋友，你就放任她这么喝？"

"嗯呢，"冯昱肆漫不经心，"又不是我女朋友。"

陆燃气得牙痒痒，抓住冯昱肆的衣领。

冯昱肆也不甘示弱，毫不回避地直视对方瞳仁中的怒火，忽然低头嗤笑一声，刺激效果达到了，果然发病的人不能激惹。

"现在知道心疼了？心疼了还分手，找虐。你怎么知道人家知道真相后一定会恨你呢？"

两秒过后，局面僵持之下，另一方偃旗息鼓。

陆燃无力地松开手，像只泄了气的皮球："她完全可以找到比我更好的人。"

"所以就把她推开？"冯昱肆拍了拍陆燃的肩，劝他，"要不等你抑郁这阵过去了再作决定？你现在还不清醒。"

"正是因为不清醒，清醒了就不忍心下决定了。"陆燃走过去，背过身半躬在江潋前面，拉着她的胳膊缠上自己的脖子，"也许我一辈子都会背负自责的苦，我的感情无法像常人一样可控，我不想连累她。"

他站起身，拽着江潋的胳膊往上一提溜，把她牢牢背起。

这姑娘身上软绵绵的没一点力气，喝得太多了，一点反应也没有。想到这儿，陆燃又安心了一些——她不会记得的。

"走了。"陆燃打了声招呼，戴上帽子口罩，裹得严严实实，生怕又被人偷拍放进论坛。

陆燃背着江潋隐匿在夜色中，正准备转身往校内走，下意识看了眼时间——

离十二点还有两分钟。

"……"陆燃像后脑勺长了眼睛一样，无语地回头。

果然，冯昱肆站在"醉了"门口不怀好意地望着他笑。差两分钟就算是飞人都不一定能到寝室，单单来的路程就花了十几分钟。

陆燃腾出一只手，对冯昱肆竖起中指。

冯昱肆没搭理他，双手插袋，悠悠然转过了身去。

陆燃一路背着不省人事的江潋，目标明确直奔酒店。过路人用鄙夷的目光打量着他的"捡尸"行为，他低头扣压着帽檐，低声解释："别误会，认识。"

到了酒店，他把烂醉如泥的江潋扔在大堂沙发上，无奈地叹息。换作以前，他定要将江潋骂醒。

陆燃抑着怒气，拿身份证去前台："开间房。"

前台短发女生接过陆燃的身份证，朝他身后沙发上的醉酒女生望去。

她有些迟疑道："出于职业道德我不能让您带醉酒女生单独进房间。"

旁边另一个长发女生正敲着键盘，闻声看了眼陆燃。陆燃长得帅，很有辨识度。她依稀记起这大帅哥每次来都是自己开间房，住一两个星期再自己退房回去，又帅又洁身自好。

她问："我看你眼熟，你是不是来过这几次？"

陆燃答："对，不过挺久了。"

他每次躁狂发作的时候会来这家酒店，一住一两个星期，等到病情稳定再回寝室。

长发女生拽了拽短发女生的袖子，对陆燃笑着说："她刚来。"

陆燃点头道："我赞成你们酒店的做法，一定会好评支持的。不过那个女生，她是我……女朋友。"

空口无凭，他把手机里两人合照放出来。

短发女生这才放心，问他："给二位开个情侣主题套房？每个房间的主题都不一样，床是圆形的，还可以升级成震动床垫——"

什么乱七八糟的？这变脸的速度也忒快了吧！

陆燃脑袋里一团黑线，打断她："最普通的大床房。"

"好的，身份证出示一下，还有您女朋友的。哦，如果没有，支付宝的电子身份证也可以。"

"电子吧。"

陆燃退回到沙发，从江潋斜挎包里找到手机。屏幕按亮，满屏粉色，美少女战士挥舞着星月棒。

他拿起江潋的右手在屏幕上按了按，每根指头都试了一遍，还是没反应。

不会是没这个功能吧？

他放弃了，尝试着输入密码。

密码是……先试试她的生日。

——错误。

三次错误后就会被锁定，陆燃眉头紧蹙，回忆了一番……

再睁开眼时，他聚精会神地把握好第二次机会，利落输入了六位数字。

——解锁成功！

短发女生对着电脑操作一番，递了张房卡过去："203，二楼左转。"

"谢谢。"

直梯抵达二层。刷了房卡，"嘀"一声，房门自动打开。

暖黄色的光打在床上，笼罩了一层暖昧。

陆燃觉得奇怪，平常他一个人住的时候也没觉着这么不对劲啊……单单想着，浑身热汗就冒了上来。

小姑娘的鼻息扑在他脖颈上，太痒了，像在心里挠痒痒。

"……"

下一秒，他不怎么温柔地把江潋丢在了床上。他快步走到窗边，打开窗户，大口深吸着外面的空气。

冷静，冷静。

呼吸渐渐平稳，陆燃整个人松垮地瘫软在窗边的摇椅上。

一颗心，又坠入抑郁的深渊……

江潋的锁屏密码还是两人在一起的纪念日。还有那无意点错时瞥见的，江潋手机备忘录里满载着他的喜好。就像钻研一本晦涩古文的满屏注解，连他不喜欢吃肥肉也详记在内。

陆燃紧握着她手机，没再解锁，而是盯着外观看了会儿。

这手机型号，看样子是几年前的老款了，手机壳倒挺可爱。他伸手弹了下手机壳上那只丑萌鸭子凸出来的脑门。

他想看看这手机是什么牌子的，鬼使神差地剥掉了硅胶软壳。

顷刻，一张照片从手机壳里剥落，在半空中盘旋了几圈缓缓落到地面。

它太轻了，严格来说不算是相纸照片，而是一张很薄的、从宣传页上剪下来的照片。

陆燃捡起它，视线对焦，无声凝视了几秒，眼圈的红向外散开。相纸在他手中微微颤抖着，一行泪滚落，像是无声的雨落下。

雁大宣传页上陆燃的照片被江潋整齐地裁剪保存了下来，薄薄的纸片几年来被她保存得完好无损。只有被放在心尖珍藏的人才能被如此对待。

她越是这样，他就越是觉得不应该和她在一起，给她造成伤害。加上抑郁作祟，他想起两个人没有未来的爱情，就忍不住落泪。

男人不能哭。

陆燃缓过情绪，把照片重新夹回手机壳。

罢了，最终还是忘记了看手机型号。

床上有了动静，他抬眼，江潋在床上翻了个身，酒好似醒了点。他走过去，将被子轻盖在她身上。

江潋好似感受到了什么，醉得含混不清地喃喃着："陆燃……"

陆燃愣怔片刻，动作一停。

小姑娘咂了两下嘴，继续睡去。

陆燃松了口气，将被子拉到她胸口。喝成这样，没有三四个小时醒不来。就算醒了，明早也记不得。

想到这儿，陆燃更大胆了些，直接蹲在床边，聚精会神地观察着她。

他盯着她嫣红的脸庞，就像植物学家在观察花开。

江潋又说起了梦话，就像犯着癔症。她的脸红嘟嘟的，噘着嘴，嘴唇像小金鱼一样一张一合："陆燃……你为什么不爱我了……坏蛋……大坏蛋！"她的声音断断续续的，跟蚊子似的。

陆燃侧头贴着她唇边听她继续讲胡话："为什么偏偏是卢思悦……我讨厌她！你爱的是……她吗……坏蛋！"

江潋一口一个坏蛋，仿佛"坏蛋"这两个字已经是她字典里骂人的最高级了。

"傻瓜，我怎么会爱她。"陆燃捋顺她的发，轻抚着她的头，"爱你。"

至于为什么是卢思悦，陆燃和卢思悦的渊源就要从大一说起了。

大一时，陆燃躁郁症经常发作。

每次发病结束退房后，他都会站在酒店外凝望思考一会儿，因为每一次退房都意味着解脱重生。

酒店开在学校门口，那一次，陆燃碰上了卢思悦问路。

卢思悦也是大一刚入学的新生，她问陆燃学校门口哪儿有网咖。陆燃也不是很清楚，想了一会儿。两人交流不过两分钟的时间，可就这两分钟，被人恶意拍了照片传到雁大论坛上，照片的背景别有用意地突出了连锁酒店的一行大字。正值夏日周末，卢思悦穿着短裙，搭配着照片，被人造了黄谣。

虽然后来恶意发布帖子的同学受到了学校的处分，帖子被删除，这件事传播范围很小，只有同届的少部分学生知道，但是陆燃心里多少有些过意不去。他告诉卢思悦有需要的尽管开口，就有了后来陆燃把卢思悦推上学生会会长席位的那件事。

因为一件小事，陆燃帮了卢思悦一个大忙，卢思悦又欠了陆燃一个人情。卢思悦受了陆燃恩惠，觉得陆燃是一个有情有义的正直帅哥，心生爱慕，对他表白多次，但每次都被陆燃以各种层出不穷的理由拒绝。

这一次，为了推开江潋，陆燃找到了卢思悦，拜托她和自己假恋爱。卢思悦欣然答应，愿意还陆燃这个人情，也愿意当他的假女友。

可这一切都是假象，陆燃自始至终爱的都只是江潋一人。

"爱你。"陆燃轻声重复道。

他垂眸，一个温热的吻落了上去。

江潋微微睁开了眼，向前倾身，胳膊勾上他的脖子，借势带着他倾倒在床上。

窗帘飘动，房间内密闭又安静，安静得陆燃仿佛能听见自己轰然错乱的心跳声。

他保持着手足无措的姿势，一动不动，连鼻腔都被江潋发丝间的山茶花香萦绕弥漫，空气里满是欲。他眼睛不知道看哪里，手也不知道放哪里。

寂静须臾，江潋往床上僵直一倒，眼瞳涣散无焦点，跟个没事人儿一样，咂了下嘴，继续合眼睡去。

——虚惊一场。

陆燃松了口气，倒在白色的床单上，心脏"怦怦"直跳。

江潋身上还散着奶香味儿，胸口一起一伏，睡觉的样子像小猫一样，安静又乖巧。

陆燃调整了一下睡姿，躺在她旁边。他一只手抬起她的头，将胳膊放在她的颈部让她枕着，另一只手搂着她的肩。

陆燃的呼吸有条不紊地落下，两个人的温热与气息交缠融合在了一起。

如果这一觉能睡到天荒地老……

凌晨五点钟，天色蒙蒙亮，雾气很大，天光泛着蓝。

闹钟刚响两秒，就被陆燃条件反射地关掉，他要在江潋醒来之前神不知鬼不觉地离开。

旁侧，小姑娘安静柔和的面庞陷入熟睡中去，长睫如同乌羽耷下，沾着晨昏第一缕柔光。

陆燃起身，把一切整理成他没来过的痕迹，悄然关上门。

这个点，街上已经有了三两晨跑的青年，他跟着跑了几圈，又找了家早餐店吃早餐。

无论在高档餐厅还是在充斥着烟火气息的路边小吃店，陆燃的气质总像是韩剧里的财阀少爷，即便落魄，也是不羁的公子哥。

晃着时间，他溜达进图书馆，随手拿了本名著晨读。

他读书一目十行，读了大半本，看了眼时间，从列表里找到崔泽洋的微信。

在对话框里一个字一个字地打，直到编辑了一小段。

他核对几遍无误之后，点击发送。

江澈这一觉沉沉地睡到天亮，最后是被崔泽洋的电话吵醒的。她一脸蒙地看着自己身处的环境，听着崔泽洋那头娓娓道来的解释："姐姐，你昨天喝醉了，酒吧的老板给我打电话让我去接你。我给你开了间房，把你安顿好之后我就回来了。你睡得还好吗？"

江澈拍着自己的后脑勺，头痛欲裂，怎么什么都想不起来了呢？

印象里只记得她和刘雅芝一起去醉了酒馆，然后还问了冯昱肆一个问题，再然后她就什么都想不起来了。

是崔泽洋送的她吗？她懊恼着昨天对自己不负责的行为，真是…愚蠢至极！还好崔泽洋是个正人君子……

"是你送的我吗？"江澈又一遍确认。

那头停顿两秒，干笑一声："对啊，怎么了？"

"没什么，谢谢你。"

江澈皱眉，闻了闻身上的酒气，她骂着自己一定是鬼迷心窍才会做出此等叛逆的举动！

等等，她的"狗鼻子"又发挥作用了，她嗅着衣服上以及被单上的味道，好像有一种很特殊的香味，有点像是……雪松香？

她下意识地反应到，陆燃身上总是有这种雪松香！但很快，这个自作多情的念头就被她打消了。

应该是香薰的味道，这种高级酒店里一般都有一种好闻的味道。

江澈哭丧着脸，双手捶头。

怎么什么也想不起来！她懊恼地卷进被窝里去。

崔泽洋还没挂断："姐姐，你怎么不说话？"

"啊？没有，"江澈回过神，"房费多少，我转你。"

"你要开始聊这个，那我可就挂电话喽。"

江澈叹息："又欠你一个人情。"

崔泽洋又吧啦吧啦说了一堆挂了电话，江澈裹着被子在床上打滚。她怎么能干出这么愚蠢的事！竟然断片儿了！

本以为和刘雅芝一块去认识的人开的酒馆喝酒安全点，但她忘了刘雅芝喝起酒来就刹不住车，能把她交给别人就不错了。还有冯昱肆，更别妄想他顾得上她了，和陆燃分手后他恨不得装作不认识她。

江潋后怕着，万一她昨天被丢给了不靠谱的人，那可就麻烦大了！

冯昱肆……

冯昱肆怎么有崔泽洋的联系方式？

江潋忽然坐起来，看到镜子中的自己，头发凌乱。

冯昱肆怕给陆燃添麻烦，绕了一大圈联系上了崔泽洋？两人真不愧是好兄弟。

手机耗了一夜，没电了。

江潋一扭头，看见床头柜上放着个无线充电器。她尝试着把手机放上面，没反应，估计是手机壳上的鸭子头太厚了，阻碍了电流传导。又把软壳去掉，手机壳内夹着的小纸片显露了出来。

江潋望着那张照片，疑惑了。

她通常为了隐蔽照片，习惯把人像正面贴着手机壳放，而不是招摇地把头像那面正对着手机，这样一打开手机壳便会直接展示出陆燃的头像。

难道手机昨晚被人打开过手机壳？但她也不太好问崔泽洋。

手机充上了电，这件事很快就被江潋抛之脑后。电量充到 50%，江潋拿着房卡下楼退房。

前台短发女生认出了昨晚醉酒的江潋，却没看到一同来的大帅哥，多问了一嘴："你男朋友呢，没有一起呀？"

"啊？"江潋正抬头看着电子屏上滚动的三位数房费，懊恼着又欠了崔泽洋这么大一个人情，走了会儿神，"我没有男朋友。"

"有这么帅的男朋友害羞了吗？"短发女生看了她一眼，笑了笑，"昨天他都把你俩的合照给我们看了，如果不是你男朋友，我不会同意给你俩开房的。"

江潋疑惑，她和崔泽洋有过合照吗？

下一秒，她脑子里闪过和陆燃的无数张合照。

"押金二百元，退还给您，收好。"

江潋恍神，问："所有入住的客人你们都有记录对吧？昨天送我来的人，他的名字是不是叫……陆燃？"

"好像是两个字，我找一下。"前台女生翻开一摞大册子，视线扫到凌晨的入住登记栏，"嗯对，陆地的'陆'，燃烧的'燃'。"

"谢谢！"江潋抓起两张百元大钞，揣进口袋，直奔学校。

江澈一路飞奔到男寝楼下，给陆燃打电话。和想象中的一样，陆燃不接她电话。她又从群聊中添加了肖宇，给肖宇打微信电话。

"小江学妹，什么事啊这么急？"

"让陆燃下来。"

"嘻，我就说你不可能是来找我的。"肖宇打趣完，继续说，"燃兄啊，昨天就没回寝室，直到现在都没回来。"

电话那头传来周毅的画外音："不知道他还在不在图书馆，前天我说让他再去图书馆了帮我带本书，早上那会儿他问我要谁的译本。"

"谢谢。"江澈挂了电话，立马飞奔去图书馆。

雁瑜大学的图书馆很大，被誉为"中文系学生的天堂"，也是数一数二的瑰宝级书库。

江澈从入口进去转着找陆燃，殊不知，与出口处的陆燃隔着层层书海，因此错过。

江澈转完了一圈，没有寻到陆燃。但她没放弃，又转了第二圈。

雁大的图书馆大到江澈从来没有好好逛完过，有些冷门的书籍被尘封在犄角旮旯里面落了厚厚一层灰。

江澈被灰尘呛到，轻咳了一声，再抬头时，视线里进入一抹不易看到的勃艮第红。

她望过去，几本灰色书中间，夹着唯一一本暗红色硬皮书，格外显眼。这本书她看过。

虽然没寻到陆燃，但却有了新的收获。在这些冷门书籍中，唯独这本书很干净，像是不久前才被人借阅过。

她翻开第一页，一目十行地浏览着。

是了，熟悉的记忆涌现，果然是这本书。

她往后继续翻阅，上面写道："再平凡不过的你，也会在喜欢的人眼中闪闪发亮……这世界上总有一个人，即便知晓你的缺陷与不堪，也依然爱你。"

这句话……江澈睫毛一颤，她曾在陆燃的微博里看到过。

她快速翻到尾页的图书借阅卡，陆燃的名字赫然出现在末尾最后一列，借阅时间是陆燃大一的时候。

大一……那个时候她高三。

江潋回忆起，高三上学期，班主任为了让他们养成热爱阅读的好习惯，布置任务：每人每月至少发布一篇五百字的课外读后感到微博，以截图的形式传给学委，学委打包压缩后发给班主任查阅。

江潋当时在高中图书馆里面阅览了一本红皮书，只是没有看完这本书就找不到了，应该是被其他人借走了。因为对这本书印象深刻，那个月的观后感她就写了这本书，并且把提前拍下的封面图片连同文字一起上传到了微博。

为此，她还特意注册了一个微博账号，因为起名字很头疼，懒得想，就直接写了江潋两个字。但是当年，她看到陆燃发这条微博的时候，还没有读完这本书，因此并不知道他微博的那段话正摘自于她看过的这本书。

想到此，江潋立刻去查阅陆燃发布微博的时间，再来与她发布微博的时间进行对照。不出意外，她发现陆燃借书的时间仅在她发完微博的一个星期后……

时间如此之近，陆燃有可能是因为她看过所以才借阅的吗？

江潋继续翻着自己三年前的微博，把当年写过观后感的书一一记下，再去对应的书架中找到对应的书。

图书馆里有台智能机器人可以检索到图书相应的位置。

江潋一连找了好几本，每本书后，借阅卡上竟都有陆燃的名字。就好像……陆燃是跟着她的节奏看书？

江潋陷入沉思：陆燃大一跟着她的节奏看书，是不是也能说明陆燃暗恋过她？之前陆燃说的一切话都是真话，很早就喜欢她是真，守护她放学也是真。分手后的所有话才是假话。

陆燃这个……大骗子！

江潋拿出手机给冯昱肆打微信电话，响了很久对方才接。

冯昱肆的声音里带着不耐烦的倦意："大姐，你不知道做夜场生意的人睡颠倒觉吗？"

"对不起，但我真的有急事，"江潋语气急切，"我知道一切了，昨天是陆燃来接的我。我有话要对陆燃说，请你告诉我他现在在哪儿？"

冯昱肆迟迟没应声。

江潋语气急到拖着些哭腔："拜托你了！"

"这个点儿，陆燃应该在去接受无抽搐电休克治疗的路上。"

"哪个医院？我现在过去。"

"我不能告诉你，他不希望你知道。"冯昱肆劝她，"你就老老实实等他出院吧。"

"为什么？连我过去守着他做治疗也不行？"

"他父母会在。"

冯昱肆不想跟她解释那么多。如果江潋见到了陆燃的父母，所有事情便全都露馅了，那么陆燃做的一切也将毫无意义。

"没关系我——"

"你要是没什么事我就睡了。"冯昱肆打断她，毫不留情地把电话挂断。一如他的作风，肆意桀骜。

陆燃接连几天没回学校，一个周三的上午，江潋收到了肖宇的消息：陆燃回来了。

一下课，江潋立马直奔男寝 3 号楼楼下。

半小时后，陆燃出现了。

先传来的是卢思悦的声音，她跟着陆燃，两个人的方向像从食堂出来的。

卢思悦仰头望着陆燃，她和陆燃身高相差一头，兴致勃勃地和陆燃讲着话，热烈到手舞足蹈，好像提起了什么有趣的事笑个不停。

而陆燃，全程面无表情。

江潋抿唇，踌躇须臾上前，叫了声陆燃的名字。

先转过头的是卢思悦，看到江潋后，她主动把手挽上陆燃的胳膊，生怕陆燃会从她身边逃走似的。

卢思悦眼神一挑，趾高气扬："你来干吗？"

江潋没搭理卢思悦，目光绕过她，盯着陆燃胳膊上挽着的手，声音淡淡："陆燃，我有话要单独和你说。"

陆燃这才慢悠悠地把视线定格在江潋身上，仅几秒，又散开。

"我对你没有印象。"

江潋以为自己耳朵出了问题："什么？"

卢思悦得意地从嗓子里发出一声哼笑，从上到下睨着眼瞧了江潋一番，捏腔拿调地解释道："阿燃刚做完治疗，会有暂时性的失忆，可能不记得你了。"

"不记得我，"江潋回视卢思悦，目色凌厉，"记得你？"

"是呗，"卢思悦回避着江潋，低头望着自己的亮钻美甲，嚣张气焰削弱了些，

"也许你在某人心里不重要。"

"走吧。"陆燃对卢思悦说。

卢思悦对江潋扯出一个得意的笑："我们走了。"

陆燃没动脚步，他对卢思悦又重复了一遍那句话的意思："我说你走吧，我到寝室了。"

卢思悦脸色一变，气鼓鼓地甩开陆燃的胳膊，扭身离去。

卢思悦走后，陆燃也并没打算在江潋跟前停留，目光甚至都没偏向她，径直往楼洞口走。

江潋目视着他的背影，忽然开口："'再平凡不过的你，也会在喜欢的人眼中闪闪发亮。'"

话音静止，江潋察觉到他步子缓滞了半刻——陆燃一定没有忘记她！

她激动到盈出了泪光，继续道："'这世界上总有一个人，即便知晓你的缺陷与不堪，也依然爱你。'"

陆燃没回头，更大步地往前走，江潋的声音又高了几个度："陆燃，我可以接受你的一切缺陷，只要你别推开我。"

"你误会了，"陆燃转过身，面色寡淡，"我只是惊讶你和我看过同一本书，仅此而已。"

"不止一本，而是我每看一本发一条微博，你就会在图书馆借我看的书。一本是巧合我相信，那么多本不可能是巧合。"

陆燃目光直视她，一双眼睛又冷又陌生："你就当从前那个我是喜欢你好了，但现在的我不记得你，从前的记忆我也不想要。卢思悦有句话说得对，可能你在我心里……不重要。"

江潋正想上前，听完最后一句话，眼里盈满破碎的泪光。

陆燃靠近江潋一步，拂去她眼角的泪痕，动作看似温柔，但声音里透着十足的坏劲儿。

"别哭，我对主动送上门的猎物向来记不清，你是不是还应该感谢我给你和我在一起的机会？毕竟现在的我……未必能看上你。"

江潋张了张口，微颤着喘了口气，将一口漫上鼻腔的咸水咽进嗓子里。她伸手去口袋里掏出两百元，甩到陆燃胸膛："酒店退你的押金，我不会再来了。"

纸币纷飞落地，江潋转身没有回头。

陆燃知道他的话奏效了，也知道什么样的话能让江潋彻底断了回头找他的决心。

他呆呆地站立在风中，望着她远去的背影，心脏疼得难以自已。他缓缓捡起两张纸币，装进口袋时，碰到了一个硬物。

那是一直被他装在口袋里的皮筋。

他用手反复摩挲着皮筋上的水滴，水滴已被他磨得光滑发亮。

另一边口袋里，手机振出一条消息，在 M 国上市的国产企业人事部发来信息：**陆燃，我司非常看中且欣赏你，公司发展前景广阔，之所以把你调到 M 国总部，正是因为认准你是可塑之才。确定不考虑来 M 国吗？**

陆燃回头看了眼后方，江潋转身走到了拐角处，随风飘起的裙摆露出一抹白，很快又荡下，消失，彻底隐匿不见。

他低下头，缓缓打出几个字：**考虑好了，我去。**

入职 M 国世界 500 强企业，不出半年，他就能将十万元还给母亲。

斩断情根地离开，痛只是一阵；藕断丝连地想起，痛只会亘久持续。

几个月过去，大四年级收到企业录用通知离开学校的学生越来越多。

陆燃定在做完最后一次 MECT 之后飞去 M 国，为他饯行的人不在少数。

室友周毅先行离开了学校，剩下肖宇和郭宸。除此之外还有陆燃班级的同学，也有棋牌社的老社员和几个社团的社长，更有卢思悦带来的学生会姐妹，地点定在醉了酒馆。

唯独没有江潋。

陆燃放狠话之后，江潋再也没来找过他。

饯行会上气氛很嗨，每个人都喝了酒，除了陆燃。

这顿晚餐之后，陆燃就开车回雁镇收拾行李，暂时离开雁瑜市。因为要开车，所以滴酒不沾。

陆燃继父为了让陆燃尽快走出抑郁阴霾，送了陆燃一辆汽车。虽说是送给陆燃，但更多是留给程一泽开。陆燃去 M 国一年半载回不来，程一泽马上就要迎来十八岁成人礼，他喜欢车，过了十八岁第一件事就是拿驾照。

借花献佛罢了。

不过陆燃并不在意这些，就一个弟弟，没什么可争抢的。

饯行会尾声，每人都给陆燃敬了一杯酒。酒杯声声碰撞，是梦想与远方。唯独只字不提爱情。

几个男生见陆燃把气氛带得太闷，想把话题往八卦上引。

这几个人对陆燃知根知底，都知道卢思悦不是正牌，只不过是陆燃用来挡桃花的幌子。

"阿燃，等几年后，你会不会再带个 M 国妞儿回来？"

"陆学长在国外混得好了，说不定就定居国外了。"

陆燃低头夹了口菜，声音淡淡，带着不屑："定居国外有什么好的，我觉得国内就挺好的。"不是迫不得已，他并不想出国。

又一人起立："敬未来！"

众人纷纷起身：

"敬青春！"

"敬和平！"

"敬梦想！"

…………

敬辞绕了一圈，轮到陆燃，他缓缓起身："敬祖国。"

一群热血青年，怀着对未来满满的期望。

饯行会接近尾声，卢思悦看起来喝高了，她趴在桌子上，身体靠陆燃很近。陆燃主动地把胳膊收起来，与她保持着距离。

卢思悦察觉到了陆燃的举动，抬眼泪汪汪地看着他："阿燃，你等下不是开车吗？送我一程吧，我——"

话音未落，陆燃拿起桌上的酒杯，添了半杯啤酒，一饮而尽，无声拒绝她。

…………

桌上光盘，酒也尽兴。

一行人起身散场，离开时和陆燃挥手。

告别他们，陆燃搀着卢思悦，卢思悦整个人像没骨头一样往陆燃身上倒。

陆燃问她："你去哪儿？我给你叫车。"

卢思悦含混不清地说："你去哪儿我去哪儿。"

"卢思悦！"陆燃声音变冷。

卢思悦心里一紧，每次听到陆燃直呼她姓名，接下来的话就没么好听了。

陆燃接着说："我知道你酒量，你不用在我面前装醉。"

卢思悦闻声，知趣地从陆燃身上离开。

她褪去了趾高气扬，好似哭了，声音很低："我以为你的饯行会叫上我，是接纳我了。"

陆燃静静地说了一大段话："大四下学期了，未来不知道还会不会再见。我想和你正式说声对不起，利用了你这么久，从今往后我们的虚假关系就正式结束了。祝你前程似锦，遇到比我更好的人。"

"不会有比你更好的人了，"卢思悦一双泪眼对上陆燃，"我情愿被你利用。"

陆燃安静片刻，看着她，语调认真："你既然选择做女王，就别在任何一个人面前低头，包括我，懂吗？"

几秒之后，卢思悦忽然笑了："这就是我爱你的原因。你总是……骨子里带着一种令人着迷的正气。"

说完，她不再留恋，擦干泪，一秒恢复女王光环，仿佛从没哭过。她转身拦了辆出租车，消失在风中。

一阵风呼啸而过，陆燃望着夜色，凝神片刻，拿出手机叫代驾。

他低头边看手机边往停车位走，环顾周遭，街景逐渐变得沉重，他抬眼一瞅——江河文具。

风铃还悬挂在门口，玻璃窗上多了张白纸黑字打印的转让告示。

分手后，陆燃再也没踏进过这家文具店。确切来说，他是没脸再见江漱姑妈了。曾经信誓旦旦笃定会结婚，带着毕业领证的愿望，结果没毕业就分道扬镳，被冲散在人海。

聚散不由你我。

如今，陆燃即便路过江河文具店也不敢多作停留，就像怀揣着赃物的盗贼仓皇而过。他没停留，抬脚快走了两步，手里按下车钥匙，远处的车灯闪了下亮光。

寂静的夜晚只剩风声，文具店的风铃"叮叮当当"晃在风中。

远处骑电瓶车而来的代驾小哥停在陆燃面前："您叫的代驾吗？"

陆燃："对，尾号2744。"

陆燃拉开副驾驶位的门，忽然转头看向文具店。原来风铃声不是风引起的，是有人从文具店内出来。

一男一女两个人，拉长了风铃碰撞的时长。陆燃睫毛微颤，瞳孔里的光很快暗了下去。

江漱恬静的脸上带着温柔的笑，旁边崔泽洋手提一大兜文具，和江漱说笑。崔泽洋微躬着身，迁就着她的高度。

狭窄的小道上疾驰而过一辆摩托车，崔泽洋迅速反应过来，用胳膊揽着江潋将她拉向内侧。两人距离很近，江潋几乎被他拉入怀中。

　　摩托车尾气弥漫在风中，缭绕的青烟中，一对男女像极了情侣。

　　江潋忙不迭反应过来，仓皇从崔泽洋怀中离开。手捋着蓬乱的发丝："对不起，我刚刚走得太靠外了，让你担忧了。"

　　崔泽洋笑了笑，道了句"没关系"。他知道，江潋这人就这样，和人总保持着距离，很难有人能走进她内心。

　　崔泽洋还想继续说点什么，发现江潋目不转睛地盯着前方，整个人的魂儿都被勾了去。

　　"上车吗？"代驾小哥探头催陆燃。

　　陆燃收回目光，钻进副驾驶位，甩上车门。

　　后视镜里，江潋目不转睛地盯着这辆车，听到发动机启动声，她往前跑了几步。

　　代驾小哥熟练地倒车转向，一脚油门，飞驰而去。

　　崔泽洋小跑两步，跟上江潋："看到什么了？"

　　江潋无奈失笑，摇头："没什么，看错了吧。"

　　江潋没看错，崔泽洋也看到陆燃了，只是他没告诉她。

　　崔泽洋换了个话题："姐姐，这么久的事情了，你还这么客气。我不过给你了一张我用不到的入场券，你就非要送我一大兜文具。"

　　"我小姨店要转让了，库存马上就会清掉，"江潋实话实说，"那张《主持人大赛》入场券的价值远不止此，如果是以我自己的经济实力，别说 VIP 了，就连进去的资本都没有。"

　　"别这么说，你已经用人情来还了。"崔泽洋有意提起这一茬，"你欠我一件事，还记得吗？"

　　"当然记得，"江潋问，"想了那么久了，现在想好了吗？"

　　崔泽洋点头，眸子一瞬变亮，停下脚步，望着江潋。

　　"陪在我身边吧。"

第十一章

此去经年再相遇

江潋怎么也没想到这一别就是三年。

陆燃回学校交了论文参加完答辩就离开了，一刻都没有多停留，连毕业证书都是肖宇帮他邮寄的。

他匆匆离开好像对任何人都没有留念。毕业照里没他，班级同学自发为他留出了最佳位置。他消失得彻底，论坛上也少有他的消息，他好像只活在记忆里，留下的只是一张略显生硬的修图合照。

三年一晃而过，除了冯昱肆，陆燃和谁都没联系。

这一天，江潋再回到雁大。

她通过层层考试选拔顺利进入雁瑜卫视，担任一档访谈节目的主持人。这档栏目在试播阶段，收视不好极可能被砍掉。开播为提高收视率，特意邀请到了当下走红网络的"声优怪物"。

江潋在去雁大采访声优的路上，同事舒捷给她发来一大段话，大意就是告诉她人要摆清自己的位置。

舒捷比江潋早来四年，突然被新人抢去了光环心生怨怼。原本这档节目安排舒捷作为开播主持，后来台长听说声优和江潋是同学，便临时替换为了江潋做主持。

江潋揉了揉太阳穴，她不想起纷争，礼貌地回了个"好的"，随后退出页面，点开声优"出圈"的短视频。

置顶视频点赞量高达百万，入境画面从黑色转场到深秋落叶纷飞的街道，镜头慢慢推近，转向男生正脸，男生直视镜头，目光清澈中带着凌厉，张口说了句日文，背景音乐高燃响起，在意犹未尽时戛然而止。

江漱点了个赞，退出抖音。她差点忘了，崔泽洋大学时就是个动漫狂，还辅修了日文，梦想成为一名声优配音师，如今为爱发电，在圈内混得风生水起。

像崔泽洋这种家底殷实的人，本就要比普通人更容易成功。还记得他表哥也是主持界的名嘴，当年轻而易举地搞到了《主持人大赛》的内场票，短短几年时间，崔泽洋也能在配音界拔得头筹。

明明能靠颜值吃饭的人，靠声音也能吃饭。

江漱沉思着老天爷赏饭这件事时，崔泽洋正好发来消息：到哪儿了？

江漱扫向窗外熟悉的街景，三年了，心中不免泛起一丝惆怅。

她低头回：马上到。

大学时，崔泽洋的声音经常被人夸好听，只是那个时候他的光芒被江漱身边的陆燃遮盖了。

再优秀的人和陆燃并肩，好像都会稍显逊色。

三年前，崔泽洋一句"陪在我身边吧"，也不知究竟是谁陪谁，崔泽洋再也没离开过雁瑜市。

江漱和崔泽洋隔三岔五就会见一面，三年的时间，两人已成为熟络的旧友。

崔泽洋一见到江漱，还和原来一样姐姐长姐姐短地叫，滔滔不绝地讲着最近为哪部动漫配了音，话到末尾，还嘱咐江漱一定要看。

江漱笑着点头应声，侧眸看了眼崔泽洋。崔泽洋讲起工作时眼中充满了热忱，满眼洋溢着热爱。他永远像一个炽热燃烧的太阳，温暖周遭人。

崔泽洋聊完，轮到江漱和他讲工作。

台里在做一档新颖的访谈栏目，对标的观众是大学生。

江漱设计：节目开场走进雁大校园，现场找寻帅气的男大学生做访谈，问他们对未来的职业规划，最后安排崔泽洋压轴出场，简短畅聊两句再转场进入演播厅。

崔泽洋一听，表示简单，扬起"OK"的手势。

两人配合默契，校园场景一个钟头就拍摄完成了。

摄像师先回了公司，江漱看了眼时间，到了饭点："走吧，我请你吃饭。"

崔泽洋调侃道："这可是我的荧屏首秀，第一次给你了，是得请我好好吃顿。"

"油嘴滑舌。"江漱笑，"想吃什么？"

"嗯……"崔泽洋想了会儿，两人走出雁大，到了校门口的集市街上。江漱正等着崔泽洋开口宰她一顿大餐，只见他随手一指，"就这家面馆吧。"

江漱抬眼望去——雁镇面馆。

三年了，校门口的老店有的搬迁，有的翻新，唯有这家店，静静地伫立在时光的尘埃里，一点没变。

想起往事，她心口短暂闷了两秒，很快便调整好情绪。

"就吃这个吗？"

崔泽洋："嗯，好久没吃过面了。"

江漱唏嘘一声："真好养活。"

"那你要不要养我？"

崔泽洋这句话几乎是脱口而出，太过自然了，以至于他发现江漱抬手拉门的动作突然顿住了，才发觉这话说得不太对劲。

他走过去，若无其事地帮江漱拉开："职业病犯了，别介意，平常配撩人'小奶狗'的配音配多了。"他伸手做了个请的动作，让江漱先进，"你还是跟原来一样，禁不起逗。"

江漱笑笑，没回应他的话，踏进门。

她望着店内的装潢和墙上张贴的餐品价位表。装潢没变，餐品也没变，价格有一两元的上涨。

三年了，雁瑜市物价飞涨，餐品只上涨一两元已经算有良心了。

江漱点了份和当年一样的面，随后问崔泽洋吃什么。崔泽洋仰头望着菜单，报了个面，恰巧当年陆燃点的面一样。

人对某些细节的记忆清晰得可怕。

她以为有些事已经放下了，殊不知在触碰到某个记忆点时，心脏还是会隐隐刺痛。

"我去上个洗手间。"

崔泽洋转身问老板洗手间在哪儿。江漱坐在了靠窗的高脚桌旁，和当年的位置一模一样。

她沉思着，去好友列表里找那个许久不联系的人的微信。

那年分手后，两个人没有删微信，静静地躺在对方的好友列表里，不发一语。

三年来，陆燃从未发过一条动态，朋友圈永远是三天可见。他的情侣头像也没换，虽然是个普通到不说就没人会怀疑的火焰头像，但时间就好似静止在了分手那天。

　　江潋点开与陆燃的对话框，满屏空白，空空如也。

　　他换微信了吗？还是屏蔽她了？

　　江潋指尖轻触了下他的头像，有一秒钟的失神，一下变成了连着的两下……

　　我拍了拍"L"。

　　江潋一惊，立刻撤回。

　　微信小字提示：如果对方使用的不是最新版本微信，可能无法撤回。

　　江潋心口一滞，他应该不会还用旧版本吧？又或许早就不用这个账号了。想到这儿，她松了口气。

　　一碗热腾腾的面端了上来，色香诱人，注意力很快被转移，她从筷子笼里抽出两支筷子，道了声"谢谢"。

　　老板娘端着空盘，没转身，目光锁在江潋脸上。

　　江潋也恰巧在这时回头："老板娘，我记得你们之前还是自主取餐，现在……"话没说完，她发现老板娘看她的眼神有点不对劲。

　　老板娘："我就说。姑娘，我认得你，你是不是很久之前来过？"

　　江潋没想到时隔这么久，老板娘还能记得她，回答慢了半拍："对。"

　　"那时候自主取餐，生意好忙不过来，"老板娘叹了口气，看了眼店内稀少的客人，"现在的大学生都喜欢去网红快餐店，有一词儿叫什么来着……探，探店！我这店的生意就越来越差了。"

　　江潋点点头，安慰了老板娘两句。

　　老板娘转身从柜台里拿出了一样小东西，递给江潋："你和我姑娘年龄差不多大，也是文文静静的气质，我当时就多注意了你们两眼。"

　　江潋精准地抓住她口中"们"的字眼，心头"咯噔"一下，接过她手里的东西，视线迎上的片刻，眼眶忽然红了。

　　那是高二时，江潋亲手送给陆燃的一枚头像刺绣，陆燃一直……带在身上吗？

　　老板娘接着说："大概是三年前了，那个男同学自己来吃面，因为没见到你，我就和他闲聊了两句。这个东西是他走后我打扫卫生时在地上发现的，一眼就看出来了刺绣的头像是他本人。有些东西对人的价值远超过价格本身，我之所以留着就是觉得他会再回来找，毕竟能把它一直带在身边的人，应该不会轻易丢掉。"

但是三年过去了，我也不知道他会不会来了，如果你们有联系，就转交给他吧。"

江澈点头，几番想说话都没发出声音，嗓子里被酸涩灌溉得沙哑。

的确，人的期望值会在等待中慢慢耗尽。三年了，江澈也不知道陆燃会不会回来了。

她凝神痴痴地望着那枚刺绣头像，眼圈红得发烫。

所以陆燃又一次说谎了，他说他不记得她、她在他心里不重要，也都是骗她。故意把她推开，就为了出国吗？他是觉得她会阻碍他的前程吗？

罢了，都是过去式了。

江澈缓过情绪，把刺绣头像装进口袋内层。

饱餐过后，江澈扫码付款时不动声色地输入三位数，并添加备注：**多谢，剩下的就当保管费。**

这么有人情味的店，她希望永远存在。

离下午的采访还有两个小时，江澈和崔泽洋漫步在校门口的长街上。江河文具店早就换成了眼镜店，整个门面翻修一遍，看不出半点文具店的影子。

视线扫向远处，正值中午，"醉了"还没开门。酒馆扩建了，旁边的商店也被打通合并到了酒馆，冯昱肆的生意做得越发红火。

江澈站在门口驻足了会儿。酒馆内还增加了晚餐种类，各种餐饮小食，琳琅满目。

崔泽洋问她："想聚了？"

江澈迟疑了一下，点点头。

工作之后，大家聚在一起的机会越来越少了，虽然都留在了雁瑜市这座大都市，但彼此人生轨迹的重叠概率越来越小，有些人可能得等到结婚了才能再见一面。

崔泽洋："想做什么就去做，别犹豫，犹豫就晚了。"

江澈思忖几秒，打开手机，找到刘雅芝的微信，给她拍了张醉了酒馆的门头，后面跟着文字：**好久没聚了，要不要叫大家聚聚？今天正好周五。**

没一分钟，刘雅芝回应：**好呀，我刚下课。我在群里吆喝一声。**

群？江澈心头一跳。

下一秒，"雁大高智商交流小组"这个沉寂了两年的群，被刘雅芝成功唤醒了。

大家积极地回应着刘雅芝，消息一条条往外蹦，江澈指尖翻着聊天内容，逐条仔细阅览。群里唯一一个不说话的陆燃，像死人一样躺在群聊里。

正当江潋准备退出页面时，对话框里出现了一行系统提示小字：

"陆燃"修改群名为"打工人打工魂"。

陆燃突然冒出来成功转移了众人的焦点，群里七嘴八舌地对他展开了讨论。

什么时候回国？

在 M 国怎么样？

西餐吃得惯吗？

…………

陆燃吊足了大家的胃口，然后继续"躺尸"，从头到尾只改了个群名，连个标点符号都没回。

江潋盯着对话框，许久刷不出他的消息，垂头丧气地熄灭屏幕。

她看了眼时间，该回公司做访谈了："走吧，我打车咱们——"

"我开了车。"崔泽洋藏在口袋里的手按了下车钥匙，对面的黑色大奔闪了下车灯。

"嗬，"江潋赞叹，"你的车？不错啊。"

"姐姐，"崔泽洋叫得很甜，为江潋打开车门，"让你成为第一个坐我副驾驶位的人。"

江潋扣上安全带，脑子里还在思索着崔泽洋的上一句话。

这么多年了，崔泽洋对她的好感她不是不知道，只不过她无法坦然地面对下一段感情。

发动机启动，周遭景物虚化后退，光影窥窗而来流动在衣服上。

江潋开口："泽洋，别等我。如果有更好的人，你一定要抓住。"

崔泽洋打方向盘，转了个弯，目光没离开后视镜，声色淡淡的："你还等他吗？"

江潋不假思索地回道："不是。"

也就是因为回答得太快了，反而显得在意——"他"是谁还未指明，就被她立马矢口否认。

崔泽洋侧眸看了眼江潋，她脸上的慌乱显而易见。

又过了一个红绿灯，他缓缓开口："你放心，我也没有故意在等谁，只是和谁待在一起舒服就想多待一会儿。"

这一多待，就是三年。

"姐姐，你不要有任何压力，我只是觉得和你相处轻松自在。记得大一的时候我请你吃饭，你不让我请客，还想尽办法让我少花钱。从那时起，我就知道你和我认识的那些女孩都不一样。你不在乎我是否有钱，一点小恩小惠就万般道谢。"

江漱缄默，目光望向窗外。许久后，她又道："泽洋，这些年谢谢你。"

电视台离得不算远，二十多分钟后抵达。江漱带着崔泽洋进入大楼，递给他一份对话稿，已然进入了工作状态。

"这是等下我会问的问题，你可以事先思考一下。"

崔泽洋接过："行。"

"江漱姐，你回来了。"实习生瑜晴迎面抱着一摞新闻稿走来，偏头看向江漱右侧的声优帅哥，一脸花痴相，"好帅。"

崔泽洋正看着稿子，视线微微一抬："谢谢。"跟着江漱往录播室走。

身后瑜晴欢心荡漾，如痴如醉："这声音也太好听了吧！"

江漱尴尬一笑，对崔泽洋道："你别见怪，瑜晴是新来的实习生，见到台里来'大咖'就特激动，想想跟三年前的我还挺像。"

崔泽洋翻页，淡言："不像。"

江漱觑他一眼："？"

"姐姐你见我可从来没那么激动过。"

"嘴贫。"

在崔泽洋的配合下，访谈不到一个小时顺利录制完成。

台下围了几个实习女生跟着江漱学主持经验。说是学经验，没一会儿目光就被崔泽洋勾去了。等崔泽洋一下台，女生立马围了上来问他要微信。

崔泽洋朝江漱望了一眼，江漱专注地对着台本，丝毫没把目光分过来。他笑得黯然，转头和女生们聊了几句。

把几个女生打发走，江漱还在忙，崔泽洋在台里转了一会儿，转完一圈后见江漱还没搭理他，便兀自坐在大厅的沙发上百无聊赖地翻着电视台简章。

当年分手对江漱的打击很大，一直到了实习阶段，她每天把自己的行程安排得很满，像个陀螺不停转啊转。

台长被江潋的工作热情鼓舞，觉得这姑娘有前途，提拔得很快。江潋也渐渐变成了个不折不扣的工作狂，一忙起来谁都钻不进去。

等江潋意识到把崔泽洋忽略了的时候，已经快下班了。她想着崔泽洋已经走了，正要给他打电话致歉，一抬眼，他就坐在大厅的沙发里不紧不慢地翻着书。

江潋神色间满是歉意："不好意思啊，我忙忘了，你还没走？"

"你不是要参加老同学聚会吗，"崔泽洋看了眼时间，合上书，挥了挥车钥匙，"我送你。"

江潋摆手："不用了，我打车就好了，今天已经很麻烦你了。"

"你再客气我要生气喽，"崔泽洋劝止道，"刚买了新车，你就当我想兜风过车瘾。"

江潋无奈地笑："拿你没办法。"

正值下班高峰，路上拥堵，堵了半个多小时终于抵达酒馆门口。

车子停稳，江潋问："要不……来都来了和我们一起？"

崔泽洋回答得很快："以什么身份和你一起？不怕误会？"

这是个好问题，江潋忖度片刻。

看江潋为难，崔泽洋侧身帮她解开安全带："你玩得开心，到家给我发消息。"

"行吧。"江潋正要开车门，发觉窗外有一人盯着这辆车，从车身走到车头，最后站定在大奔前，盯着车标，站姿跟准备干架一样，视线缓缓从车标落向车内的人。

"江潋？"冯昱肆悠悠地望向驾驶座，"新男友？"

他直视着崔泽洋，确切来说是打量。须臾，他勾起唇角，脸上的痞坏劲儿一点没变，声线散漫不羁："车不错，是来我这小酒馆玩的？"

冯昱肆的口气听起来不像是欢迎，更像是挑衅，暗地里为陆燃挑衅。

陆燃这几年过得怎么样，他最清楚。

江潋无声叹息，打开车门。冯昱肆永远无条件站在陆燃那边，无论当年是谁的错。

见只有江潋一人下了车，冯昱肆并没罢休："'奶狗'怎么还藏着掖着啊？"

江潋并不想跟他抬杠，问道："我同学来了吗？"

"来了吧。"冯昱肆态度不怎么好，甚至没回眼看江潋。他盯着大奔，只见大奔绕到空停车位熄火，驾驶位上的人下车，径直走来。

248

"重新自我介绍一下，崔泽洋。"他伸出右手，"上大学的时候跟着同学来过你的酒馆，你可能不认识我。"

冯昱肆有力回握，似乎还带着一股蛮劲儿："怎么不认识，听阿燃提起过你，小白脸儿。"

"冯昱肆！"江潋嗔怒，"那么久不见了，我专门叫了同学来你酒馆聚一聚，你就不能好好说话？"

冯昱肆松开手，把目光转向江潋，仍旧一副吊儿郎当的模样："那我得谢谢你给我捧场了，没你捧场我场子可能就倒闭了。"

江潋："……"被气到噎住。

冯昱肆看不惯江潋护着"小奶狗"的样子，本来对她到来没什么敌意的，结果看见她还带个男伴，忍不住为陆燃愤愤不平："哦对了，我没你们高才生有文化，小白脸儿在我这儿是夸人的形容词。"

崔泽洋："？"傻眼。

"小江江！"一声河东狮吼，刘雅芝飞奔上来从后面抱住江潋，"好久不见，想死你了！"

气氛总算是缓和了，刘雅芝还带来了周禹铭。周禹铭和冯昱肆也好久没见了，勾肩搭背到一旁聊天去了。

江潋转身，回抱着刘雅芝："刘老师，你的身材还是那么好，我也想上你的瑜伽课了。"

"来呀来呀，随时给你开课。"说着，刘雅芝炫起中指的戒指，在江潋耳边悄声说，"周禹铭向我求婚了！"

江潋羡慕道："真好。"

曾经以为刘雅芝和周禹铭的异地恋走不远，却没想到距离并没有成为他们之间的阻碍，反而是一群人中最早传出好事的一对。周禹铭做了上门女婿，随刘雅芝定居雁瑜市，刘雅芝的父母特意给两人买了套新房。

"你俩呢？行啊你，'备胎'能养那么久。"刘雅芝附在江潋耳边，暗暗地扫视着崔泽洋。

崔泽洋识趣地没偷听女孩子讲悄悄话。

"我们只是朋友，"江潋推开她，"别瞎说。"

刘雅芝撇嘴："一群人里，敢情你最落后了。"

"还有别人也……"江潋还没问完，视线一转，看到耿雨和周毅手牵手走了过来。

在她的诧异中，两人走来熟稔地打招呼。

周毅微微颔首，耿雨轻抱了下刘雅芝和江潋，轻声道："好久不见。"

耿雨留起了长发，温温柔柔的一句"好久不见"，让人觉得从前语出惊人的假小子已褪去得无影无踪。

半晌，江潋才找回自己的声音："好久……不见。"

大学时期耿雨和周毅最不屑谈恋爱，爱情这件事好像跟他俩压根不沾边，却不料两个"石头"碰撞相击，也能擦出火花。

肖宇、聂婉和郭宸已经在里面等着他们了，五个人在服务员的指引下落座。江潋拽着刘雅芝问耿雨和周毅是怎么一回事。

刘雅芝白了她一眼："你这个大忙人，上次室友小聚你没来，还好意思问？"

江潋回忆起半年前刘雅芝组织过一次小聚，那时候江潋忙着处理台里事务，一心扑到工作上临时放了她们鸽子。

刘雅芝继续说："耿雨和周毅不是都在雁大接着读研了吗，两人越走越近，互生情愫，然后就在一起喽。"

江潋点点头，坐下和聂婉他们三个人打招呼。聂婉倒是没什么变化，毕业几年还像个在蜜罐里长大的小女生，澄澈的眸子中透着呆萌。

江潋的目光总是不自觉瞥向耿雨，她的变化是几个人中最大的，无论是外表还是性格。耿雨的气质里多了一丝女人味，从她身上再也寻不到把键盘打得震天响的暴躁网瘾少女的影子了，反而变得沉稳和成熟。

似乎察觉到江潋在看她，耿雨的目光忽然飘过来，和江潋对视了一下。

江潋弯唇："你的变化真的好大，长发挺适合你的。"

"老周也说我长发好看。"耿雨胳膊肘顶了下周毅，周毅微微颔首。

周毅面相上就给人一种听老婆话的好男人既视感。

"论变化啊，"肖宇给大家添酒和饮料，"我觉得还是江潋变化最大，从前文文弱弱的一个女孩子，如今在荧幕前不卑不亢，光芒万丈。"

郭宸附议："没错江潋，我看过你主持节目的样子，简直不敢和大学时我第一次见你的模样做对比。"

"是啊，姐姐。"连崔泽洋也说，"今天你在演播室访谈我的时候，落落大方从容不迫，要比从前更胜一筹。"

江潋也能感觉到自己变自信这件事，大抵是从和陆燃在一起之后，很多时候当她感觉不自信或是自卑的时候，陆燃都在她身边夸她鼓励着她。

被陆燃那么闪耀的一个人鼓励，所有暗淡都不值一提，所有光亮都为之点燃。

爱是短暂的，但照亮她人生却是永恒的。

菜品上得很快，一桌人吃着聊着，从学习工作聊到爱情人生。

聂婉对爱情还有着韩剧般的幻想，她聊到新暧昧对象是个长腿医生，被其他人取笑——她的所有爱情总是还没开始就死在暧昧里。

二十四年始终单身的人对于爱情有一种近乎完美的追求，但太过完美的爱情易碎，就像橱窗里陈列的精美奢侈品。

江潋夹了口菜，缓缓道："爱情还没开始的暧昧期才是爱情最原本的样子。"

"还是江江最好了，哼。"聂婉不想跟那些男生抬杠，起身拉起江潋，"陪我去卫生间。"

江潋笑笑，随着聂婉一起。她没如厕，在洗手池前冲洗着手上的油渍。

聂婉的声音从隔间传来："江江，你不谈恋爱吗？三年了，我觉得崔泽洋人也挺好的。"

江潋关上水龙头，抽出双手，甩了下水："是挺好的，但是陆燃耀眼到让其他人的出现都成了比较级。"

"我能理解，但是你要向前看。"聂婉冲完马桶从隔间出来，"三年了，陆燃从来没透露过一点消息，就算三年能等，三十年呢，你还能等吗？"

聂婉的话让江潋神色恍惚，三年时间仿佛弹指一挥间，人这一生又有多少个三年。

陆燃是这帮同学中唯一缺席的人，他终将缺席她的未来。

三年了，她已经站在了耀眼的地方，若他想找她，完全不是难事。

江潋看着镜子里的自己，朱唇微启："我没等他。

"我是在等我自己。"

等自己打开内心接纳别人。

发光镜的白炽光映着她孑然一身的落寞。

江潋转身，不再看镜子里的自己。

两人从卫生间出来，迎面撞见冯昱肆。

冯昱肆抬着一面宣传海报左右物色摆放的位置，路过她们身边时，忽然止下脚步，问道："这摆哪儿合适？"

聂婉驻足，惊呼道："这是《赴生》？'行走的读者收割机'！我爱作者！

这本小说超好看！"

说完，她面露疑惑："图书宣传放在酒馆里会不会……有点不搭？"

江潋对这类畅销小说并不了解，现在接触的大部分都是专业类书籍，她觉得自己没什么发言权，便安静地听着书迷和冯昱肆的想法。

不知为何，她察觉到冯昱肆有意无意地往她的方向瞥了一眼。

冯昱肆唇角一勾："帮熟人宣传。"

聂婉一知半解地点点头，狐疑着冯昱肆真有那么牛的朋友？

江潋随口问她："这是什么小说？"

聂婉像看外星人一般看江潋："这么火的小说你都不知道吗？你这个工作狂魔简直要与世隔绝了！"

聂婉提起自己感兴趣的事关不住闸："算是悬疑言情小说，但我觉得无法具体定义，因为书中涉及了太多题材，如无限流、末世、快穿、悬疑等，但主旋律里是一段感人肺腑的爱情故事。它在我心里就是言情小说新形势的开山之作……"

言情小说？

陆燃说过的话有一刹那闪现在她脑海——

"傻瓜，我要是写一本小说，是不是也能把你感动得稀里哗啦，哭个三天三夜？"

江潋望着那面海报，神思游离片刻。陆燃在 M 国上市公司，年少时的理想和幼稚的誓言，恐怕早就被他忘得一干二净。

聂婉和冯昱肆在沟通摆放问题，江潋缓过神和聂婉道了一句："我在位置上等你。"

刚走两步，冯昱肆的声音在她身后响起：

"江潋，陆燃要回国了。"

三年来江潋第一次碰酒就喝到酩酊大醉，还是因为陆燃。

陆燃要回国了，江潋早已麻痹的内心终究掀起了波澜。她把自己伪装成没有感情的工作狂人，在得知陆燃消息的那一刻防线崩溃。

开心或是愤恨？日思夜想或是惴惴不安？无数种心情交织在一起让她一次次端起了能麻痹自己的酒精，杯杯下肚，牵肠挂肚。

但她只能装作不在意，冷冷地回应冯昱肆一句："哦，那我下次就不来你酒馆了。"

是啊，能怎么做呢？也许陆燃早就有了新生活，再见到时以陌生人的身份面对也许就是最好的选择。

陆燃也不会像三年前，江漱一喝多就出现。

江漱是被崔泽洋送回家的。

崔泽洋看着江漱对着马桶狂吐不止的模样，忍不住道出了三年前是陆燃把她送到酒店的事情。

江漱擦着嘴角，淡淡地说："我早就知道了。"

崔泽洋神色讶异。

三年前那天清早他收到陆燃发来的一段文字，言简意赅地说他们分手了，不想让江漱知道是他送她到的酒店，请求崔泽洋帮忙。

虽然不知道他们分手的原因，但是陆燃的主动退出给他腾出了位置，三年来，崔泽洋一直陪伴在江漱身边。

都说陪伴是最长情的告白，但江漱并没被打动。

崔泽洋一直都知道江漱没放下。

江漱吐完就回卧室睡了，让崔泽洋自便。

房子是江漱租的，离电视台距离不远，崔泽洋来过几次，跨年的时候江漱还邀请他一起来吃火锅。

江漱知道崔泽洋对她好，他是个正人君子，明明比江漱小却总是照顾江漱。但江漱一直都分得清感动与爱、朋友与爱人。

崔泽洋帮江漱盖好被子，江漱手机屏没关，透着微弱的光亮，崔泽洋视线聚焦在了她停留的页面上。

他动作很轻地拿起手机，凝神片刻。

陆燃三年没更新的朋友圈，发了一条洛杉矶国际机场的定位。

按照时间来看，陆燃应该已经抵达国内。

周一一大早，江漱容光焕发地踩着高跟鞋去上班。

成年人的坚强就是无论前一天多么痛不欲生肝肠寸断，第二天还是得像没事人一样去上班。

上午例行会议上，领导对江漱提出了表扬。

《时光对白》访谈栏目第一期收视率超出预期，第二期还由江漱继续主持。在一旁的舒捷愤愤地给了个白眼。

第二期的访谈嘉宾迟迟没有敲定。《时光对白》是月播节目，选择嘉宾的时间还很充裕。

大屏幕上滚动着三位待定人选，第一位是年轻有为的"90后"上市企业家，第二位是"00后"偶像练习生，第三位……

所有人的目光都盯着屏幕，第三位的人物形象迟迟没有加载出来，有的只是一本书籍的封面。

江潋把视线聚焦到屏幕上，手中做记录的笔停顿了片刻。

《赴生》？这不是在冯昱肆酒吧见到的吗？

人物形象不明，空白图像下有两个正楷小字：火冢。

阮潇蕾道："我认为目前唯一能与第一期栏目的嘉宾相抗衡的就是这位神秘作家了，他的小说非常畅销，已经翻译成了三国语言，即将会推广至全球，是很好的人选。"

台长双手交叠放在长桌上，道："第一位企业家虽年轻有为，但观众对于民营企业的关注度并不高。第二位偶像练习生刚出道，想通过咱们节目扩大知名度，愿意自费接受采访。唯独这第三位嘉宾……"

台长思索片刻道："拥有超高人气却从未接受过任何采访，很难请他出山。"

舒捷灵机一动，道："作家不喜欢公开露面可以理解，但如果经费充裕……台长，请交给我试一下吧，如果我成功把他邀请过来，第二期节目交给我来做。"

台长看看舒捷，又看看江潋，开口道："那就这样吧，舒捷和江潋你们两个人，谁邀请来了这位神秘作家，谁来主持。散会。"

江潋走在去醉了酒馆的路上，陷入了深深的惆怅之中。她前几天刚和冯昱肆撂话说她再也不会来酒馆了，刚过两天就自己"啪啪"打脸。

"您好，一位吗？"服务员热情地迎上来。

江潋看了看晚间酒吧热闹的人流量，感慨着大学生真好，年轻就是资本。

"对。"她直奔主题，"你们老板在吗？"

"您找肆哥吗？肆哥他……"服务员神色犹豫。

江潋估摸着她是被当成跑来酒馆追求他的小女生了，忙加了句："是朋友。"

话音刚落，冯昱肆如幽灵般闪现，站在江潋身后。

"朋友？"他语气假惺惺的，"原来江小姐还把我冯某人当朋友，冯某真是受宠若惊。"

江澈拿出几页合同，摊在桌子上："我有事找你聊，你不妨坐下听听。"

"成啊。"冯昱肆坐下，眼神望向酒单示意她，"来都来了，不点一杯？"

江澈保持着礼貌的微笑翻开酒单："你不愧是块做生意的好料，怪不得生意如此红火。"

"江小姐过奖了。你要是不会选，不如我给你推荐推荐？"冯昱肆没等她回答，偏头对服务员报了个酒名。

服务员点头，问江澈："女士，一共328元，请问怎么支付？"

江澈抬眼看着冯昱肆那张若无其事的脸，咬牙发出三个字："支付宝。"

待江澈付款成功后，冯昱肆摆出一副大爷姿态拿起合同："什么事说吧。"

江澈赔着笑讲着："你之前不是说你和《赴生》的作者是熟人吗？能否帮忙引荐一下，经费方面不会亏——"

"我这个朋友呢，"冯昱肆打断她，"不缺钱。"

"那要是有别的要求我们也尽量——"

"他只有一个要求，"冯昱肆再次打断，"不接受采访。"

江澈脸上的笑容一僵，深吸了一口气，保持冷静："麻烦你引荐一下，我想尝试——"

"行。"

江澈一愣，后面的话忽然止住："……你答应了？"

"你都说了我是块做生意的好料，有钱不赚是傻子？"冯昱肆拿着合同起身，"我会让他联系你的。"

江澈收起文件袋，没再多说什么，踩着高跟鞋，拿着那瓶328元的酒转身离去。

出了酒馆，天色已黑。

江澈被猛然灌进脖子里的凉风冻得一激灵。

霜降过后，秋意已暮，新冬将至。

她望了眼漆黑的天幕，思考着神秘作家到底是怎样的来头。突然爆火，越是神秘，就越是让人想窥清庐山真面目。

她边想着，边拿出手机在淘宝上下单了一本《赴生》。

只有在访谈前对受邀采访者足够了解才能做好访谈，不被观众嘲笑外行。

江澈思考得太过专注了，以至于完全忽略了夜色中停着的一辆墨绿色宾利。

车灯熄灭了夜色里的最后一束光。车里的人一身黑西装，目光灼灼比月色还亮，遥望着对面从酒馆出来的女生……

江澈走远后，陆燃眼眸的光亮重新浸入墨色。他在想自己究竟是何等运气，刚回国就能见到心心念念了三年的江澈。

陆燃是唯一一个进酒馆穿西装的人。他总是有这个本事，每次出场都能艳惊四座。

冯昱肆正核对着账单，听到一声高昂雀跃的"欢迎光临"，正想着手下职员肯定又见到了帅哥才激动成这样，一抬眼，目光定住了，愣了好一阵才开口："什么时候到的？"

"下了飞机回了趟家就开车过来了，"陆燃坐下，"给我上一杯最烈的酒。"

"那必须的，不醉不归啊。"冯昱肆打了个响指招呼服务员上烈酒，在陆燃旁边坐下。

陆燃瞧着冯昱肆的兴奋劲儿，笑道："你别给我灌死就行，我还在倒时差。"

"那必然不会，"冯昱肆把几页印着黑字的白纸摊在桌上，"我还指着你挣钱呢。"

"这是什么？"陆燃扫了一眼，很快放下，"死了这份心，我拒绝接受媒体采访。"

"你会同意的，"冯昱肆歪唇笑，"大作家，给你看段视频。"

视频播放，温婉清甜的女声响起——

"欢迎大家收看第一期《时光对白》栏目，我是江澈，现在位于雁瑜大学的校园里。特此为大家实地求证'雁大出帅哥'这句话。"

镜头跟随江澈，目标锁定在一位男同学瘦高的背影上。

"同学你好，可以采访你一下吗？"

男同学转头，骨相优越，目色清冷："采访什么？"

"同学你是什么专业？"

"法学。"

"你未来想从事什么职业？"

"律师。"

…………

陆燃眼神别开，故作漠然："是江澈的访谈我也不去，我跟她已经没关系了。"

"别急。"冯昱肆拖动进度条快进到崔泽洋出场。

"同学你好，请问你是什么专业？"

崔泽洋面对镜头笑得很乖，小虎牙若隐若现："戏剧与影视学，辅修日文，但是我已经毕业了，今天来学校逛逛。"

"已经毕业了，来学校追忆一下，挺好的。那你毕业后从事什么工作呢？"

"动漫影视配音。"

"哇哦，你的声音也很好听呢。说到这儿，我看你有些眼熟……"

崔泽洋声音澄澈，坦然一笑："是我。"

"哇，今天很幸运能在雁大偶遇这样一位'大咖'，我能请您进入演播厅聊一聊吗？"

"当然，荣幸之至。"

镜头再一转，进入演播厅……

弹幕满屏"好帅""爱了"飘过，把崔泽洋的脸都盖住了大半。

陆燃把手机屏一关，道："我没兴趣看他，他参加了江潋的访谈，我就得去吗？"

"当然不是，如果你不介意他抢去了雁大名人榜的风头。"冯昱肆接着说，"前几天你室友和她室友间的聚会，崔泽洋和江潋一起来的，不仅是名人榜的风头，我觉得你的位置也快保不住喽。"

陆燃的声音像是从胸腔里磨出来的："他们……在一起了？"

冯昱肆反问他："你觉得呢？"

陆燃一口气把一杯酒喝光，酒水挂了一滴在唇角。他扬手擦去，笑了："和他在一起总比和我好。"

见陆燃不听劝，冯昱肆脸色变狠，猛然起身，扬手指着他："陆燃，你再这样老子瞧不起你！你在 M 国什么样你心里清楚，几次喝酒喝到吐血洗胃，却不敢说一句想她，怂蛋玩意儿给老子丢脸！"

陆燃陷入了安静。

酒馆昏暗的灯光照在他晦涩不明的脸上，他一杯接一杯地喝着，不发一语，沉默得像是灾难发生后的默哀现场。

半晌，冯昱肆低声道："江潋知道你为什么离开她，我告诉她了。"

闻言，陆燃的脸色立刻变了，两秒后，他"噌"地起身抓住冯昱肆的领子，动作迅猛到桌上的空酒瓶滚落在地，发出"咣当"一声。

他愤怒地直视着冯昱肆，双眼赤红布着血丝。

三年来，但凡有人提起江潋的名字，陆燃都会溃不成军。无论他是一个在职场上多么冷静多么能稳固大局的人，江潋的名字就是他的软肋，片刻间，所有防备就会轰然倒塌。

冯昱肆看着他的眼睛，疾声厉色道："陆燃，你最大的缺点就是喜欢当圣人，你凭什么替她作你自以为对她好的决定？"

眼看陆燃眼底的情绪越来越痛苦，冯昱肆松懈了下来。

"江潋三年来一直单身。"

当年，冯昱肆问陆燃有没有后悔过作出分手的决定，陆燃的回答是：后悔过。

他说，只有和江潋在一起的日子他才像真正地活着。

抑郁的日子暗无天日，所以他把她推到能看见光的地方和能给她带来温暖的人身边。躁狂的日子终日戾气，他怕身边爱他的人遭受连累，所以主动隔离，不让他们忍受他无端的暴躁情绪。

把爱人推开，是陆燃孤注一掷的绝望之举。

他沉思着冯昱肆的话出了酒馆，走了几步一抬头——雁镇面馆。

门帘撩动，他跨进门槛，思索着三年前落在这里的东西该怎样开口问起。

三年了，任何人任何物都不会站在时间的长河里等他，应该是找不到了。

老板娘认得陆燃，热情地说道："小伙子，几年不见，穿西装的样子更帅气了。"

"您记得我？"陆燃重新怀抱起希望，斟酌着该怎样开口询问。

"你和那姑娘我都记得，"老板娘主动提起了陆燃遗失物品的事，"几年前你落在这里的东西我以为你不会来找了，便交给与你一起来过的那个姑娘了，她交给你没有哦？"

江潋？陆燃心头一紧："您是交给了一个长相文静、皮肤很白、瓜子脸、双眼皮……的女孩吗？"

这是他能想到为数不多的描述江潋的词汇了，刚才的短暂一瞥，他还没来得及看清江潋的变化，她就隐匿在浓浓的夜色中了。

老板娘连忙应道："嗯，对对，她交给你了吧？"

陆燃神色错愕，也就是说，他分手时说过的谎都败露了。

三年前做完治疗，他仅有一小部分无关紧要的记忆被删去，不久之后便恢复了。不仅没有忘记江潋，甚至还清晰地记得与她分手的细节。

忘记了她，是为了让她不回头的说辞。

陆燃不想谈论这个话题了，抬眼看着墙上的菜单。酒喝饱了，吃是吃不下了，只能打包回去看看家里谁晚上加个餐。

"还要一份招牌面，打包。"

"好嘞。"

陆燃坐在高脚桌上等餐的间隙，打开那段播放到一半的江潋采访崔泽洋的视频。

他这个人就是嘴硬，喝酒喝到胃出血也不承认自己是想念，明明爱惨了还非说自己忘记了。

陆燃以倍速快进着看完，面打包好了也不急着走，又转到国内浏览器搜索江潋做过的访谈。

他记得江潋说过想做一种有温度的工作，她做到了。

江潋主持的很多期正能量满满的节目，揭露了腐朽与黑暗，站在人民至上的正义方据理力争，不卑不亢地阐述观点，眼中炯炯有光。

有一点可以肯定的是，江潋更加自信开朗了。

陆燃切换到微信页面，打开和江潋的对话框。

最新一条还停留在周五 12：47。

"L"拍了拍我。

陆燃在 M 国不怎么玩微信，工作中习惯使用邮件，平日里经常用的社交软件是 Facebook 和 WhatsApp，微信只是平常用来看看老同学的朋友圈，因此一直没更新。

江潋发来消息的时候 M 国是深夜，等他看到消息的时候已经是翌日清晨了。他愤恨着自己应该熬会儿夜当即回个消息，哪怕是回个问号也算是有个灵魂的交流。结果相隔了八九个小时只能当作什么都没有发生，抱着那条错过的消息愤懑了一天。

陆燃点开江潋的朋友圈，三天可见变成了一条黑杠。

他迟疑了片刻后尝试着转账，微信名后面没有出现括号里的姓名提示。

江潋把他删了？！

陆燃找出冯昱肆的微信，一个字一个字地打：**安排访谈时间吧。**

江潋收到冯昱肆的消息后，立刻通知台长召集小组开会商榷录制时间。

在一旁的舒捷愤愤不平，她给神秘作家发了好几封邮件，一次次提高预算经费，结果人家大作家压根不回消息。

其实江漱也没想到冯昱肆能这么快给出答复，毕竟神秘作家不肯接受访谈是尽人皆知的事。冯昱肆开酒馆认识形形色色的人，其中不乏有头有脸的人物，连大作家都给他面子。

江漱一边感慨着，一边打开淘宝查看几日前下单的《赴生》。还没发货……

江漱打了几个字问客服，客服很快回过来：亲亲，这本书销量火爆，出版社加急印刷中，请再耐心等待两日哦。

江漱熄灭屏幕，起身去开会。

电视台方考虑到神秘作家不愿公开露面，为保护他的隐私不被泄露，特别说明后期会为他作变声处理，头像也会层层打码。

江漱把话原封不动地传达给冯昱肆。会上继续讨论着神秘作家不愿公开露面的原因。

阮潇蕾："小说太过于火爆了，作家有心理压力怕波及生活隐私可以理解。等火枭老师来了安排台里人疏散，把手机都收起来，使他完全进入放松的状态再开始录制，不然也会影响录制效果。"

"还有一个可能，"舒捷被神秘作家拒绝了数次心生怨怼，没好气地说，"大作家可能身有残疾或者容貌上有缺陷，因为自卑而畏惧镜头。"

江漱手机一振，冯昱肆回来消息：大作家说不用打码也不用变声，他会西装革履地出席录制。

江漱声音高亢洪亮地宣读了这条回信，有意读给邻座的舒捷听。舒捷轻"哼"了一声，满脸不屑，小声嘀咕："原来是耍大牌。"

江漱没再搭理她。心里肮脏的人看什么都是脏的。

她低头回冯昱肆：收到。

神秘作家的任何个人信息在网上都查询不到，冯昱肆也只字不提他那个熟人朋友，江漱问他要电话沟通工作也不给，保密工作做得相当到位。

江漱对作家的性别、年龄一概不知，为了使访谈顺利进行，她通过冯昱肆协商了一个时间私下约大作家见一面。

天色暗沉，云层摇摇欲坠。

江漱走出公司大楼，跟着手机导航到了指定的咖啡馆。

神秘作家不知多大年龄了，如果是花甲之年会不会有代沟……但如果是冯昱肆的熟人起码也应是同龄人吧，想到这儿，她又安心一些。

冯昱肆发来消息：*作家已到，黑色西装。*

江潋看了眼时间，作家还挺积极，比约定时间早了五分钟。

再抬眼时她已迈进门内，寥寥人烟的咖啡店里坐着唯一一个穿黑西装的白发老人，头发虽花白但梳得锃亮，发丝根根分明，一看就是注重打扮的知识分子。

没错了，还真的是花甲老人。

江潋踩着高跟鞋"咚咚"响地走过去，老人背对着她。她身体半躬弯下腰去，抬起一只手："您好，您就是火冢先生吧？"

老人虽年迈，但透着一股年轻小伙子的精神头儿，身板硬朗。他缓缓抬起头，目光像看二百五似的，口音夹杂着晦涩不清的方言："我听不白你在讲嘛个（我听不懂你在说什么）。"

江潋的手停在空气中，脸上的笑容一僵："对不起，认错人了。"

这个冯昱肆能不能把话说得清楚一点！

她尴尬地转身，一抬眼，三米远的屏风后还有一片区域，更为雅致清净。

江潋深吸一口气，踩着高跟鞋"咚咚"地往里走。

一眼望去，有一位精英男士的背影。

在射灯的投射下，灯光沦为他的陪衬，十月末的秋季黯然萧条，唯有他的背影自带光晕。

听到高跟鞋声，男士微微侧眸回头。

江潋与他对视的那一瞬，他的眸子幽黑如磐石。时光没静止，却有什么堵上心口，让她呼吸发涩。

深秋的雨"噼里啪啦"地砸在落地窗上，像眼泪，也像回不去的三年。

江潋很快敛起情绪，快步走过去，伸出右手，语气客气，眼神淡漠疏离。

"你好，火冢先生。"

陆燃刚碰上她的手，就被对方收回，一触即分。

"小……""小水"二字在陆燃嘴边及时刹住，他声音低沉嘶哑，改口道，"你好，江小姐。"

三年未见面的旧人本应有很多话，却在此刻只剩下缄默。

江潋握着咖啡杯子，怎么也暖不热手心的那点寒意。

陆燃和她分手的原因早在一年前冯昱肆就告诉她了。父亲的腿伤她固然伤心，但她不会全然怪罪到陆燃身上，反倒是陆燃铁了心地把她推开，让她难以释怀。

虽然三年来她一直没放下陆燃，但此刻陆燃真切地回来出现在她面前，她又不知该如何面对。如果陆燃每一次病情发作都把她推开，那么重新开始不过是重蹈覆辙。

所以当她知道喝醉那晚崔泽洋看了她的手机，自作主张删了陆燃的微信，她也并没生气，她能理解崔泽洋不想让她重新陷入痛苦的心情。陆燃回来了，若是不想再产生纠葛，还是眼不见为净。

不见，不念。

却没想到再次相见是因为工作。

也好，那她此刻就应该像名专业主持人。

江漱敛起情绪，正襟危坐，率先开口："火冢先生，我是代表雁瑜卫视来和您见面的。如果您觉得面对我进行访谈有心理压力的话，我可以向上级申请换人主持。"

"不必，"陆燃心底压着一团不明的情绪，"我是为你而来。"

察觉江漱神色变了变，陆燃语气不疾不徐，冷静解释道："因为让知根知底的老同学主持，我能更加自如一些。"

三年了，陆燃在国外职场的摸爬滚打，让他更加善于伪装，即便心里波涛汹涌，面上仍能不动声色地表现成一副冷静的职场精英模样。

江漱沉默了片刻，不知是失落还是松懈。

她神色松动。是啊，相爱两年后沦为陌生人，在他口中可不就是知根知底的老同学嘛。

江漱笑着起身："如您所说，既然知根知底也就不用细聊了。咱们对彼此的性格和说话方式都了如指掌，此次见面的目的也就达到了，希望合作愉快。"

"小……江小姐。"陆燃起身叫住她。

江漱恰在此时回头："陆先生，我有一个仅代表我个人的疑问……您从不出席采访有原因吗？"

"当然。"陆燃松松垮垮地坐下，垂眸失笑，"高中那件事后，我不太敢和媒体打交道。但是……我相信你。"

江漱神色一顿，静默两秒后，又恢复了职场的笑容和腔调："感谢您的信任，不会辜负您的期望。"

说完，她利落转身。

陆燃望着她剩下的半杯未喝的咖啡，在她未走远时开口："所以小水，那个

262

人一定得是你。"

江漵回眸，灯的剪影映在陆燃整洁的西装上，这不是幻听。

陆燃抬眸望向她，认真地说道："除你之外的任何人，都不行。"

一周内，神秘作家"出山"首次接受采访的话题冲上热搜前十，热度不次当红明星。话题讨论愈演愈烈，作者性别成了网友们讨论的焦点。

台里迅速组织小型会议，江漵如实汇报并总结了三条爆点。

1. 英俊男作家的外形条件能吸引一大拨女粉丝，引爆关注度。

2. 男作者与言情小说沾上边的微乎其微，能让读者产生反差惊喜，调动讨论积极性。

3. 大作家的作品男女频通吃，被誉为"行走的读者收割机"，自带流量，想没有爆点都难。

台长满意地点头，对这期栏目充满期许。

热度和关注度达到了，接下来要做的就是尽可能地使收视率最高。台里决定不再去校园和演播厅两地录播，而是做成现场直播的形式，现场搜集网友提问让作家作答。

陆燃答应后，直播的时间定在了周六晚上七点黄金档。

这一天，台里为了确保直播万无一失，从早忙到晚。

网络上的热度只增不减，台里上上下下都跟着紧张。下午五点半，台长订了外卖请大家吃完饭，准备铆足精神头儿打好这一仗。

江漵埋头吃饭的间隙，周围人议论了起来：

"神秘作家首次亮相荧幕，采访他话题度非常高，是主持人在业界提升知名度的好机会。"

"是啊，他太神秘了，微博话题已经上热搜前十了。咱们台这次也是拓宽知名度的一次好机会呢。"

几个实习生涌来，议论声忽高："神秘大作家来了，我在化妆间看到他了，超帅！"

江漵筷子一停。瑜晴拆开饭盒坐在她旁边，羡慕道："江漵姐，你运气真好，第一期采访了'声优怪物'，第二期采访了神秘男作家。在业界摸爬滚打了几年的老主持都没有你这么好的资源呢！"

江漵笑笑，依旧低头不语，只是加快了筷子扒饭的速度。

这世上有一部分失败的人习惯性地将失败归结于运气不好，殊不知觉得她运气好的人只是没有看到她的努力。他们不知努力才能赚来运气，不努力的咸鱼即便来了好运也把握不住，只能错失良机。

　　快速扒了几口，饭盒见底，江潋端着去找垃圾箱，迎面遇上台长端着饭过来。

　　江潋对台长微微颔首，本想借身错过，却被台长忽然叫住："小江。"

　　江潋应了一声，转头看见台长用耐人寻味的目光看着她："小江，大作家特意嘱咐要你来主持，不然他不肯露面。"

　　议论声忽然停了下来，同事的目光朝江潋汇聚而来。

　　江潋尴尬一笑："哦，是吗？"

　　台长点头微笑，错身而过，没再多问。

　　舒捷不知道是什么时候站到江潋身后的，像是盯着她的阴魂不散的幽灵。

　　她惺惺作态地捏着笑，煽风点火："看不出啊，小江这种清纯类型的，私下也会耍好手段。"

　　从前的江潋喜欢让着别人，事事不与人起冲突，但现在的她已经不同于从前了。

　　她神色一冷，把餐盒丢进垃圾箱，回眸看着大家，暗有所指地悠然道："有些人能力不足只能耍手段，还总觉得别人也跟她一样。"

　　所有人目瞪口呆，连舒捷也没想到江潋这个好脾气的人会回怼。

　　舒捷在公司仗着资历老，经常拿前辈的威严打压后辈。

　　不知何时起，先进入公司的前辈不论能力如何，总喜欢耀武扬威地排挤后辈，后辈总有成为前辈的那一天，再如此打压新的后辈……如此一来，这成了职场中无限循环的病态规则。

　　舒捷的脸黑了又青，难看至极。但她又不能反驳，反驳好似就承认了自己就是江潋口中所说的"有些人"。

　　几个实习生憋着笑，看着舒捷下不来台的难堪一幕。

　　江潋又道："不过舒捷姐，我当然没说您，您是我敬重的前辈。这次是我走运得到了机会，下次就是您采访'大咖'了。"

　　舒捷毕竟是前辈，江潋也不想以后的日子不好过，便给对方递了个台阶，还顺便澄清了自己没有靠不光彩的手段上位。

　　舒捷嘴角抽抽，这叫什么？给了一巴掌又赏一颗枣？假惺惺的。

　　她望着江潋拂袖离去的背影，心里暗暗发誓，她与江潋的梁子算是结下了！

江潋缓了口气，拿着对话稿朝化妆间走。

满满几页，开始是预热问题，后面逐渐升温成私人话题，最后再采取直播问答的形式，逐步递进。

陆燃坐在化妆间的镜子前，耐心等化妆师为他打造发型，喷发胶。

他侧脸的轮廓立体深邃，头发更短了些，透着成熟男人的英俊。看到江潋走来，他微微侧眸，从她手里接过几页稿子，越往后看，眉头蹙得越紧。

"江小姐，这访谈稿是谁写的？"

江潋被他一问，脸色微不可察地红了些。

毕竟这些问题的尺度还挺大的，而她很可能存在于陆燃回答的故事里。

主持人劲爆采访，"瓜"吃到自己身上，是何种体验？

…………

时间快到七点钟，江潋镇定地深呼吸，极力保持平静。

主持人的专业素养告诉她，一定不能让不该有的小心思展露于四面八方的摄像头前。这场访谈太重要了，只许成功，不许失败。

倒计时三、二、一。

灯光音响就位。

江潋收敛好情绪，上台。

"我是江潋，欢迎收看本期《时光对白》。这期我们邀请到了万众瞩目的神秘小说家火冢老师，他创作的长篇小说《赴生》，被誉为'行走的读者收割机'。今日也是他首次亮相于荧幕前，让我们欢迎火冢老师上台。"

一束灯光熄灭，另一束灯光骤然亮起，现场和荧幕前的所有人屏息以待。

陆燃从黑暗中走来，停在一束明亮的灯光下。他穿着笔挺的西装，宽肩窄腰大长腿，随着灯光的移动缓缓朝江潋的方向走去。

陆燃变得更帅了，这种帅气掺杂着几年来江潋不曾参与的陌生感。

穿上西装的他，没有了大学时期携带的那种攻击性的痞气，干净又板正，好似又回到了高中时期那个阳光的少年。不同的是，他举手投足间都散发着来自成熟男性的魅力，绅士又有涵养。

陆燃坐到江潋对面，举止大方地对着镜头道了句："大家好。"

江潋用一个主持人的标准笑容回应道："您好，火冢老师。"

"老师不敢当，"陆燃笑意浮了两秒，看着江潋的眼睛，"我既然以真实身份示人，那么还是叫我陆先生吧。"

"好的，陆先生。"

一句"陆先生"，郑重又夹杂着无限的疏离。

江漱保持着微笑，让往事暂时搁置，笑容里的苦涩只有她知道。

"陆先生，您从不愿接受采访，今天是因为什么契机愿意接受这场访谈呢？"

"因为你——"陆燃的尾音故意拖得很长，他看到江漱眼中有一闪而过的慌乱，齿间含着笑，"们给的实在太多。"

江漱尴尬地假笑了一声："呵呵，陆先生真是幽默，《赴生》的销量已经累计破百万，陆先生怎么也不像是会为五斗米折腰的人呢。"

江漱继续道："您上台前应该也已经看到了大家对您的讨论，讨论最热烈的是关于您的性别。《赴生》这本小说从无限流、悬疑的角度来看，读者都认为您应该是位男作家。但若从书中细腻的爱情故事来体会，好像又更贴近女作家的角度。您这本书所获得的成功大家都有目共睹，能和我们分享一下创作的契机吗？"

"契机啊……"陆燃故作思索，而后以标准绅士笑容看向江漱，"因为我上大学谈的女朋友，我和她说过，我要写一本能感动她的小说。"

陆燃在 M 国白天工作晚上写小说，他一直都没忘记要为江漱写一本小说的承诺，虽然不能算是传统意义上的言情小说，但若江漱翻开细看，必然能从女主人公身上发现她自己的影子。

"哦？"江漱故作震惊，明媚一笑，"原来文笔细腻、爱情动人的背后，是因为您也是位深情的好男人。"

"不敢当。"陆燃看着江漱问了一句题外话，"冒昧地问一句，您有看过《赴生》吗？"

江漱随机应变高情商答道："说到这儿，正想趁您来了问您借书看一个星期呢，您知道您的书畅销到断货吗？我同事们竞相传阅了几个星期都没轮到我呢。"

陆燃爽快地笑着回应。

笑容之下，江漱这些年的变化让他感到熟悉又陌生，从前话题终结者的影子消失得无影无踪，句句高情商、不假思索、对答如流。

…………

访谈平稳进行，网络各大平台实时直播转载，在线人数破万，反响极好。"神秘作家"微博热搜位也因陆燃的高颜值成功跻身前五。

到了升温环节，江漱需递进式问陆燃私人话题，增加爆点，提高收视率。

"陆先生，咱们节目一向是没有不敢问只有不敢答，下面到了您的私人问题环节，请您做好心理准备。"

陆燃换了个姿势，无所畏惧地答："问。"

江潋目光一聚："您现在是单身吗？"

陆燃抬眼看着江潋，不怀好意地笑："您是代表观众问的，还是站在您个人的立场？"

江潋咬着后槽牙，陆燃是故意想让她下不来台吧。

江潋保持着职业微笑："对于帅哥的情感问题，我当然也和观众一样感兴趣。"

陆燃很满意江潋的这个回答，答道："单身。"

江潋点头看向前方提词器，一问比一问尺度大。

她脸上挂着牢固的笑，心里直发怵，继续问道："陆先生又帅又优秀，大家都很好奇您谈过几段恋爱，方便讲讲吗？"

陆燃举起右手，缓缓在镜头前伸出一根手指，表情淡淡的。

江潋的心猛然被收紧，分开三年陆燃没谈过恋爱？但她很快就恢复了平静。

有一部分人为了在荧幕前树立专情人设坦然说谎。明星树立人设塌房的新闻屡见不鲜，特别是近几年频出的娱乐圈"地震"。

江潋单刀直入，紧追其上："您这么优秀的人只有一段恋爱，一定非常刻骨铭心吧？"

陆燃定睛看着江潋，别有意味地含着笑："刻进皮肤了。"

说完，他转身背对镜头，掀起西装内的衬衫，露出一截腹肌，再回过身，腹肌之上是一滴破碎的水。

三年了，陆燃的文身没有洗？可能只是懒得洗，连他本人都说过只是一滴水而已，何以见得是情侣文身？自作多情。

"这是？"江潋引导着陆燃说出。

"情侣文身，"陆燃大方承认道，"前女友的名字带三点水，所以我就文了水滴。另一半是火焰，所以我的笔名是火冢。"

顺着这个回答，下一问就该问：既然这么相爱，当年分手的原因是什么？

江潋按照访谈的思路一步步推进问题，好答的问题陆燃一一坦然作答，不好答的问题陆燃就随便找个理由搪塞过去。

话题度不断飙升，江潋根据后台总结精选出观众提问，邀请陆燃现场作答。陆燃每一问都回答得滴水不漏，学生时代"双商"超高的"学神"又再现眼前。

观众太热情，访谈被迫延长了时长，准备收尾环节。

最后两人调侃两句，访谈欢快地进入尾声。大作家与观众挥手再见，片尾音乐响起。

下了台，江潋长舒一口气，猛喝几口水压惊，方才面上虽保持镇静，一颗心却快要跳出嗓子眼儿。

如今陆燃多少还是有些变化，他成熟又稳重，真诚坦率中透着被社会打磨后的圆滑。

想起陆燃，江潋抬眼去寻，陆燃早已不见踪影。她无声叹息，除了这次工作的接触以外，两人应该不会再有交集了。

江潋在电脑前坐了会儿，忙完手头的工作收拾下班。

待她刚要迈出大楼，一抬头，天色已变。

黑云压城，狂风大作，又要下雨了。

江潋没带伞，准备上楼借伞，余光被墙侧的人吸引了去。

她侧目，看见陆燃斜倚在拐角处的墙上，昏暗的光线照得他眸子晦涩不清。

陆燃转身："马上下雨了，我开车送你回家。"

江潋神情寡淡："不用了，我上去拿伞。"

陆燃朝江潋走了两步："你放心，我不是专门等你的，台长拉着我聊了会儿，想让我下次还来。"

江潋还是拒绝："陆先生的好意我心领了，我很近，可以自己回。"

陆燃听到她口中一遍遍喊着疏离的"陆先生"，心头发涩。

江潋这个人的距离感和分寸感特别强，他从大学就知道。像她这种慢热的人，走进她内心一次，特别难。

见招拆招，这招行不通只能换一招。

陆燃瞥了她一眼："谁说让你白坐了？滴滴收你多少钱，我算你五折。"

他往前走了两步，靠在墨绿色宾利车身上，晃了晃车钥匙："走吧，江小姐？等了半天没接到一单，照顾照顾老同学生意？"

江潋凝视着他，有一秒钟的失神。

又痞又傲的陆燃回来了。时而乖戾、时而颓痞的他，像是缠人的蛊术。穿上西装的成熟，掩不住他内心的不羁。

沉默须臾，大滴大滴的雨砸向地面，闪电伴随着闷雷，雨越来越密。

江漱很快作了决定，朝他走去，一排亮白的牙齿露出客气又疏离的微笑。

"那就麻烦你了，老同学。"

　　

陆燃安静地开着车，江漱安静地坐在后座，悄然划开距离。

窗外街景一路倒退，雨滴飞速落在车窗，化成一道道水流。视线变得模糊，回忆也被雨水浇湿。

两人都没说话，任雨声渐大。

安静的车里滋长的不是尴尬，而是一种莫名的焦躁。

明明公司离家很近，却感觉十分漫长。

陆燃兴许也发现了气氛的怪异，随手打开车载电台。

字正腔圆的女声缓缓传来："英国诗人拜伦的《春逝》中有这样一句诗：'若我会遇到你 / 事隔经年 / 我将如何与你招呼 / 以沉默 / 以泪眼。'下面我们一起来听听这位听众朋友分享的一则久别重逢的故事……"

"……"

陆燃斜了一眼，看江漱没什么反应，关掉电台。车内重新归于安静。

"嗡嗡。"

江漱手机一振，救星来了。进来了一条母亲发来的语音，她下意识点开播放："小水，听妈的话去相亲吧，这男孩不错……"

扬声器外放，江漱忙不迭又点了一下暂停。

但是为时已晚，她从后视镜里看到陆燃的脸色变了变，说不清是什么表情，嘲讽？怜悯？不悦？

果然，陆燃的声音冷不丁地响起——

"哟，江小姐，家里安排相亲呢。"他从后视镜里看江漱，继续补刀，"也是，到年龄了。"

搭配上这句话，那个表情应该是嘲讽吧？

江漱把视线挪向窗外，静静回怼："陆先生刚才不还说自己是单身吗，五十步笑百步？还是说谎了？又或者这一会儿工夫处了个对象？也是，陆先生向来魅力大。"

陆燃缄默，过了好一会儿，他忽然开口，声音微沉："小水，我一直是单身，没骗人。"

一声小水，好似把时间拉回到了热恋的三年前。

江潋叹息，过去的就让时间掩埋吧，受过的伤害不要再来第二次了。

"滴滴车费二十五，按你说的五折，我直接转你十三，付款码给我。"她声音很冷，无声地拉远着他们之间的距离。

陆燃没回应，发泄式地按了两下喇叭，催促前车："我在开车，不方便，你直接加我微信，我等会儿同意。18536……"

江潋照着输入一串数字点添加，陆燃没删她好友，系统提示：你已添加了L，现在可以开始聊天了。

与此同时，陆燃手机一振，也收到了打招呼内容。

江潋不想再纠缠这些小事，永远躺在好友列表里也挺好的。

转账发送后，她关上手机，看着路边熟悉的街景，终于到了。

车靠路边停下，陆燃紧握方向盘，心里的话几番欲言又止。后视镜里的江潋眸子里满是陌生与疏离。

他垂眸，把念旧的话咽了去，扭身递给江潋一把伞。江潋下意识拒绝，陆燃又道："拿着吧，雨大。不还也没关系。"

江潋接过，打开车门。

这一别，不知还会不会再见了。

车外的冷风裹挟着雨水钻进车内，江潋回眸，道了句："尽量还你。"

总要有一次离别应该好好道别吧。她关上车门，高跟鞋砸在地上"咚咚"地响。

陆燃看着后视镜里江潋渐远的背影，五味杂陈。

记忆里，江潋的碎发总是半挡着那对琥珀色的眸子。最初看向他的时候透着胆怯与紧张，后来充满爱意的时候眼睛很亮，闪着灼灼的光，清澈到眼底的雾全部散去。

但是现在，那双眸子结满了冰霜，人也变成了毒不攻心、顽强不倒的女强人。

陆燃把车载音响打开，顺手点开最近播放列表。

"再释怀一些，无法拥有的人要好好道别，好好看她最后一眼，别说抱歉，一辈子总要有一次坚决一点……"

棱镜的《无法拥有的人要好好道别》是陆燃三年来听得最多的一首歌。

但是他现在回来了，三年前一意孤行犯下的错，不会再犯了。

陆燃一脚踩下油门，切了首歌。

眼睁睁把江潋拱手让给崔泽洋，他不甘。

隔日，天气放晴。江潋把晾干的伞收起来装好。

不知道还有没有机会把伞还到陆燃手里。她定睛注视着手中的伞，失了神。

二十四股长柄油墨色商务伞。这把伞……她见过。

上一次见到这把伞时，还是在高中她跟着陆燃上学的巷子里。

每逢阴天，巷子的转角口就会有一把雨伞静静伫立在墙边。烈日下，在同样的位置又会放着一把遮阳伞。

有时候，江潋走得匆忙忘记带伞时就会顺手拿上，归还的时候也放置在原位，并附上一张纸，写着"谢谢"两个字。

隔天天晴之时伞会被人收走。但那个人，没有留下只言片语。

江潋从没见过那个放伞的人。是陆燃吗？

江潋摇了摇头。这把伞只是有点特别，也不是限量款，并不能代表什么。

第十二章
在耀眼的地方等你

几周过去，高颜值神秘大作家"出山"视频广为传播，雁大这群老同学按捺不住了，纷纷在群里呼叫陆燃。

"打工人打工魂"的群又死灰复燃了，江澈刚下播，喝了口水"窥屏"关注着陆燃的消息。

与此同时，崔泽洋的消息也进来了：姐姐，你主持得越来越棒了。

江澈回了个表情包，群里的消息持续往外蹦。

郭宸：神秘大作家竟是我的室友？陆燃，你藏得也太好了吧！

肖宇：燃兄该不会是因为江澈才出镜的吧？

陆燃片刻后回道：肖宇，你不仅长了岁数，脑子也长了。

肖宇秒回：我就当你是在夸我。

刘雅芝：陆燃，你不会回国也是因为江澈吧？

聂婉：！！！

两秒后，陆燃悠悠然回复：不完全是，但可以这么说。

江澈愣怔，盯着一行汉字越看越陌生，明明每个字都认识，但组成起来的意思怎么不明不白呢。

是就是，不是就不是，"不完全是"是什么意思？

她真想甩陆燃一排问号。

江澈盯着群聊中"旧情复燃"这个词陷入了沉思。

——旧情，能复燃吗？

陆燃之所以回国，其中一个原因是他被调到国内分部了。国内分部刚成立没多久，急需一名有能力的管理人员，因此调来陆燃填补空缺。

但没多久，他就主动辞职了。

陆燃以作家的身份出镜意外爆火，给他生活造成了一定困扰。

公司同事不知是谁把陆燃的信息泄露了出去，以至于他时不时会遇上书粉找上公司要签名，甚至还有星探来挖掘他出道。

快餐娱乐时代，永远不知道明天爆火的是谁，但这种火又能维持多久呢？

陆燃浏览着网上关于他的视频，唯一有一件值得可贺的事：他以一己之力成功拓宽了江澈在主持界的知名度。

陆燃在旋转椅上乐哉地转了一圈，欣慰地得出结论：和崔泽洋的暗暗较劲之下，他更胜一筹。

当然，陆燃回国还有一个重要的原因——国内有他牵挂的人。

无论是亲人、朋友还是旧爱，都在国内。这里永远是他最亲切的故土。

成了无业游民的陆燃，没事就去冯昱肆的酒馆晃悠一圈。

酒吧晚上十点后，音乐就从舒缓民谣变成嘻哈摇滚。

陆燃闷声喝着酒，时不时有女生过来搭讪，更有书粉认出他是火冢问他要签名。对于书粉他一一礼貌签名，但若是碰上合照要求他一概拒绝。

身边来来去去好几个女生，没一个能在他身边成功停留五分钟以上。女生们不约而同地认为大作家太冷了。

说实话，陆燃自己都没想到他会莫名其妙地火起来。

若是因为大家喜欢他的书他会觉得自豪，若是因为大家觉得他长得帅而关注他，他会认为自己是个没用的花瓶。帅哥也有烦恼，长得帅时常会掩盖他身上的其他光芒。

陆燃越想越烦，酒一瓶接着一瓶，直至冯昱肆坐到了他身旁。

冯昱肆把一顶棒球帽扣到陆燃头上："恭喜你啊，跻身热搜第一位。大作家您来了我这酒馆，让我这酒馆蓬，蓬……"

"蓬荜生辉。"陆燃抬手按压帽檐，道了句"滚"，抓起酒瓶仰头灌自己。

"事业有成还喝这么多，难道是……"冯昱肆打了个响指，"因为爱情？"

见陆燃没吱声，冯昱肆夺过陆燃手里的酒瓶："自己喝多没意思。"他拿了两个空杯往杯中倒了半杯，与陆燃碰杯。

陆燃沉默着，手里紧握着手机，开了又关，关了又开。来来回回解锁好几次，都没在对话框下打出一个字。

江潋的十三元转账过期自动退回了，后面两人再没说过一句话。三年后的他们，生分客气到十几元也要有整有零地转账。

是啊，时隔多年，他们之间已经错过了太多。

冯昱肆猜到了大概，问他："所以，你俩进展得不顺利？"

陆燃"嗯"了声，没否认。

冯昱肆摇着杯中的液体："这下承认了吧，你还没放下她。"

陆燃晃了晃杯中的酒，随后一饮而尽。

苦涩、甘甜、浓烈，全部入喉。

他的喉结微微滚动，目光微沉："你说，我重新追她，还来得及吗？"

沉吟几秒，冯昱肆唇角一歪，吊着眼梢。

"想知道她心里还有没有你，我有个办法。"

陆燃骂骂咧咧说冯昱肆出的是馊主意，然而还是照做了。

就，故技重施。

陆燃和室友们三年没见了，四个人在醉了酒馆小酌几杯，陆燃故意把自己灌醉，冯昱肆再把三个室友赶走，接下来就上演重头戏——

冯昱肆给江潋打电话。

江潋接到冯昱肆电话的时候还在公司加班没走，她从毕业后一直是独居，一个人蜗居在几十平方米的小房里，冷冷清清的，因此她不恋家，只恋工作。

听冯昱肆说陆燃醉到不省人事了，江潋持怀疑态度，毕竟陆燃大一经常混迹于各大酒吧，人称"千杯不醉王"。但她没拒绝，原因有二：一是因为她想看看陆燃到底在搞什么鬼，二是还陆燃上次的人情。

陆燃也没想到江潋会答应得这么顺利，冯昱肆挂了电话后他赶紧又多灌了自己几杯。

虽说做戏做全套，但是他想要把自己灌醉实在是太难了。可能是生父嗜酒的原因，导致陆燃这方面先天基因好，体内含有大量高活性乙醇脱氢酶，酒精代谢十分快。他干了几瓶实在干不动了，可怜兮兮地趴在桌子上酝酿着演戏。

…………

一小时过去，陆燃趴在桌上险些睡着。倏忽，酒馆门被推开，一袭清风裹挟而入，冯昱肆给陆燃使了个眼色，陆燃脑子猛一清醒，立马进入飙戏状态。

江潋拿着把伞推门而入，冯昱肆偏头看门外："下雨了？"

"没下。"说完，江潋向内瞅了眼，看见陆燃趴在桌子上一副不省人事的模样。

陆燃虽戴着帽子，整张脸遮挡得严实，不容易被人认出是大作家火冢。但凭江潋对他的相熟程度，别人认不出，她就算再过个五年也能一眼在人群中认出他。

冯昱肆接着道："那你带伞遮阳吗？"

江潋懒得跟他解释，觑他一眼："夜晚也有紫外线。"

冯昱肆仿佛在看怪胎，又道："我这边忙走不开，阿燃就麻烦你了。"

江潋嘴角抽抽，看冯昱肆气定神闲的，哪里像忙的样子！算了，懒得跟他扯那么多。

她径直向陆燃走去。

冯昱肆跟个影子似的紧跟在她身后，盯着她的一举一动，好像怕她会图谋不轨一样。

江潋转头，问冯昱肆："你不是忙吗？"

"是啊，"冯昱肆淡言，"忙着监督你。"

"……"

江潋戳了戳陆燃，陆燃一动不动。她索性坐在陆燃旁侧，弯腰躬身，两只手在他腰腹之间摸索。

冯昱肆叫嚷着："欸，你要干吗！怎么动手动脚的呢？你这是乘人之危啊！"

江潋脸色一红，意识到自己的动作是有点怪怪的。好在，她已经从陆燃口袋里摸出了车钥匙。

在来的时候，江潋一眼就看到了门口停着的墨绿色宾利，知道陆燃是开车来的。他既然开车来还喝那么多酒，就没想着自己开车回去。

江潋手里提溜着车钥匙，对着冯昱肆晃了晃。

冯昱肆透过那串车钥匙，看到了江潋身后的陆燃露出半只眼睛，打探着"敌情"。

刚才那一嗓子叫器把陆燃吓得够呛，险些穿帮。

冯昱肆憋笑，视线回到江潋身上："你，你会开车？"

"会。"

江潋工作这几年，出差是很正常的事情，很多会场需要主持人入驻。有时候距离不太远的地方，她为了方便，直接开着公司的车赶往现场。开车已经成为她必备的职业技能。

江潋转身看了眼陆燃，陆燃赶紧闭上眼装"死"。

她回头问冯昱肆："你不是没空吗，那你把他抬到车上，发我个他家地址，我送他回去。"

让两人共处一室的馊主意落了空，冯昱肆不甘道："宾利啊，你要是撞了赔得起吗？"

"说得对，"江潋反问，"那你来开？"

冯昱肆看着江潋，心想三年间这姑娘的性格变化真大，再也不是柔柔弱弱一推就倒的她了。片刻，他讪讪地侧身背起陆燃："那阿燃就拜托你了。"

冯昱肆把陆燃丢在副驾驶位就溜了。

虽说江潋的驾龄不算短，但开豪车还是不由得捏了把汗。若是一不小心碰到剐蹭，她压上全副身家也不一定赔得起。

夜晚的视线不太好，她打起一百分精神目视前方，端正身体紧握方向盘。

夜风习习，等红灯的间隙，她侧眸看了眼陆燃。陆燃双眼轻闭，呼吸有条不紊。树叶的剪影衬着灯光拓下来，虚虚实实难以分辨。

江潋分不清陆燃醉的程度，抑或是没醉。她自顾自地说："咱们两清了，上次你送我回家没收钱，这次我送你回家，伞也还给你了。"

陆燃没回应，只是呼吸越来越轻。他想起冯昱肆说，如果江潋知道他喝醉二话不说赶来说明他俩还有戏，那样的话他追江潋还来得及。

只是他没想到，江潋是来跟他两清的。

但又能怎样呢，当初分开是他一意孤行作出的决定，人家姑娘就算单身三年也并不能代表是在等他。

更何况三年了，她身边有崔泽洋陪伴着，崔泽洋各方面成绩斐然，与他相比并不逊色。他又有什么资格说分开就分开，说在一起就在一起呢？

红灯变绿，车子匀速行驶于马路上。

江潋打开车窗，一阵冷风钻进车内，让陆燃霎时间变得清醒，清醒到有些话一定要表达出来。

他说："小水，我想你。"

虽清醒，却又装作不清醒的模样。就是这样一种半醉半醒的口吻，让江潋听后有片刻恍惚。

金黄色落叶"哗啦啦"被风卷起，盘旋在半空。

江潋没回应，天暮浓稠如墨，她神色一点点变暗。

半小时后，江潋按照冯昱肆发来的地址把车开到了陆燃楼下。

她叫了两声陆燃，陆燃不应，她又用手戳了戳陆燃的胳膊，陆燃口齿不清地迷糊着"哼"了一声，依旧一副醉了的状态。

江潋无奈，去他口袋里找手机。

车内没开灯，外面的街灯往昏暗的车内映着微弱的余光。她往陆燃那侧贴了贴，大胆地摸索着他的手机。

陆燃的手机装在上衣的夹克里，她松了口气，还好不用做出趁醉摸他裤兜的猥琐举动了。

摸到手机时，江潋并没有立刻挪回身子，而是依旧保持着那个略显亲密的姿势。时间仿佛静止了，她的头贴近他的心脏，气息在他胸腹之间浮动。

又是那股好闻的雪松香。普鲁斯特效应认为，嗅觉要比其他感官有着更强的记忆。三年了，这种味道又唤醒了江潋的旧时记忆。

须臾，她眨了眨眼，缓过神，拿出手机。

"啪嗒"一声，从陆燃口袋里带出了什么东西，江潋打开内车灯去寻——皮筋上一颗蓝色半透明状水滴在车灯下折射出灼目的光。

而江潋，正是这枚水滴皮筋的原始主人。

她捡起，凝神望着，水滴被人为磨得更光滑发亮了。

三年了，陆燃一直把它带在身上？

陆燃察觉到异样，小秘密被发现了。他悄悄地把一只眼敞开一条小细缝，留意着江潋的神色变化。说不出她是什么表情，应该是一种复杂的情绪吧。

陆燃不会告诉江潋，这个小小的水滴皮筋，是他三年来的精神支柱。

他在 M 国的时候时常会想念故土和家乡的亲朋好友，小小的皮筋支撑着他度过背井离乡的漫长三年。

有一次皮筋装在口袋里不小心掉了，为了找到这根皮筋，他把一天的行程重新走了一遍。身边朋友笑他，一个不值钱的东西至于吗。

他苦笑着给他们解释价格与价值的区别。很多时候，物品承载着人类的情感寄托，价格不能决定价值，价值远高于价格本身。

对陆燃来说，小皮筋是无价的。

江漱很乖地把小皮筋重新装回陆燃口袋，当作什么也没发现。下一步，联系陆燃家属。

她点亮陆燃手机屏幕，黑色系的风景壁纸浮现，三两大雁孤飞于天际，追逐夜幕，惆怅而感伤。

江漱拿着陆燃一只手，在屏幕底端按了一番，从大拇指开始试，两秒后，成功解锁。

联系人……她在列表里面翻了一遍，无意中翻到了程一泽的名字。

如果没记错的话，那个叫她"棒棒糖姐姐"的男孩，就是陆燃的弟弟，程一泽。

是他的举动，牵连父亲伤口复发无法下地，牵连陆燃与她无奈之下分手。

江漱虽然心里有恨，但又不能全然怪罪程一泽。毕竟大舅二舅上门闹事在先，程一泽为了保护他的养母，才做出防卫之举。

三年来，多亏了那笔突如其来的十万元为父亲治疗腿伤，才让父亲有了重新站起来的希望。

可就蹊跷在，那笔十万元来得及时，并且对方在转账时刻意隐去了姓名，三年来也未曾索要。江漱一直不知道，那笔钱是否与程家有关？或是与陆燃有关？

她盯着屏幕上程一泽的名字，呼吸慢慢变缓。

就算告诉程一泽她父亲的现状又有什么意义呢？既然已经是往事了，就让往事随风吧。

陆燃喝醉，找他的弟弟总比找他父母合适。

思及此，江漱拨通电话。

…………

电话挂断没两分钟，程一泽穿着拖鞋裹着睡衣下楼了。

江漱透过玻璃窗看到男生，三年没见了，算起来他应该上大二了。

陆燃的弟弟和陆燃虽不是一个爹生的，骨相却是同等优越。

两人唯一不同的是气质，陆燃是颓痞公子型的，程一泽是清冷乖张型的。

江漱打开车门下车，程一泽的目光汇过来，神色诧异："棒棒糖姐姐？"

江漱讶然，程一泽总是能一眼认出她。但碍于父亲腿伤之事，她又不想与他过多攀谈，开门见山道："你哥醉了，我送他回来。抱着试试的心态给你打电话，结果你真在家。等会儿你送他上去吧，我就走了。"

278

在她将要转身时，程一泽问："你和我哥也认识？"

江潋侧头，语气淡淡的："是同学。"

"同学？"

这个回答显然在程一泽这儿立不稳，陆燃极其注重个人隐私，他第一次见有女生亲自把陆燃送回家。

还有，陆燃在 M 国工作的三年里，竟然没有谈过恋爱。

陆燃二十五岁了，丁静知道追她儿子的人多，也知道他一律爱搭不理，甚至还怀疑过他的取向问题。那次丁静和程天明抱怨，恰巧被程一泽听到了。

在程一泽遥远的记忆里，听闻陆燃和女孩子有关联的，还是在某年的除夕夜……

程一泽定定看了江潋一会儿："能在这个点把我哥送回来的，关系不一般吧？"

江潋回答："挺一般的。"

她想，应该是比一般还一般。现在他们两个只是比陌生人多了一层关系，还清了这次，也会重新恢复到陌生人的。

"陆燃就交给你了。"江潋没打算逗留，掏手机准备打车回去，才发现手机没拿，应该是落在车里了。

她打开车门，从驾驶座上拿起手机，神色迟疑。按理说导航时手机应该夹在了车载支架上，她不记得什么时候把手机取下来了。

陆燃在酣睡，醉得真切。

江潋没多疑，关上车门对程一泽说："我回去了。"

程一泽犹豫道："这么晚了，要不我开车送你吧。"

江潋低敛着眼睑看打车软件，页面不断切换的光映在她脸上："不用了，还挺远的。"

程一泽："那你加我微信，到家发消息。"

"也不用了。"

"三年来我头一次见有女生和我哥走那么近，如果你不安全，我哥会拿我是问的。"

江潋不想再纠缠，点头道："行。"

加上后，她转身离开。

程一泽打开车门，想起什么，忽然叫住她。

江潋回眸，看见程一泽冷淡的脸上多了分不一样的神色。

279

"我哥他不容易，他有双向情感障碍，犯病期间会失去爱人的能力，也会失去接受爱的能力。如果他做错了什么，你要多给他一次机会。"

程一泽的腔调很冷，声线很淡，没什么情感起伏变化。但他内心的一部分柔软，已经被逐渐打开了。

三年前，程一泽目睹陆燃抑郁发作在垂死边缘挣扎，上网搜集了相关资料，真切了解到双向情感障碍是一种不容小觑的精神疾病。

从此，他内心的柔软部分渐渐被打开。

小巷里飘荡着阵阵桂花香，此时的秋风竟没那么冷了。

江潋失笑，点点头："好。"

江潋走后，程一泽站在车外看着副驾驶位的陆燃，思考着从哪儿下手把他抬回家。

——是让陆燃趴在自己后背？还是侧面半拎着陆燃的腰腹？

程一泽不喜欢与人亲近，可这哪一种动作都少不了肢体接触。他平日和陆燃的交流极少，更别提为数不多的兄弟情了。

想着，程一泽头皮一阵发麻。反正陆燃喝醉了也不知道，他索性眼睛一闭眉毛一横，撸起袖子背过身准备以背的方式把陆燃弄回家。

还没等他完全背过身，陆燃悠悠然从副驾驶位起身。

程一泽："？"

陆燃："好弟弟，辛苦你把车停了。"

程一泽："？"

回到家，陆燃洗了个澡裹着睡袍坐在沙发上看手机。

他有一点洁癖，不喜欢身上沾着男士香水味以外的东西，包括烟味和酒味。

程一泽停好车进家，看到陆燃懒散地坐在沙发上，精神头儿满满。

他又往钟表方向瞥了眼，十二点多了，陆燃刚喝完酒回来还能这么有精神，简直不是一般人。

程一泽没多问他装醉的事，准备进卧室睡觉。

陆燃叫住他："睡了？"

程一泽回头，狐疑道："不睡？"

陆燃觑了他一眼："不等棒棒糖姐姐给你发到家消息就睡吗？"

"哦。"被提醒后程一泽想起这茬，"你是不是追她被她拒绝了？"

陆燃从手机屏幕里掀起眼，语气轻飘，定定地看着他："我需要追人吗？"

"不需要。"

陆燃笑笑，神色傲然，继续看手机。

程一泽补充道："不需要那你装醉？"

陆燃讪讪回嘴："懒得跟你讲什么叫欲擒故纵。"

"哦，"程一泽回身，"那手机不给你留下了。"

陆燃立马蹿起来："……就当你说得对。"

程一泽白了陆燃一眼，把手机丢到茶几上，打了个哈欠懒散步入卧室。

"一泽，谢谢你。"

陆燃的声音在程一泽抬手开卧室门的那刻响起。

"那番话，谢谢你。"

程一泽停顿两秒，打开卧室门进屋，回身关上时，门缝里夹了淡淡一句："矫情个什么劲儿。"

"嘭！"

陆燃望着被他关上的那扇门，他知道，他们心里相隔的那扇门已经消失了。

陆燃把程一泽的手机装进浴袍口袋里，从冰箱拿了瓶冰水，一边等江漖的消息一边走向阳台。

夜晚的凉风刮得他清醒多了。

他没想到江漖会联系程一泽，联系那个间接害她父亲下不了地的人。

但既然她能平静地与程一泽说话，是不是证明她原谅了程一泽，也原谅了自己当年的"幼稚"行为？

陆燃拧开冰水，冰凉感从喉咙灌入胃，就像感受着江漖这些年的心一点点凉透的感觉，他终究是对不起她。

在刚刚江漖下车和程一泽说话的间隙，他看到了车载支架上江漖的手机，那是他唯一可以确定江漖还爱不爱他的证明了。

他把江漖手机壳去掉，当视线落在手机壳内时，他眼睛倏地就发酸了。

照片还在。

分手三年了，照片依旧完好无损地保留着。

江漖的手机更换了款式，手机壳也换了，一切都焕然一新，唯有照片还保留着。

如果这都不算爱……

"啪嗒！"指节用力到泛白，塑料瓶被捏扁，向内凹陷。

深夜里，陆燃镇静地说："老子一定把她追回来。"

翌日上午，陆燃约了李医生复查。

程一泽还没睡醒，陆燃把他的手机放到茶几上。

昨夜收到江潋发来的消息后，他就安心去睡觉了，一晚上养精蓄锐，为了上午出门复查。

三年前，陆燃做完最后一次 MECT，抑郁得到了有效遏制，躁狂也没再复发。在 M 国坚持看医生和吃药的三年，病情也在往好的方向转变。

李医生针对陆燃的病情进行分析：他足量足疗程的治疗效果比较乐观，三年来没复发可以考虑停药，日后持续观察，有望完全抑制。

十一月了，立冬过后，气温骤降。

陆燃从诊所走出来，心旷神怡。

他把手揣进黑色羊绒大衣口袋，下巴缩进江潋亲手织的黑围巾里，身形颀长挺括，透着一股贵族般的英气的氛围感。

他走在铺满金色落叶的街道上，沉思着李医生的话，目光灼灼有神。

恢复正常人意味着——他可以坚定地给江潋一个未来了。

与神秘大作家一同爆火的还有江潋。

江潋主持专业，颜值又高，被网友誉为"最美女主持""全网的国民初恋"。一个多月以来知名度"嗖嗖"往上升，仅次于雁瑜卫视的金牌主持阮潇蕾。

虽说栏目爆火一部分原因是蹭了大作家的热度，但江潋能跟着火起来自身也是有点本事的。她主持风格沉稳大气，性格温婉端庄，在观众面前留下了极好的观感。

领导一高兴，江潋的奖金拿到手软。但人红得快，事业过于顺利，就会有人红眼。

早上八点五十分，江潋上班等电梯，周围总有人将目光若有若无地扫向她。

虽说知名度提升是好事，但江潋一向对快餐娱乐不感兴趣，对年轻人的跟风潮流也没关注过。

她不喜欢过分受人关注，只想安安静静地做好每一场主持。

工作时，她把自己扮演成一副积极开朗的状态；私下里，却更习惯蜷缩在自己的小角落。

江潋低敛着眼睑看手机，不去在意那些目光。

早高峰坐电梯的人多，需要等几分钟。低层区和高层区排成两队依次上电梯。

瑜晴挤在人群里看到了江潋，激动地朝她打招呼："江潋姐！"

闻声，人群里另一双眼睛也回了头。

江潋抬头。

人对敌意向来有一种敏锐的嗅觉，她在看向瑜晴之前先发现了舒捷。

舒捷不怀好意地瞧了她一眼，伴随着一声轻哼。

她轻哼的那一声，江潋即便隔着不近的距离也能清晰听到，再加上她那副鄙夷扁嘴的神情，不知道的人还以为江潋抢了她男朋友。

江潋眼神越过舒捷，朝瑜晴微微点头笑了下。

"叮咚"一声，电梯门打开，人流鱼贯似的进入电梯。

瑜晴挤在了江潋旁边，满脸羡慕："江潋姐，你现在可是网络红人——'最美女主持''全网的国民初恋'！"

电梯里很安静，瑜晴的这一声声赞扬，让众人微微侧目。江潋有些尴尬，特别是那两个浮夸的称号，听得她头皮发麻。

好巧不巧，舒捷站在瑜晴旁侧，听闻这话，不动声色地瞥了江潋一眼。她声调里满是不屑："徒有其表，不过是蹭了自带话题的嘉宾的热度罢了。"

舒捷这一番话出口，电梯里更是安静得没人敢说话了，任人都能闻出火药味儿，包括夹在两人中间的瑜晴。

瑜晴是还没毕业的实习生，职场里的险恶她多有不懂，夹在两位前辈之间瑟瑟发抖。

江潋进入电视台从实习到现在也不过三年尔尔，资历不及舒捷老。未来道阻且长，她并不想树敌。

江潋礼貌地笑了笑，避开纷争："快餐娱乐很快就会被大众淡忘，论资历和经验我还是不如舒捷姐，舒捷姐采访过很多嘉宾,和她比起来我就是小巫见大巫。"

"叮咚！"

电梯门打开，人群迅速向外散出。

舒捷扬起下颌，对着电梯间的反光镜整平衣领，嘴唇嚅动："知道就好。"

江潋阔步走出电梯间。

舒捷紧跟其后，待人都走完，她声音缓缓落下："喂，你跟大作家有一腿吧？"

江潋神色一顿，听舒捷缓缓道来。

别人不清楚，但是舒捷清楚。当时她动用了能动用的一切关系，甚至在允许的经费上又自掏腰包垫了一部分钱，请求大作家出面接受访谈，大作家仍是不予理睬。

舒捷出的这个价位在业内仅次于一线明星的出场费。雁瑜卫视好歹也小有名气，很多三四线小明星不收费也愿意自荐参加。

舒捷以为她拿那么大"诚意"都请不出神秘作家，没人能请出他了。谁知江潋根本不费吹灰之力，仅用了一次最初报价就让大作家欣然接受采访。

听舒捷讲完，江潋先是有点震惊，而后诡谲一笑。

"我的回答和上次一样，并非所有人都需要耍手段。"

江潋转身，留下舒捷黑青着脸停留在原地。

江潋到了电视台就出门采外景了，下午一点钟回到台里时，殊不知台里已经"变了天"。

她走进电视台大楼，迎面两个实习生给她打了个招呼："江潋姐回来了。"语气虽很平常，但眼神有些古怪。

江潋透过手机屏照了照自己，脸上没什么东西啊。

接着往前走，又遇到了三两同事，都用鄙夷不屑的目光看着她，也没跟她打招呼。从她身边走过后，还传来窃窃私语的怪笑声。

这样浓重的恶意，从何而来？

江潋疑惑着坐回自己的位置，打开电脑，慢慢转移注意力。

电脑缓慢开机，屏幕的蓝色映在她迷茫的脸上。

阮潇蕾走到江潋位置旁，轻拍了下她的后背，递过去一块三明治，说："吃饭了吗？"

"吃过了潇蕾姐，"江潋笑笑，"你留着吃吧。"

"给你留的，"阮潇蕾抬手，"跟我来。"

阮潇蕾把江潋带到走廊上，落地窗外，风很静，大雁排成一行直冲云霄。

走廊上只有她们两个人，阮潇蕾缓缓道：

"《时光对白》数据很好，很多人觊觎着。你有这个能力就要好好做，不要轻易让给别人。"

江潋点了点头，问道："潇蕾姐，上午发生了什么？"

"放轻松，别那么紧张。"阮潇蕾笑着拍拍她的肩，用轻松的口吻道，"台长邀请大作家再来接受一期访谈，大作家同意了，指名道姓还让你主持。"

她转折道："只不过……舒捷在背后煽风点火，说你是靠……不正当的关系。"

江潋神色一沉，阮潇蕾安慰她："访谈大作家是个好事，高兴点。谣言不必在意，清者自清。"

江潋抿唇："潇蕾姐，我知道了。"

阮潇蕾转身看向窗外，语调也放缓了一拍："职场是个大染缸，我从前也被欺负过，但你要记住，只有自己变强大了别人才会怕你。人们只会嫉妒跟自己同水平或者稍强一点的人，比自己优秀太多的人他们只会羡慕。

"别人嫉妒你，正说明你还不够强。稍有姿色或略有才华都不值得骄傲，它会让你在无数个时刻沾沾自喜，自以为窥见了天光。但只要你再往上一个台阶，就能看到广袤无垠的蓝天。"

江潋被阮潇蕾的一席话深深打动，每次和她对话都能触及灵魂。和有些人聊天是聊天，和有些人聊天胜读十年书。

阮潇蕾和舒捷是同年进的公司。

即便职场中会遇到像舒捷一样喜欢到处给别人使绊子的人，但也会遇到像阮潇蕾一样温柔又坚强有力的榜样。

这也许，就是探索这个世界的趣味所在。

"潇蕾姐，谢谢你！"

阮潇蕾点头，转身而去时忽然想到了什么："对了，大作家今天下午会来和台长见面，你们好好聊聊。"

半小时后，一辆墨绿色宾利停在电视台楼下。

电梯门缓缓打开，陆燃抵达十一楼，一袭黑色大衣，黑色西装裤，叠搭灰色衬衫。与学生时代不同，如今他的打扮多了些成熟男人的气质。

陆燃阔步径直走向台长办公室，路遇休息室，从屋内传出两个人争执的声音。其中一抹声音十分耳熟，他脚步一顿，偏头，一眼看到了江潋。

玻璃门没关，陆燃在门口站了一会儿，里面争执的另一人背对着他，声音从内传来。

江潋："舒捷姐，我之所以叫您一声姐，是尊重您。但您作为媒体人应该知道讲究事实的重要性，不分青红皂白地传播流言是对当事人的不尊重！"

舒捷不忿："你少拿职业压我，你是想说我诬陷你和大作家的关系吧？"

"没错，但不止于此。"江潋正色道，"既然提到这儿了，七年前，您还记得您在瑞鸟传媒公司所做的自媒体营销号吗？其中一条营销号的标题名为'惊！高中生勾结社会人士斗殴？'，视频上传的是没头没尾的一个片段。这则内容未经核实，只为博眼球，舆论因此被带偏导向。"

舒捷咂着红唇："那则内容点赞量极高，那是我职业生涯走向成功的开端！"

"那您看过完整视频吗？做内容前有了解清楚事情的真相吗？您有恪守媒体人的准则吗？"江潋三连反问，越说越激动，险些情绪失控。

舒捷语气变弱："你至于吗？我不就是说了你和大作家存在某种不正当利益输送吗，大作家三番五次指名道姓要你主持，你敢承认和他没关——"

"是我在追江潋。"一道斩钉截铁的声音穿透屋内。

江潋和舒捷齐齐回头，看到陆燃时，一个神情晦涩，一个神态吃惊。

陆燃挑眉，略微仰头俯视着舒捷花容失色的脸："你别瞎猜了，是我在追江潋，请她做我的访谈者。还有，你省省心吧，你给我发那么多封邮件我都没回还不死心？非让我告诉你是因为你专业水平太低吗？"

舒捷脸色发红，被气得噎了口气也不敢吱声。

陆燃这番回怼，是为了江潋，也是为了十八岁受过伤的自己。

他把江潋护在身后，懒得与舒捷那种人继续交流下去。见识不同，人家未必听得懂你说的话，何必多费口舌呢。

台长给陆燃发来消息问他到哪儿了，他低头回了句"到了"。

片刻后，他抬眸望向江潋，轻扯扯唇角。

"江小姐，晚上给追求者一个机会？本人想请你共进烛光晚餐。"

消息一经传出，没过一个小时就沸沸扬扬满台风雨。

局势扭转，江潋从谣言不利方一跃成为故事的主宰者。

虽说起初大作家的知名度是比江潋略高一筹，但江潋也绝不是只空花瓶，两人从专业造诣上来说称得上势均力敌。

一片哗然中，江潋顶着众人的目光去卫生间洗了把脸，火速将脸上的滚烫降了下来。

镜子里的她，水珠半悬，不施粉黛仍肤若凝脂。

现在连江潋自己都搞不清楚陆燃的那番话究竟是为了解围还是发自肺腑。

后面还有一档主持，她很快调整好状态，进入化妆间。

随着《时光对白》栏目热度攀升，更多明星愿意洽谈合作，第三期的嘉宾定的是当红男团队长。

江潋的事业线稳步攀升，不出意外，这档栏目的主持以后都不会变了。

台长办公室里，陆燃和台长洽谈好了合作——他会作为第一季《时光对白》的收官嘉宾。

下午四点过一刻，陆燃从台长办公室走出来，睃了一圈，没看到江潋。

瑜晴激动地迎了上去，拿了本《赴生》热情地说道："江潋姐做节目去了，大概一个小时后下播。火冢老师您能给我签个名吗？"

陆燃点头，接过瑜晴手中的书潇洒挥笔。他抬眼望向办公室，随口问道："你们这间办公室有多少人？"

"我们这儿啊……"

听瑜晴说完一大串话，陆燃拿出手机点开软件，下单了足数的奶茶，坐在大厅的沙发里翻杂志。

书页"沙沙"翻动，他身上附着与生俱来的贵气，视线柔和而明亮，似一轮皎皎明月。

日落的微光透过窗户，照在翻动的书页上。

丁达尔效应出现时，光有了形状。光变得具象，爱意也有迹可循。

忘记看了多久的书，他有了些许困意，眼睫微合。

一个黄衣小哥推门而入："外卖，陆先生！"

陆燃应声，困意全无，接过满满几大兜外卖，交给瑜晴让她分给每一个同事。

这家奶茶赫赫有名，是奶茶界的"扛把子"，一个月前在雁瑜市开了第一家门店。

门店营业之初消费者接踵而来，浩浩荡荡排着长龙。每次喝一杯奶茶就要排将近一个小时的队，为此网上还开辟了代买业务。

一杯奶茶足以收拢江潋的同事们，特别是年纪不大的小女生，纷纷议论着陆帅哥多金、温柔又细腻。

可惜人家心里有主了。

江潋从演播厅出来的时候，屋内溢着温热的奶香味，每桌都摆着一杯不便宜的奶茶。

她抬眼望去，办公室尽头，陆燃懒散地半靠在大厅的真皮沙发上等她。

好似感受到了目光，陆燃抬眸，两人目光遥遥相会。

这次，是江潋先收回了目光。她看了眼时间，还没到下班的点，乖乖回到位置上坐着。

她托腮沉思：陆燃这次来真的？

又看了眼自己桌面上空空如也，她怎么没奶茶？

正意兴阑珊时，瑜晴偷溜到她座位边，满脸笑意。

"江潋姐，你的奶茶找大作家亲自认领，他说了，你的和我们的都不一样。"

察觉周围有目光汇聚过来，江潋干咳了一声掩饰尴尬："好。"

江潋手头上没工作了，干坐了一会儿。她受不了被推到八卦顶峰的感觉，陆燃等她的每一分钟都令她如坐针毡。

她把微信登录在电脑上，母亲发来了消息，是一串长达四十多秒的语音。不用听也知道，大抵又是劝她去相亲。

江潋二十四岁了，一门心思扑在工作上，女生禁不起耽误，这可把曹颖春急得焦头烂额，到处给她张罗相亲。

江潋把语音转化成文字：小水，这个男孩是做媒体的，这次你一定要见一面，微信给你发过去了加一下。他比你大六岁，但我觉得岁数大一点的沉稳。姓崔的那个小伙子比你小，这天上掉馅饼的事怎么会轮到你。婚姻是一辈子的事，我劝你……

真不愧是亲生母亲。

曹颖春知道这些年女儿身边一直都有崔泽洋陪着，崔泽洋这孩子固然优秀，家境也优渥，但不是他们这种普通家庭能高攀得起的。

荣华富贵，不如简简单单的幸福。

可是江潋谁都不同意，曹颖春没办法，只能一周换一个人选，换到江潋满意为止。

这次遇了个媒体人，曹颖春觉得两人能在事业上互帮互助，语气坚决，说什么也要逼着江潋去见男孩一面。

江潋捏了捏眉心，盯着母亲发过来的那串微信号，陷入愁思。不见的话，母亲誓不罢休，还会持续不断地让她相亲。

要不然……加上后坦然告知对方，她暂时没有谈恋爱的打算？

江漾复制那串号码，搜索，添加。

好友很快就加上了，江漾百无聊赖地点开男生的朋友圈，向下划拉……其中一条内容的点赞里她发现了熟悉的人。

舒捷？

江漾想了想，暂时隐藏了自己不想相亲的意愿，发过去一串文字。她先是进行了自我介绍，而后向对方问起舒捷。

两分钟后，对方回：她是我曾经的同事，她离职了。

江漾：瑞鸟传媒公司？

邢志坤：你怎么知道？

江漾陷入了思考，退出了页面。

看她没回应，邢志坤又发来消息：阿姨和我说了你在雁瑜卫视上班，晚上我等你，咱们一起吃个饭吧。

江漾看了眼跷腿坐在沙发上等她的陆燃，回道：不好意思，改天吧。

改天的意思，不是改天相亲，而是改天见邢志坤聊聊瑞鸟传媒以及舒捷。

到了整点下班时间，江漾没再看手机，利索地将电脑关机。

她为了避免自己和陆燃与同事们共乘一台电梯的尴尬发生，比以往任何一次下班都积极，趁同事们还没起身就率先拎起包，走到陆燃面前。

"走不走？"

陆燃勾了勾唇角，提起两杯奶茶，跟在江漾身后，故意调侃道："江小姐倒也不必那么着急。"

"……"江漾无声按了两下电梯。

出了电视台大楼，江漾神色松动，仿佛卸下了一个大包袱。她看着陆燃："演戏可以结束了。"

陆燃沉默几秒，目光微沉："小水，我没演戏。"

僵持半响，陆续有同事下班出来。两人像甘蔗一样杵在电视台门口也不好看。

江漾便跟着陆燃，她不想坐副驾驶位，朝后座走。

陆燃抢她一步绅士地打开副驾驶位的门，做了个"请"的动作。

江漾无奈妥协坐进副驾驶位，车子缓缓行驶在路上。

两人谁都没发现他们被尾随了。

车内轻音乐悠扬，陆燃导航到雁瑜市一家很有名的私房菜馆。

江澈斜了一眼看到了，忍不住说："现在没人了，没必要做戏做全套。"

陆燃把音乐声调小，声音清晰又明亮："没做戏，是我追你。"

江澈怔忪许久，她一直硬撑着不想再与他有瓜葛，可是只要眼前这个人一回头、一句话，她定会不争气地缴械投降。

可是倘若陆燃再一次轻易把她推开说分手呢？锥心之痛承受不了第二次了。

江澈直视着前方，音调冷静："这次说追我是认真的吗？如果又是替我解围的说辞，又是我在自作多情，请你坦然告诉我，我不会像当年一样再缠着你了。"

话音落下，陆燃猛踩了下刹车。

江澈由于惯性向前倾，还好系了安全带，差点撞到。她心有余悸地看着前面红灯，意识到车子已经压了停止线。

陆燃定定地伏在方向盘前，神色黯然，淡声道歉。

江澈的一句话勾起了他的回忆，很不好的回忆，以至于他忘记看信号灯。

在 M 国，陆燃无论情绪怎样多变也不会表露于面上，这么不镇定的举动还是第一次发生。

绿灯跳出来，车子缓慢启动。

陆燃把音乐关掉，目色泛着忧伤，像一面雨后挂着水珠的透亮镜子。

"小水，你应该知道，三年前我推开你时的所有说辞都是谎言。"

有个问题，陆燃一直不敢问，但既然说到这儿了，这也是他最关心的一个问题："小水，叔叔还好吗？"

江澈没回答："陆燃，我就问你一个问题。"

"你说。"

"十万，是你转的吗？"

片刻，陆燃轻轻点头。

尽管幅度很小，但江澈还是看到了。她静静地回应他上一句："医生说他恢复得不错，有望重新下地走路。"

陆燃松了口气，如释重负："我的病情也基本上痊愈了。小水你放心，我即便再犯，也不会把你推开了。"

江澈低垂眸子，微咬着唇瓣不语。

事到如今，她已经明了陆燃的所有行为，是不是应该彻底原谅陆燃了？

兴许是安静得难受，陆燃把音乐重新打开。

"别担心。"他的嗓音温柔，伴随着音乐声像是潺潺的流水。

车速降了下来，后面尾随着他们的那辆车也放缓了速度。变道了怕跟丢，于是男人按了两下喇叭，催促着陆燃。

陆燃没快，后车又按了两下喇叭。

陆燃不耐烦，随意问起江潋："我买了几个磁贴准备贴车尾，你帮我选选标语。在后座放着。"

江潋扭向后座，拿磁贴时，视线触及旁边的围巾——是她织的黑围巾，针法一眼就能认出。

陆燃能戴三年的围巾，首先排除节俭因素，节俭行为在他身上压根不存在。是因为她织的吗？除此之外，她也想不出别的合理解释了。

江潋装作没看到不在意的样子，拿着一把磁贴扭正身子，翻看着上面的文字，眉头越蹙越紧。

——"接老婆专用车""别追了本人已婚""我家小可爱专属""车主有老婆勿念"。

这是陆燃的风格？

江潋问："你什么时候买的？"

"你不是喜欢'奶'一点的吗？"陆燃反问，"这样不好吗？"

"……没个正形。"江潋觑他一眼，觉得他话里有话。

三年不见，她对于陆燃有着颇多疑问，譬如他今后的打算。她忍了一番，没忍住，还是决定问出来。

"回来多久？还去M国吗？"

"不去了。"

"这车……"

"我继父准备等程一泽大学毕业把矿业交给他接手，就把这辆车送给我了，程一泽还有一辆，虽没这辆贵但比这辆新。不过我对矿业也不感兴趣，后继有人，挺好。"

江潋点头，她想起陆燃醉酒那夜程一泽对她说的话，肯定道："你弟弟对你不错，你们兄弟俩也不争抢，挺好的。"

"现在还行，在之前……"

陆燃应着江潋的话茬，滔滔不绝。

两人像旧友，不知不觉打开话匣子，聊了很多。

三年来的隔阂逐渐打开。

…………

十分钟后，陆燃转了个弯，到达私房菜馆。

"请吧，大小姐。"

江溦下车，面前店面门头彩灯璀璨，恢宏气派，看上去就很贵气。

陆燃停好车下来，江溦问他："你确定要请我吃这么贵的吗？"

"我还能请不起？"陆燃噙笑，"你最好多吃点，把我不在的三年吃回本。"

江溦觑他一眼："想经济补偿我？"

"不行？"

"也行，"江溦开玩笑道，"转我一百万，原谅你。"

陆燃无所谓道："以后工资卡交给你。"

江溦跟上他，小声嘀咕着："谁答应要和你复合了。"

陆燃选的这家私房菜馆环境雅致，但人不多，每日有限流，要提前预约。

进入大院，有假山和人造瀑布，溪流潺潺，树木翠绿，颇有江南园林的韵味。

餐馆内，服务员是清一色的旗袍美女。

每一桌都用屏风遮挡隔开，对于喜静的客人来说，隐私方面保护得很到位。

陆燃和江溦现在是公众人物，若是被人偷拍再编造一段香艳的绯闻，又是满城风雨。

陆燃预订的是一份四位数的套餐，到前台和服务员进行核对。

江溦在他身后等着他，细细听着价位，耳朵不自觉抽了抽。这顿饭必须得光盘行动，落下一粒米就是对金钱的不尊重！

核对完，陆燃带着江溦落座。

餐馆很大，他下意识自然地拉起了她的手，就像三年前一样。自然到没意识他们还没正式复合。

倏地，一道很亮的闪光灯打在两人之间，伴随着"咔嚓"两声按动快门键的声音。

餐馆外站着一个扛摄影机的男人，两人牵手的画面刚好被捕捉进他的镜头。

男人三十多岁，额窄面小，吊眼蒜鼻，给人一副油头滑脸的面相。

他放下摄影机，朝江溦坦然地摆了摆手，露出一口黄牙："江主持，没想到能在这儿碰到你。"

男人说谎很自然，实际上他并非偶遇两人，而是跟踪了他们一路。

江澈疑惑，本以为狗仔是冲陆燃来的，没想到是冲她而来。她已经火到了这个地步吗，还有狂热粉？

陆燃蹙眉，态度很差，二话不说上前去夺男人的摄影机："你偷拍行为侵犯了公民的隐私权和肖像权，立刻删除照片！"

男人后退两步，不怕陆燃，朝江澈狞笑："江小姐，初次见面忘了自我介绍，我是邢志坤啊，说好在你楼下等你共进晚餐的。但是你放了我鸽子，有男朋友还来相亲，是不是不道德？"

邢志坤，这不是母亲给她介绍的相亲对象吗？

"我什么时候说好今天与你共进晚餐了？"江澈拿出手机想要证实，这才发现邢志坤发来的最后一条未读消息：我已经到了。

陆燃问江澈："这是怎么一回事？"

江澈无奈解释道："我妈给我介绍的相亲对象，有些误会，还没来得及解释。"

陆燃打量了一番邢志坤，嗤笑道："你相亲对象，就这个水平？"

江澈干笑着，邢志坤确实上不了台面，不知他是怎么伪装自己的形象骗过家长的。不过江澈太了解她亲妈了，在亲妈眼里高富帅是不会看上她的。

"……"又是被亲妈坑的一天。

江澈靠近陆燃耳边，告诉他不能让邢志坤留着照片，邢志坤在营销号工作，善于鼓动舆论。

陆燃会意，走上前去抢邢志坤的摄影机，还没等他得手，对方就"哎哎"个不停，把自己伪装成一副弱势方受害者的形象。

"你别动手啊，我这都录着呢，大作家打人啦！大作家打人啦！"

陆燃一把挡住邢志坤的镜头，厉色道："我有权要求你删除视频！"

"别碰，我这一个镜头好几万呢。"邢志坤心疼地摸了摸镜头，露出一个猥琐的笑，"想要我删除照片也可以，你打算出多少钱？"

江澈怒道："邢志坤，你这是勒索，我可以立刻报警！"

邢志坤擦了擦镜头，泰然自若道："一键上传功能了解一下？警察还没来我这边的照片就发送过去了。"

江澈："我起诉你！"

邢志坤从业多年，对这方面的流程了如指掌，无所畏惧道："那你去法院起诉我好了，不过时间更久，等起诉完照片谣言早就满天飞了。"

"你……"江澈咽下一口气，捏了捏眉心，"你要多少钱？"

"不多，十万。"

江潋犹豫了，有些动摇。

十万虽花得冤枉，但陆燃刚火，因此掉粉就得不偿失了，毕竟此事是因她而起。倘若省吃省喝一年，十万块便能凑齐……

思及此，她问："分期？"

邢志坤"嘿嘿"一笑，露出黄牙："行。"

话音刚落，陆燃掀起眼皮看他一眼，漫不经心道："那你发吧。"

江潋惊诧："陆燃，你疯了？你可是刚树立过单身人设，你有没有想过这件事会引起你掉粉！"

"掉就掉呗。"陆燃无所谓道，"掉粉不是很正常吗？我又不是明星，只留下真正的书粉挺好的。"

江潋被陆燃这番话噎住了，想了半天，竟无从反驳。

陆燃邪魅勾唇，看着江潋，又道："况且，你迟早是我的，早点官宣不好吗？不仅堵住了悠悠众口，阿姨也不会再逼你相亲了。"

邢志坤闻言，气势弱了下来。他经营营销号多年，偷拍过无数明星恋爱的绯闻，却极少有男方愿意主动站出来坦言的。

陆燃挺身，对邢志坤道："不过，我有必要和你说清楚。你说得不对，江大主持现在还没和我在一起，更没有一边谈对象一边相亲，相反呢，是我在追她，她还没答应我。"

陆燃睨了江潋一眼，勾了勾唇，曳起眼尾："不过快了。"

邢志坤扁了扁嘴，把摄影机收起来。十万块的如意算盘虽然失败了，但爆出劲爆新闻的价值也不低。

陆燃着重强调："是我在追她，这点你不要篡改事实。哦对了，先告诉你一声，你报道完我还是会起诉你的，你逃不掉的。"

邢志坤抱着摄影机灰溜溜地走了，恶狠狠留下一句："走着瞧！"

江潋气愤道："现在狗仔都这么猖狂吗？"

陆燃揽过江潋，一边推着她的双肩走到餐桌，一边道："对付邢志坤这种人，给钱意味着妥协，我们要与不良营销号斗争到底，绝能纵容这种行为。"

江潋点头，神色担忧："可是陆燃……"

"吃饭吧江大主持？"陆燃安慰她道，"暂且忘掉这事儿吧，四位数的大餐不好好品尝才叫可惜。"

回到家，江潋给母亲打了一通视频电话，向母亲讲述了她的"坑妞"行为。

曹颖春听后很是意外，毕竟隔壁张阿姨发来的邢志坤的照片可是一表人才，笑不露齿也就没露出那满口黄牙，再加上他说他是自媒体撰稿人，业绩斐然，这就是掉落相亲市场的香饽饽啊。

"说好听点是自媒体撰稿人，说不好听点就是营销号狗仔。"江潋咬牙，"照骗"！男的也"照骗"！

曹颖春连忙应声："小水对不起，这件事是妈没了解清楚，下次……"

"妈！"江潋道，"你能不能别让我去相亲了？"

电话那头停顿了两秒，曹颖春叹息："小水，妈不让你去相亲，你准备什么时候定下自己的终身大事，二十七岁之前可以吗？别以为自己长得稍有姿色就有成把的男人在等着你，女人再美也有变黄脸婆的那一天……"

"妈！"江潋受不了母亲的唠叨，"我会尽快的。妈我睡了。"

"行行睡吧，不早了，妈不打扰你了。"

挂了电话，江潋酝酿着睡意。

"尽快"，不过是为了应付母亲的说辞。

罢了，烦恼事留给未来再想……

江潋一觉睡到了天亮。

翌日，她睡眼蒙眬地打开手机，猛然坐起——

"尽快"这件事，真应验了！

江潋在公司的这一天可是精彩又忙碌，她先是收到了老同学们的祝福，而后又是母亲和亲戚询问真假，最后刚坐定在凳子上，又围了一群同事八卦。

邢志坤爆出一组陆燃牵江潋手的照片，标题名为：

《知名作家背后竟做"舔狗"？"最美女主持"芳心暗许！》

"舔狗"？江潋看到这两个字后背直冒汗，她爱慕的、仰望的、浑身发光的那个男人，竟被营销号杜撰为她的"舔狗"，她何德何能呢？

网络舆论铺天盖地，"吃瓜"网友化身"柯南"，断定两人是因访谈栏目结缘，为此还特别做出了深扒细节图，就连《时光对白》的访谈视频也又一次冲上播放量首位。

女主持："陆先生，您从不愿接受采访，今天是因为什么契机愿意接受这场访谈呢？"

大作家："因为你……"

弹幕飘过：这分明就是刻意停顿，当时怎么没发现呢！

大作家："冒昧地问一句，您有看过《赴生》吗？"

高赞评论：他在意了他在意了！

女主持："您现在是单身吗？"

大作家："您是代表观众问的，还是站在您个人的立场？"

网友：这句话就是赤裸裸的暗示啊！

不仅如此，甚至还有心理学家从两人的微表情着手分析，认为两人存在过旧情！网友们按照这个思路，顺水推舟解读出了文身，证据确凿。

大作家称"前女友的名字带三点水"，这分明就是江潋！

"吃瓜"群众：为前女友写的书，前女友就在他对面，原来小丑竟是我？

陆燃作为当事人的一员，似乎毫不在意被叫"舔狗"，不解释不回应，也没给江潋发来一条消息。

江潋重新陷入忙忙碌碌的工作中去，也没给陆燃发消息。

又过了几天，江潋含泪读完了《赴生》，陆燃确实有写一本小说感动她的本事。

陆燃做到了，《赴生》当之无愧是年度销量新晋冠军。

江潋点开微信，打开陆燃的朋友圈看了一遍，又回到对话框，垂头丧气。

陆燃还说追她，说了才几天就不搭理人了？

江潋愤愤地输入了一个问号，又删除。

不行，不能太主动了！但是陆燃一直"装死"怎么办，又要惴惴不安到什么时候？

江潋重新输入问号，正要点击发送，陆燃来消息了——

宝贝，你真能沉住气，哥哥不理你，你就不给哥哥发消息吗？

最终章

春天永远明媚

12 月 25 日圣诞节，大街小巷播放着《Jingle bells》，悠扬的旋律把圣诞氛围衬得更加浓重。

车流之中放眼望去，一眼便能望到一辆墨绿色宾利。

车内暖风开得很足，江潋坐在副驾驶位，发热座椅的温度刚刚好。

陆燃开着车，耐心和江潋讲着最近没联系她的原因。

"……《赴生》签了影视合同，制片方想邀请我加入选角，这几天一直在忙这件事。我以为我没顾得上联系你你会发个消息来慰问一下我，结果咱们小水让我失望了。"

提到《赴生》，让江潋又想起了其中的某些桥段，分明就是两人过去的爱情的影子。

"《赴生》我看完了，是一本成功的小说。"

不可否认，江潋爱的陆燃一直没变，还是那个优秀又耀眼的少年。永远阳光明媚，像六月夏日的朝阳。

陆燃勾唇笑了笑，神色傲然："得江大主持首肯，荣幸之至。"

江潋也笑了，把视线转向窗外。

若干家门店外摆放起了圣诞树，圣诞树的造型各不相同，一条街成为一道亮丽的风景线。更有网红门店为了营造气氛，使用了鼓风机和棉絮营造出下雪场景，吸引了一批青年拍照打卡。

二十多岁的年纪，总是有那么多美好的事情可以去做。

陆燃精心策划了圣诞夜约会。

他带江漱吃晚饭的地方是口碑极好的特色小店，看的电影也是评分超高的爱情电影。

电影结尾，男主向女主求婚结束了长达五年的爱情长跑，圆满结局，看得年轻情侣们潸然泪下。

江漱泪眼婆娑地把爆米花一粒粒往嘴里填。好奇怪，人在看到别人被爱的时候也会想要流泪。

陆燃摸了摸她的头，耳语道："你真是个小傻瓜。"

电影结束，商场还没关门。落地窗外，门店射灯打在漆黑的夜幕上，灯光之下萦绕着星星点点飞舞的白。

下雪了，又是一年初雪。

陆燃收回视线时，恰好落在了准备打烊的 DQ 店上——最有意思的事莫过于冬天吃冰激凌。

"吃吗？"他问江漱，江漱点了点头，带着泪光的眼眸盈盈地眨了下。

小姑娘点了一大杯"暴风雪"，用一只小勺一口口铲进嘴巴里，秀气得像小猫咪吃食。她每次吃东西都很安静，长长的睫毛忽闪忽闪，小嘴一鼓一鼓。看她吃东西，莫名让人很有食欲。

陆燃看着那幕，好似回到了大学时期，熟悉的感觉又来了。

江漱眨了眨眼，抬头问陆燃："怎么了？"

陆燃注视着她，忽然很认真地说："小水，我没追过人，更不知道怎么追，一切都是按照我自己的方法。我不知道怎么让你快乐，但是……"

话还没说完，江漱的眼神变了变，朝他做了个嘘声的动作。

陆燃顺着江漱的视线去寻，DQ 店门外站着几个拿手机往里面拍照的女生。

女生们见陆燃回过了头，激动地拍着同伴的肩膀小声雀跃着："看我了看我了！啊啊……真人更帅！"

"又帅又有才！"

陆燃和江漱现在都是公众人物，又因恋情绯闻闹得沸沸扬扬，现下的年轻人几乎没人不认识他们。

况且他们吃冰激凌时都取下了口罩，从出众的气质中一眼便能认出。

陆燃用口型小声道："跑吗？"

江潋"啊"了声，还没反应过来，下一秒就被陆燃拉起手朝外狂奔。

十二月的空气冷到哈一口气都是白蒙蒙的雾，大雪落在肩头，此时好像并没有很冷。像极了几年前的夜晚，两人从酒吧门口一路狂奔到校内莲花池。

时间在变，景色在变，不变的是他们二人，永远年少模样。

两人坐在车里，平复着错乱起伏的呼吸，情不自禁地笑了起来。

成年人的快乐好似在社会上被禁锢了太久，快乐阈值逐渐变高，一举一动都受着旁人目光的限制，不敢放声大笑，不敢放声大哭，心里波涛汹涌面上也平静如水。

但这一刻，他们发自肺腑的笑不为别人，只为自己。

陆燃平静下来，品味着刚才的行为："没想到，成公众人物是这种奇妙的滋味。"

江潋看了他一眼："你之前不愿接受采访，就是因为不想做公众人物，不愿被推到舆论的中心吧。"

江潋能理解陆燃，他高中遭受过舆论毁灭性的打击，如今能正视镜头，重新相信媒体的正义力量，想必也是放下了心结，与内心深处十八岁的那个少年握手言和了。

陆燃没说话，江潋又说："陆燃，谢谢你。"

陆燃笑："谢什么，谢我参加你的访谈？"

江潋摇头："不是，谢你与十八岁的自己握手言和。"

"怎么个谢法，江大主持？"陆燃眼尾的笑意更浓了，"想谢的话不如与我假戏真做？"

江潋定定地看他一会儿，眸光越来越热，语速沉稳，郑重道：

"陆燃，你永远不用学会怎么追人，也不用刻意讨我欢心，因为我想你和我在一起的每一天都加倍快乐，再也不会被无端的情绪左右。我们，在——"

陆燃抬手捏住江潋的下巴，大拇指按着她的唇瓣，剩下的话被他挡在嘴边。

"总要抢我说的话，这次，在一起的话由我来说。"陆燃清晰道，"小水，我们在一起吧，永远不分开。"

江潋点点头，眸光微闪。

下一秒，陆燃偏头吻了上来，甜甜的冰激凌味在唇齿间发酵。

窗外大雪纷飞，地面白白一层，枝头挂着落雪。

圣诞音乐悠扬的旋律透进车内，以至于这个吻变得越来越漫长，吻回了三年间缺席的一切。

许久之后，两人分开，无限缱绻。

陆燃从漫长的吻中回过神，眸光渐渐汇聚向江漱："小水，准备什么时候带正牌男友见家长？"

"你想什么时候，都行。"

"我想……立刻。"又一个吻落在了江漱脸颊。

天色已晚，陆燃直接导航到了江漱出租房的院内。

江漱道了再见，打开车门要走，被陆燃叫住。

"我都送你回来了，此刻你是不是应该找个理由让我上去喝杯茶，借口比如你家的猫会后空翻之类的？"

江漱被他逗笑，也不再含蓄："喜欢喝什么茶，普洱还是碧螺春？"

"都行，"陆燃补充道，"我把车停好。"

江漱看着陆燃倒车，他熟练地把车挪进车位，根本无需指导。

车尾好像有什么东西发着光，她定睛去看，是一枚夜光磁贴，六个泛着光的字体在夜幕中清晰可见——"接老婆专用车"。

江漱脸色倏地一阵红。陆燃那么闪闪发光的一个人，在坠入爱情的时候，也像触手可及的普通人。

陆燃停好车，拉着江漱的手回家。

江漱租的房在老旧小区，治安很敷衍，保安室连个保安都没有，院里也没灯，夜晚视线不好，地面还坑洼不平，加上雪天路面易打滑，陆燃把她的手牵得很紧。

楼道里的灯接触不良，时亮时灭，每灭一次就要凭感觉抬脚。

陆燃神色担忧地说道："我集资你换个地方住吧。"

江漱笑笑，拒绝道："我觉得这儿挺好的。知道你是大少爷，以后还是得我来管钱，日子得精打细算地过才能细水长流。"

"那我也搬出来住，你住我那儿。"

"不行。"

"那我住你这儿，你收留我吧。"

"大少爷有豪宅住，委屈在我这儿？"

陆燃一时没想到合适的说辞，那边钥匙转动，房门已经打开了。

江潋的房间不大，大概五十平方米，却很干净整洁，屋内还透着一股淡淡的茶香。

"你喜欢喝茶？"

江潋"嗯"了声："喝茶健康，比喝酒要好。只不过晚上不能多喝，喝多了容易睡不着。对了，我给你沏碧螺春，你少喝点。"

"好。"

江潋去沏茶，陆燃在她闺房里转悠着，欣赏着她摆件的品位。在床头柜上，陆燃又发现了那枚刺绣头像。

"阿燃，茶沏好了。"江潋唤他，见他没应，便探头去寻。

陆燃正欣赏着那枚刺绣头像，欣赏得仔细。

江潋脸色发烫，连忙抢了过去："这是我的。"

"你的？"陆燃抓起江潋的手抬起在半空，注视着她，"小水，懂什么叫物归原主吗？你给了我它就是我的了。而且，这上面刺绣的头像也是我。"

江潋说不过他，语气变弱："一枚头像而已，你喜欢就还给你好了。"

陆燃得意地拿回刺绣头像，夹到手机壳里，暗有所指道："还是藏在手机壳里的方法好使，不会丢。"

话落，他泰然自若地欣赏着江潋神色的变化。

间隔几秒，江潋眨了眨眼，低声问："你……都知道了？"

"知道了，"陆燃捧着她的脸，四目相对，眸光赤诚，"你相信命中注定这件事吗？也许很久之前就注定了咱们未来会相爱。"

"我相信，"江潋说，"陆燃，我爱你。"

陆燃俯下身，想要借热吻回应，但那个吻迟迟没有落下。

江潋疑惑地睁开眼，察觉陆燃眉宇间压抑着某种呼之欲出的情绪："小水，我也爱你，一辈子不会负你。"

下一秒，江潋被他借势带到床上。

陆燃的呼吸错乱了起来，喘息声越来越粗。

他亲吻着江潋，从娇嫩的唇瓣慢慢往下移……

一个吻落在她肋骨处的火焰文身上，陆燃吮吸着那团火焰。

爱火带着灼灼不息的生命力。三年了，彼此的文身都没有洗，在不同的时空里吸引着对方的轨迹信号。

江潋飘飘然，也沉浸到了陆燃的世界里去。

…………

早晨最先醒来的是江潋。

但与以往不同的是，这一次，有人伴她左右。她没惊醒陆燃，侧卧手托腮，凝视着他。

陆燃熟睡的侧脸被日出蒙上了一层微光，裸露的肩膀和锁骨透着一丝欲，呼吸一起一伏，体内的温热藏在被子之下。

陆燃翻了个身，半张脸压在枕头上。

江潋脸色绯红地从记忆里抽离，轻手轻脚地起床穿衣服，去厨房做早餐。

陆燃是被煎荷包蛋的香味弄醒的，他去浴室洗了个澡裹了条浴巾出来，往客厅餐桌走去。

江潋慢悠悠地吃早餐，听到了脚步声："醒了，过来吃——"

话没说完，陆燃赤着上半身闯进了她的视线，再细看，他下身只裹了条浴巾，头发湿漉漉地往下滴着水。

"吃……吃早餐。"

被江潋直勾勾地盯着，陆燃也不怕，反倒更大方地让她欣赏。他刻意颠着步子朝她走近，面上带着一丝坏笑："我知道我身材好，但你也用不着这么直勾勾地盯着我。"

江潋雪白两颊飞上红晕，她端起盘子嗔道："废话那么多，还吃不吃了？不吃我收拾了。"

陆燃飞速坐下："吃！"

他慢条斯理地整理着手中的餐盘，江潋的话缓缓落下："你那天说见家长的事，你知道我家的条件很普通，无法和你家相比，我不知道你父母会不会……"

陆燃抬头看了眼江潋，她的表情严肃又正经，好像在开重要会议。

"别担心，我妈向来不会干涉我感情方面，至于我继父就更不会管我了，程氏煤矿以后是程一泽的，他对我选妻方面更是不会插嘴。而且……"

他用刀叉把荷包蛋分成两份，就像在分吃一块牛排，带着与生俱来的公子气质："我也相信我的眼光。"

江潋把热过的牛奶推过去："早上喝点有营养的。"

"现在主要是你带我去见阿姨，"陆燃目光灼灼，"小水，这次我一定不会再放你鸽子了。"

三年前失约的遗憾，就用这一次弥补。

江潋开口道："那就还定在那个时间吧，小年。"

曹颖春早在电视上传出绯闻时就做好了心理准备，她打电话问女儿是不是真的，女儿没否认，原话是："妈妈，我会带他一起来见你的。"

曹颖春终于明了，女儿之所以不愿接受其他男人是因为心中早已有了一位杰出的人选。

那个男人是那般优秀，正如爱上过狮子的女子不可能再爱上野狗。

除了陆燃，再也没人能入得了江潋的法眼。

终于等到小年这一天，陆燃提着牛奶、茶叶和水果登门拜访。

一表人才又彬彬有礼的陆燃，很讨江潋父母喜欢。

讨长辈喜欢是陆燃的强项，他面对不同人不同场合都能做到如鱼得水，给人的感觉舒服自在。

江立军坐在轮椅上，笑得合不拢嘴。他身体硬朗，除了残疾，健康状态与正常人并无二致。

陆燃很是关心江潋父亲腿的状况，而后又聊了一些男人之间的话题，进入状态的速度比预期还快。

江潋见状，笑着在一旁沏茶，没插入两人的谈话。

曹颖春想让江潋嫁到普通家庭的目的，是怕高攀男方不幸福，他们也从没指望靠婚姻改变贫富命运，坚信靠自己才是唯一捷径。

但相爱能破万难，陆燃这孩子坦诚又真实，如果两个孩子真心相爱，一切的难题都能迎刃而解。

能得到父母祝福的爱情一定会幸福的。

见完父母，江潋出门送陆燃。

屋外白茫茫一片，衬得天空越发明亮。

雪很厚，两人手牵得很紧，也不觉得冷。

"小水，"陆燃低头看着两人步调一致地前进，问她，"你知道那一次我对着初雪许了什么愿望吗？"

"什么？"

陆燃停下，轻轻吻了她的额头："你说得对，初雪许愿真的很灵。"

他又问："为什么不让我告诉叔叔阿姨，我继父和我弟与叔叔之间的事？"

江潋看着雪花落地，静静地答："我父母都是善良的人，他们不会一味把过错强加在你们身上。只是我希望，再晚一些让他们知道，由我来亲口告诉他们。"

冬日最容易让人感到幸福的事情莫过于吃火锅了。

陆燃和江潋窝在小房内，火锅"咕噜咕噜"地冒着泡，香味蔓延至整个房间，电视机里播放着《恭喜发财》的歌舞曲，热闹温馨的背景板衬托着年轻的小情侣。

岁月静好。

江潋转了个台，随手换到了雁瑜卫视。

舒捷身着正装，表情严肃地面对镜头。

"作家火冢，原名陆燃，代表作《赴生》。他的作品字里行间多透着一种爱，不局限于男女情爱，更有人间大爱，社会关爱。就是这样一位品行三观皆正的作者，2018年做过一次正义善举——见义勇为帮助邻桌遭受流氓威胁的小女生，让我们一起来回顾一下……"

一片毛肚在滚水里被涮老了，陆燃才回过神，捞到自己碗里。

"你让舒捷做的？"江潋问他。

陆燃夹了几片羊肉放进江潋碗中："她应该是怕了，瑞鸟传媒旗下的自媒体账号被永久封号了，这些年来通过营销号捏造诽谤谣言的相关人员接二连三地进了局子。"

江潋点头："当年对她所处的罚款还是有些轻了。网络不是法外之地，造谣绝非零成本，舒捷身为媒体人，应该再清楚不过。"

陆燃扯扯嘴角，换台。

这件事在他心里已经彻彻底底翻篇了，他不会在乎世俗的眼光了。

紧接着调了一档经济频道：

"从2021年下半年开始，房地产业白金时代已过，房价下降，交易减少，烂尾现象频发，房地产泡沫化……

"现面向社会发布雁瑜市房地产开发领域第三批失信企业名单：雁瑜市名邸地产开发有限公司，拖欠税款两千六百余万元，经税务机关多次下发催缴税款通知书等法律文书，但仍未缴纳；企业欠缴法院执行款三千余万元，法定代表人万淳硕欠缴法院执行款一千余万元……"

"万淳硕……"江潋口中喃喃，苗苗的豪门梦怕是要落空了。

陆燃掀起眼皮扫了一眼："对了，我想起来一件事。"

他不疾不徐，夹了片生菜叶蘸了蘸碗里的芝麻酱，慢慢悠悠道："你还记得赵凯博吗？他也进局子了。"

江潋惊讶："真的？"

陆燃点头："像他那种心术不正的人，罪有应得。还有邢志坤，进去也是迟早的事。"

人在做天在看，冥冥之中自有定数。一切都在朝着更好的方向发展，这个世界会好的。

"这个世界会好的对吧？"江潋不由自主地把内心的话问出了声。

陆燃把生菜送进嘴巴里，幽幽地应了声："嗯，会好的。"

春天永远明媚，爱情永远热烈。

火锅吃得差不多了，陆燃打开手机刷视频，软件刚一点开就弹出了崔泽洋。

崔泽洋随着节目播出人气一路攀升。与陆燃不同，他很享受万众瞩目的感觉，短视频做得也很用心，每一条都是经过专业团队包装设计的。

镜头前，一片朦胧的烟雾逐渐散开，崔泽洋的容颜从虚到实，渐渐拉近。

他的发梢沾了水，像是刚洗完澡，身上散发着热气，水声滴滴答答，他的眼神清澈透亮，直勾勾地盯着屏幕。

配文：湿漉漉的"小狗"直勾勾地盯着你。

崔泽洋是懂流量密码的，后面跟着众女粉的留言，内容五花八门炸开了花。

高赞一：粉丝福利！这个角度简直是男友视角！

高赞二：可以认领回家吗？

高赞二带着点开玩笑的调戏意味，向来不回复的崔泽洋，竟破天荒地给出了回复：我喜欢姐姐。

别人读不出这层含义，但陆燃知道，他像被打翻的醋坛子，视线移开屏幕，看了眼安静吐骨头的江潋，忽然道："小水，咱们结婚吧。"

江潋嘴里塞着东西，鼓着腮帮子。

她瞪大了眼，转头等陆燃再说一遍。

陆燃一字一顿重复道："结婚吧。"

小姑娘激动地点着头，眼里闪着光："好，结婚吧。"

陆燃笑了，打趣道："你倒也不必这么开心。至于彩礼，你出个数，我都能……"

"那十万就当是彩礼，"江澂看着他的眼睛，"足够了。"

江澂："我爱你，你爱我，足够了。"

陆燃顿了一会儿，片刻后，他抬手捏了下江澂的脸蛋，笑道："咱们小水，真会给我省钱。"

初春三月份，阳光散出暖人的温度。

万物复苏，春色盎然。

《时光对白》第一季在热烈呼声中完美收官，紧跟着第二季也步入了紧锣密鼓的筹备当中。

第二季开播嘉宾的人选，是江澂万万没想到的。她从访谈主持人席位变为了正对面的嘉宾席位，并且是与陆燃一起。节目组邀请江澂与陆燃作为第二季首期开播嘉宾，由阮潇蕾担任临时主持。

在后台化妆间，瑜晴比江澂还要激动："江澂姐，这种感觉怎么样？是不是特别奇妙！"

镜子里映出江澂的瓜子脸，妆容精致，她诚实道："是还不错。"

江澂看了眼表，已经化了一个小时的妆了，陆燃的妆面早就完成了："还有多久？"

化妆师应："十分钟。"

江澂又看看瑜晴："见陆燃了吗？"

瑜晴笑着调侃道："江澂姐你们才分开一会儿就想念了？我刚刚看到大作家在和潇蕾姐谈话，应该是在对接访谈事宜。"

…………

十分钟后，江澂走出化妆间，仍没看到陆燃，她给他发消息：*在哪儿？我和你需要先串一下待会儿的访谈要点。*

消息刚发出，她看到了阮潇蕾，背着身在和人讲话。她又往前走了几步，阮潇蕾对面的是陆燃。

"你们怎么讲了这么久？"

阮潇蕾回头看到江澂，神色一闪，匆忙应了两句走去演播厅。

陆燃也看到了她，手里往西装口袋里装着东西，好似刻意隐藏什么。

"聊完了？"察觉二人举止反常，江澂问，"台上还有什么特别环节吗？"

陆燃云淡风轻地整了下西装，拍拍口袋："没有。"

陆燃动身前往演播厅，江潋跟上他问："漂亮吗？"

陆燃没听懂："什么漂亮？"

"潇蕾姐漂亮吗？我们台的门面。"

"还行吧。"陆燃走了一步，察觉出江潋问话的深意，忽然停下。他好整以暇地闷着笑瞧江潋，"我知道了，你是对你未婚夫不放心。"

江潋的小心思又被他一眼看透，含羞道："什么未婚夫啊，不理你了。"

陆燃附着低笑，眉梢微扬："马上就是了。"

…………

访谈直播有条不紊地进行着。

阮潇蕾每抛出一问，江潋和陆燃就机警地接住一问，配合默契，不失看点和幽默。

时间过半，阮潇蕾看了眼表，下午五点二十分钟，她狡黠一笑。

"陆先生，在上台前您私下和我说想要完成一个未了的心愿。"

江潋顿然醒悟，原来两人在密谋着什么。她呼吸慢慢变静，屏息注视着陆燃的一举一动。

陆燃把手伸进西装口袋，就这么毫无征兆地，在无数摄像机镜面前单膝跪地，眸光深沉地望向江潋。

"我做过很多事情不问未来是否后悔，但我知道此刻的决定，是我这辈子最正确且永远不会后悔的决定。

"江潋，愿意嫁给我吗？"

江潋心头猛一跳，定睛看着他和那枚铂金钻戒。一大颗钻石在无数灯光下折射出璀璨耀眼的光。

陆燃在向世界宣告，向观众宣告，也在向他唯一爱的她宣告，他们未来还会在一起，生生世世在一起。

江潋心脏跳得飞快，眼睛不自觉发酸。

曾在电视上网络上看过无数次别人求婚，没想到有一次也会让别人看到自己的幸福。连呼吸都是幸福的，是雀跃的，她从没有一刻比现在更笃定。

片刻后，江潋听见自己的声音，轻声说：

"陆燃，我愿意。"

具有"八卦聚集地"之称的雁大论坛，总共有三次炸屏。

一次是陆燃公开恋情；一次是陆燃分手；一次是陆燃求婚。

雁瑜大学作为国内中文系的顶尖院校，陆燃当之无愧是关注度最高的一位杰出学子。

即便本人已经毕业三年，仍能在论坛上流传一段佳话，掀起一阵狂澜。

老学长学姐的人气不减，雁大也迎来了十年一度的校庆活动。

三月，树木郁郁葱葱。

江潋穿着一席白色长裙，陆燃身着白衬衫西装裤，两人手牵手出席校庆。神仙眷侣，好似回到了热恋的大学时期。

校门口骑着共享单车的学生拨动清脆的车铃，篮球场上蹦跳穿梭着男大学生的身影，在阳光下奔跑扣篮。

也有年轻的小情侣与他们擦肩而过，只是脸上多了些青涩和娇羞。

不问未来相爱几许，把握当下明媚的朝阳。

这是最好的大学时期，不断有年轻人为之前赴后继。

江潋紧紧地牵着陆燃的手。

和暗恋的人从校服到婚纱，这是梦里都不敢企及的美好。

他们因为戴了帽子和墨镜，没被学弟学妹们认出来，不过是大学中再平凡不过的一对情侣。

进入大礼堂，一个年轻女孩迎了上来，胸前挂着学生会的胸牌。

"二位是来观看校庆的，还是出席校庆演讲的？"

"出席。"江潋应声，从包里掏出两份邀请函递过去。

学妹接过邀请函查看，上面烫金大字镌刻着受邀人——江潋、陆燃。

她有些惊讶，又瞧了两人一眼。

江潋摘下口罩，她这才看得真切，连忙热情道："二位嘉宾先去后台签到，对接上台事宜。"

两人朝后台走去，路过优秀校友墙时，江潋顿住脚步。她看到了自己和陆燃的照片，并列摆放在一起。

曾经，她希冀能与陆燃同样耀眼。

如今，真的做到了。

陆燃也顺着望去，那是不知道什么时候拍下的照片。阳光斜斜挥洒，长廊半明半暗，时光漫长，静静流淌着岁月长河。

几位学妹驻足在照片前，望着众多照片中颜值最出众的两位。

学妹 A："两个都好看还优秀的人在一起，简直要'卷'死我。"

学妹 B："一个是主持一个是作家，他们让雁大变得更难考。"

学妹 C："我听说今天这个场合江潋学姐和陆燃学长也会来。"

众人惊："真的？"

陆燃拽了拽江潋的手，她回过神，两人继续往后台走。

签到完，校庆演出没一会儿就开始了，他们坐在前台的嘉宾席观看节目。

江山代有才人出，一代更比一代强。江潋由衷地为他们感到欣慰。

接近校庆大会尾声，十位历届优秀学生代表依次上台宣讲。

轮到江潋的时候，兴许是意外她会来，场子立马变热了。学校领导们也由着学生们欢腾活跃气氛。

气氛被推至高潮，江潋自信从容上台，落落大方地分享了就业经验。

她的经验真切诚恳，言语间没有端着学姐的架子，句句朴实。

话到最后，她激励着大家：

"这个世界上本不存在阻碍，阻碍是人类吓倒自己的难题，性格啊条件不足啊等等其实都不是问题，相信大家会有克服困难的勇气，未来是属于你我这些青年人的天下！"

台下响起雷鸣般的掌声。

江潋正准备下台换陆燃上台，台下忽然有个女生大喊："学姐，我们想听恋爱经验！您是怎么追到校草还让校草死心塌地和你结婚的！"

台下起哄声一片，江潋手指的那枚钻戒成了众人谈论的焦点。她低眼看到了陆燃，陆燃怕她应付不来准备上台。

江潋笑着对陆燃点点头，拿回话筒，嗓音清晰道："先好好学习，不用你追，优秀的人会在未来等你。借用三毛《雨季不再来》中的一句话：'你若盛开，清风自来。'"

又是一阵更为激烈的掌声，掌声过后，迎来了陆燃上台。

陆燃作为压轴嘉宾上台宣讲完毕后，校庆大会正式告终。

人群作鸟兽散，陆燃在人群中张望着："我刚才好像看到熟人了。"

江潋的"谁"字还没出口，她的手机响了，是刘雅芝。

"小江江，我看到你了，在这里！"

刘雅芝的声音从人群中传来，江潋转头，看到她远远地张开双臂，隔空送了一个大大的拥抱，拨开层层人群飞奔而来。

"小江江，我就知道你们会来。我前面有课来得晚了，不过刚好没有错过你和大作家精彩绝伦的演讲哦！"

江潋笑着说："刘老师，你的瑜伽课排得那么紧，我没想到你会来。"

刘雅芝迅速低头看了眼时间："的确很赶，我和禹铭马上就走，后面还约了试婚纱。"

话音刚落，周禹铭沉稳地慢步跟上，朝江潋微微颔首，而后把视线转向陆燃，两人一个默契眼神，背过身去叙旧。

刘雅芝开心极了，像一只吐泡泡的小金鱼，嘴巴不停地向江潋输送着八卦："耿雨和周毅他俩的婚期也快了，真是的，咱们仨好室友的结婚时间都相差无几，就剩聂婉。哦对了聂婉，她和长腿医生终于修成正果了！我这个'老母亲'真的是操碎了心……"

江潋认真听着，时不时点头，面带微笑，发自内心为大家找到了归宿而开心。

…………

告别了刘雅芝和周禹铭，陆燃张望着人群，寻找刚才的那个身影。

江潋问他："在看什么？"

"一个熟人，"陆燃缓缓补充，"我刚刚说的熟人不是他们。"

"不是？"

"嗯。"陆燃的视线定格在人群汇集的漩涡处，崔泽洋咬开笔盖，低头往学妹的校服上挥笔写签名。

江潋顺着他的视线，目光停了下来，慢慢变静。

她忽然意识到，与陆燃恋爱后，她和崔泽洋几乎没了联系。没有刻意疏远，是一种不知不觉间的渐行渐远。

崔泽洋停下笔，与他们对视上，笑了笑，坦然走来，没有叫江潋"姐姐"。

"恭祝你们长长久久。"

江潋真诚道："泽洋，祝你早日找到属于你的幸福。"

崔泽洋点头："会的。"

陆燃与崔泽洋微微颔首，握手道："这三年来谢谢你帮我照顾江潋，有空请你吃饭。"

崔泽洋释怀一笑："那我可等着了，说话算数。"

两人双手用力一握，分开：“一言为定。”

江潋请了一天假，下午没什么事儿了，她和陆燃手牵手悠哉地闲逛着校园。

雁瑜市的大雁很多，由此取一个“雁”字。

江潋抬头看着满天大雁成群结队迁徙而来，让她不由想起李清照《一剪梅》中“雁字回时，月满西楼”的场景。

大雁每逢春分就会飞回北方繁殖，等秋分之时，再飞回南方越冬。

江潋喜欢这座城市，想和爱人一起留在这座城市。

陆燃抬了抬眉骨，也望天看着大雁。云卷云舒，大雁北飞，他的伤痕也被阳光照亮。

“阿燃。”

“嗯？”听她轻唤，陆燃低头，揉了揉她的发。

江潋看着他，抬手轻抚他眉骨那道细微的疤痕——十八岁被酒瓶划伤留下的疤痕。

“疼吗？”

陆燃摇头：“早就不疼了。”

江潋踮脚，一个吻轻轻落在他眉骨的疤痕之上。

“以后，你的任何疼痛都有我和你一起分担。”

“好。”陆燃回吻在她的泪痣上。

又是一个春夜到来了。未来的每一个春天，将会永远明媚。

爱意可潋于江海，可燃于陆地，可溶于水火。

江河地陷，陆地平移，万物生，爱意起。

【正文完】

番外

暗恋独白

我第一次见到江潋，是在四月末的午后。她喂着巷子里的流浪猫，阳光从她侧脸滚过，她没有注意到我，而我却窥见了世间不可多得的美好。我惊慌失措，抱着篮球逃窜。

那是我第一次感受到心脏"怦怦"狂跳的紊乱，和无数人的青春一样，我的青春也开始悄然悸动。

她和许许多多的女生不太一样，安静又勇敢，是个复杂的矛盾体。她的神奇之处在于，她这么不爱说话的一个小女生，竟然能把我那个离经叛道的程一泽小老弟哄得"束手就擒"，让他乖乖地在原地等她买棒棒糖。于是，她也成功跻身为程一泽心中的"棒棒糖姐姐"。

她有魔力，不局限于与人之间拉近关系，更能和巷子里不亲近人的野猫和谐共处。我喂了小花猫一个月才得以摸到它圆滚滚的身体，可她两三天就让猫咪翻出肚子撒娇了。

青春美好的悸动像初升的朝阳。后来我顺利升入高中。虽承认起来惭愧，但学生时代的我的确受异性喜欢，她大抵也是从高中时期对我有好感的。

天边第一抹微光冉冉升起，我匆匆收拾好书包上学，刚走几步，后面的脚步声便紧跟而来。她书包上挂着一串很小的铃铛，伴随着步伐"叮当"作响。只不过她并不知道我能从铃铛声中把她分辨出来，我也没有告诉她的打算。她在我身

312

后，我也从来不回头，我们保持着各自的小秘密，走在同一片街道，闻着同一片风中的香气。

她傻傻的，总是出门很急，还忘东忘西。下雨天时，我会在小巷的转角口多放一把伞，烈日时亦如此。她拿着伞很高兴，还会留纸条和我说谢谢。这个傻瓜，从来不知道伞是我留下的。

她出门不怎么守时，有时候晚了几分钟会一路小跑到我家门口，跟在我后面细细地喘气。她刘海的碎发被汗渍沾湿，脸色红扑扑的，不知是因为害羞还是热的。我也当然会等她。这姑娘，有一年冬天的早上让我在风中站了十分钟。我听到了铃铛声远远传来，才若无其事地迈开步伐上学。

后来，我升入高三，在誓师大会互送贺卡的环节上我又看到了她。她拿着贺卡被挤在人群之外，脸色白里透红，娇羞又可爱。我故意走到她面前，装作不认识她的模样喊她学妹，问她贺卡是送给谁的。不出意外，果然是送给我的。为了使我们的交集更多，我特意问了她想考哪所大学。那时我在想，她想考哪所大学，我就在哪所大学等她。我也知道了她的名字：江潋。在她校服上，我留下了最后一个签名："山遥水远，雁大等你。陆燃。"这是我们之间的第一个约定。

我沉浸在沾沾自喜的愉悦中，殊不知变故正在悄然发生。

那天是周五，一个春夜里，我目睹了一件很不好的事情，为了解救无辜女生我被牵扯其中。谁知截取的片段视频流出，更有营销号煽动舆论，矛头指向我。周一早上醒来，无端的厌学情绪将我压垮，她像往常一样跟在我身后，我态度很不好，告诉她别跟了，我不去学校。我不知道学校的谣言传播到哪一步了，也不知道她是否听到了谣言。

但我没想到的是，这句话之后她就再也没出现在我上学的路上。她，消失了。没留下只言片语。我只能将过往的一切全部推翻，也许她不是喜欢我，也许早晨的相遇只是巧合，也许一切都是我自作多情的大梦一场。又或者，她相信了谣言，从而远离我。

只不过后来我才明了，让她别跟我的那个早上，她是去办退学手续并想与我告别的。因为周五那天，不只是发生了醉酒犯伤人这一件事，祸不单行，我继父的煤矿发生坍塌事故，她的父亲也在其中遭遇意外，因此她彻夜守在病房，没有看到新闻里的故事就仓促转学。后来舆论铺天盖地，她也悉数不知。我，松了一口气。

那件事后我元气大伤，得了病，拖着残败的躯壳升入大学。某日，我和室友走进校门口的江河文具店，误打误撞又遇到了她，原来她家从镇上搬到了市区。

我欣喜若狂却又不动声色，不知道她有没有认出我，我淡定地买了两份试卷，以此挽回我的学霸形象。

后来，我又去了很多次江河文具店都没有见到她，我们失去了联络。虽然失去联络，但我找到了她的微博。她喜欢在微博分享阅读，每当她分享一本书，我就在图书馆里找到同样的书。在不同的时间与地点里，我们阅读着同样的书籍。我不知道，这算不算一种灵魂共振。

一年后，她如约考上了雁大。谁知，这次相遇也并非那么美好。交友聚餐上，作为社联主席的我本是想趁机拉拢新生进团，可行动还没开始，我又看到了她。她在一群人中十分拘谨，格格不入。四目相对之时，我知道逃避已晚，却又不知该如何解释自己为何出现在交友局上，处境尴尬的我，抱着她没认出我的侥幸心理，回应了旁人一句"不认识"。我笑得无奈，怎么会不认识呢。事实证明，她认出了我，认出了彼时那个颓废又不堪的我。

我们的重逢充满了戏剧性，后来无数次再相遇，一次次扰乱着我复杂又矛盾的内心。我一边希冀爱情能开花结果，一边又小心翼翼怕伤害到她；一边忍不住走近她，一边绝情推开她。就连我自己也快要被崩溃的情绪折磨得疯掉，好在她从未放弃过爱我，才能让爱情的火苗长燃不息。

我愿意相信爱，相信同频共振、互相吸引。我们像两颗行星，吸引拉近着彼此之间的轨迹，最终抵达对方的星域。

星河浩瀚，宇宙无垠，我们只为彼此停留。

未来的无数个春天不再会有凋零败落，我们将为彼此绽放。

【全文完】